I0691421

DEN DRACHEN HEILEN
Die Stonefire-Drachen
Buch 4

JESSIE DONOVAN

Mythical Lake Press, LLC

Impressum

Den Drachen heilen

Englisches Copyright 2015 Laura Hoak-Kagey

Deutsches Copyright 2023 Laura Hoak-Kagey

Deutsche Übersetzung von Anna Drago und Katrin Dolle

Mythical Lake Press, LLC

www.JessieDonovan.com

Cover-Art von Laura Hoak-Kagey von Mythical Lake Design

ISBN: 978-1944776671

Die Stonefire Drachen und Lochguard Highland Drachen Serien sind miteinander verflochten. Da so viele Leser nach der Lesereihenfolge fragen, habe ich sie in dieses Buch aufgenommen. (Diese Liste gilt ab April 2026.)

Dem Drachen geopfert (Stonefire Drachen #1)

Den Drachen verführen (Stonefire Drachen #2)

Die Drachen offenbaren (Stonefire Drachen #3)

Den Drachen heilen (Stonefire Drachen #4)

Den Drachen wiedererwecken (Stonefire Drachen #5)

Das Dilemma des Drachen (Lochguard Highland Drachen #1)

Vom Drachen geliebt (Stonefire Drachen #6)

Der Drachenwächter (Lochguard Highland Drachen #2)

Dem Drachen ergeben (Stonefire Drachen #7)

Das Drachenherz (Lochguard Highland Drachen #3)

Vom Drachen geheilt (Stonefire Drachen #8)

Der Drachenkrieger (Lochguard Highland Drachen #4)

Dem Drachen helfen (Stonefire Drachen #9)

Den Drachen finden (Stonefire Drachen #10)

Vom Drachen ersehnt (Stonefire Drachen #11)

Die Drachenfamilie (Lochguard Highland Drachen #5)

Skyhunter gewinnen (Stonefire Drachen Universum #1)

Die Entdeckung des Drachen (Lochguard Highland Drachen #6)

Snowridge Verwandeln (Stonefire Drachen Universum #2)

Kapitel Eins

Finlay Stewart betrachtete den Stapel Papiere und widerstand dem Drang, alles in den Müll zu werfen. Er war gerne Anführer von Clan Lochguard, aber es gab Zeiten, in denen er es vermisste, Dinge nach seinem eigenen Zeitplan zu tun.

Der Drache lachte in seinem Kopf. *Du solltest dich besser beeilen. Sie wird in ein paar Stunden hier sein.*

Sie ist nicht der Grund, warum ich mit dem verdammten Papierkram fertig sein will. Unser Clan braucht ein neues Opfer.

Glaub das, wenn du willst. Du kannst mich nie anlügen.

Mit einem Knurren nahm Finn den nächsten Papierstapel und unterschrieb das erste Mal von ungefähr fünfzig. Er wollte nicht von seinem verdammten Drachen belehrt werden.

Aye, Arabella MacLeod sollte in den nächsten Stunden eintreffen, um ihre Probe-Austauschzeit bei seinem Clan zu beginnen. Aber jeder Clanführer wäre nervös, wenn jemand aus einem anderen Drachenwandler-Clan eintraf. Nur weil Finn das Mädchen gerne ärgerte und provozierte, hieß das nicht, dass alle anderen in Lochguard das Gleiche empfinden würden, vor allem angesichts der Kluft, die immer noch tief war.

Sein Drache schnaubte. *Du bist der Clanführer. Die anderen werden sich wieder beruhigen.*

Es ist fast ein verdammtes Jahr her. Ich bin ungeduldig und habe ihren Schwachsinn satt.

Sie werden es lernen.

Seufzend blätterte Finn zur nächsten Seite des Opferantrags für das Ministerium für Drachenangelegenheiten. Da das MDA in den letzten zwei Monaten nach den Anschlägen in Manchester und London keine Anträge angenommen hatte, wollte Finn morgen, wenn Anträge erneut gestellt werden konnten, als erster an der Reihe sein.

Doch als er zum x-ten Mal mit seinem Namen unterschrieb, wanderten seine Gedanken zum BBC-Interview mit Arabella MacLeod. Ganz gleich, wie sehr er es auch versuchte, er konnte einen ihrer Sätze nicht vergessen: *Eine Gruppe von Männern hielt mich fest, schüttete Benzin auf die Hälfte meines Körpers und setzte mich in Brand.*

Er klammerte seinen Stift so fest, dass er zerbrach, und fluchte, als Tinte über seine Hand lief. Er wollte den MDA-Papierkram nicht ruinieren und eilte zum Waschbecken in der Toilette.

Während er sich die Hände wusch, kämpfte er darum, seine Wut zu bändigen.

Die Drachenjäger hatten Arabella verdammt nochmal in Brand gesetzt, und er wollte die Bastarde dafür zahlen lassen.

Doch egal, wie er diesen Punkt mit Bram Moore-Llewellyn diskutierte, dem Anführer des Stonefire-Clans, Bram weigerte sich, bis auf Weiteres Angriffe auf die Jäger zu planen. Besucherpässe wurden gerade erst wieder an Menschen vergeben, die Drachenwandlerland betreten wollten, und Bram wollte das nicht versauen.

Sein Drache meldete sich zu Wort. *Er hat recht. Menschen beginnen gerade erst, sich uns zuzuwenden und uns zu mögen. Wir dürfen unser positives Image nicht aufs Spiel setzen.*

Er wusste, dass sein inneres Tier recht hatte, aber es gefiel ihm nicht. *Ich bin daran gewöhnt, wie die Menschen in den Highlands uns behandeln. Sie würden uns nie an die Jäger ausliefern. Wir haben ihre Leben in der Vergangenheit viel zu oft gerettet.*

Sein Tier widersprach nicht, und das aus gutem Grund; die Erinnerungen reichten weit in den schottischen Highlands.

Doch als er zurück an seinen Schreibtisch ging und seinen Papierkram erneut in Angriff nahm, schwor Finn, dafür zu sorgen, dass Arabella sich sicher fühlte, solange sie sich in Lochguard aufhielt. Wenn die Drachenjäger sie für leichte Beute hielten und herkämen, würden sie sich mit der Vergeltung eines bestimmten goldenen Drachen auseinandersetzen müssen.

Finlay Stewart hatte während seiner Amtszeit noch keine Verluste im eigenen Land gehabt. Er hatte nicht vor, das zu ändern, nicht einmal, wenn eine ganze verdammte Armee von Drachenjägern oder die lächerlichen Drachenritter an seine Tür klopften.

Schließlich hatte Finn auch ein paar Tricks im Ärmel.

Sein Drache fügte hinzu: *Lass sie nur kommen. Ich langweile mich, wenn ich immer nur rumsitze.*

Wir werden sehen, Drache. Wir werden sehen.

Arabella MacLeod sah zu, wie die schottische Landschaft am Autofenster vorbeizog. Tief im Inneren wünschte sie sich, all die Vertiefungen und Gipfel vom Himmel aus betrachten zu können, aber trotz ihrer besten Bemühungen und der Hilfe ihres Bruders beim Training vertraute sie ihrem inneren Tier noch nicht genug, um in ihre Drachengestalt zu wandeln.

Jedes Mal, wenn sie es versuchte, kehrten ihre Alpträume zurück.

Die Unfähigkeit zu wandeln, hatte sie fast ihre Austauschposition gekostet. Nur wegen der Unterstützung ihrer Schwägerin hatte sie trotzdem kommen können. Sie hatte keine Ahnung, was

Melanie zu Bram gesagt hatte, damit er Arabella gehen ließ.

Als sie zum Rücksitz blickte, sah ihre Schwägerin Melanie ihr in die Augen und lächelte. Mel fragte: „Bist du schon nervös?"

Arabellas Bruder Tristan grunzte auf dem Fahrersitz. „Warum erwähnst du das verdammt nochmal, Frau? Jetzt wird sie sicher nervös."

Arabella verdrehte die Augen in Richtung ihres Bruders. „Sehe ich paranoid für dich aus?"

Tristan sah sie an und dann zurück auf die Straße. „Du bist eine MacLeod, was bedeutet, dass es unmöglich ist, das zu sagen."

Sie lächelte. „MacLeods sind auch innerlich stark. Wenn ich sage, dass es mir gut geht, geht es mir auch gut. Dass du jetzt an mir zweifelst, kann ich nicht gebrauchen."

Tristan stöhnte und schwieg. Arabella starrte wieder aus dem Autofenster, als Mel sagte: „Wenn etwas passiert, egal was, zögere nicht, uns anzurufen. Es ist mir egal, ob es Date-Abend ist oder ob ich mitten in einem wilden Drachensex-Marathon bin, wir werden für dich rangehen."

Arabella schauderte. „Ich brauche keine Bilder von meinem nackten Bruder, der mit jemandem Sex hat."

Mel lachte. „Schade, denn er ist ziemlich gut, weißt du."

Ara wechselte das Thema. „Wenn ich in Schwierigkeiten bin, rufe ich an. Ist das gut genug?"

Ihr Bruder sah nicht überzeugt aus, aber

Melanie antwortete: „Ich glaube an dich, Ara. In sechs Monaten wird dich niemand bei Lochguard gehen lassen wollen."

Mels unerschütterlicher Glaube war gleichzeitig beruhigend und beunruhigend. „Wir werden sehen. Wenn meine Fangruppe mir nach Schottland folgt, wird Finn euch vielleicht anflehen, mich möglichst bald zurückzuholen."

Melanie lachte. „Ich finde es niedlich, dass es eine Gruppe gibt, die sich um Gerechtigkeit für das, was dir angetan wurde, bemüht und jeden Politiker, der zuhört, damit nerven wird. Es wird nicht lange dauern, bis sie ein Gesetz nach dir benennen, das die Beschränkungen für die Jäger verschärft."

Arabella grunzte und wollte das nicht weiter diskutieren.

Dankbar für die Stille versuchte Ara, sich die Landschaft zu merken, bis Tristan in die letzte Straße nach Lochguard bog. Bald kam der See, oder Loch, wie man ihn in Schottland nannte, in Sicht. Loch Naver hatte Lochguard nicht nur seinen Namen gegeben, er war auch wunderschön. Der Sonnenschein des späten Septembers tanzte auf der Oberfläche. Mit den Hügeln und Gipfeln rund um den langen See sah es aus wie das Bild von einer Postkarte.

Als die Tore des Clans in der Ferne auftauchten, rieb Arabella ihre Hand an der Hose ab, als die Panik in letzter Minute ihre Kehle zuschnürte.

Die ersten Minuten auf Lochguard-Land waren kritisch. Sie war sich nicht sicher, ob sie mit Blicken voller Abscheu oder Mitleid umgehen konnte. Wenn alle sie so ansahen, konnte sie ihren Bruder bitten, sie mit zurückzunehmen.

Zumindest hatte das Interview, das sie vor zwei Monaten mit der BBC geführt hatte, bereits allen ermöglicht, ihr Gesicht und ihre Narben zu sehen. Es war nicht so, als wäre ihr Aussehen ein Schock. Zumindest hoffte sie das.

Die Stimme ihres Drachen war leise, als sie sprach. *Wir werden in Schottland Spaß haben. Hör auf, dir Sorgen zu machen.*

Mit ihrem Drachen zu sprechen, war für Arabella immer noch schwierig, aber sie hatte ihre Angst überwunden. *Danke.*

Jederzeit gern. Ich bin immer hier, Arabella.

Ich weiß.

Ihr Drache zog sich zurück und ließ sie wieder in Ruhe.

Arabella stieß einen Seufzer aus. Jeder erwachsene Drachenwandler sprach von seinem inneren Tier als einem lebenslangen Freund. Das wollte sie auch, aber nach einem Jahrzehnt des Schweigens und des Wegstoßens ihres Drachen war sie sich nicht sicher, ob das jemals passieren würde. Sie konnte den Rest ihres Lebens mit einem vorsichtigen Fremden verbringen, der an den Rändern ihres Geistes schwebte.

Tristan hielt vor einer Reihe von Stein- und Metalltoren an. Das Wort „LOCHGUARD" stand in schmiedeeisernen Buchstaben über dem Eingang geschrieben. Darunter war in Mersae, der alten

Drachensprache, „Liebe, Loyalität und Tapferkeit" zu lesen.

Ihr Bruder öffnete seine Tür, um auszusteigen, und Melanie folgte seinem Beispiel. Sie warteten geduldig ein paar Schritte entfernt.

Ihr Bruder und seine Gefährtin waren im letzten Jahr sehr geduldig und verständnisvoll gewesen. Der Gedanke, sie sechs Monate lang nicht zu sehen, trieb ihr die Tränen in die Augen.

Hör auf, Arabella. Es sind nur sechs verdammte Monate. Du solltest dich darauf konzentrieren, neue Erinnerungen zu schaffen. Mit einem tiefen Atemzug blinzelte sie die Tränen zurück und zwang ihr Gesicht zu einem neutralen Ausdruck. Wenn sie zusammenbrach und weinte, würde ihr Bruder sie auf keinen Fall aus den Augen lassen.

Einen protektiven älteren Bruder zu haben, war sowohl ein Segen als auch ein Fluch.

Sobald sie ihre Emotionen unter Kontrolle hatte, öffnete sie die Tür und ging hinüber zu Melanie und Tristan. Sie konnte Melanie gerade sagen hören: „Das ist unhöflich, Tristan."

Arabella unterbrach sie: „Was ist unhöflich?"

Mel runzelte die Stirn. „Man sollte meinen, jemand würde uns am Tor begrüßen. „Aber es ist niemand hier."

Sie blickte zum Tor und sah nur den Stein, das Metall und Wildnis. Sie sah zu Melanie hinüber. „Wir sind früh dran."

Melanie öffnete gerade den Mund, als ein

vertrauter schottischer Mann rief: „Ich bin hier, ich bin hier!"

Das Tor öffnete sich, und Finlay Stewart verlangsamte sein Tempo zu einem schnellen Gehen.

Wie damals, als sie ihn das letzte Mal bei Brams Paarungszeremonie gesehen hatte, war er so gutaussehend wie immer. Groß, schlank, mit vom Wind zerzausten, blonden Haaren und allgegenwärtigen Stoppeln im Gesicht, er war die Art von Mann, der jede Frau haben konnte, die er wollte.

Er war die Art von Mann, der nie jemanden wie sie wollen würde.

Als sie sich daran erinnerte, dass er mit jeder nicht liierten Frau auf Stonefire-Land geflirtet hatte, schaffte sie es, seine Anziehung zu überwinden. Ja, er war attraktiv, aber der Mann bedeutete nichts als Ärger. Sie wollte sich an ihren Plan halten und ihm aus dem Weg gehen. Sie wollte nicht zulassen, dass seine Arroganz ihren ersten Vorgeschmack auf Freiheit seit über einem Jahrzehnt ruinierte.

Finn näherte sich, und Ara zwang ihr Gesicht dazu, schon geradezu gelangweilt auszusehen. Sie wäre höflich, aber sie würde ihn nicht an ihren Grenzen vorbeischlüpfen lassen, wie er es sechs Monate zuvor getan hatte. Arabella war stärker. Dem Drachenmann zu widerstehen, sollte diesmal einfacher sein.

∼

Sobald Finn von Arabellas Ankunft in Kenntnis gesetzt wurde, sprang er von seinem Schreibtisch auf und eilte zum Eingangstor. Die verdammte Frau war fünfundvierzig Minuten zu früh.

Wie er Arabella kannte, missbilligte sie es, wenn er sie nicht am Tor begrüßte. Und nicht nur das, er konnte es nicht gebrauchen, dass ihr Bruder ihn noch mehr hasste, als er es bereits tat, insbesondere angesichts von Finns Plänen für das Mädchen.

Er rannte halb zum Vordereingang und verlangsamte erst sein Tempo, als Arabella sich umdrehte und ihm in die Augen sah. Eine kurze Erleichterung blitzte auf, aber sie wurde schnell durch einen unleserlichen Ausdruck ersetzt.

Sein Drache knurrte. *Sie sollte uns nie aussperren.*

Das braucht Zeit, Drache. Es ist jetzt schon sechs Monate her. Das Mädel braucht Zeit, um sich zu akklimatisieren.

Mit einem Schnauben zog sich sein inneres Tier zurück, als Finn sich Arabella, ihrem Bruder und der Gefährtin ihres Bruders näherte. Er sah Arabella an und zwinkerte. „Konntest nicht widerstehen, früher zu kommen, um mich zu sehen, was, Mädel?"

Bevor sie etwas erwidern konnte, knurrte ihr Bruder. „Ich mag es nicht, wenn du mit meiner Schwester flirtest. Wenn ich höre, dass du ihr wehtust, fliege ich hierher und werde dir eine Lektion erteilen."

Arabellas Wangen erhitzten sich, während sie „Tristan" flüsterte.

Sein Drache meldete sich zu Wort. *Er bringt sie in Verlegenheit. Schick ihn weg.*

Das wird unserem Fall nicht helfen.

Hmph.

Finn widersetzte sich, über die Launen seines Tieres die Augen zu verdrehen.

Arabellas Bruder drängte weiter. „Nein, der Schotte muss es hören, weil es meine einzige Warnung ist."

Finn hob eine Augenbraue, als Arabella sich ihrem Bruder zuwandte. Ohne Angst legte Finn jedes Gramm Dominanz und Autorität in seine Stimme. „Das ist mein Land. Wenn du hier bist, um mich zu beleidigen, kannst du gehen."

Tristan machte einen Schritt auf ihn zu, aber sowohl Arabella als auch die menschliche Frau traten dazwischen. Es war der Mensch, Melanie, wenn er sich richtig erinnerte, der sagte: „Vergib meinem Gefährten. Zu sagen, dass er protektiv ist, ist eine Untertreibung. Ich für meinen Teil bin dankbar, dass du Arabella diese Gelegenheit bietest."

Dann wandte sich der Mensch zu ihrem Gefährten, und Tristan murmelte schließlich: „Behandle sie einfach gut, Stewart."

„Natürlich. Arabella verdient das Beste, was ich ihr geben kann."

Der andere Drachenmann kniff die Augen zusammen, aber Finn war es egal. Er hatte seine Absichten nicht vor Bram verheimlicht, und er wollte sie auch nicht vor ihrem Bruder verbergen.

Nicht, dass irgendetwas davon eine Rolle gespielt hätte. Finn blickte zurück in Arabellas Augen, die voller Neugier waren. *Gut.* Sie haute nicht ab, was all die Monate seine Angst gewesen war. „Wenn wir dann jetzt mit diesem männlichen Beschützer-Bullshit fertig sind, könntest du Arabellas Sachen holen und mir folgen."

Tristan öffnete den Mund, aber seine Gefährtin flüsterte: „Lass ihn in Ruhe" und brachte ihn damit zum Schweigen.

Als Tristan und seine Gefährtin zu ihrem Auto zurückkehrten, trat Finn an Arabellas Seite und legte eine Hand an ihren Rücken. Sie verkrampfte sich nicht. Sie sah ihn nur an, eine Mischung aus Ungewissheit und Hunger in ihren Augen.

Wenn er eine Vermutung riskieren wollte, sehnte sie sich mehr nach der Berührung, als sie zugab.

Er lächelte zu ihr hinab. „Komm, ich zeige dir dein Cottage. Ich habe selbst dabei geholfen, es zu dekorieren."

Skepsis füllte ihre Augen. „Wenn es mit rosafarbenen, flauschigen Häschen und Tierkissen gefüllt ist, werden wir Häuser tauschen."

Er grinste. „Was ist mit rosa, flauschigen Einhörnern? Sind die eher dein Stil? Und Regenbogenkätzchen. Du wirkst wie ein Mädchen, das Regenbogenkätzchen mag."

Sie kämpfte gegen ein Lächeln und verlor. „Ich bin die Art von „Mädchen", die jedes Regenbogenkätzchen, das es finden kann, nehmen und vor deiner Haustür aufbauen wird. Das wird dein Image als dominanter, unheimlicher Clan-Führer mit Sicherheit verbessern."

Er lehnte sich einen Bruchteil nach unten und murmelte: „Oh, ich bin ganz für Vergeltungsspiele, Arabella. Beginne eins mit mir, und du wirst keine Chance haben."

Ihr Atem stockte. Wenn es aus Angst war, würde er sich zurückziehen. Aber in Arabella MacLeods Augen war keine Angst. Nein, da war eine Mischung aus Sehnsucht und jungfräulichem Verlangen.

Alle Zweifel, die er gehegt hatte, dass das Mädel ihn nicht vielleicht wollte, verschwanden.

Es war ihm egal, wie großspurig sein Grinsen sein musste, und er flüsterte: „Das ist alles, was kommen wird. Jetzt zeige ich dir erst einmal dein neues flauschiges, rosa Paradies."

Sie löste sich von seinem Blick und schnaubte. „Wenn das charmant sein soll, bist du aus der Übung. Das klingt ziemlich unheimlich."

Ihr Bruder knurrte von hinten: „Gehen wir endlich bald? Ich habe die Sachen meiner Schwester, aber wenn du dastehen und direkt vor mir mit Ara flirten willst, wird nicht einmal meine Gefährtin mich davon abhalten, dir in den Arsch zu treten."

Anstatt sich weiter mit ihrem Bruder anzulegen, gab er Arabella einen sanften Stoß, und sie gingen los. Je eher er Arabella untergebracht hatte, desto eher ging ihr Bruder. Dann konnte er wirklich alle Register ziehen.

Als er Arabellas Profil ansah, bemerkte er kaum die Narbe auf ihrer Nase oder die verheilten Verbrennungen an ihrem Hals. Er sah nur die schwache Röte auf ihren Wangen und ihr lächelndes Gesicht.

Sein Drache summte. *Wir werden sie jeden Tag zum Lächeln bringen. Sie hat es verdient.*

Wenn Finn ein Mitspracherecht bei der Sache hatte, würden sie genau das tun.

Kapitel Zwei

Arabella hatte wegen Finn fast ihre Nervosität vergessen. So sehr sie es auch hasste, es zuzugeben, selbst sich selbst gegenüber, der Drachenmann wusste, wie er sie verzaubern konnte.

Allein der Gedanke an Regenbogenkätzchen und Vergeltung ließ ihr Lächeln breiter werden.

Die Stimme ihres Drachen war leise. *Ich habe dir doch gesagt, wir werden in Schottland Spaß haben.*

Vielleicht. Es ist noch früh.

Bevor ihr inneres Tier antworten konnte, füllte Finns schottischer Akzent ihr Ohr. „Ich sehe deine blitzenden Drachenaugen, Arabella. Wenn dein Drache jemals zum Spielen rauskommen will, werde ich der Erste in der Reihe sein."

Vor einem Jahr hätte ein Kommentar über ihren Drachen, der rauskommen sollte, sie in Panik versetzt und sie in den Erinnerungen an die

Drachenjäger gefangen gehalten, die sie als Teenager gefoltert hatten.

Nach einem Jahr harter Arbeit und Coaching mit ihrem Bruder und Clan-Anführer brachten Finns Worte sie jedoch nur noch dazu, die Augen zu verdrehen. „Wie lange ist es her, fünf Minuten, seit ich hier bin? Dir werden die Sprüche sehr schnell ausgehen."

„Niemals für dich, Arabella. Ich habe eine kilometerlange Liste."

Bei der Rauheit in seiner Stimme blickte sie zu ihm. Die Hitze in seinen Augen ließ sie straucheln.

Dann drehte Finn den Kopf und hob seine freie Hand. „Faye, ich bin froh, dass du meine Nachricht erhalten hast."

Ara folgte Finns Blickrichtung. Eine große, junge Drachenfrau Mitte zwanzig mit gelockten, braunen Haaren lächelte sie an.

Arabellas Herzschlag beschleunigte sich. Sie wusste, dass sie andere Clanmitglieder treffen würde, aber es schien zu früh. Sie hatte noch nicht einmal Zeit gehabt, auszupacken.

Die Frau blieb vor ihnen stehen. Nach nur einem kurzen Blick in Arabellas Richtung drehte Faye ihre Augen zu Finn. „Und? Wirst du uns richtig vorstellen, oh großer Clanführer?"

Finn lachte über die Worte der Frau, und ein kleiner Teil Arabellas war eifersüchtig. Nicht, dass sie irgendeinen Anspruch auf ihn hatte oder das wollte. Trotzdem hasste sie es, die Außenseiterin zu sein.

Anstatt einfach dazustehen, streckte Arabella eine Hand aus. „Mein Name ist Arabella MacLeod. „Und du bist?"

Die bernsteinbraunen Augen der Frau trafen ihren Blick und starrten einfach. Ara fragte sich, ob sie den falschen Schritt gemacht hatte, als der Mundwinkel der Frau nach oben zuckte. Sie ergriff Arabellas Hand. „Ich bin Faye MacKenzie, deine dir zugeteilte Beschützerin."

Arabellas Ton war trocken. „Du meinst Babysitter."

Tristan meldete sich von hinten zu Wort: „Mir gefällt die Idee eines Babysitters." Ihr Bruder drängte sich zwischen Finn und Arabella, sah Faye in die Augen und befahl: „Beschütze meine Schwester vor eurem Clanführer."

In Fayes Augen tanzte Belustigung. „Oh, aye? Ich nehme jetzt Befehle von einem Fremden an, richtig?"

Ihr Bruder blinzelte bei den Worten der Frau, und Arabella biss sich auf die Lippe, um nicht zu lächeln. Arabella sagte dann: „Du hast hier nicht deinen furchteinflößenden Ruf, Tristan. Ich bin sicher, dass es in Schottland genauso viele knurrende, eigenbrötlerische Drachenmänner gibt wie in Nordengland."

Melanie drängte sich an Tristans Seite. „Das ist ja alles schön und gut, aber dieser knurrende, eigenbrötlerische Drachenmann gehört mir."

Faye grinste. „Ich habe nicht die Absicht, in

absehbarer Zukunft einen Gefährten zu nehmen. Dein Gefährte ist vor mir sicher, Mrs. ...?"

Mel lächelte. „Ich bin Melanie Hall-MacLeod, aber bitte nenn mich Mel."

Faye bekam ganz große Augen. „Du meinst, die Autorin von *Die Drachen offenbaren?*" Mel nickte, und Faye fuhr fort: „Du sahst im Fernsehen anders aus. Ich habe dein Buch geliebt, Mel, und alles, was es erreicht. Vielleicht signierst du irgendwann mein Exemplar?"

Melanie schmolz an die Seite ihres Gefährten. „Sicher, aber nicht jetzt. Jetzt muss ich meine Schwägerin in ihr neues Zuhause bringen. Du wirst gut für mich auf sie aufpassen, nicht wahr?"

Arabella öffnete den Mund, aber Finn kam ihr zuvor. „Natürlich kümmern wir uns um dich. Nun, bevor die Hälfte des Clans zum Glotzen rauskommt, lasst uns Arabella in ihr neues Zuhause bringen."

Finn klang gereizt, aber Arabella hatte keine Ahnung warum.

Zum Glück übernahm Melanie die Führung. „Ja, beeilen wir uns. Bram und Evie passen auf unsere Zwillinge auf, und ich hab' es ein wenig eilig, nach Hause zu kommen."

Finns Stimme klang etwas mehr wie er selbst, als er fragte: „Warum? Weil Bram einen von ihnen beim Windelwechseln verlieren wird?"

Mel lachte. „Nein, weil ich sie vermisse."

Melanies Stimme war voller Liebe für ihre Kinder. Für eine Sekunde hatte Arabella einen

Ansturm von Heimweh. Ihre Nichte und ihr Neffe bedeuteten ihr die Welt und halfen Arabella sogar, weniger Angst vor ihrem Drachen zu haben. Sechs Monate ohne sie waren eine lange Zeit.

Melanie legte ihr eine Hand auf den Arm. „Keine Sorge, Ara, wir bringen sie zu Besuch, vorausgesetzt, Finn sagt, es ist okay."

Finn seufzte. „Werdet ihr noch weitere Entscheidungen für mich und meinen Clan treffen? Bei diesem Tempo sollte ich einfach die Zügel übergeben und Urlaub machen."

Arabella sah ihn vielsagend an. „Hör auf zu jammern und bring mich zu meinem Cottage. Ich möchte mich eingewöhnen."

Aus dem Augenwinkel bemerkte Arabella, dass Faye sie mit Interesse ansah. Bevor Arabella der anderen Drachenfrau eine Frage stellen konnte, ging Mel voran. „Gut, dann lasst uns gehen."

Die Gruppe schwieg, die Dynamik und Leichtigkeit von vorhin mit Finn war verschwunden.

Was auch so sein sollte. Wenn sie nicht vorsichtig wäre, würde Finn einen Weg finden, sie zu überzeugen, etwas für ihn zu empfinden, und ihr dann das Herz brechen. Sie hatte es zu Hause in Stonefire mehrmals erlebt, mit Männern, die sich wie er benahmen. Sie hatte nicht vor, auf die Tricks des Mannes reinzufallen.

Finn bekam nicht oft schlechte Laune, aber er war schon halb da. Die Leute von Stonefire bescherten ihm Kopfschmerzen.

Natürlich nicht Arabella, aber ihr überfürsorglicher Bruder und dessen Gefährtin. Melanie schien nett zu sein, aber die Frau war so dominant wie ihr Mann. Finns Vermutung war, dass Bram Probleme hatte, das Paar zu kontrollieren.

Angesichts Finns dürftiger Position konnte er es sich nicht leisten, jemanden die Führung übernehmen zu lassen. Das kleinste Zeichen von Schwäche und eine Clanführer-Herausforderung würde ihm vor den Latz geknallt.

Er erhöhte sein Tempo, und der Rest der Gruppe hielt mit. Da es später Nachmittag war, waren die meisten Clanmitglieder nicht unterwegs. Wenn er Glück hatte, hatte niemand gesehen, wie das Stonefire-Paar ihn herausgefordert hatte.

Sein Drache meldete sich zu Wort: *Du machst dir zu viele Sorgen.*

Duncan sucht nach einer Ausrede, um mich herauszufordern, und das weißt du. Bis mehr vom Clan auf meiner Seite sind, muss ich vorsichtig sein.

Das Stonefire-Paar wird gehen, und alles wird gut. Wir können mehr mit Arabella reden.

Der Ton seines Drachens war fordernder, als er es mochte. *Mir Befehle zu erteilen, wird nichts bringen. Außerdem muss ich die Opferpapiere fertig machen. Faye wird sich um sie kümmern.*

Mit einem ungläubigen Grunzen verstummte

sein Drache. Es schien, als wollten heute alle seine Autorität in Frage stellen.

Sie kamen an ein paar Cottages am Rande des Clans vorbei und erreichten bald eines, das etwas abseits der anderen lag. Finn zwang sich zu lächeln, als sie sich näherten, blieb stehen und machte eine übermäßig dramatische Geste in Richtung Cottage. „Und das, Ms. Arabella, ist Ihr neuer Palast."

Faye schüttelte nur den Kopf, aber Finn war das egal. Sie kannten sich schon ihr ganzes Leben; wenn sie seine Absichten gegenüber Arabella erraten würde, würde Faye es verstehen.

Arabella betrachtete die wilden Büsche vor dem Cottage. „Wenn du erwartest, dass ich die kürze, wirst du bitter enttäuscht werden."

Finn ging zur Tür und zuckte mit den Schultern. „Tu, was du willst. Im Moment ist mein Garten so ziemlich ein wilder Wald."

Als Finn die Tür öffnete, spähte er schnell hinein. Er hatte das Haus zuvor von oben bis unten überprüft, ob es sicher war, aber er hatte nicht vor, Arabellas Leben zu riskieren, insbesondere angesichts des wachsenden Hasses auf sie unter den neu reformierten Drachenrittern.

Er hörte, roch und sah keine Bedrohungen, schaltete das Licht an und trat ein. „Ihr könnt Arabella helfen, sich einzugewöhnen." Er sah zu Faye. „Sobald sie sich eingerichtet hat und das Stonefire-Paar auf dem Heimweg ist, sag Bescheid."

„Du wirst nicht hierbleiben?", fragte Arabella.

Er wollte am liebsten alle aus dem Cottage

werfen, sie an die Wand drängen und ihr sagen, dass er blieb. Aber nicht nur hatte er Unmengen zu tun; wenn er zu früh etwas unternahm, würde sich Arabella von ihm abschotten.

Sein Drache murmelte, *wir werden sie bald an die Wand drängen. Ich will sie.*

Halt die Klappe, Drache. Sie ist nichts, was wir uns einfach nehmen können. Sie muss sich entscheiden.

Sein inneres Tier schnaubte. *Ich will sie immer noch.*

Finn hielt seine Stimme nonchalant. „Ich habe zu tun, Mädel. Faye wird dir bei allem helfen, was du brauchst, und ich werde später nach dir sehen."

Tristan knurrte. „Vielleicht sollten wir eine Weile bleiben."

Melanie stieß einen Seufzer aus. „Nein, Tristan. Wir haben noch sechs Stunden Fahrt nach Hause vor uns. Wenn du nicht in einen Drachen wandeln und mich und das Auto zurück nach Stonefire tragen kannst, müssen wir innerhalb einer Stunde abfahren."

Tristan schwieg weiter.

Der Drang, Tristan zu ärgern, war groß, aber Finn widersetzte sich. „Gut, dann lasse ich dich mit Faye allein. Wenn ihr zu Besuch kommen möchtet, lasst es Bram wissen, und ich werde sehen, was wir tun können. Ich kann im Moment keine unangemeldeten Besuche empfangen, wegen der Jäger und Drachenritter."

Mel nickte. „Natürlich. Wir werden Arabella

erlauben, sich einzuleben und erst ihren Platz in Lochguard zu finden."

„Dann verabschiede ich mich bis zum nächsten Mal." Finn wich Arabellas Blick aus, verließ das Cottage und ging auf sein eigenes zu.

ARABELLA VERSUCHTE IMMER NOCH, ihre Enttäuschung darüber, dass Finn einfach gegangen war, beiseitezuschieben, als Mel eine Hand auf ihren Arm legte. Arabella sah Mel in die Augen, als sie sagte: „Wie wäre es, wenn wir uns einen Tee machen, während Tristan dein Gepäck nach oben trägt?"

Arabella nickte und ignorierte das Grunzen ihres Bruders. Es gab Dinge, die sie Melanie fragen wollte, die Arabella jedoch nicht vor ihrem Bruder mit seinem übermäßig ausgeprägten Beschützerinstinkt stellen konnte.

Faye räusperte sich. „Ich warte draußen und rufe mein Team an, wenn es dir nichts ausmacht."

Arabella sah ihren Babysitter an. „Okay."

Als es offensichtlich war, dass Arabella nicht mehr sagen wollte, drehte Faye sich um und verließ das Cottage.

Mel schob sie in Richtung Küche auf der anderen Seite, während Tristan ihren ersten Koffer die Treppe hochbrachte. Als sie allein waren, fragte Mel: „Wir haben nicht viel Zeit, Ara, wenn du mich also etwas fragen willst, dann tu es schnell, bevor Tristan zurückkommt."

Sie wich Mels Blick aus, ihre Augen bewegten sich zur Ablenkung zu den Küchenschränken. „Was passiert, wenn ich hier nicht sechs Monate durchhalte? Was werde ich dann tun?"

Mel tätschelte ihren Arm. „Dann ruf einfach an. Aber wenn es darum geht, dass Finn dich abweist, bist du stärker als das. Ich bin sicher, dass es hier viele heiße schottische Drachenwandler zur Auswahl gibt."

Aras Herzschlag beschleunigte sich, und eine Hitzewallung kroch ihr den Hals hinauf. „Die Jagd nach einem Gefährten ist nicht mein Hauptgrund, hier zu sein."

„Ich weiß, Liebes, aber schließe es nicht aus. Ich denke, du kannst hier wirklich du selbst sein, und wenn du das kannst, wirst du hier ziemlich vielen die Köpfe verdrehen."

Sie sah Mel in die Augen. Freundlichkeit und Liebe leuchteten aus dem Blick ihrer Schwägerin. Arabella wusste nicht, wie sie den Menschen vor ihren Augen jemals hatte hassen können. Melanie war das, was einer Schwester am nächsten kam.

Unsicher, was sie sonst noch sagen sollte, murmelte Arabella: „Danke."

Tristans Fußstapfen drangen die Treppe hinunter, und Mel ging zum Wasserkocher auf der Theke. „Jetzt machen wir uns einen Tee und gehen an die Arbeit. Wir haben nur eine Stunde, bevor wir aufbrechen müssen. Zwölf Stunden im Auto, alles an einem Tag, müssen für mich ein Rekord sein."

Tristan tauchte in der Küche auf. „Glaub mir, das weiß ich. Nichts zu tun ist nicht deine starke Seite."

Mel hob eine Augenbraue in Richtung ihres Gefährten. „Sagt der Drachenmann, der keinen ganzen Film stillsitzen kann, ohne gleichzeitig etwas anderes zu tun."

Tristan zuckte mit den Schultern. „Drachenwandler haben mehr Energie. Wenn du nicht willst, dass ich zur Abendzeit in Drachengestalt auf Jagd gehe, musst du dich damit abfinden."

Mel lächelte. „Vielleicht, wenn die Zwillinge erst mal älter sind, kann ich euch alle drei zur Jagd schicken und mir etwas Ruhe gönnen."

Tristan ging zu seiner Gefährtin und zog sie nahe an sich heran. „Oder wir können dich einfach mitnehmen. Du bist doch diejenige, die so gerne Drachenwandler studiert."

Mel grinste. „Jetzt hast du mich erwischt."

Arabella wandte sich ab, als ihr Bruder seine Gefährtin küsste. Sie hatte ein Jahrzehnt lang geglaubt, sie würde nie die Nähe und die regelmäßige Berührung eines Gefährten haben. In den letzten Wochen fing sie jedoch an, sich zu fragen, ob es doch möglich wäre.

Die Stimme ihres Drachen war vorsichtig. *Das wird es, wenn du mir erlaubst zu helfen.*

Sie hielt eine Sekunde inne und beschloss, eine

Frage zu riskieren. *Ich verstehe das nicht. Was meinst du damit?*

Bald, Ara, aber noch nicht. Du bist noch nicht soweit.

Wut füllte ihren Körper. *Du solltest auf meiner Seite sein, verdammter Drache.*

Und das bin ich. Warte einfach.

Der Wasserkocher schaltete sich mit einem Klick aus. Arabella stieß einen frustrierten Seufzer aus, bereitete den Tee zu und fragte sich, was zum Teufel ihr Drache wohl meinen konnte.

Kapitel Drei

Arabella war allein. Als sie mehrere ihrer Lieblingsfotos von Türen aufhängte, fühlte sich das Cottage ein wenig mehr wie zu Hause an. Alle dreiundfünfzig ihrer Türbildsammlung mitzubringen, war unmöglich gewesen, die zehn an ihrer Wand mussten genügen.

Sie verfolgte den Umriss einer verblassten blauen Tür, schief und leicht vom oberen Scharnier gelöst. Das Bild stammte von einem alten Cottage in Irland, aber das war nicht das, was Arabella sah, wenn sie es betrachtete.

Die schiefe blaue Tür war ein Portal zu einem anderen Land, wo Drachen in Burganlagen zusammenlebten und die einzige Rasse auf dem Planeten waren. Sie konnten frei fliegen und jagen, ohne Angst vor Raubtieren. Nein, in Arabellas imaginärem Land waren Drachen die größten Raubtiere. Menschen und vor allem Drachenjäger existierten nicht.

Arabella trat zurück und blickte über ihre Türensammlung. Jede stand für eine Fantasie, die sie über die Jahre benutzt hatte, um der schrecklichen Realität zu entfliehen, die ihr Leben war.

Sie hoffte, eines Tages die Bilder durch echte Erinnerungen ersetzen zu können. Dieser Tag war jedoch noch nicht gekommen.

Jemand klopfte an die Tür. Arabella legte den Hammer hin und spähte aus dem Loch, um Faye MacKenzies lächelndes Gesicht zu sehen. Ihr erster Instinkt war, so zu tun, als hätte sie das Klopfen nicht gehört, aber Arabella schob es schnell beiseite. Selbst wenn es sie tötete, würde sie sich zwingen, mit anderen zu interagieren.

Arabella öffnete die Tür und versuchte zu lächeln. „Ja?"

Faye hob eine Braue. „Wirst du mich reinbitten?"

Arabella trat zur Seite und deutete mit der Hand. „Komm rein."

Faye ging an ihr vorbei und marschierte in den Wohnbereich. Der Schritt der Drachenfrau war selbstbewusst, und Arabella war sich nicht sicher, ob sie es jemals sein könnte.

Nachdem sie die Tür geschlossen hatte, folgte sie und bemerkte, wie Faye sich ihre Türensammlung ansah. Eine Fremde, die sich ihre speziellen Fluchtmechanismen ansah, fühlte sich falsch an, aber sie kämpfte gegen das Gefühl und wartete darauf, zu sehen, was die andere Frau tun würde.

Lächelnd sah Faye sie an, und Arabella erkannte, dass ihre bernsteinfarbenen Augen sowohl in Form als auch in Farbe Finns sehr ähnlich waren. Bevor sie sich zurückhalten konnte, platze sie heraus: „Bist du Finns Schwester? Oder vielleicht Halbschwester?"

Schmunzelnd drehte Faye sich in Richtung Arabella. „Nein, aber du bist nicht die Erste, die das annimmt. Wir sind Cousin und Cousine."

Die Leichtigkeit zwischen Finn und Faye ergab jetzt einen Sinn. „Eure Eltern müssen sich mit den Namen abgesprochen haben, dass sie beide mit „F" beginnen."

„Oh, fang nicht mal damit an. Meine älteren Brüder heißen Fergus und Fraser. Angesichts der Wahl meiner Eltern für allzu schottische Namen, bin ich froh, dass meine Mutter standhaft war, sonst hätte mich mein Dad Flora genannt. Aber ich bin neugierig, was dich angeht. MacLeod ist eindeutig schottisch, aber dein Akzent kommt aus Nordengland. Weißt du, warum?"

Arabella blinzelte. „Springst du immer von einem Thema zum nächsten?"

Faye grinste. „Aye. Das liegt ein bisschen in der Familie. Sei nur froh, dass meine älteren Brüder nicht auch hier sind. Obwohl ich sie leicht herbringen kann, wenn du möchtest."

Bevor sie sich zurückhalten konnte, berührte Arabella die verbrannte Seite ihres Halses. Die

Geste ließ Faye die Stirn runzeln. Ihr Ton war etwas dominant. „Wir müssen dieses Schamgefühl wieder in Ordnung bringen, oder du wirst hier nicht lange durchhalten."

Arabella senkte die Hand und musterte Faye. „Warum das?"

„Lochguard ist voller hartnäckiger, kluger Drachenmänner und -Frauen, aber nicht alle begrüßen die Idee eines Austauschs. Zeig ihnen eine Schwäche, und sie werden zuschlagen. Finn ist entschlossen, dich zu beschützen, aber er ist Clanführer und kann nicht überall sein."

Arabellas Schüchternheit schmolz, ersetzt durch einen wachsenden Hass in ihrem Bauch. „Was genau hat Finlay Stewart über mich gesagt?"

Faye zuckte mit den Schultern. „Nicht viel, nur, dass ich auf dich aufpassen und jede schlechte Behandlung, die ich sehe, melden soll. Ich würde sagen, mein Cousin ist sehr an dir interessiert, Arabella MacLeod. Kannst du mir sagen, was passiert ist, als er in Stonefire war?"

Der direkte, aber freundliche Ton der Drachenfrau verunsicherte Arabella. Sie hatte keine verdammte Ahnung, ob es aufrichtig war oder nicht. Menschen zu lesen war keine ihrer Stärken.

Arabella beschloss, das zu tun, was sie am besten konnte, und offen zu sein. „Er hat mich nach Sicherheit und ähnlichem befragt. Die meiste Zeit flirtete er mit den alleinstehenden Frauen."

Faye musterte sie einen Moment. „Aye, das klingt nach Finn."

Selbst Arabella, eine Anfängerin, wenn es um Subtilität ging, verstand, dass Faye sich nicht täuschen ließ. „Ich bin nicht völlig hilflos, egal, was Finn sagen mag."

„Das habe ich auch niemals behauptet. Aber wenn du hier überleben willst, Arabella, muss ich dir ein paar Dinge beibringen."

Ihr gefiel nicht, wie sich das anhörte. „Welche Dinge?"

Faye verschränkte ihre Arme und neigte den Kopf, während sie Arabella musterte. Nur durch schiere Willenskraft gelang es Arabella, nicht zappelig zu werden oder auf sie loszugehen. Wenn sie sich mit Faye MacKenzie anlegte, würde sie eine wertvolle Ressource verlieren. Bis jetzt war die Drachenfrau viel unkomplizierter als Finn.

Noch bevor Arabella den Mut aufbrachte, erneut zu fragen, antwortete Faye: „Zum einen gibt es einen Riss im Clan. Etwas weniger als der Hälfte gefallen Finns moderne Vorstellungen über die Beziehungen zwischen Drachen und Menschen nicht."

„Und warum ist das mein Problem?"

„Nun, sie werden dich beobachten. Ein paar von ihnen könnten sogar versuchen, dich zu verscheuchen. Sie mögen keine englischen Drachenwandler, die in ihr Territorium eindringen."

Arabella ballte eine ihrer Hände. Sie war es leid, höflich zu sein. „Warum zum Teufel sollten sie die englischen Drachen hassen? Stonefire hat seit

Jahrhunderten nicht mehr versucht, Lochguard anzugreifen."

„Aye, du hast recht. Aber Erinnerungen sind lang. Du vergisst, dass wir das Ziel sowohl der englischen Menschen als auch der anderen Drachenclans während der Vertreibung der Gälischsprachigen im 18. Jahrhundert waren, als beide unser Land stehlen wollten. Das ist der Grund, warum es in Schottland nur einen Drachenwandler-Clan statt zwei gibt."

„Das war vor fast dreihundert Jahren. Und bevor du mit einer langen Tirade über das Ausmaß der Ungerechtigkeit anfängst, meine Familie hat eine Verbindung hierher. Du hast gefragt, warum mein Nachname MacLeod ist, aber ich englisch klinge. Nun, meine Familie wurde während der Räumungen aus dem schottischen Flachland vertrieben, aber ich würde nicht einer Gruppe von Toten die Schuld für den Schmerz ebenfalls längst verstorbener Vorfahren geben." Faye lächelte und verwirrte sie damit. „Warum lächelst du mich an?"

„Du hast Rückgrat, Arabella. Du könntest dich hier doch wohlfühlen."

„Du wechselst schon wieder das Thema. Du sagtest, ich müsse Dinge wissen, im Plural. Abgesehen von der alten Geschichte, warum sollte ich sonst noch vorsichtig sein?"

Gerade als Faye den Mund öffnete, klopfte es an der Tür. Verschlagenheit tanzte in den Augen der Drachenfrau. „Das wird Finlay sein. Er kann es dir selbst sagen."

FINN WARTETE DARAUF, dass Arabella ihre Tür öffnete, und fuhr sich mit der Hand durchs Haar. Warum Schmetterlinge in seinem Bauch herumzappelten, er hatte keine Ahnung. Es war ja nicht so, als hätte das Mädel ihn nicht schon in schlechterem Zustand gesehen.

Humor lag in der Stimme seines Drachen. *Aye, aber dieses Mal ist es anders. Dieses Mal kannst du mit ihr allein sein, ohne ihre Familie.*

Sein inneres Tier hatte recht, nicht, dass Finn das zugeben würde. *Ich mache mir mehr Sorgen, ob sie sich eingewöhnt. Sie kommt nicht gut mit Fremden zurecht.*

Faye ist freundlich und nett. Arabella wird es gut gehen.

Bevor er seine Bedenken weiter äußern konnte, öffnete seine Cousine Faye die Tür. Ihre Stimme war übermäßig unschuldig. „Aye, Cousin? Kann ich dir helfen?"

„Warum fragst du mich das? Lass mich einfach rein."

Faye lächelte. „Du sagtest, du wärst erst in einer Stunde hier. Da du zu früh bist, mache ich mir nur Sorgen, dass etwas nicht stimmt und meine Aufmerksamkeit braucht. Ich bin schließlich ein Beschützer."

Finn knurrte. „Hör auf mit den Spielchen, Cousine. Geh zur Seite, und lass mich rein."

„Da ist aber jemand mürrisch." Faye lachte.

Anstatt sich mit den Spielen seiner Cousine rumzuärgern, drängte sich Finn an ihr vorbei und betrat den Wohnbereich. Er blickte sich im Raum um und sah Arabella an der Seite, die Arme über der Brust verschränkt. Darauf bedacht, nicht auf ihre dadurch hochgeschobenen Brüste zu starren, lächelte er und ließ seinen Charme sprühen. „Ach, liebe Arabella, du siehst wie immer strahlend aus."

Sein Drache schnaubte. *Das wird ihr nicht gefallen.*

Arabella hob eine Braue. „Arbeitest du immer noch diese Liste ab, Finlay? Du solltest dir Zeit sparen und sie wegwerfen."

Hab ich's doch gesagt.

Finn ignorierte sein Tier und machte zwei Schritte auf Arabella zu. Als sie nicht beiseite ging, pumpte das sein Ego auf. „Und deine fröhlichen Antworten verpassen? Niemals."

Mit einem Seufzer sagte Arabella: „Warum bist du hier, und was willst du?"

Finn machte einen weiteren Schritt auf das Mädel zu, ohne den Augenkontakt zu unterbrechen. „Ich bin deinetwegen hier, Arabella."

Arabellas Augen weiteten sich einen Bruchteil. Sie kehrte schnell zu einem neutralen Ausdruck zurück, aber es war zu spät. Ihre Antwort gab ihm den Mut, noch näher zu treten und seine Stimme zu senken. „In den nächsten zwei Stunden kannst du mit mir machen, was du willst."

Er konnte hören, wie ihr Herzschlag sich beschleunigte. Er nahm den Blick nicht von ihr und flüsterte: „Also, was würdest du gerne tun, Arabella?"

Er wartete ab, ob er zu weit gegangen war. Aber

wie erwartet, straffte sie ihre Schultern und stand erhobenen Hauptes da. „Ich möchte, dass du gehst, damit Faye meine Fragen beantworten kann."

„Das kann ich für dich machen, Mädel."

Sie stieß ihm einen Finger in die Brust, und er widersetzte sich dem Drang, ihre Hand in seine zu nehmen. „Du würdest die Hälfte der Zeit mit Flirten verbringen, was meine Zeit verschwendet. Ich bin sicher, der Clan könnte dich woanders gebrauchen."

Fayes Stimme kam von hinten. „Aye, Cousin. Du erzählst immer von einer nie endenden Liste von Aufgaben. Du könntest einige davon in Angriff nehmen."

Er drehte sich um und schoss seiner Cousine einen warnenden Blick zu. „Musst du nicht trainieren? Soweit ich weiß, bist du für eine Schwadron von Beschützern zuständig."

Faye nickte. „Ja, aber du bist zu früh. Ich kann Arabella noch eine halbe Stunde Gesellschaft leisten. Während dieser Zeit könntest du ein oder zwei Streitigkeiten beilegen."

Finn hob seine Stimme und sagte: „Ich bin aus einem bestimmten Grund zu früh. Shay hatte Probleme mit einem der anderen Jungs. Du musst mit ihm reden und daran arbeiten, sein Temperament zu zügeln."

Seine Cousine schwieg ein paar Sekunden aus reiner Bosheit, bevor sie nickte. „Gut, dann kümmere ich mich jetzt darum." Faye sah Arabella an. „An deinem Kühlschrank hängt eine Liste mit

Telefonnummern, einschließlich meiner. Wenn du irgendwas brauchst, zögere nicht, mich anzurufen."

Arabella antwortete: „Ich würde lieber mit dir gehen und dir beim Training zusehen. Ich bin aus der Übung und könnte eine Auffrischung gebrauchen."

Finn schüttelte kaum merklich den Kopf.

Faye lächelte. „Tut mir leid, Arabella. So sehr ich auch wünschte, dass ich es könnte. nicht einmal ich kann mich ohne Konsequenzen meinem Clanführer widersetzen. Finn möchte etwas Zeit mit dir allein verbringen, also kannst du es gleich hinter dich bringen."

Finn hatte kaum „Faye" geknurrt, bevor seine Cousine lachte und schnell aus der Tür ging.

Er atmete tief ein und drehte sich in Richtung Arabella um. Anstatt ängstlich, sah sie sauer aus. „Na, na, Arabella. Ist es wirklich so schrecklich, Zeit mit mir zu verbringen?"

Mit einem finsteren Blick schob sie gegen seine Brust. Er ignorierte die Hitze, die bei ihrer Berührung aufkam, und konzentrierte sich auf ihre Worte. „Warum bist du so scharf darauf, mich allein zu haben? Wenn du denkst, du könntest mich bezirzen und mich zu einer deiner Eroberungen machen, wird das nicht passieren."

Zorn rauschte durch seinen Körper, und er kniff die Augen zusammen. „Für jemanden, der es nicht mag, wenn man sie beurteilt, bist du verdammt voreingenommen."

Sie schob erneut gegen seine Brust. „Ich habe

gesehen, wie du dich in Stonefire verhalten hast, getanzt und den Frauen ins Ohr geflüstert hast. Sie haben dir aus der Hand gefressen, und der einzige Grund, warum ein Mann das tut, ist, um sie ins Bett zu kriegen."

Er hielt ihre Hand an seiner Brust fest und lehnte sich nach unten. Nicht einmal, dass sie den Atem anhielt, konnte ihn von der Wut ablenken, die durch seinen Körper stürmte. „Denk doch mal darüber nach. Grüblerisch zu sein und mich wie ein Bastard zu verhalten, hätte deinen ganzen Clan von mir weggetrieben, und dann hätte hier niemand einen Austausch gewollt. Charmant zu ein paar Mädels zu sein lohnt sich, wenn es bedeutet, dass ich die Allianz mit Stonefire weiter festigen kann."

Arabella blinzelte. „Du hast es für die Allianz getan?"

„Ja, das habe ich. Und ich würde noch viel mehr tun. Aber da du meiner Cousine mehr vertraust als mir, wer weiß warum, kannst du sie fragen, wie viele Herzen ich hier gebrochen habe. Vielleicht löscht das deinen voreingenommenen Schwachsinn aus."

Als sie einander schweigend anstarrten, bemerkte Finn die zarte, warme Hand in seiner. Und nicht nur das, ein leichter Vanillegeruch füllte seine Nase.

Sein Drache knurrte. *Sie riecht gut. Und sie ist warm. Ich will sie.*

Arabella antwortete glücklicherweise schneller als sein inneres Tier. „Sag es mir selbst. Wie viele, Finn?"

Er zögerte nicht. „Eine, als ich ein junger Kerl von achtzehn war." Sie zog die Brauen zusammen. Er ließ ihre Hand los und trat ein paar Schritte zurück. „Ob du es glaubst oder nicht, es ist mir egal, Arabella MacLeod. Aber ich sage dir eins: Wenn du wirklich die Fähigkeiten, die du in den letzten zehn Jahren verloren hast, trainieren und wiedererlangen möchtest, dann werde ich dein Trainer sein."

„Aber –"

„Nein. Faye würde es nie zugeben, aber sie hat viel zu tun. Sie erfindet praktisch gerade neu, wie meine Beschützer trainiert werden. Sie würde dich nie abweisen, aber als ihr Clanführer werde ich es verbieten. Wenn du trainieren willst, musst du dich mit mir abfinden." Er verschränkte die Arme vor der Brust. „Ich brauche eine Antwort, und zwar jetzt. Was willst du, Arabella? Dies ist deine einzige Chance, darum zu bitten."

Kapitel Vier

Arabella ballte die Hände an den Seiten. „Ich bin einen halben Tag hier. und du wirfst mit Ultimaten um dich? Für wen zum Teufel hältst du dich eigentlich?"

„Für den Clanführer."

Sein sachlicher Ton ließ ihr Blut nur heißer werden. „Clanführer, die Angst mit Ultimaten begegnen, halten nicht lange, Finlay Stewart."

Finn hob eine Braue. „Du weißt also, wie ich meinen Clan führe, ja?"

„Ich kann mir vorstellen, dass das dein wahres Ich ist. Selbst wenn du dich versteckst, wird der Clan es früh genug herausfinden."

In Finns Augen blitzte die Wut, aber Arabella hatte keine Angst. Wenn sie sich dem Schotten nicht widersetzen würde, hätte er das Recht, sie die ganzen sechs Monate herumkommandieren zu dürfen, und das würde sie nicht zulassen.

Der Drachenmann ging auf sie zu, bis er

weniger als einen halben Meter von ihr entfernt war. Sie schwor, die Hitze seines Körpers zu spüren.

Nur seine Stimme lenkte sie ab. „Wenn du glaubst, dass ich auf Zehenspitzen um dich herumlaufe und sanft bin und dir wegen ein paar Narben jede Laune durchgehen lasse, dann lass mich eines klarstellen: Das wird nicht passieren. Du bist stur, Arabella MacLeod, aber ich bin es noch mehr. Du trainierst mit mir oder mit niemandem, weil ich nicht riskieren kann, dass etwas schiefgeht. Oder im schlimmsten Fall tut dir jemand weh, um sich an mir zu rächen."

Sie runzelte die Stirn. „Wovon sprichst du?"

Er kam näher, und sie trat zurück, nur um gegen eine Wand zu stoßen. Als er einen Arm auf beide Seiten ihres Kopfes stützte, kitzelte sein Atem ihre Wange. Seine Hitze und sein Geruch umgaben sie, aber bevor sie sich zu sehr darüber Gedanken machen konnte, warum sie sich dadurch sicher fühlte, anstatt in Panik zu geraten, flüsterte Finn: „Ein Teil des Clans will mich verdrängen. Sie haben alles versucht, von einem Skandal bis hin zu falschen Behauptungen, dass ich jede einzelne Frau im Clan geschwängert habe, um meinen Platz zu sichern. Sagen wir einfach, sie sind nicht glücklich darüber, dass ein englischer Drachenwandler auf unserem Land lebt. Wenn ich nicht aufpasse, tun sie dir weh, Arabella. Ich könnte nicht mit mir selbst leben, wenn das passierte."

Sie blickte in seine bernsteinfarbenen Augen und sah nur Wahrheit. „Warum sagst du mir das nicht einfach, anstatt den Dominanter-Alpha-Drache-Mist abzuziehen und mich herumkommandieren zu wollen? Um die Wahrheit herumzutanzen und subtile Bewegungen sind nicht meine Stärke, Finn. Sag es mir direkt, und ich glaube dir eher."

Er beugte sich ein kleines Stückchen vor. Da ihre Wut verblasste, konnte sie seine Hitze oder seinen maskulinen Duft in der Nase nicht länger ignorieren.

Ihr Drache flüsterte, *er wird dir nichts tun. Küss ihn.*

Ich – nein. Ich will ihn nicht küssen.

Lügnerin.

Finn neigte den Kopf, um ihr ins Ohr zu flüstern: „Ich sehe deine blitzenden Drachenaugen, Arabella. Sag mir, was sie sagt."

Sein Hals war jetzt direkt vor ihren Lippen. Dank ihres überempfindlichen Drachenwandler-Gehörs hörte sie Finns Herz doppelt so schnell schlagen.

Sie konnte nicht sagen, ob es sich um ein Spiel handelte oder ob er wirklich an ihr interessiert war.

Sie krallte ihre Finger gegen die Wand und lehnte sich einen Bruchteil mehr auf ihn zu. Der Duft eines reinen Mannes, vermischt mit Wind und Torf, streichelte ihre Sinne. Sie mochte, wie er roch.

Nein. Ich kann das nicht.

Bevor ihr Drache antworten konnte, zog Finn sich zurück. Der Verlust seiner Hitze ließ sie zittern.

Als ob die letzten Minuten nie passiert wären, hob Finn eine Augenbraue. „Du willst vielleicht nicht mit mir über deinen Drachen reden, aber das wirst du, Arabella. Eines Tages werde ich all deine Geheimnisse kennen."

Sie räusperte sich. „Und woher genau weißt du das? Hast du eine Kristallkugel, mit der du die Zukunft vorhersagen kannst?"

Sein Blick wurde erhitzt. „Nein, aber ich gebe Menschen nicht so leicht auf, und ich habe nicht vor, dich aufzugeben."

Blinzelnd versuchte Arabella, sich etwas einfallen zu lassen, das sie sagen konnte. Er konnte doch sicher nicht meinen, dass er an ihr interessiert war. Sie kannten einander kaum.

Aber gleichzeitig war sein zielstrebiger Blick intensiv und ein wenig beunruhigend. In diesem Moment sah er nur sie.

Dann streckte Finn eine Hand aus und wackelte mit den Fingern. „Also, wie wäre es mit etwas Training? Ich möchte, dass du vorbereitet bist, falls Duncan und seine Leute denken, dich ins Visier nehmen zu können."

„Wer ist Duncan?"

„Mein Hauptrivale." Er streckte seine Hand etwas weiter aus. „Was darf es sein? Wenn sonst nichts, sieh es wenigstens als Chance, mir in den Arsch zu treten. Das sollte dich doch glücklich machen."

Sie lächelte bei der Vorstellung, Finn in die Eier zu treten, und legte ihre Hand in seine. „Du hast endlich etwas, dem ich nicht widerstehen kann."

Sein Griff festigte sich an ihrer Hand, und ein

kleiner Ruck stürzte ihre Arme hinunter. Irgendwie konzentrierte sie sich auf seine Frage. „Oh, aye? Und das wäre, Mädel?"

„Die Gelegenheit, dich in die Knie zu zwingen."

ARABELLAS GRINSEN FÜHLTE sich wie ein Schlag in den Bauch an. Ihr ganzes Gesicht erhellte sich mit einem Lächeln. Fügte man Amüsement und ein bisschen zu viel Freude in ihren Augen hinzu, dann war sie wunderschön.

Sein Drache schnaubte. *Du hättest sie küssen sollen. Ich mag es nicht zu warten.*

Aber Vorfreude ist Teil des Spiels.

Ich bin ein Drachen. Ich gebe nichts auf Vorfreude. Ich will Arabella küssen und wenn sie so weit ist, will ich sie auch ficken.

Er schob das pulsierende Verlangen seines Tiers beiseite, konzentrierte sich wieder auf Arabella und grinste. „Ich glaube, ich werde dich auf dem Rücken haben, bevor das passiert, Mädel."

Er wartete, um zu sehen, ob sie abhauen würde, sich zurückziehen würde, oder wer weiß, was sonst bei der Anspielung. Aber sein Mädel hob nur eine Augenbraue. „Ich sehe das als Herausforderung, und du solltest wissen, dass MacLeods Herausforderungen sehr ernst nehmen."

Er zog an ihrer Hand und ging Richtung Tür. Arabella hielt mit ihm mit, und er starrte auf sie hinab. „Dann freue ich mich auf die Herausforderung. Ich habe drei Tage in der Hölle überlebt, um Clan-Anführer zu sein, aber vielleicht hat ein kleines Mädel die Macht, mich am Ende in die Knie zu zwingen."

„Ich bin viel mehr als ein „kleines Mädel". Bevor sich mein Leben vor all diesen Jahren veränderte, hatte ich geplant, Clanführer zu werden."

Er öffnete die Tür und starrte sie an. Als er nicht sofort antwortete, zogen sich ihre Augenbrauen zusammen. „Was? Glaubst du mir nicht?"

„Oh doch, ich glaube dir." Er zwinkerte. „Ich stelle mir nur gerade vor, wie du Bram in den Arsch trittst und die Führung übernimmst."

In der anschließenden Stille öffnete Finn die Tür weiter, bevor er schließlich sagte: „Genug geredet. Ich will sehen, ob du den Weg gehen kannst. Lass uns gehen. Ich kann dir unterwegs sogar eine Tour geben, wenn du nett zu mir bis."

Sie verließen das Haus. Nachdem sie die Tür geschlossen hatten, gingen sie in Richtung des nahe gelegenen Lochs. Er drückte Aras zarte weibliche Hand in seine. Als sie nicht versuchte, sie wegzuziehen, pumpte das sein Ego auf.

Sein Drache schwebte am Rande seines Geistes, aber der Wunsch seines inneren Tieres, viel mehr zu tun, als die Hand des Mädels zu halten, drang langsam durch. *Hör auf, Drache. Ich kann Ara nicht mit einem harten Schwanz trainieren.*

Dann mach, was ich will. Küss sie.

Nicht jetzt, du widerliches Biest.

Mit jeder Alpha-Dominanz, die er besaß, verstärkte Finn die Mauern zwischen sich und seinem Drachen.

Zufrieden, dass sein Tier im Moment eingedämmt war, sah er sich um. Die Gegend war verlassen, was um die Uhrzeit nicht ungewöhnlich war. Er würde ihre Isolation ausnutzen, um Arabella ein wenig über seinen Clan zu erzählen. Schließlich wollte er, dass sie Lochguard so sehr zu lieben lernte wie er. Etwas Magie zu enthüllen konnte dabei helfen.

Er zeigte auf den See in der Ferne und vermehrte seinen lässigen Charme. „Du hast wahrscheinlich Loch Naver auf dem Weg hierher gesehen. Während die Menschen ihn nur als ein Gewässer betrachten, haben wir Legenden über diesen See.”

Sie sah zu ihm auf und neigte den Kopf. „Und? Wirst du es mir erzählen, oder muss ich erst supernett fragen?”

„Ich wollte nur sichergehen, dass ich deine Aufmerksamkeit habe, Mädel, denn es ist eine ziemliche Geschichte.”

„Sie sollte dem Hype besser gerecht werden, Finn.”

Grinsend zog er sie ein wenig näher an seine Seite und lehnte seinen Kopf nach unten zu ihrem. „Siehst du den bröckelnde Broch auf unserer Seite des Sees?”

„Du meinst die halb zerstörte Steinkonstruktion, die wie ein Turm aussieht?"

„Das ist es. Man sagt, die Grüne Lady hat dort gewohnt. Sie war ein schützender Geist, der seine Kräfte aus dem Loch zog. Einige sagen, sie sei der Grund dafür, dass es Clan Lochguard gelungen sei, ihr Land zu behalten, als die Sutherlands im 19. Jahrhundert diese Pacht für die Schafzucht geräumt haben."

Arabella sah ihn skeptisch an. „Eine magische Geisterdame hat deinen Clan beschützt? Dir ist schon klar, dass du ein Drachenwandler bist, oder? Und dass, ich weiß nicht, es eher eine Gruppe von Drachen war, die die menschlichen Grundbesitzer verjagt hat?"

„Wo ist da das Mysteriöse? Ich glaube gern, dass die Grüne Lady noch in diesem Broch wohnt und darauf wartet, dem Clan zu helfen, wann immer wir sie wirklich brauchen. Jedes Mal, wenn ein Clanmitglied achtzehn wird, geht es nachts hin, um den Zauber zu erleben. Ich finde, du solltest es auch versuchen. Wenn du erst einmal reingehst und die seltsame Energie spürst, wirst du vielleicht etwas weniger skeptisch sein."

„Vielleicht, aber ich bezweifle es. Ich mag Fakten mehr als Gefühle."

„Ich werde daran arbeiten, deine Meinung zu ändern, Mädel, warte nur." Finn zog an Arabellas Hand. „Komm. So gern ich auch Geschichten erzähle, ich habe nur noch etwa eine Stunde bis zu meinem nächsten Termin. Wenn du trainieren willst, müssen wir uns beeilen."

ARABELLA WARF einen letzten Blick auf den bröckelnden Turm in der Nähe des Sees, bevor sie Finns Führung folgte. Obwohl sie nicht an Magie oder Geister glaubte, war sie neugierig, das Innere des Bauwerks zu sehen. Die „Magie" des Ortes ließ sich wahrscheinlich mit ein paar cleveren versteckten Lichtern oder Lautsprechern erklären. Sie würde gern Finns Gesicht sehen, wenn sie seine Geschichte widerlegte.

Blinzelnd wäre sie fast gestolpert. Ihr Plan, sich vom Lochguard-Anführer fernzuhalten, lief nicht gut. Obwohl sie keine andere Wahl hatte, als ihm zu erlauben, sie zu trainieren, würde Arabella andere Wege finden, sich zu beschäftigen. Zum einen hatte sie noch Programmierarbeit zu erledigen. Außerdem wollte sie mehr über den sogenannten Riss in Lochguard erfahren. Der schottische Drachenwandler-Clan ähnelte ihrem eigenen, war aber nicht ganz gleich. Sie musste ihre Grenzen herausfinden.

Unterwegs zeigte Finn gelegentlich auf einige wichtige Gebäude, wie sein Cottage, die Haupthalle und den zentralen Marktplatz, aber für den Rest der Zeit schwieg er. Als sie heimlich zu ihm hinüberblickte, sah Finn aus, als wäre er tief in Gedanken. Angesichts seiner Neigung, sie zu necken und zu scherzen, vergaß sie manchmal das Gewicht, das er als Clan-Anführer trug.

Dann landete ein Drache weniger als fünfzehn Meter entfernt und erregte damit ihre Aufmerksamkeit. Die lila Haut des großen Tieres glitzerte in den kleinen Sonnenlichtströmen, die durch die aufgebrochenen Wolken am Himmel strahlten.

Während der Drache mit den Flügeln schlug, um sich zu stabilisieren, als die Füße den Boden berührten, drückte ein Rauschen der Sehnsucht Arabellas Herz. In Drachengestalt hatte Arabellas Haut fast den gleichen violetten Farbton.

Vor allem wollte sie das Gefühl von Leichtigkeit und Vertrautheit haben, wie der lila Drache im Landebereich. Doch trotz aller Bemühungen war Arabella lange nicht aus freiem Willen gewandelt.

Die Stimme ihres Drachen meldete sich vorsichtig. *Ich bin hier. Wenn du so weit bist, sag Bescheid. Ich werde helfen.*

Wie in der Vergangenheit blieb Arabella lieber still als zu antworten. Ihr inneres Tier war geduldig, und seit Arabella sich vor einem Jahr allein aus ihrem Haus gewagt hatte, hatte sie sie nicht gezwungen, sich in einen Drachen zu verwandeln. Aber ein Jahr ohne Wandel würde ihren Tribut an ihrem Tier fordern. Der Tag kam, an dem sie wandeln musste, ob sie es wollte oder nicht.

Finn zog sie an ihrem Arm und hinter eine Felswand, die den Landebereich des Drachen abschirmte.

Während sie sich noch fragte, ob er sie genau beobachtet hatte oder nicht, ließ der Drachenmann einfach ihre Hand los und ging ein paar Schritte zurück. „Geh auf mich los, Arabella, und greif mich mit deinen besten Moves an. Ich muss sehen, womit ich arbeite."

Froh, dass Finn nicht erwähnte, dass sie den anderen Drachen angestarrt hatte, drängte sie ihre Bedenken, was das Wandeln anging, zur Seite. „Ich habe keine eigenen ‚Moves', wie du es formuliert hast. Ich war ein Jahrzehnt fast isoliert in meinem Haus. Ich muss von vorn anfangen."

„Das bezweifle ich. Aber ich finde schon einen Weg, dich zu testen."

Einer von Finns Mundwinkeln zuckte nach oben, und sie sah ihn finster an. „Wenn du denkst, dass du mich provozieren kannst, werde ich nicht aufhören, bis ich dir in die Eier trete, Finlay Stewart. Betrachte das als deine einzige Warnung."

Der Bastard grinste, und Arabella versuchte, sich an ihre Ausbildung als Teenager zu erinnern. Es musste doch etwas geben, das sie tun konnte, um den übermütigen Drachenmann zu verunsichern.

Sie hatte vielleicht einen Move, vorausgesetzt, sie versaute ihn nicht.

Arabella atmete tief ein, um Mut zu bekommen, und ging langsam auf Finn zu. Als sie vor ihm stehenblieb und eine Hand an seine Brust legte, verblasste sein Grinsen. Seine Stimme war rau, als er fragte: „Was machst du, Arabella?"

In einer schnellen Bewegung schwenkte sie ihr

Bein, winkelte ihren Fuß und trat gegen seine Kniekehle.

Finn schwankte eine Sekunde lang, aber anstatt zu Boden zu gehen, nahm er ihre Arme, wirbelte sie herum, bis sie von ihm abgewandt war, und hielt sie an seiner Brust fest.

Weil sie gehalten wurde und nicht sehen konnte, wer es war, sackte ihr der Magen hinunter. Sie war gefangen, genau wie als Teenager.

Mit ihrem tosenden Herzen in den Ohren war sie nicht mehr in Schottland, sondern in einer dunklen Scheune. Der Geruch von Gülle und altem Männerschweiß füllte ihre Nase. Ein Mann hielt sie gegen seine Brust, ihr Kämpfen zwecklos gegen seine Muskeln.

Trotzdem versuchte sie es. Ihre Mutter war in Ketten gefesselt, während ein anderer Mann sie schlug.

Nein. Sie schrie, sie sollen aufhören. Wenn sie nicht aufhören würden, würden sie sie töten.

„Arabella MacLeod. Sieh mich an."

Es dauerte eine Sekunde, bis sie merkte, dass sie nicht mehr festgehalten wurde. Finn hockte vor ihr, seine Augen suchten nach Antworten.

Die Scham strömte in den Vordergrund. Arabella hatte im letzten Jahr so hart gearbeitet, doch der erste Mann, der sie in einem freundschaftlichen Training zurückhielt, löste bei ihr ein Trauma aus. Vielleicht war sie doch noch nicht bereit gewesen, ihren Clan zu verlassen.

Die Dominanz in Finns Stimme erregte ihre Aufmerksamkeit. „Arabella, bist du bei mir?"

Sie wich seinem Blick aus und nickte. Das Nächste, was sie bemerkte, war, dass Finn ihr Kinn in die Hand nahm und es zu sich drehte. „Sieh mich an."

Sie wappnete sich für Mitleid, warf einen Blick auf ihn und blinzelte. In Finns Augen war kein bisschen Mitleid, nur Intensität.

Die Stimme des Drachenmanns war aus reinem Stahl. „Wenn ich dich trainieren soll, musst du einige Fragen wahrheitsgemäß beantworten. Wenn du dich weigerst, werde ich mit Bram darüber sprechen, dass du nach Stonefire zurückgeschickt wirst."

Ein Teil ihres Unbehagens wurde durch Wut ersetzt. „Das kannst du nicht machen."

„Ich kann und ich werde. Und jetzt sag: Was ist geschehen, als du von den Drachenjägern gefangen genommen wurdest? Und keine Halbwahrheiten. Ich merke, wenn du lügst."

„Wie kannst —"

„Ich hatte viel Übung. Hier ist niemand außer dir und mir. Was immer du sagst, bleibt unter uns, also sag mir, was passiert ist, Arabella. Ich muss es wissen."

Kapitel Fünf

Finn versuchte, nicht die Luft anzuhalten. Nachdem er mit der Drohung, sie nach Stonefire zurückzuschicken, seine beste Karte gespielt hatte, konnte er nur abwarten und sehen, ob es sich auszahlte.

Arabella in seinen Armen erstarren zu spüren, war ein Gefühl, das er nie vergessen würde. Was auch immer mit dem Mädel passiert war, es war nicht schön. Selbst wenige Minuten später kämpfte er noch immer gegen den Drang, in einen Drachen zu wandeln und die Menschen zu finden, die sie terrorisiert hatten.

Sein Drache zischte. *Eines Tages werden wir sie finden.*

Ich stimme zu, aber nicht jetzt. Arabella braucht uns.

Dann heilen wir sie. Wir sind die Einzigen, die das können.

Er war sich nicht sicher, was er von der Aussage

seines Tieres halten sollte, aber er würde später darüber nachdenken.

Er drückte Arabellas Kinn und murmelte: „Sag's mir, Mädel. Ich muss es wissen."

Ihre Augen sahen in seine. Zumindest war der verängstigte Blick darin verschwunden.

Schließlich war ihre Stimme leise, als sie antwortete: „Es ist meine Schuld, dass meine Mutter tot ist."

„Dann erzähl mir, was passiert ist, damit ich beurteilen kann, ob ich es Blödsinn nennen soll oder nicht."

Anstatt sich zu wehren, wandte sie sich einfach von ihm ab, und Finn ließ seinen Griff an ihrem Kinn los. Er verlor sie.

Er versuchte, eine andere Herangehensweise zu finden, als Arabellas Stimme den kleinen Trainingsraum füllte. „Ich war siebzehn und wollte nichts mehr, als die Welt sehen. Wie die meisten Teenager war ich übermütig und sicher, dass ich auf mich selbst aufpassen konnte.

„Eines Tages, während ich mit meiner Mutter zu einem der Jagdgründe von Stonefire flog, schlich ich mich davon. Ich hatte noch nie eine der Städte gesehen, nur die Städte und Dörfer im Lake District, und ich wollte sehen, wie die Menschen lebten." Arabella sah über ihre Schulter. „Der Grund, warum ich eine menschliche Stadt sehen wollte, war die Leidenschaft meiner Mum. Sie war ein bisschen wie du, da sie die Beziehungen zwischen den Drachenwandlern und den Menschen verbessern wollte."

Finn lächelte. „Deine Mum klingt wie eine clevere Drachenfrau. Kein Wunder, dass du dich zu mir hingezogen fühlst."

Arabella sah ihn an. „Ich fühle mich nicht zu dir hingezogen."

„Wenn du meinst."

„Ich ignoriere deine Bemerkung. Was meine Mutter angeht: Sie war brillant, ohne überheblich zu sein, im Gegensatz zu einigen anderen Drachenwandlern. Sie sagte immer, dass, nachdem sie das sture Herz meines Vaters gewonnen hatte, alles möglich sei, sogar Menschen dazu zu bringen, uns zu mögen."

Er grinste. „Nach deiner Sturheit zu urteilen, musst du nach deinem Dad kommen."

Das Feuer blitzte in ihren Augen, und Finn verkniff es sich zu zwinkern. Sein Mädel kam zu ihm zurück.

„Wenn du mich ständig unterbrichst, werde ich diese Geschichte nie rauskriegen. Kannst du zwei Minuten ruhig bleiben?" Er machte eine Geste mit den Händen, damit sie fortfuhr, und Arabella tat es. „Als meine Mutter nach oben flog, um einem Gipfel auszuweichen, schlich ich mich weg und änderte den Kurs."

Finn öffnete den Mund, aber Arabella hob ihre Brauen in seine Richtung. Da er den Rest hören wollte, schloss er den Mund, und sie sprach weiter. „Carlisle war zwar keine riesige Stadt, aber auf dem Weg zum Jagdgebiet am nächsten. Vorher hatte ich nach Wegbeschreibungen gesucht und schaffte es bald zu den Außenbezirken der Stadt.

Es gab so viele Häuser, mehr als nur ein paar eng aneinander, als ich in Richtung Stadtzentrum flog. Im Vergleich zu den kleinen Städten und Dörfern in der Nähe von Stonefire war es fast eine andere Welt."

Arabella verstummte, und sein innerer Drache brüllte. *Sie zieht sich wieder zurück. Bring sie zurück.*

Gib mir eine verdammte Chance, Drache.

Wenn Drachen die Augen hätten verdrehen können, hätte sein Drache es getan.

Er vergaß sein Tier und machte einen Schritt auf sie zu. Dann hakte er nach: „Und was ist dann passiert, Arabella?"

Sie begegnete seinem Blick. „Dann traf mich irgendeine elektrische Ladung. Meine Flügel wollten sich nicht bewegen, und ich fiel vom Himmel."

NOCH MEHR ALS EIN Jahrzehnt später erinnerte sich Arabella an die Luft, die gegen ihre Haut strömte, als sie auf die Erde stürzte und nicht in der Lage war, ihre Flügel zu spreizen, um ihren Fall zu verlangsamen. Damals war sie sicher gewesen, dass sie sterben würde.

Finns Stimme drang in die Erinnerung. „Du stehst immer noch hier, also hör auf mit dem

Drama und erzähl mir, was als Nächstes passiert ist."

Sie kniff die Augen zusammen. „Mich herumzukommandieren, lässt mich nicht schneller erzählen. Vielleicht sollte ich hier aufhören, und du kannst dich dann selbst fragen, was als Nächstes passiert ist."

Finn hob eine Braue. „Aye, und ich rufe Bram an. Du hast mir noch nicht die ganze Wahrheit gesagt, also steht mein Befehl noch."

Während Arabella ihre Finger verkrampfte, wünschte sie sich, sie hätte die Moves, um den selbstbewussten Blick aus Finlay Stewarts Gesicht zu wischen. Sie hatte das Gefühl, dass ihn nicht viele offen herausforderten.

Natürlich hatte sie keine Moves, die sie gegen ihn einsetzen konnte. Zumindest noch nicht. Was auch immer nötig war, sie würde einen Weg finden, Finn auf den Boden zu bringen und ihn einige Fragen beantworten zu lassen. Es war nicht fair, dass er so viel mehr über sie wusste als sie über ihn.

Moment mal, warum interessiert mich das?

„Arabella."

Finns stählerner Ton ließ sie die Stirn runzeln, und sie antwortete: „Gut, ich werde antworten, wenn du mir erlaubst, Faye beim Training ihrer Beschützer zuzusehen. Du hast als Clanführer viel zu tun, und ich werde alt, bevor du genug Zeit hast, mich richtig auszubilden."

Die Überheblichkeit des Drachenmanns

verrutschte für eine Sekunde. „Du handelst mit mir?"

„Warum nicht? Du machst das doch auch so gern mit mir."

Sie wappnete sich für einen weiteren dominanten Alpha-Befehl, aber stattdessen lachte Finn nur. „Ich fange an, mehr und mehr von dem verborgenen Möchtegern-Clanführer in dir zu sehen, Arabella MacLeod. Das Leben mit dir wäre nie langweilig."

Arabella widersetzte sich, rot zu werden, und zwang ihr Gesicht, neutral zu bleiben. Fast jeder in Stonefire nannte sie die „Einsiedlerin des Clans". Sie konnte sich an niemanden außerhalb ihrer Familie, ihrer Online-Freunde oder Bram erinnern, der sagte, sie sei interessant.

Sie räusperte sich. „Wie lautet also deine Antwort, Finlay? Haben wir einen Deal?"

Grinsend ging er einen Schritt auf sie zu und streckte seine Hand aus. „Schlag ein, und ich werde sehen, was sich machen lässt."

Etwas besorgt darüber, was er ihr nicht sagte, legte sie ihre Hand in seine. Finn drückte ihre Finger und rieb ihr den Handrücken mit dem Daumen. Das raue, warme Streicheln sandte ihr einen Nervenkitzel über den Körper.

Glücklicherweise, bevor sie etwas Dummes tat, wie Finns Hand mit ihrem eigenen Daumen zu reiben, zog er sie an sich und flüsterte: „Nun erzähl deine Geschichte zu Ende, Arabella. Ich möchte dich besser kennenlernen."

Während sie versuchte, Finns Streicheln an ihrer Hand oder seinen Atem auf ihrer Wange zu ignorieren, meldete ihr Drache sich zu Wort. *Sag'sihm. Er wird uns nicht verurteilen oder bemitleiden.*

W-woher weißt du das?

Ich weiß es einfach. Er ist das, was du brauchst.

Blinzelnd versuchte sie, ihr Tier zu verstehen. Die meisten Drachenwandler würden dem nachgehen, aber Arabella hatte Angst. Sie war sich nicht ganz darüber im Klaren, wovor, aber sie hatte das Gefühl, dass ein paar Sätze ihres Drachen sie dazu bringen konnten, etwas zu konfrontieren, wofür sie nicht bereit war. Es war besser, Nichtverstehen vorzutäuschen.

Finn zog an ihrer Hand und ließ sie dann los. Durch den abgeschnittenen Kontakt war es einfacher, sich auf ihre Geschichte zu konzentrieren. „Während ich auf den Boden zu getrudelt bin, kam meine Mutter angeflogen. Mum schob ihren Körper unter meinen und schlug mit den Flügeln, als ob ihr Leben davon abhing, und verhinderte so meinen Sturz. Obwohl es nicht die beste Landung war, eher ein Stolpern, haben wir beide mit nur leichten Verletzungen überlebt, als der Schock nachließ.

Bevor wir viel mehr als nur blinzeln konnten, kamen natürlich zwei Jäger mit großen Waffen aus der nahegelegenen Baumkrone hervor. Nachdem wir beide mit Hochspannungsstrahlen getroffen wurden, wurde alles schwarz."

Finn verschränkte die Arme vor der Brust. „Wie

zum Teufel haben sie diese Art von Waffen gefunden? Sie sind im Vereinigten Königreich illegal."

Arabella zuckte mit den Schultern. „Ich weiß nicht. Und damals machte ich mir Sorgen um größere Dinge, wie zum Beispiel mein Leben."

„Ich weiß, aber es lässt mich argwöhnen, dass sie immer noch solche Waffen haben. Weißt du, die Inverness-Jäger sind ziemlich unorganisiert und keine große Bedrohung. Wir mussten uns nie vor solchen gefährlichen Waffen schützen."

Die Erinnerung an die Wunden ihres Bruders durch eine Laserpistole vor fast einem Jahr ließ sie zittern. „Sie haben jetzt schlimmere Waffen, wie Bram dir sicher gesagt hat."

„Aye, er hat erwähnt, dass dein Bruder einen Zusammenstoß mit dem Tod hatte. Im Moment ist das aber nicht wichtig. Ich möchte wissen, was mit dir passiert ist. Sag mir, was dann passiert ist, Arabella."

Die nächste Phase ihrer Geschichte war der Teil, der sie immer noch in Alpträumen heimsuchte. Wenn sie nur daran dachte, was sie gesehen hatte, als sie in Ketten aufgewacht war, verknotete sich ihr Magen. Sie wollte nicht, dass Finn ihre Schwächen zweimal am Tag sah.

Vielleicht sollte sie aufhören und testen, ob Finn bluffte. Würde er sie wirklich wegschicken?

Die Stimme ihres Drachen war warm. *Du schaffst das, Ara. Ich bin hier, und ich will bleiben.*

Während ihr Tier in Arabellas Geist summte,

verblasste ihre Panik. *Danke. Ich will auch bleiben. Ich werde es versuchen.*

Als sie in Finns Augen zurückblickte, konnte sie seinen Gesichtsausdruck nicht lesen. Das fehlende Mitleid darin Gesicht gab ihr den Mut weiterzumachen. „Als ich wieder bei Bewusstsein war, brannte mein Gesicht. Ich versuchte, es zu berühren, nur um mich nicht nur wieder in menschlicher Gestalt zu finden, sondern an einen großen Holzpfosten in einer Scheune gekettet." Sie berührte die Narbe in ihrem Gesicht. „Sie hatten mir mein Gesicht aufgeschlitzt, als ich bewusstlos war."

Finns Pupillen blitzten zu Drachenschlitzen, und er knurrte: „Was noch, Arabella? Du verschweigst mir etwas."

„Verdammt, Finn, ich könnte es schneller erzählen, wenn du mich nicht mehr unterbrechen würdest."

Er bedeutete ihr mit dem Kopf fortzufahren.

Mit einem Schlucken setzte sie ihre Geschichte fort. „Meine Mutter war mit blauen Flecken und Schnitten übersät. Zuerst dachte ich, sie wäre tot. Kein Schreien weckte sie auf. Aber der Lärm zog die Jäger an. Ich riskierte, meine Handgelenke zu brechen, indem ich meine Arme bewegte. Als ich die Ketten zerbrach, schoss ein Jäger mit einer Art Pfeil auf mich. Sofort war ich groggy."

Nicht in der Lage zu sein, sich zu bewegen oder Kontrolle über den eigenen Körper zu haben, war das Schlimmste gewesen. Zumindest bis zu dem, was als Nächstes passierte.

Ihr Drache summte wieder, und die Erinnerungen an Panik und Traurigkeit verblassten. Sie atmete einmal tief ein, dann sprach sie weiter. „Da nahmen sie meine Mutter und schlugen sie vor meinen Augen. Ein Mann hielt mich an seiner Brust fest, und egal, wie sehr ich kämpfte, ich konnte mich nicht befreien." Tränen brannten in ihren Augen, und sie wandte den Blick ab. „Da wusste ich, dass sie sie töten würden."

Finns Stimme war vorsichtig. „Arabella." Sie traf seinen Blick, seine Augen waren blitzende Drachenschlitze. „Lass mich dich halten, Mädel. Mein Drache mag deine Tränen nicht."

Ein Teil von ihr sehnte sich danach, ein starkes Paar Arme um sich herum zu spüren, ein anderer Teil hatte Angst. Wenn sie nicht aufpasste, wünschte sie sich vielleicht, dass Finn etwas an ihr lag.

Nein, er bot ihr nur Unterstützung an, wie es jeder gute Clanführer tun würde. Ja, wenn sie sich an diese Tatsache erinnerte, konnte sie die Kraft seiner Arme um sich herum genießen und nicht zu viel hineinlesen.

Der erste Schritt war der schwerste, aber bevor sie es merkte, legte sie ihren Kopf gegen Finns Brust. Die Festigkeit der Muskeln unter ihrer Wange, kombiniert mit der Hitze seines Körpers, half, ihre Ängste zu zerschmelzen.

In Finns Armen fühlte sie sich sicher.

Bei dieser Erkenntnis wusste Arabella, dass sie in Schwierigkeiten war.

FINN HÄTTE NIE ERWARTET, dass Arabella sein Angebot annehmen würde, aber als sich das Mädel an seine Brust kuschelte, legte er seine Arme um sie und drückte sie. Ein Schutzbedürfnis, das er nicht verstehen konnte, stürzte durch seinen Körper.

Sein Drache knurrte. *Wir werden immer für ihre Sicherheit sorgen. Sie gehört uns.*

Arabella gehört niemandem.

Sein Tier grunzte. *Das wird sie eines Tages. Niemand wird versuchen, sie wegzunehmen.*

Er legte sein Kinn auf Arabellas Kopf, atmete ihren Vanilleduft vermischt mit reiner Frau ein und drückte sie fester. Nachdem er ihre mit Tränen gefüllten Augen gesehen hatte, während sie von den Schlägen gegen ihre Mutter sprach, wollte er jeden Tag Feuer in ihren Augen tanzen lassen.

Egal, was nötig war, er würde das Mädel überzeugen, es ihm zu erlauben.

Viel früher als er wollte, hob Arabella ihren Kopf und sah ihn an. Jede Zelle in seinem Körper wollte Sehnsucht oder Zärtlichkeit in ihren Augen sehen, aber stattdessen sah er nur Verwirrung.

Auf seltsame Weise ermutigte ihn der Anblick nur, sich mehr anzustrengen. Sein Mädel brauchte Zeit, um ihm zu vertrauen. Finn musste nur dafür sorgen, es nicht zu vermasseln.

Er rieb in Kreisen über ihren Rücken und wollte sehen, wie Arabella reagieren würde. Als sie gegen seine Brust schob, zwang er sich, sie für den Moment gehen zu lassen. Doch wenn es nach ihm ging, würde er sie bald wieder halten.

Finn bemerkte den Sonnenstand und wusste, dass sein nächster Versuch warten musste. „Geht es dir jetzt gut, Mädel?"

Sie sah ebenfalls zum Himmel. „Mir geht's gut." Als sie ihm in die Augen blickte, sagte sie: „Du musst gehen."

„Aye, aber ich kann vielleicht absagen, wenn du mich brauchst."

Sie schüttelte den Kopf. „Nein. Bring mich einfach zurück zu meinem Cottage. Ich hab' Arbeit zu erledigen."

Arabella verfeinerte die Computersysteme von Stonefire und Lochguard gegen Bedrohungen von außen. Da Finn einmal als Leiter der IT-Abteilung von Lochguard ausgebildet worden war, wollte er sie zu ihrer Arbeit befragen. Aber wenn er etwas von Anfang an gelernt hatte, dann, dass ein Clanführer seinen Clan über seine persönlichen Wünsche stellte.

Obwohl er seine in diesem Moment am liebsten abschütteln wollte, um Arabella besser kennenzulernen.

Wir werden sie bald sehen. Vielleicht küsst du sie dann endlich.

Halt die Klappe, Drache.

Er schwang seinen Arm und lächelte. „Nun, nach Euch, Mylady."

Eine Sekunde verging, und dann die nächste. Konnten sie wieder in die Vertrautheit von vorhin zurückfallen? Oder wäre es Arabella unangenehm und sie wäre distanziert? Er hoffte, es wäre das Erste.

Für eine Sekunde musterte sie ihn nur, und sein Puls beschleunigte sich. Dann seufzte sie, verdrehte die Augen, und Finn grinste. Er deutete wieder mit dem Arm. „Also ist das ein Ja?"

Sie stemmte die Hände in die Hüfte. „Wenn du versuchst, ritterlich zu sein, vergisst du eine sehr wichtige Sache."

„Und die wäre?"

„Ich habe keine verdammte Ahnung, wo wir sind. Wenn ich vorgehe, sind wir sicher verloren."

Er grinste breiter. „Nun, es ist der Gedanke, der zählt."

„Beeil dich, sonst kommst du zu spät."

Als er ging, passte Arabella sich seinen Schritten an. „Und ich würde das auf keinen Fall tun wollen, sonst würde ich den ganzen Spaß verpassen, wie du mit meinen Cousins umgehst."

Arabella sah ihn stirnrunzelnd an. „Wovon zum Teufel sprichst du?"

„Ach, hat Faye dir das nicht erzählt? Du und ich essen mit ihrer ganzen Familie."

Arabellas Schritt stockte. „Was? Seit wann?"

Er legte eine Hand an ihren Rücken und drängte sie, weiterzugehen. Als sie anfing sich zu bewegen, zuckte er mit den Schultern. „Ich habe es gestern geplant. Die MacKenzies sind nicht nur meine Familie, sondern eine der freundlichsten und nettesten Familien innerhalb des Clans." Er senkte seine Stimme. „Ich habe bereits Feinde erwähnt, und die MacKenzies werden mir helfen, auf dich aufzupassen."

„Ich habe keine wirkliche Wahl, oder?"

„Hierbei, nein, hast du nicht." Als sie von ihm wegsah, fügte er hinzu: „Keine Sorge, Arabella. Zehn Minuten mit den MacKenzies, und du wirst dir entweder den Nacken vor lauter Kopfschütteln verzerren oder einen schmerzenden Bauch vom Lachen haben. Ich wette, es ist Letzteres."

Ihr Blick war skeptisch. Nach ein paar Sekunden Schweigen antwortete sie: „Gut, aber wenn ich eine Panikattacke verspüre, bringst du mich nach Hause, ohne Fragen zu stellen."

Da er wusste, dass er kein besseres Angebot bekommen würde, nickte er. „Abgemacht. Jetzt müssen wir uns wirklich beeilen. Du wirst den Rest des Heimwegs ohne meinen Charme überleben müssen."

„Ich glaube, das werde ich."

Finn drückte Arabellas Rücken und lächelte. Er konnte den Abend nicht abwarten. Ein Abendessen mit den MacKenzies sollte Arabella helfen, ihre Vergangenheit zu vergessen. Wenigstens eine Weile.

Kapitel Sechs

Arabella steckte eine Haarsträhne hinter ihr Ohr und versuchte, sich auf ihren Laptop-Bildschirm zu konzentrieren. Finn sollte sie jede Minute abholen, und nicht einmal ihre Arbeit konnte sie ablenken.

Ein Abendessen mit den MacKenzies wäre ihr erster echter Test auf Lochguard. Es war auch eine Gelegenheit, Freunde zu finden, zumindest mit Faye. Ihr Plan war, den Abend über mit der anderen Drachenfrau zu reden. Auf diese Weise konnte sie Distanz zu Finn wahren.

Sie hatte ihm mehr als jedem anderen außerhalb ihrer Familie von ihrem Zusammenstoß mit den Drachenjägern erzählt. Nur weil er vorher kein Mitleid gezeigt hatte, hieß das jedoch nicht, dass es nicht irgendwann doch noch einsetzen würde, zumal sie ihm noch nicht das Schlimmste erzählt hatte.

Und wenn er sie dann bemitleidete, könnte ein Stück von ihr zerbrechen.

Doch selbst wenige Stunden später erinnerte sie sich noch an die Wärme seiner Umarmung sowie an seinen Geruch nach Mann und Torf. Sie konnte nicht leugnen, wie sehr sie seine Arme um sich herum fühlen wollte. Sicherheit und Frieden waren zwei Dinge, die Arabella selten in Gegenwart von jemandem empfand, nicht einmal bei ihrem Bruder oder dem Clanführer. Doch ein flirtender Schotte, der sie gerne provozierte, sorgte dafür, ohne es überhaupt zu versuchen.

Arabella schloss ihren Laptop und fasste das Gerät fest mit ihren Fingern. Sie musste Abstand zu Finlay Stewart wahren. Er war der falsche Drachenmann für sie.

Ihr Drache meldete sich zu Wort. *Ich verstehe das nicht. Weshalb? Du magst ihn. Er ist nett. Er wird uns beschützen.*

Er wird mir das Herz brechen, wenn ich es zulasse. Dafür bin ich nicht stark genug.

Das weißt du nicht. Gib ihm eine Chance. Seine Familie kann dir die Wahrheit über seinen Charakter sagen.

Arabella hielt eine Sekunde inne, bevor sie fragte, was sie wirklich wissen wollte. *Du hast heute mehr zu mir gesprochen als in den letzten zehn Jahren. Warum?*

Ihr inneres Tier sagte einfach: *Weil du bereit bist.*

Bevor sie ihren Drachen bitten konnte, das zu erklären, wurde an ihre Tür geklopft. Sie murmelte: „Durch das Klopfen gerettet, Drache."

Als das Klopfen im Tempo zunahm, warf sie ihren Laptop auf die andere Seite der Couch und stand auf. „Ich weiß, dass dein Drachenwandlergehör mich hört, also lass das verdammte Klopfen. Ich komme."

Es folgte ein letztes doppeltes Klopfen, bevor der Lärm aufhörte. Bei der Dreistigkeit konnte es nur Finn an der Tür sein.

Arabella hielt kurz am Spiegel im Flur und glättete ihr Haar. Sie trug nie Make-up, aber die strahlende, smaragdgrüne Bluse ließ ihre Haut glühen. Es war das Beste, was sie tun konnte, nicht, dass es eine Rolle spielte. Definitiv versuchte sie nicht, Finn zu beeindrucken.

Mit einem tiefen Atemzug öffnete sie die Tür, und ihr Herz stolperte. Finn, gekleidet in einer schwarzen Hose und einem dunkelblauen Hemd, das am Kragen geöffnet war, hielt ihr einen Zweig lila Heidekraut mit goldenem Band entgegen. „Für Euch, Mylady."

Vorsichtig nahm sie das Heidekraut, und ein Hauch des Glücks erwärmte ihr Herz. Niemand hatte ihr je Blumen geschenkt.

Dann erinnerte sie sich an ihren Plan, sich von Finn zu distanzieren. Sie brachte ihr Gesicht in einen neutralen Ausdruck und sah ihm in die Augen, nur um sie voller Wärme und Zärtlichkeit zu finden.

Für den Bruchteil einer Sekunde wollte sie sich in seine Arme stürzen und ihm danken. Sie hielt sich jedoch zurück und murmelte nur: „Danke."

„Mach dir keine Sorgen. Du verdienst jeden Tag Blumen, und ich bin entschlossen, sie dir zu bringen."

Ein Teil von ihr wollte ihm glauben, aber ihre praktische Seite gewann. „Dieses ganze Gerede von Blumen wird uns zu spät kommen lassen. Entweder gehen wir jetzt, um mit deiner Familie zu essen, oder ich bleibe zu Hause. Such es dir aus."

„Wir werden gehen, aber zuerst lass mich das machen."

Er nahm ihr das Heidekraut aus der Hand, nahm etwas aus seiner Hosentasche und bewegte sich in Richtung ihrer Bluse. Stirnrunzelnd trat sie einen Schritt zurück. „Was verdammt nochmal meinst du eigentlich da zu tun? Ich meinte es vorhin ernst damit, dir in die Eier zu treten, wenn du versuchst, mich zu betatschen."

Er hielt eine Sicherheitsnadel in die Höhe. „Hör auf, das Schlimmste von mir zu denken. Ich versuche, den Heidekrautzweig an deine Bluse zu stecken."

„Oh."

Einer seiner Mundwinkel hob sich. „Darf ich um die Ehre bitten, ihn dir anzustecken?"

Sie kämpfte gegen ein Lächeln und verlor. „Beeil dich und halt dich da nicht auf."

Finn grinste und machte sich an die obere Öffnung ihrer Bluse. Der Rücken seiner Finger streifte ihre Haut, während er das Heidekraut an ihrer Bluse befestigte. Jede Bewegung seiner Haut gegen ihre brachte Wärme in ihr Gesicht und zwischen ihre Beine. Als Finn seinen Kopf näher bewegte, um zu sehen, was er tat, umgab sie sein Geruch, was ihren Körper nur noch heißer machte.

Mit einem Tätscheln sah Finn ihr grinsend in die Augen. „Bitte sehr! Du kannst mir später dafür danken, dass ich dich nicht mit der Nadel gepikst habe."

Seine Worte brachen den Zauber seiner Berührung. „Wenn du dann jetzt fertig bist, sollten wir gehen."

Als er hinter sie griff, streifte seine Brust ihren Bizeps. Hart und maskulin, und Arabella wartete darauf, dass die Panik einsetzte, so wie sie es jedes Mal getan hatte, wenn ein fremder Mann in ihren Raum eingedrungen war.

Aber als er sich zurückzog, einen ihrer Mäntel in der Hand, spürte sie nichts als Frieden. Finn legte den Mantel über ihre Schultern. „Die Luft Ende September ist kühl. Den wirst du brauchen."

Unsicher, was sie sonst tun sollte, erwiderte sie: „Danke."

„Okay, gehen wir. Ich möchte meine Tante Lorna nicht verärgern, wenn ich es verhindern kann."

Als Finn sie aus der Tür führte und sie hinter sich schloss, neckte sie ihn: „Der große, böse Finlay Stewart hat Angst vor einer Drachenfrau mittleren Alters? Das würde ich gerne sehen."

Im Gehen sah er stirnrunzelnd zu ihr hinab. „Du hast Tante Lorna offensichtlich noch nicht getroffen."

„Dann lass uns gehen. Ich möchte diese Frau sehen, die dich in deinen Stiefeln zittern lässt."

„Ich zittere nicht in irgendwelchen verdammten Stiefeln. Du hast doch sicher auch irgendwo in deiner Familie eine Alpha-Drachenfrau."

Arabellas Lächeln versiegte. „Nein, habe ich nicht. Ich habe nur meinen Bruder."

FINN WOLLTE sich selbst eine verpassen. Er wusste natürlich, dass Arabellas wenig Familie. Er musste vorsichtiger sein und nachdenken, bevor er sprach. Schade, dass Arabella ihn manchmal vergessen ließ, dass er ein Gehirn besaß.

Er beschleunigte sein Tempo und war entschlossen, den Abend unbeschwert zu halten. Nach der Enthüllung seines Mädels vorhin hatte sie das verdient. „Lass mein Tantchen das nicht hören, sonst wird sie dich inoffiziell adoptieren." Er sah Arabella an. „Es sei denn natürlich, das ist, was du möchtest. Dann werde ich es Tante Lorna selbst sagen, und sie wird sich schneller in dein Leben einmischen, als du ‚Halt!' sagen kannst."

Arabella zog ihren Mantel enger um ihren Körper. „Bevor du Pläne schmiedest, mich einer ahnungslosen Tante aufzudrängen, wie wäre es, wenn ich sie zuerst treffe?"

Er mochte das entschiedene Glimmen in ihren Augen nicht. „Sag mir bitte, dass du dich nicht mit meinen Verwandten verbünden wirst."

Sie setzte einen falschen schottischen Akzent auf. „Oh, aye. Hab sehr wohl vor, das zu tun."

Lachend riskierte er, seine Hand von ihrem Rücken auf ihre Hüfte zu bewegen. Wenn Arabella es bemerkte, protestierte sie nicht. „Ich denke nicht, dass du als Schottin durchgehen wirst, Mädel."

Als sie über seinen übertriebenen Akzent lächelte, summte sein Drache. *Küss sie bald. Ich will sie.*

Hör auf, Drache. Sie verdient etwas Spaß.

Sein Tier schnaubte. *Bald?*

Wenn ich meine Magie anwenden kann, dann ja. Gib mir Zeit.

Arabella lächelte und schwieg, aber er war damit einverstanden. Als sein Blick auf das Heidekraut an ihrer Brust fiel, überkam ihn ein Gefühl des Besitzanspruchs. Seine Cousins würden die Heide sehen und seinen Anspruch anerkennen. Er hoffte nur, seine aufdringlichen Cousins würden ihr nicht die wahre Bedeutung der Blumen an ihrer Bluse verraten.

Denn wenn Arabella MacLeod wüsste, dass er einen Anspruch auf sie erhob, konnte sie ihn wegstoßen. Aber er konnte nicht zulassen, dass seine Cousins sie für sich gewannen. Sie war die seine.

Sie erreichten bald das MacKenzie-Haus, und er hielt ein paar Meter vor der Tür an. Er blickte zu Arabella hinab und flüsterte: „Ich muss dich warnen, Mädel. Es wird drinnen ein bisschen verrückt sein. Bist du bereit?"

Arabella atmete einmal tief ein und wieder aus. „Schätze schon."

Er drückte ihre Hüfte und murmelte: „Keine Sorge. Ich würde dich nicht herbringen, wenn ich nicht dächte, dass du bereit bist."

Sie trat von ihm weg, und Finn widerstand kaum dem Stirnrunzeln über den Verlust der Wärme. Feuer blitzte in ihren Augen. „Seit wann triffst du Entscheidungen für mich? Ich bin 28 Jahre alt, Finlay Stewart. Ich treffe meine eigenen."

Er zwang seine Stimme, ernst zu bleiben. „Aye, ist das so? Und welche Entscheidung wirst du heute Abend treffen, Arabella? Wirst du dich den MacKenzies stellen oder dich in deinem Cottage verstecken?"

„Ich bin durch mit Verstecken."

Sie drehte sich von ihm weg und ging Richtung Tür. Sie tat genau, was er wollte.

Bevor sie das erahnen konnte, folgte er ihr. „Dann klopf an die Tür. Es ist kalt, und ich möchte einen extra Reserve Whiskey meiner Tante, um meine Zehen zu wärmen."

Ohne ein Wort klopfte Arabella viermal an die Tür und flüsterte dann: „Siehst du? So klopft eine normale Person."

Als er lachte, öffnete sich die Tür. Faye MacKenzie sah zwischen ihnen hin und her und grinste. „Richtig, ihr beiden. Kommt rein, bevor Mum noch einen Schlaganfall bekommt. Für sie sind drei Minuten Verspätung das Äquivalent eines Jahrzehnts."

Seine Tante rief: „Ich kann dich hören, Faye Cleopatra!"

Faye schüttelte den Kopf, trat zur Seite und sah Arabella an. „Willkommen im Haus der MacKenzies. Ich hoffe, du überlebst den Wahnsinn."

ARABELLA BLINZELTE UND VERSUCHTE, sich ihre Verwirrung nicht anmerken zu lassen, als Finn sie in das Cottage führte. Trotz der Warnungen von Finn und Faye konnte es doch nicht so schlimm sein. Oder doch?

Füße donnerten die Treppe neben dem Eingang runter. Sie sah auf und zuckte zusammen. Zwei große, muskulöse Drachenmänner in ihrem Alter mit dunkelroten, welligen Haaren standen mit identischem Grinsen auf den Stufen.

Sie blinzelte, als sie die attraktiven Zwillinge sah. Bestand Finns ganze Familie aus Models?

Finn knurrte an ihrer Seite. „Du kannst deinen Mund jetzt schließen, Arabella."

Einer der eineiigen Zwillinge zwinkerte ihr zu. „Vergib unserem Cousin, Mädel. Er hat nie akzeptiert, dass wir die gutaussehenden Gene geerbt haben."

Der andere Zwilling nickte. „Wir glauben, dass er nur Clanführer geworden ist, um die weiblichen Augen von uns wegzulocken."

Arabella musterte die beiden Drachenmänner und bemerkte, dass einer eine Narbe nahe seinem linken Auge hatte. „Da Finn so unhöflich ist, würdet ihr mir eure Namen nennen? Ich bin Arabella MacLeod."

Der Mann mit der Narbe schmunzelte. „Ich mag dich, Arabella MacLeod." Er straffte die Schultern. „Ich bin Fraser, der jüngere und schneidigere MacKenzie-Zwilling." Er deutete auf seine Narbe. „Und mutiger."

Der andere verdrehte die Augen. „Ja, eine Narbe ist wagemutig. Schade nur, dass du sie bekommen hast, als du über einen Felsen gestolpert bist." Die blauen Augen des Mannes sahen in ihre Richtung. „Vergib meinem Bruder. Ich bin Fergus, die klügere Hälfte der MacKenzie-Zwillinge."

Fraser schlug seinen Bruder. „Fang nicht wieder damit an."

„Du weißt, dass es wahr ist." Fergus schlug zurück.

Faye murmelte von der Seite, „Diese Idioten!"

Arabella blinzelte. Sie war eindeutig in ein Irrenhaus geraten.

Während die Brüder sich stritten, sah Finn zu ihr und flüsterte: „Lass mich deinen Mantel nehmen, Arabella, bevor meine Tante dich in die Finger bekommt."

Anstatt zu fragen, warum das wichtig war, ließ sie Finn ihren Mantel nehmen. Sobald er sich umdrehte, um ihn an einen Haken zu hängen, pfiff einer der Zwillinge. „Ich hätte nie gedacht, dass ich diesen Tag jemals sehen würde."

Arabella konzentrierte sich auf die Zwillinge. Die Neugier war stärker als ihre Nervosität. „Wovon zum Teufel sprichst du?"

Verschlagenheit tanzte in Fergus' Augen. „Und sie hat auch noch ein Rückgrat. Gut gemacht, Finn."

Finn berührte ihren Rücken, und sie sah ihn stirnrunzelnd an. „Wovon sprechen sie?"

Finn schüttelte den Kopf. „Später, Mädel. Es ist besser, meine Tante nicht warten zu lassen."

Arabella zeigte mit dem Finger. „Ich bekomme es schon noch aus dir heraus, Finn. Egal, wie charmant du zu sein versuchst, ich werde es nicht vergessen."

Als die Zwillinge hinter ihr lachten, manövrierte Finn sie den kleinen Flur hinunter, bis sie eine gemütliche, warme Küche betraten. Eine Drachenfrau mittleren Alters mit blondem Haar drehte sich ihnen mit einem Stirnrunzeln zu. Ihr bernsteinfarbener Blick fiel auf Finn. „Es ist mir egal, ob du der Anführer des Clan Lochguard bist oder nicht, Finlay Stewart. In den Wänden meines Hauses bist du nur mein Neffe, und ich werde keine Verspätung dulden." Finn wackelte nur mit dem Kopf, und die Frau sah Arabella an. Ihr Gesichtsausdruck wurde sanfter. „Und Sie müssen Arabella MacLeod sein. Mein Neffe hat mir alles über Sie erzählt. Ich bin Lorna MacKenzie, aber bitte nennen Sie mich Tante Lorna."

„Ja, Ma'am."

Lorna runzelte die Stirn, aber dann fiel ihr Blick auf das Heidekraut, das an ihrer Bluse befestigt war, bevor sie auf Finn blickte. „Aye, so ist das also, wie?"

Finn lächelte breit. „Tantchen, Arabella ist etwas schockiert, nachdem sie die Zwillinge getroffen hat. Wie wäre es mit etwas von deinem guten Whiskey, um sie zu beruhigen?"

Lorna wackelte mit dem Finger in Finns Richtung. „Ich weiß, was du hier tust, aber um Arabellas willen werde ich es vorerst ignorieren." Sie wandte sich Arabella zu und deutete mit ihrem Arm. „Komm, Kind. Du kannst mir helfen, während Finn den Jungs beim Holzhacken hilft. Meine Jungs sind im Rückstand, und der Winter wird kommen, bevor ihr es wisst."

Ohne nachzudenken, ergriff Arabella Finns Hand. Er lehnte sich hinab und flüsterte: „Wenn du mich willst, Mädel, dann sag das Wort, und ich werde den Zorn meiner Tante erleiden, mit dir abhauen und mir ein paar Küsse klauen."

Sie ließ seine Hand los und schoss ihm einen verärgerten Blick zu. „Wieder diese Sprüche."

„Aye, und ich werde nicht aufhören."

Der Humor wurde durch Hitze ersetzt, und sie zwang sich, den Blick abzuwenden. „Ich glaube, das würde mir gefallen, ähm, Tante Lorna."

Lorna machte erneut eine Geste. „Dann komm, Arabella. Ich beiße nicht. Das verspreche ich."

Nach einem letzten Blick auf Finn atmete

Arabella tief durch und ging um den Tresen, um
sich vor Lorna zu stellen. Die Drachenfrau war ein
paar Zentimeter größer als Arabella, aber aufgrund
des Alters in der Mitte weicher. Das blonde Haar
und die bernsteinfarbenen Augen signalisierten,
dass sie wahrscheinlich Finns Blutsverwandte war.

Lorna musterte sie, und Arabella musste sich
zwingen, nicht zu zappeln. Sie hatte wenig
Erfahrung mit älteren, mütterlichen Figuren. Jedes
Mal, wenn sie es im vergangenen Jahr versucht
hatte, waren ihr Erinnerungen an die letzten
Momente ihrer Mutter in den Sinn gekommen.

Doch als die Augen, die Finns so sehr ähnelten,
sie mit Wärme anstarrten, zerstreute sich ein Teil
von Arabellas Nervosität.

Lorna lächelte. „Du wirst es tun, Arabella, du
wirst es tun."

Bevor sie fragen konnte, was das bedeutete,
nahmen die Zwillinge je eine von Finns Schultern.
„Komm, Cousin. Du hast Mum gehört. Während
du hier im Haus bist, gehörst du zur Familie und
bist nicht Clanführer. Du wirst deinen Teil der
Arbeit leisten."

Finn sah Arabella in die Augen, eine Frage in
ihnen. Der Weg des Feiglings wäre, ihn zu bitten, zu
bleiben, aber das widersprach ihrem Grund, nach
Lochguard zu kommen. Arabella wäre nie wirklich
frei, wenn sie nicht allein mit Fremden interagieren
konnte.

Sie zwang sich, zu Fraser zu sehen, und lächelte.
„Lasst ihn extra hart arbeiten."

Fraser zwinkerte. „Aye, das werden wir."

Als die Männer gingen, betrat Faye die Küche und setzte sich auf einen der Hocker neben dem Tresen. Die junge Drachenfrau stützte ihren Kopf in die Hände. „Also, Arabella, was hältst du von Finn?"

Arabella hätte sich fast verschluckt. „Ähm, was?"

Lorna stellte eine Tasse Tee vor sie, und Arabella nahm sie. Lorna sah ihre Tochter finster an. „Lass die Arme in Ruhe. Es ist ihr erster Tag hier."

Faye zuckte mit den Schultern. „Sie kennt ihn aber schon länger. Außerdem gehört es zu meinem Job, den Clanführer zu beschützen. Ich sorge nur dafür, dass er nicht verletzt wird. Schließlich hat er mehr als genug um die Ohren."

Arabella stellte ihren Tee ab. „Wenn ihr mich hierher eingeladen habt, um mich zu befragen, dann werde ich gehen. Ich bin nur gekommen, weil Finn mich darum gebeten hat."

Lorna legte ihr eine Hand auf den Arm. Die Berührung störte sie nicht. Tatsächlich erinnerte sie die ältere Drachenfrau, die vorsichtig an ihrem Arm auf und ab rieb, an ihre eigene Mutter, die dasselbe getan hatte, als Arabella noch ein Kind gewesen war. Erst als Lorna sprach, kehrte Arabella in die Gegenwart zurück. „Ignoriere meine Sprösslinge und ihre Sprüche. Finn kam mit fünfzehn zu uns und ist wie ein Bruder für Faye und die Zwillinge. Auch wenn meine Kinder jünger sind als er, sind sie doch behütend, um es milde auszudrücken."

Faye schnaubte. „Als wärst du weniger behütend, Mum."

„Aye, ich bin behütend. Aber im Gegensatz zu euch habe ich Manieren. Und jetzt sei still", antwortete Lorna.

Arabella konnte schweigen, aber Lornas Worte machten sie neugierig. „Warum ist Finn bei euch eingezogen?"

Lorna starrte sie eine Sekunde an, bevor sie schließlich antwortete: „Vielleicht solltest du ihn das selbst fragen. Es ist nicht meine Aufgabe, dir das zu erzählen."

Lornas Antwort schürte ihre Neugier nur noch mehr. Finn schien glücklich zu sein, doch dass er bei den MacKenzies gelebt hatte, deutete darauf hin, dass seinen Eltern etwas zugestoßen war.

Vielleicht verstand er Arabellas Vergangenheit besser, als sie dachte.

Faye schob ihren Hocker zurück und brach das Schweigen. „Die Jungs werden hungrig sein, also lasst uns den Tisch decken."

Lorna schüttelte den Kopf. „Du meinst, du hast Hunger und willst Abendessen. Nimm deine Brüder nicht als Ausrede."

Faye sah kleinlaut aus, und Arabella lächelte, dankbar, dass das Gespräch von ihr weggelenkt worden war.

Als Lorna ihr einen Stapel Teller gab und ihr befahl, sie zu verteilen, machte Arabella sich an die

Arbeit. Die einfache Aufgabe gab ihr Zeit, über alles nachzudenken, was sie gelernt hatte. Vielleicht verstand Finn wirklich ein oder zwei Dinge über eine tragische Vergangenheit. Sobald sie allein waren, würde sie herausfinden, was genau passiert war, als er fünfzehn war.

Kapitel Sieben

F inn schwang die Axt und teilte das letzte Scheit des Abends. Die Aufgabe hatte seine neugierigen Cousins zum Schweigen gebracht und ihm eine Möglichkeit gegeben, seine Besessenheit zu kühlen.

Bei dem Tempo, das er vorlegte, würde er Arabella bei jeder Gelegenheit, die sich ihm bot, mit sich mitschleppen.

Sein Drache wurde jedoch nicht von den Geräuschen des Holzhackens beruhigt. *Du kannst es leugnen, wie sehr du nach Arabella sehen willst, aber ich bin ein Drache, und ich bin ehrlich. Ich will sie sehen.*

Bald. Es wird ihr gut gehen.

Nicht, wenn sie ihr die Wahrheit über das Heidekraut sagen.

Als seine Cousins sein gespaltenes Holz auf den Stapel neben dem Haus seiner Tante legten, legten sie jeweils eine Hand auf eine seiner Schultern. Finn hob eine Braue. „Selbst wenn ihr euch gegen mich verbündet, werde ich trotzdem gewinnen."

Fraser lächelte, seine Narbe runzelte sich in der Nähe seines Auges. „Oh, das haben wir letztes Mal gelernt. Aber wir möchten sichergehen, dass du nicht ins Haus rennst, um nach deinem Mädel zu sehen, bevor wir uns unterhalten haben."

„Worüber?"

Fraser antwortete: „Weiß Arabella, was das Heidekraut bedeutet?"

„Nein, und ihr werdet es ihr nicht sagen."

Fraser zuckte mit den Schultern. „Wenn nicht wir, dann wahrscheinlich Faye. Du musst der englischen Drachenfrau sagen, was es bedeutet, denn wenn sie es selbst herausfindet, wird sie nicht zufrieden sein."

Finns Drache knurrte. *Sie stimmen mir zu. Es steht drei gegen einen. Du solltest es ihr sagen.*

Das ist keine Demokratie.

Fergus meldete sich endlich zu Wort: „Deinen Augen nach zu urteilen, stimmt dein Drache mit uns überein. Wenn du es ihr nicht sagst, würde ich sie gern selbst umwerben."

Finn kniff die Augen zusammen. „Wenn du sie anfasst, trete ich dir in den Arsch, dass du ins nächste County fliegst."

Fergus grinste. „Wurde aber auch Zeit, dass du dich mit der Suche nach einer Gefährtin beschäftigst. Ich habe mich schon gefragt, ob die Gerüchte, dass du jede Frau, die dir über den Weg läuft, ins Bett schleppst, wahr sind oder nicht."

Fraser meldete sich zu Wort. „Deshalb bist du nach Stonefire gegangen, nicht wahr? Weil du hier alle Frauen durchhattest?"

Finn verdrehte die Augen. „Ja, das war mein geheimer Grund zu gehen. Ich habe nicht versucht, die Zukunft unseres Clans zu sichern oder so."

Fraser stieß Finns Schulter an. „Ich weiß nicht, Cousin. Mit ein paar Babys könnte man ein oder zwei Anführer züchten. Aber vielleicht änderst du deinen Nachnamen in MacKenzie, aye? Dann werden sie charmant, klug und gutaussehend sein."

Finn liebte seine Cousins und die Tatsache, dass er nicht immer die Rolle des Clanführers bei ihnen spielen musste, aber der Drang, Arabella zu sehen und dafür zu sorgen, dass seine Tante und Faye sie nicht genauso behandelten, wurde stärker. Sein Mädel war stark, aber auch wenn sie mit seinem Necken umgehen konnte, fragte er sich, ob sie es von anderen ertragen konnte.

Glücklicherweise konnten Fraser und Fergus nichts anderes sagen, als sich die Hintertür zum Cottage öffnete und das Licht von innen Fayes Körper umriss. „Seid ihr drei endlich so weit? Das Essen ist fertig, und ich verhungere."

Finn schüttelte Frasers und Fergus' Hand von der Schulter und ging zur Tür. „Alles fertig. Wie geht es Arabella?"

Faye verschränkte die Arme vor der Brust. „Du machst dir zu viele Sorgen, aber ich war die meiste Zeit meines Lebens von Alpha-Drachenmenschen umgeben und weiß, dass meine Worte nicht reichen werden. Komm und überzeuge dich selbst, damit ich essen kann."

Er widersetzte sich einem Streit mit seiner Cousine und drängte an ihr vorbei.

Finn betrat den Essbereich. Arabella saß neben seiner Tante, drehte sich aber um, um ihm in die Augen zu sehen. Der Anblick seines Mädels, das vor Unfug in den Augen lächelte, beruhigte die Sorgen seines Drachen.

Arabella lächelte noch über Lornas jüngste Geschichte von Finn als Junge, als der sehr erwachsene Mann selbst auftauchte. Der Anblick von Finns Haaren, zerzaust durch den Wind und das Hacken von Holz, dazu die Art, wie er ihre Augen fokussierte, sobald er den Raum betrat, ließ ihren Magen sich umdrehen. Zu sagen, der Mann war attraktiv, wäre eine Untertreibung gewesen.

Ihr Drache meldete sich zu Wort. – *Ja. Gib ihm eine Chance. Es wird dir gefallen.*

Was?

Hab keine Angst.

Finns Stimme brachte ihr inneres Tier zum Schweigen. „Sollte ich mir Sorgen machen, was meine Tante dir in meiner Abwesenheit gesagt hat?"

Lorna kam ihr mit einer Antwort zuvor. „Das musst du nicht wissen. Setz dich hin, damit wir essen können, oder Fayes Gereiztheit wird in die unerträgliche Zone geraten."

Fraser setzte sich Arabella gegenüber. „Nicht einmal ich würde mich mit meiner Schwester anlegen, wenn sie Hunger hat. Beeil dich und trag das Essen auf, bevor sie anfängt zu murren."

Faye verschränkte die Arme vor der Brust. „Sagt der Mann, der über einen Papierschnitt stöhnt. Männer, insbesondere erwachsene Drachenmänner, sind Riesenbabys, wenn sie krank oder verletzt sind."

Fergus setzte sich auf den leeren Stuhl rechts von ihr, und Arabella widersetzte sich Finns Blick. Es schien, als wäre das Abendessen der ultimative Test, wie gut sie mit Fremden um sich herum zurechtkam.

Doch als sie Lorna auf ihrer anderen Seite einen Blick zuwarf, fühlte sich Arabella sicher genug. Obwohl sie die Drachenfrau erst vor weniger als einer Stunde kennengelernt hatte, spürten weder Frau noch Drache eine Bedrohung. Arabella dachte nicht, dass sie ihr jemals etwas antun würde.

Finns Knurren gab ihr endlich die Ausrede, den schottischen Führer anzusehen. Anstatt ihrem Blick jedoch zu begegnen, sah er Fergus an. „Das ist mein Platz, Cousin."

Finn hob nur eine Braue. „Oh, aye? Willst du mir sagen, warum?"

Finn kniff die Augen zusammen. „Du weißt warum."

Anstatt den Streit der beiden Männer so

hinzunehmen, meldete Arabella sich zu Wort. „Ich bin durchaus in der Lage, zwischen deiner Tante und deinem Cousin zu sitzen. Nimm den leeren Platz, damit wir anfangen können.''

Finn sah sie an, und sie atmete einmal tief ein, als sie seine blitzenden Drachenaugen sah. Sie hatte diesen Blick bei ihrem Bruder gesehen, wenn es um Melanie ging, bevor sie gepaart wurden.

Nein, das konnte nicht sein. Sie hatte Finlay nie auch nur geküsst, und er war sicherlich nicht der, den sie sich als ihren Gefährten aussuchen würde.

Ihr Drache schnaubte. *Lügnerin.*

Nenn mich nicht eine Lügnerin, es sei denn, du hast Beweise.

Dann küss ihn, damit ich später frech sein kann. Du magst dich selbst belügen, aber nicht mich. Du stehst auf ihn.

Arabella zerknüllte die Serviette in ihrem Schoß. Sie mochte es nicht, eine Lügnerin genannt zu werden.

Lornas Befehlsstimme drang in ihren Ärger. „Finlay, bring das Mädel nach draußen und rede mit ihr unter vier Augen. Die Spannung in diesem Raum macht meinen eigenen Drachen wütend.''

Arabella runzelte die Stirn. „Wovon sprichst du?''

Finn streckte ihr seine Hand entgegen. „Komm mit mir, Arabella.''

Sie konnte störrisch sein und sich weigern. Doch neben den Worten ihres Drachen und ihrer eigenen Neugier war der Wunsch stark, zu erfahren, was zum Teufel los war.

Sie stand auf und runzelte die Stirn, als sie zu Finn ging, nahm aber nicht seine Hand. „Wenn das wieder ein Spiel ist, um mich allein zu bekommen und flirtende Sprüche zu bringen, dann drehe ich mich um und gehe gleich wieder rein. Deine Tante hat sich viel Mühe gegeben, den Braten für uns zuzubereiten, und ich werde nicht zulassen, dass du ihn verdirbst."

Finn verkrampfte den Kiefer und drehte sich um. „Komm."

Sie sah zu Lorna, aber die Drachenfrau bedeutete ihr zu gehen.

Sobald sie draußen waren, drehte sich Finn zu ihr um. Der Blick in seinen Augen ließ sie zittern. Irgendwie brachte sie ihre Stimme dazu zu funktionieren. „Warum sind wir hier draußen, Finn? Was ist los?"

Er machte einen Schritt auf sie zu, ihre Körper jetzt nur noch Zentimeter voneinander entfernt. „Ich will nicht, dass du neben einem anderen Mann sitzt, aber vor allem nicht neben Fraser und Fergus."

Die Hitze in seinen Augen trieb ihre Herzfrequenz in die Höhe. Sie schluckte. „Ich verstehe das nicht, Finn. Warum? Sag es mir einfach direkt."

Er strich mit einem Finger über ihre Wange und murmelte: „Ich will dich nicht erschrecken, Arabella. Ich kann warten, solange es braucht. Ungeachtet dessen, was du vielleicht von mir denkst, kann ich ein geduldiger Drachenmann sein."

Jedes Streicheln von Finns Haut an ihrer ließ ihr Herz höherschlagen. Bei Finns Worten und denen ihres Drachen hatte Arabella das Gefühl, dass sie wusste, was sie beide sagten. Doch die menschliche Hälfte von ihr war nicht bereit, sich dem zu stellen.

Dann umfasste Finn ihre Wange und etwas von ihrer Verspannung löste sich. Sein Atem war ein Flüstern auf ihren Lippen. „Wenn du wirklich die Wahrheit wissen willst, dann lass mich dich küssen, Arabella."

Ihre Stimme war erstickt. „Dich küssen?"

Er bewegte seine freie Hand an ihren Rücken, rieb ihn in kreisförmiger Bewegung, und seine Berührung ließ sie schmelzen. „Aye. Ein Kuss wird dir sagen, was du wissen willst. Andernfalls kannst du einfach meinem Befehl folgen, dich von anderen Männern fernzuhalten, und mich küssen, wenn du bereit bist."

Sie öffnete den Mund, um zu protestieren, als Finn sanft gegen ihren Rücken drückte. Als ihr Bauch seine Vorderseite berührte, drückte sein harter Schwanz gegen sie.

Statt einer Panik schoss Hitze durch ihren Körper. Ihr Drache flüsterte. *Du bist bereit. Küss ihn. Ich weiß, dass du es möchtest.*

Finn lehnte sich einen Bruchteil weiter zu ihren Lippen vor. „Was wird es also sein, Arabella MacLeod? Wirst du zulassen, dass ich dich küsse?"

Kapitel Acht

Arabella MacLeods Herz trommelte in ihrer Brust.

Bei Finn, der ihre Wange umfasste, und seinem heißen Atem an ihren Lippen, sollte sie Angst haben. Doch jeder Instinkt, den sie besaß, drängte sie dazu, die paar Zentimeter dazwischen zu überwinden und ihn zu küssen.

Die Stimme ihres Drachen war leise. *Du bist bereit. Er ist ein guter Mann und ein guter Drache. Küss ihn.*

Mit einer Hand auf Finns Brust sah Arabella in seine bernsteinfarbenen Augen. Sie hatte keine Ahnung, warum sie sich zu ihm hingezogen fühlte. Er war alles, was sie hatte vermeiden wollen.

Doch er hatte ohne Mitleid auf den Ausschnitt ihrer Vergangenheit gehört. Er hatte sie auch nicht verhätschelt oder war auf Zehenspitzen um sie herumgeschlichen, sondern mochte es, sie zu provozieren.

Wenn sie ihn küsste, würden sich die Dinge

ändern. Die Frage war, ob sie damit umgehen konnte oder nicht. Wenn alles den Bach runterging, müsste sie nach Hause zurück, und Arabella war sich nicht sicher, ob sie mit den wissenden Blicken zu Hause klarkäme; jeder hatte gewusst, dass sie es nicht allein in der Welt schaffen würde.

Als sie Finns Lippen betrachtete, wurde der Drang, den verdammten Drachenmann zu küssen, immer stärker. Ein Kuss würde doch niemandem schaden, oder? Schließlich war sie hier, um ihre Vergangenheit hinter sich zu lassen. Ein Kuss würde sie einen Schritt weiter aus ihrem Versteck bringen.

Aber es gab eine Sache, die sie wissen musste, bevor sie sich selbst überzeugen konnte, es durchzuziehen. „Wenn ich also sage, warte, dann würdest du warten?"

Finn strich seinen Daumen gegen ihre Wange. „Vorausgesetzt, du küsst niemanden sonst, ja."

„Und wenn ich jemand anderen küsste?"

Er knurrte und brachte sein Gesicht einen Zentimeter näher. „Dann kann ich nicht garantieren, dass die Sicherheit des Mannes gewährleistet ist."

Mit den Fingern auf seinem Hemd sah sie auf die starke männliche Brust vor sich hinab. Arabella hatte nicht den Wunsch, einen anderen zu küssen. Alles unter dem Stoff konnte ihr gehören, wenn sie es wollte. Die einzige Frage war, ob sie es in diesem Moment oder zu einem späteren Zeitpunkt wollte.

Nach ein paar Sekunden blickte sie wieder auf und öffnete den Mund. Doch bevor sie etwas sagen konnte, öffnete sich die Tür hinter ihnen und schlug gegen etwas.

Arabella zuckte zusammen und drehte sich dem Klang zu, als Finn sich vor sie stellte. Tante Lorna stand in der Tür.

Finn knurrte. „Tantchen, du solltest besser einen guten Grund haben, uns zu unterbrechen."

Lorna hob eine Braue. „Knurr mich nicht an, Finlay Stewart. Ich würde dich rügen, aber es ist etwas passiert, und das ist wichtiger."

Arabella packte Finns Bizeps und fragte: „Was? Sind es die Drachenjäger? Oder sogar die Drachenritter?"

Lorna schüttelte den Kopf. „Nein, es ist intern. Jemand ist in dein Cottage eingebrochen, Arabella."

Finn fluchte. „Wer hat es gemeldet?"

Lorna deutete ins Haus. „Komm, ich werde dir die Details erzählen." Die Drachenfrau drehte sich wortlos um und ging wieder hinein.

Finn streichelte ihre Wange mit einem Finger. „Ich werde das hier nicht vergessen, Arabella. Wir werden bald dort weitermachen, wo wir aufgehört haben."

Als Finn ihre Hand nahm und sie mit sich zog, war ein kleiner Teil von Arabella erleichtert. Sie hätte Zeit, die Situation mit Finn zu überdenken, anstatt wegen ihrer Hormone zu handeln.

Ihr innerer Drache war immer noch aufgebracht, weil er heiß gemacht und nicht geküsst worden war. Arabella schickte beruhigende

Gedanken an ihr Tier und fügte *Beruhige dich* hinzu. *Es ist wichtiger, sich den Bedrohungen zu stellen.*

Wenn du meinst. Aber er wird dich später küssen. Du musst es zulassen.

Als sie ins Haus der MacKenzies gingen, versuchte Arabella, ihre Wangen dazu zu bringen, sich abzukühlen. Zweifellos kannten seine Cousins Finns Absichten, aber sie war sich nicht sicher, ob sie ihr Necken ertragen würde. Vor allem, da sie nicht herausgefunden hatte, was zum Teufel sie tun sollte.

Hätte sie Ja gesagt?

Ihr Drache schnaubte. *Natürlich. Wenn du wartest, musst du erst wieder den Mut aufbringen.*

Statt zu antworten, führte Finn sie zum Wohnbereich, wo Lorna und ein fremder Mann standen, den sie nicht kannte. Faye und die Zwillinge waren nicht da.

Beim Anblick des unbekannten, dunkelhaarigen Drachenmanns versuchte Arabella, ihre Hand aus Finns zu ziehen, aber er drückte sie einfach und sah den Ankömmling an. „Was ist passiert, Grant?"

Grants braune Augen starrten zu Arabella, voller Interesse, bevor er auf seinen Clanführer zurückblickte. „Ich war auf Patrouille, als ich ein kleines Feuer im Garten des englischen Mädels bemerkte. Es war niemand in der Nähe oder im Haus, aber die Tür war aufgebrochen und die Fenster sind eingeschlagen." Er blickte wieder zu Arabella und dann zurück zu Finn. „Jemand hat auch ‚Schick die englische Hure nach Hause!' an die Wohnzimmerwand geschrieben."

An der Wohnzimmerwand hatte Arabella ihre Bilder aufgehängt. Obwohl es etwas kindisch war, wenn man bedachte, wie viel schlimmer die Situation hätte sein können, wenn sie zu Hause gewesen wäre, schürte der Gedanke, dass jemand mit ihren früheren Rettungsleinen gespielt hatte, ihre Wut. Sie verlangte zu erfahren: „Habt ihr die Bastarde geschnappt?"

Grant blinzelte. Arabella fragte sich, ob sie die Grenze überschritten hatte, dann drückte Finn erneut ihre Hand und wiederholte: „Nun, habt ihr?"

Der dunkelhaarige Drachenmann schüttelte den Kopf. „Nein. Shay und einige der anderen durchsuchen das Haus gerade nach Hinweisen."

FINNS HITZE VON VORHIN, als er Arabella fast geküsst hätte, hatte sich in ein Feuer der Wut verwandelt. Er wollte nicht daran denken, was passiert wäre, wenn Arabella heute Abend zu Hause gewesen wäre. Hätte ihr Clan sie wirklich angegriffen, um sich an ihm zu rächen? Der Gedanke drückte sein Herz.

Trotzdem zwang er seinen Geist, sich zu konzentrieren. Er hatte erwartet, dass Duncan und seine Anhänger einen englischen Drachenwandler als Vorwand benutzen würden, um ihn anzugreifen.

Ohne seinen Verstand konnte er Arabella nicht beschützen. „Ich kann es nicht beweisen, aber ich würde wetten, dass es einer von Duncans Leuten war. Geh zurück zum Haus und such nach allem, was zu einem seiner Anhänger führen kann. Außerdem soll jemand Arabellas Sachen packen und zu meinem Haus bringen."

Da Finn sich zu sehr über alles an der Frau an seiner Seite bewusst war, hätte ihr geflüstertes „Was?" genauso gut ein Schrei sein können.

Er befahl Grant „Geh!" Sobald der Beschützer weg war, sah Finn Arabella an. „Ich hatte gehofft, dass mein Clan dich gut behandeln würde, aber ein paar Unruhestifter wollen dich rauswerfen. Ich werde deine Sicherheit nicht riskieren, Ara, also bleibst du bei mir."

Er zog an ihrer Hand, ließ sie aber diesmal los. Arabella kniff die Augen zusammen. „Ich weiß den Schutz zu schätzen, aber du kannst mich nicht einfach zwingen, bei dir einzuziehen."

„Doch, das kann ich. Es sei denn, du möchtest zurück nach Stonefire?"

Sie machte einen Schritt in seine Richtung. „Du benutzt dieses Totschlagargument immer wieder gegen mich. Würde es dich umbringen, nach meiner Meinung zu fragen oder mir wenigstens ein paar Optionen zu geben? Ich bin endlich wieder für mein Leben verantwortlich, und ich werde es dir nicht einfach übergeben."

„Und was ist mit deiner Sicherheit, Arabella? Du hast dein Training schleifen lassen. Ich wette auch, dass du dich schon lange nicht mehr in einen Drachen verwandelt hast. Wenn ich dich nicht beschütze, wer dann?"

Arabella zeigte mit einem Finger. „Zieh meinen Drachen nicht hier herein. Du weißt verdammt gut, dass ich daran arbeite."

Er sollte die Klappe halten, aber Finn konnte nicht mehr rational denken. „Hast du, Arabella MacLeod? Ich habe den Hunger heute früh gesehen, in der Nähe des Landebereichs. Wenn du wirklich etwas so sehr willst, dann hättest du es mittlerweile. Du musst aufhören, dich hinter der Ausrede deiner Vergangenheit zu verstecken. Ein Jahrzehnt ist mehr als genug, um über etwas Tragisches hinwegzukommen."

„Was weißt du schon über tragische Dinge? Du, mit deinem Zwinkern und Grinsen, flirtest mit jeder Frau in Sichtweite. Bis du gefesselt und in Brand gesetzt wirst, kannst du kein Wort zu mir sagen, wie man darüber hinwegkommt."

Sein Drache meldete sich zu Wort. *Du treibst sie zu weit. Hör auf.*

Nein. Sie muss es hören.

Er schloss seinen Drachen in seinem Kopf ein und überwand die Kluft zwischen sich und Arabella. Er nahm ihren Arm und beugte sich zu ihrem Gesicht vor. „Nur weil ich nicht in Brand gesetzt wurde, heißt das nicht, dass ich nicht meinen Teil an tragischen Dingen hatte. Verdammt, ich war gezwungen zuzusehen, wie meine Eltern vor meinen Augen von einem korrupten MDA-

Mitarbeiter ausgeblutet wurden, also sag kein verdammtes Wort darüber, dass ich es nicht verstehe. Ich habe es irgendwann überwunden. Wenn du wirklich frei sein willst, wirst du das Gleiche tun."

Arabella blinzelte. „Was?"

„Ah, jetzt bist du nicht mehr so großspurig, Mädel."

Tante Lornas starke Stimme unterbrach sie. „Es reicht, Finlay."

Er hielt Arabellas Arm weiter fest und blickte zu seiner Tante. „Tantchen, das ist eine Clan-Angelegenheit und meine Entscheidung."

Lorna schüttelte den Kopf. „Es mag eine Clan-Angelegenheit sein, aber du behandelst sie nicht so, als wäre sie ein normales Clan-Mitglied. Das Mädel hat recht, gib ihr Optionen. Sie kann auch hierbleiben." Er öffnete den Mund, doch seine Tante unterbrach ihn. „Dein innerer Drache macht dich hitzköpfig. Geh spazieren, Finn, und kümmere dich um den Clan. Sprich danach mit dem Mädel."

Sein Drache meldete sich zu Wort. *Sie hat recht. Arabella braucht eine Pause, und du auch. Verlier sie nicht.*

Das ist schon das zweite Mal, dass du das sagst. Sie kann es ertragen.

Vielleicht, aber ich will sie, und sie wird uns nicht küssen, wenn du jetzt weiter drängst.

Mit einem Grunzen ließ Finn Arabella los und sah sein Mädel an. „Ich komme später wieder, um dieses Gespräch zu beenden. Lauf nicht weg."

Bevor jemand sprechen oder seine Meinung

ändern konnte, ging Finn zur Haustür hinaus und in Richtung Arabellas Cottage.

ARABELLA STARRTE DIE TÜR AN, durch die Finn gerade gegangen war. Ohne ihn in der Nähe kühlte sich ihr Temperament ab und erlaubte ihr, zu verdauen, was er ihr gesagt hatte. *Meine Eltern wurden vor meinen Augen ausgeblutet.*

Im Unterschied zur Folter war es nicht weniger tragisch, vor allem angesichts der Tatsache, dass das Ministerium für Drachenangelegenheiten, oder MDA, eigentlich dazu beitragen sollte, die Drachenclans zu schützen. Es wäre verheerend, wenn sich eines auf diese Weise gegen einen wendete. Mit fünfzehn war Finn noch jünger gewesen als sie, als er seine Tragödie durchlebt hatte.

Aber seine Vergangenheit gab ihm nicht das Recht, sich wie ein Arschloch zu benehmen.

Lornas Stimme unterbrach ihre Gedanken. „Komm, Arabella, wir trinken einen Tee."

Sie wollte gerade schon sagen, dass sie keinen Tee wollte, aber Lornas Gesichtsausdruck duldete keinen Widerspruch. Mit einem Seufzer folgte sie der Drachenfrau in die Küche. Lorna wäre ein fantastischer Clanführer gewesen.

Als Lorna den Wasserkocher mit Wasser füllte, sagte sie: „Finn hat ein Temperament, wenn es um die geht, die ihm nahestehen, aber andererseits denke ich, dass du das auch hast."

Sie kam sich bei Lornas Worten fast dumm vor, weigerte sich aber, es zu zeigen. „Er musste trotzdem seinen Alpha-Drachenmann-Mist nicht abziehen."

Lorna drehte sich um und verschränkte die Arme vor der Brust. „Wenn Stonefires Anführer diesen Befehl gegeben hätte, hättest du dich widersetzt?"

Sie runzelte die Stirn. „Wahrscheinlich nicht, aber Finn ist anders."

„Ist er nicht, Liebes. Du stehst auf ihn, das ist klar wie der Tag, aber er wird immer zuerst Clanführer sein. Wenn du hierbleiben willst, musst du das akzeptieren."

„Ich werde nicht zu jedem seiner Befehle Ja sagen."

„Ich habe nie gesagt, dass du das musst. Aber in Fragen der Clan-Sicherheit, besonders, wenn dein Leben davon abhängt, solltest du es tun. Sein Rivale will die Macht übernehmen. Gib Duncan nicht die Möglichkeit, Finn den Clan zu entreißen."

Arabella blickte hinunter auf die Arbeitsfläche und zog Muster nach. Wenn man es so ausdrückte, musste sie Lorna fast zustimmen.

Als sie wieder aufsah, war Lornas Blick fest, aber verständnisvoll. Ihre Mutter war auch so gewesen, als Arabella ein hitzköpfiger Teenager gewesen war. Ihr Clan mochte es vergessen haben, aber damals war sie noch schlimmer gewesen als Tristan mit ihrer Sturheit.

Ihr Drache meldete sich zu Wort. *Sprich mit ihr, wenn du nicht mit mir reden kannst.*

Ich rede doch mit dir.

Aber nicht, um dich mir anzuvertrauen. Die schottische Drachenfrau ist bereit, zuzuhören.

Schuldgefühle stürmten auf sie ein, weil sie ihren Drachen vernachlässigt hatte, aber Arabella war nicht im Begriff, das vor Lorna MacKenzies übermäßig scharfem Blick zu verdauen.

Um ehrlich zu sein, Arabella fühlte sich aus einem Grund wohler bei Lorna als bei ihrem Drachen: Lorna war nicht mit bei den Drachenjägern gewesen.

Bevor sie sich vom Gegenteil überzeugen konnte, platzte Arabella heraus: „Selbst, wenn ich in Fragen der Clan-Sicherheit auf ihn höre, kann ich nicht mit ihm leben, Tante Lorna. Ich kann es einfach nicht!"

„Warum, meine Liebe? Er wird dich nicht verletzen. Der Heidezweig ist der Beweis dafür."

Arabella befingerte die violetten Blumen. „Nur, weil er mir Blumen geschenkt hat, heißt das nicht, dass er mir nicht irgendwann wehtun wird."

Lorna seufzte. „Ich wollte ja nichts sagen, aber da du nicht aus Lochguard kommst, solltest du etwas wissen."

„Und das wäre?"

Die ältere Frau deutete auf ihre Bluse. „Finn hat noch nie einer Frau Heidekraut gegeben. In den

Highlands ist das eine Art Proklamation unter Drachenwandlern."

„Was für eine Art Proklamation?"

„Finn glaubt, dass du seine wahre Gefährtin bist."

FINN WOLLTE NICHTS MEHR, als einen seiner Cousins zu einem Kampf herausfordern. Eine Mischung aus Verlangen, Wut und Irritation, die in seinem Kopf pochte. Wenn er seine überschüssige Energie nicht verbrauchte, würde er etwas übersehen und einen Fehler machen.

Da jeder Fehler Arabella schaden konnte, konnte er es sich nicht leisten, einen zu machen.

Sein Drache meldete sich zu Wort. *Das könnte unsere Chance sein, Duncan zu verbannen. Schlechte Dinge können auch etwas Gutes bewirken.*

Finn war nicht in der Stimmung, mit seinem Drachen zu reden, und joggte den letzten Abschnitt zu Arabellas Cottage.

Faye und Grant stritten sich im Vorgarten über etwas. Als er näherkam, hörte er Fayes Worte. „Ich werde Arabella auf keinen Fall riskieren und sie als Köder benutzen. Ich will Duncan genauso sehr erwischen wie du, aber das geht zu weit."

Grant erwiderte: „Er schleicht schon das ganze letzte Jahr herum, und ich habe seinen Schwachsinn satt, Faye. Das könnte unsere einzige Chance sein."

Finn ging zu den beiden. „Nein, Arabella

MacLeod ist keine Option. Eurem Gespräch entnehme ich, dass ihr nichts gefunden habt."

Faye starrte noch zwei Sekunden auf Grant, bevor sie Finn ansah. „Nein. Die Farbe an der Wohnzimmerwand war Schwarz und hätte überall herkommen können."

Finn blickte hinter sich, auf die schwelende Asche im Hof. „Was haben sie verbrannt?"

„Die meisten von Arabellas Habseligkeiten, einschließlich ihres Laptops", antwortete Faye. „Aber keine Sorge, ich habe schon jemanden, der nach einem neuen Laptop und Kleidung für sie sucht. Aber, Finn." Er sah seinen Cousin an, der den Blick kritisch erwiderte. „Vielleicht sollten wir sie nach Hause schicken, bis wir ihre Sicherheit gewährleisten können."

Finns Drache brüllte zur selben Zeit, als er „Nein" sagte.

Faye bedeutete Grant zu gehen. Sobald sie und Finn allein waren, flüsterte sie: „Schau, ich weiß, was du für sie empfindest, Cousin. So gern ich sie auch hierbehalten würde, weil ich sie mag, es gibt nur sehr wenige Orte im Clan, wo sie sich aufhalten und sicher sein könnte."

Finn antwortete: „Bei mir oder bei deiner Mum."

Seine Cousine blinzelte. „Aye. Aber ich bin mir nicht sicher, ob sie zu einem von beiden zustimmen wird. Mums Haus ist ein Zoo, und sie versucht immer noch zu entscheiden, was sie mit dir machen soll."

Faye MacKenzie war zu schlau für ihr eigenes Wohl. „Oh, ich werde sie überzeugen zu bleiben."

„Und sagen wir einfach, es funktioniert nicht. Was dann? Sie könnte weglaufen oder ihren Clanführer anrufen. Denk daran, die Allianz ist noch neu. Wenn du Arabella irgendwie verletzt, wird dir Stonefires Anführer nie verzeihen."

„Ich habe noch Zeit, sie zu überzeugen. Wenn sich herausstellt, dass wir sie nicht beschützen können, werde ich keine andere Wahl haben, als sie wegzuschicken. Ich werde jedoch alles tun, um das zu verhindern."

Faye sah ihn skeptisch an. „Sie ist seit fast einem Tag hier, und du hast Fergus am Esstisch beinahe den Kopf abgebissen. Auf keinen Fall würdest du ihre Abreise überleben."

Er verkrampfte den Kiefer und stellte klar: „Ich habe sie noch nicht geküsst. Auch wenn mein Drache launisch sein wird, kann ich immer noch meinen Verstand behalten."

„Wenn du meinst."

Finn beschloss, es fallen zu lassen. „Finde hier heraus, was du kannst, und melde es mir dann bei deiner Mum. Ich muss mich mit Arabella unterhalten, und das kann nicht warten."

Bevor seine Cousine den Mund öffnen konnte, um darauf etwas zu erwidern, ging Finn. Auch wenn Faye und ihr Team noch jung waren, vertraute er darauf, dass seine handverlesenen Beschützer den Tatort gründlich untersuchen und ihm Bericht erstatten würden.

Finn hatte im Moment wichtigere Dinge zu erledigen.

Er musste alles in seiner Macht Stehende tun, um eine dickköpfige Drachenfrau davon zu überzeugen, bei ihm zu bleiben. Der Gedanke, dass Fergus und Fraser im selben Haus wie Arabella leben würden, brachte seinen Drachen nur zum Brüllen und Krallen, da er die Kontrolle übernehmen wollte. Er wollte nicht einmal daran denken, was sein Drache tun würde, wenn Arabella ging.

Finn hatte nicht gelogen; er konnte auf absehbare Zeit die Kontrolle über seinen Drachen behalten. Selbst wenn er sie küsste, wettete er, dass er stark genug war, seine Hände für eine kurze Zeit bei sich zu behalten.

Bis zu diesem Zeitpunkt war er jedoch vorsichtig mit Arabella. Nicht so vorsichtig, wie ihr Clan bei ihr war, aber mehr als Finn es sonst bei irgendjemandem war. Die Schonzeit war vorbei. Er wollte gewinnen, und er hatte eine Drachenfrau, die er beanspruchen musste.

Kapitel Neun

Arabella saß allein am Tisch, stocherte mit ihrer Gabel in Roastbeef, Kartoffeln und gekochte Karotten auf dem Teller herum.

Sie war kaum einen Tag in Schottland und hatte bereits eine große Entscheidung zu treffen. Lornas Erklärung über das Heidekraut bestätigte nur, was Arabella zuvor gespürt hatte.

Dennoch konnte sie sich nicht dazu durchringen, die Wahrheit zuzugeben. Damit würde sie jede Chance auf wahre Freiheit aufgeben. Nachdem sie ihren wahren Gefährten küsste, würde ein Drachenwandler in den Sexrausch geraten. Finn und Arabella würden nicht aufhören können, bis sie schwanger war.

Sie konnte kaum auf sich selbst aufpassen. Verdammt, sie konnte sich nicht mal in einen Drachen verwandeln. Auf keinen Fall würde sie mit einem Gefährten umgehen können, geschweige denn mit einem Baby.

Es gab Gerüchte, dass Drachen ihren Rausch unterdrückten, aber es hielt normalerweise nicht lange, es sei denn der innere Drache eines Drachenwandlers war stark. Finns mochte es schaffen, aber nicht Arabellas.

Natürlich war die Schwäche ihres Drachen nur Arabellas Schuld. Sie war diejenige, die das einst starke, schöne Tier in sich verjagt hatte. Es sah so aus, als würde Arabella jetzt den Preis dafür bezahlen. Sie hatte nur die Wahl, mit eingezogenem Schwanz nach Stonefire zu gehen und ihr Leben als „arme Arabella" auszuleben, oder Finn zu küssen und zu hoffen, dass sie mit einem Mann umgehen könnte, der sie an Stellen berührte, an denen sie noch nie zuvor berührt worden war, ohne einen Anfall zu bekommen.

Nachdem sie ihren Drachen in den hinteren Bereichen ihres Geistes verbannt hatte, brach das Tier endlich mit einem Schnauben durch. *Ich bin stärker, als du denkst. Küss ihn, und ich werde den Rausch verhindern.*

Ich wünschte, das wäre wahr, aber das ist es nicht.

Ihr Drache knurrte. *Ich bin ruhig, aber stark. Und ich werde es dir beweisen.*

Sie versuchte, darüber nachzudenken, was sie dazu sagen sollte, als sich die Eingangstür öffnete und Finns Stimme den Flur herunterkam. „Arabella? Wo bist du?"

Bei seiner Stimme beschleunigte sich ihr Herzschlag. So viel zum Thema, Zeit zu haben, sich auf die Konfrontation mit Finn vorzubereiten.

Trotzdem war sie damit durch, sich zu verstecken. Anders als in den letzten zehn Jahren würde sie sich ihrem aktuellen Problem stellen und sehen, was passierte.

Sie atmete einmal tief ein, dann rief sie: „Ich bin hier!"

Finn tauchte in der Tür auf, sein vom Wind zerzaustes Haar und seine leichten Stoppel im Gesicht raubten ihr den Atem. Trotz der No-Win-Situation, in die sie gerade verwickelt war, würde der Mann immer gut aussehen für sie.

Seine bernsteinfarbenen Augen zuckten zu ihrem Teller und zurück. „Warum hast du nichts gegessen?"

Sie ließ ihre Gabel klirrend gegen den Teller fallen und stand auf. „Ich weiß nicht, vielleicht, weil Leute das Haus angegriffen haben, in dem ich gewohnt habe, und ich war beschäftigt."

Als er einen Schritt auf sie zuging, wich Arabella nicht vom Fleck. „Du musst dich um dich kümmern, Ara. Mein Drache ist nicht glücklich, wenn du nicht richtig isst oder schläfst."

Es lag ihr auf der Zungenspitze, herauszuplatzen, was sie erfahren hatte, aber Arabella wollte noch eine Minute, um den Mut aufzubringen. Stattdessen konzentrierte sie sich auf etwas Neutrales. „Was hast du in meinem Cottage gefunden? Weißt du, wer es verwüstet hat?"

Finn schüttelte den Kopf. „Tut mir leid, aber dein Cottage ist nicht mehr bewohnbar. Die meisten deiner Sachen sind auch hinüber."

„Mein Laptop?"

Er nickte. „Ja, der auch. Du hast jedes Recht, nach dem hier nach Hause zu fliehen. Was mit deinen Sachen gemacht wurde, ist unentschuldbar, und ich werde den Schuldigen finden." Er trat einen Schritt näher. „Aber du sollst wissen, bevor du eine Entscheidung triffst: Ich möchte, dass du hierbleibst."

Seine Worte waren fest und aufrichtig, was ihr Herz nur schneller schlagen ließ. Sie räusperte sich und zwang die Worte heraus: „Weil du denkst, dass ich deine wahre Gefährtin bin."

Überraschung blitzte in seinen Augen auf. „Was?"

„Leugne es nicht! Deine Tante hat mir erzählt, was das Heidekraut bedeutet. Und doch wolltest du mich küssen, ohne ein Wort zu sagen. Informationen zurückzuhalten ist fast dasselbe wie zu lügen, Finn."

Er überwand die Distanz zwischen ihnen. Bevor sie versuchen konnte zurückzuweichen, packte er ihre Schultern. „Sagt die Frau, die sich weigert, auf ihren Drachen zu hören. Sie hätte das Gleiche gespürt wie meiner."

„Versuch nicht, mir die Schuld zuzuschieben. Du wusstest es und hast es mir nicht gesagt. Ich hätte es besser wissen sollen, als zu denken, dass du mit mir geflirtet hast, weil du es wolltest. Nein, es sind nur dein Dracheninstinkt und dein Schwanz, die dir Befehle geben."

Finn kniff die Augen zusammen, und mit leiser

Stimme antwortete er: „Denk nicht, dass du es nicht wert bist, Arabella MacLeod. Selbst du weißt, dass es Zeit braucht, einen wahren Gefährten zu spüren. Zuerst waren es dein Verstand und deine innere Stärke, die mich angezogen haben. Als ich herausfand, dass du meine wahre Gefährtin bist, habe ich mich nur viel entschlossener für dich entschieden."

Finns Duft und Hitze umgaben sie, seine Worte verwirrten sie nur. „Lügen bringt mich nicht dazu, dich zu küssen."

„Ich lüge nicht." Er schmiegte sich an ihre Wange, und sie hielt den Atem an. „Nur wenige wissen, wie es ist, wenn ihr Leben auf den Kopf gestellt wird, und kommen auf der anderen Seite stärker heraus. Du schon, Arabella. Du und ich sind uns ähnlicher, als du vielleicht denkst."

Irgendwie brachte sie ihre Stimme dazu zu funktionieren. „Du sprichst über deine Eltern."

„Ja." Er bewegte seinen Kopf und starrte ihr in die Augen. Die Drachenschlitze sollten sie erschrecken, aber sie hoben nur seine Alpha-Drachenseite hervor, was ihr Herz auf gute Weise schneller schlagen ließ. „Du scheinst scharf auf Beweise zu sein, also lass mich dich küssen, Ara. Ich kann meinen Drachen eine Zeit lang kontrollieren, damit du dich an die Idee gewöhnen kannst."

Sie schwieg, suchte in seinen Augen nach einem Körnchen Täuschung, aber sie fand es nicht. Finn glaubte, er könne sich kontrollieren.

Bevor sie sich zurückhalten konnte, flüsterte

Arabella: „Aber ich glaube nicht, dass ich das kann, und ich habe Angst."

Sie erwartete Mitleid, aber Finns Augen wurden nur entschlossener. „Wenn dein Drache auch nur einen Bruchteil deiner Kraft hat, dann kann sie es. Was sagt sie?"

Nicht zu fragen wäre der einfache Ausweg, aber die Situation mit Finn war zu wichtig, also zwang sie sich, die Frage zu stellen, *abgesehen von deinem Paarungsinstinkt, kannst du dich wirklich zurückhalten? Wenn du es nicht kannst, zerbreche ich.*

Die Stimme ihres Drachen war fest und doch vorsichtig. *Natürlich kann ich. Weibliche Drachen lassen die Männer immer dafür arbeiten. Das ist Teil des Spiels.*

Wovon sprichst du?

Alpha-Frauen lassen Männer immer warten. Finlay Stewart ist nicht anders. Ich werde ihn und seinen Drachen absichtlich in den Wahnsinn treiben.

Arabella lächelte über den selbstgefälligen Ton ihres Drachen. *Ich mag dich so.*

Ich auch. Kein Verstecken mehr. Küss ihn.

Finn hob eine Braue. „Und? Ich kann deine verdammten Gedanken nicht lesen, Frau. Was hat sie gesagt?"

~

IN DER SEKUNDE, als Arabella lächelte, während sie mit ihrem Drachen sprach, sprang Finns Selbstvertrauen, dass sie ihn akzeptierte, ein paar Stufen in die Höhe.

Wie er erwartet hatte, war seine Frau stärker, als sie sich zugetraut hatte. Es machte sowohl Mensch als auch Tier ungeduldiger, sie endlich zu küssen.

Mit jeder Unze seiner Beherrschung hielt Finn seine Augen auf ihren Blick und nicht auf ihre Lippen, als sie schließlich antwortete: „Wenn ich das tue, möchte ich ein paar Grundregeln aufstellen."

Er seufzte. „Welche Regeln?"

Arabella hob ihr Kinn. „Es bleibt beim Küssen, bis ich etwas anderes sage."

Angesichts ihrer Vergangenheit und des Jahrzehnts, das sie als Einsiedlerin verbracht hatte, hatte er das Gefühl, dass sie noch nie mit einem Mann zusammen gewesen war. „Erst einmal. Aber wenn du mich monatelang hinhältst, wird mein Drache den Verstand verlieren."

„Na gut."

Er widersetzte sich dem Drang, sich erneut an ihre Wange zu schmiegen, und fragte: „Sonst noch etwas?"

Ihr Gesicht wurde weicher. „Ich habe bisher nur einen Mann geküsst, also weiß ich nicht, was zum Teufel ich tue. Ich werde wahrscheinlich scheiße darin sein, aber weis' mich nicht darauf hin. Zeig mir einfach, was zu tun ist."

Er bewegte eine seiner Hände von ihrer Schulter an ihre Wange und strich mit der Rückseite seiner Finger über ihre weiche Haut. „Du wirst es gut machen, Ara. Dich zu küssen, wird der beste Moment meines Lebens sein." Ihr stockte der Atem, und er lächelte. „Und deiner auch, wette ich. Du wirst danach nicht mehr dieselbe sein, nicht nur wegen deines Drachen. Der Boden wird sich nach nur einem Kuss unter deinen Füßen bewegen."

Sie kniff die Augen zusammen, und er grinste. Arabellas Stimme war wieder stark, als sie befahl: „Schluss mit den Sprüchen, Finn."

„Ich wette, deine Nervosität hat einen Bruchteil nachgelassen, habe ich recht?"

Sie zögerte. „Vielleicht."

„Gut." Schmunzelnd bewegte er sich noch ein paar Zentimeter auf ihre Lippen zu. „Und jetzt küss mich, Arabella MacLeod, und mach mich zum glücklichsten Drachenmann der Welt."

Sie verdrehte die Augen und beugte sich dann vor. Ihr Atem war heiß an seinen Lippen, als sie antwortete: „Ich kann nicht glauben, dass ich dabei bin, einen so großspurigen Mann zu küssen."

„Dann küss mich endlich, Frau. Ansonsten muss ich mir noch ein paar Sprüche mehr überlegen." Er berührte ihre Nase mit seiner, und der Kontakt schickte einen kleinen Schock durch seinen Körper. „Vielleicht sollte ich dich mit dem Heidekraut an deiner Bluse vergleichen. Ja, schön und zart aussehend, aber hart und stark, genau wie du. Heather wie Heidekraut könnte künftig mein Kosename für dich sein." Er streichelte die Haut unter ihren Lippen. „Was meinst du, Heather?"

Arabella knurrte: „Auf keinen Fall nennst du mich noch mal so", bevor sie sich auf ihre Zehenspitzen stellte und ihre Lippen an seine drückte.

In der Sekunde, in der ihre weiche Haut seine berührte, wollte er sie an seinen Körper ziehen und jeden Zentimeter ihrer großen, schlanken Statur an seiner spüren, bevor er ihr die Kleider auszog und sie um den Verstand fickte.

Er warnte seinen Drachen, sich zusammenzureißen, und konzentrierte sich auf die unschuldige Bewegung von Arabellas Lippen. Es erinnerte Finn daran, dass sie noch nie richtig geküsst worden war. Er musste es gut machen.

Er umfasste ihre Wange mit einer Hand und knabberte an ihrer Unterlippe, bevor er an der oberen saugte. Als Arabella ihn imitierte, musste er lächeln. Arabella zog sich zurück, ihr Atem war heiß an seinen Lippen. „Wage es ja nicht, mich auszulachen, sonst trete ich dir in die Eier, Finlay."

Mit einem Lächeln nahm er wieder ihre Lippen. Da ihr Mund zum Teil vom Sprechen geöffnet war, wagte er es, ihren Mund zu schmecken.

Verdammt. Arabellas Geschmack war süßer Nektar, und trotz seines Wunsches, es langsam anzugehen, zog er sie gegen seinen Körper und vertiefte den Kuss. In dem Moment, als sein Mädel das Streicheln seiner Zunge erwiderte, wurde sein Schwanz hart wie Stein.

Finn knurrte, liebte das kleine Stöhnen, das er bei seinem Mädel auslöste. Als Arabella tatsächlich ihre Hand an seinen Nacken legte und Kontakt mit seiner Haut aufnahm, brach sein Drache in seinem Kopf frei. *Sie gehört uns. Wenn du sie nicht erschrecken willst, dann unterbrich jetzt den Kuss. Der erste Geschmack ist zu viel. Ich will sie unbedingt.*

Als Finn den Rausch in der Stimme seines Drachen hörte, zog er sich zurück. Arabella öffnete ihre geschlitzten Drachenaugen und flüsterte: „Was ist los?"

Er streichelte ihre Wange mit seinem Zeigefinger und lächelte. „Mein Drache wollte mehr und sagte mir, ich solle aufhören."

Sie fuhr mit den Fingern über seinen Nacken, jede Bewegung wie ein Brandzeichen auf seiner Haut. Was würde er nicht darum geben, wenn ihre Finger seine Brust hinunterrutschen und seinen Schwanz packen würden.

Sein Drache schnaubte. *Hör auf. Ich will sie. Die Bilder machen es mir nur schwerer, mich zurückzuhalten.*

Ich mache das ja nicht absichtlich.

Nun, hör auf.

Arabellas raue Stimme riss ihn aus seinem Kopf. „Meiner verlangt tatsächlich mehr." Sie neigte den Kopf. „Küsst du mich noch einmal, Finn?"

Er strich mit besitzergreifender Hand an ihrem Rücken hinauf und hinab. „Für dich oder den Drachen?"

Sie zögerte, bevor sie flüsterte: „Beide."

„Braves Mädel. Frag mich immer nach dem, was du willst. Halt dich bei mir nie zurück." Er schmiegte sich an ihre Wange und fügte hinzu: „Aber um zu vermeiden, dass du mich wieder als Lügner bezeichnest, sei dir bewusst, dass es jedes Mal, wenn ich dich küsse, schwerer wird, dir zu widerstehen. Du bist meine Gefährtin, Ara. Ich will dich ganz."

Während Finn auf Arabellas Antwort wartete, klopfte sein Herz schneller. Ehrlich zu sein war neu für ihn nach so vielen Jahren des Flirtens und Versteckens seines wahren Selbst. Wenn sie sich entschied, zurückzuweichen und abzuwarten, hatte er keine Ahnung, wie er damit umgehen würde, geschweige denn sein Drache.

Sein Tier streckte sich mental. *Es wird ihr gut gehen.*

Vielleicht will sie uns nicht ganz.

Warum nicht? Wir sind brillant.

Ein bisschen Bescheidenheit wäre nett.

Bescheidenheit ist was für Menschen. Wir machen Ara stärker. Sie weiß das. Sie wird uns immer wollen.

Ausnahmsweise hoffte Finn, dass sein Drache recht hatte. Obwohl er Arabella erst kurz kannte, wäre eine Zukunft ohne sie einsam, und all seine Pläne, ihre spielerische Seite herauszubringen, wären vergeblich gewesen.

Und Finn lebte für den Tag, an dem er Arabella zum Lachen bringen und spielen konnte, ohne dass ihre Vergangenheit sie belastete. Das Mädel sollte ihm besser die Chance geben, es zu tun.

Bei Finns Worten erwärmte sich Arabellas Herz. Ein Teil von ihr warnte sie immer noch davor, dass Finn log und alles sagen würde, um sie nackt zu machen, aber sie hatte ihr altes, paranoides und skeptisches Selbst beiseitegeschoben. Sie würde nicht länger zulassen, dass diese Version von Arabella MacLeod das Sagen hatte.

Ihr Drache meldete sich zu Wort. *Gut. Ich mag sie nämlich auch nicht. Jetzt küss ihn.*

Sie zögerte eine Sekunde. *Verlierst du auch jedes Mal die Kontrolle? Ich bin noch nicht bereit für einen sexbesessenen Drachenmann.*

Ich bin stark und habe die Kontrolle. Ich will noch einen Kuss.

Sie lächelte über den selbstgefälligen Ton ihres Drachen. *Wir können nicht immer bekommen, was wir wollen.*

Schnaubend antwortete ihr Tier: *Das wird meine Warnung sein, mir den Kuss unseres Gefährten nicht zu verweigern.*

Sofort überflutete Begierde ihren Körper, wodurch jeder Nerv empfindlich wurde. Feuchtigkeit rauschte zwischen ihre Beine bei Finns Hitze und Duft. Als ihre Pussy pulsierte, sog Arabella einen Atemzug ein.

Finns Augen sahen plötzlich besorgt aus. „Was ist los?"

Ihr Drache war selbstgefällig. *Das ist es, was ich zurückhalte. Gib mir einen Kuss, oder ich gebe dir die volle Kraft. Er ist unser Gefährte, und ich will ihn ficken, bis wir seine Jungen tragen. Dann wird jeder merken, dass er uns gehört.*

Arabella blinzelte. Sie war etwas schockiert über die anspruchsvolle Natur ihres Drachen und ließ ihre Stimme sich um eine Antwort für Finn bemühen. „Mein Drachen."

„Ist sie nicht stark genug, sich zurückzuhalten?"

„Das ist sie, aber sie verspottet mich. Sie will dich nur ficken."

Finn grinste. „Oh, aye?" Er beugte sich vor. „Das lässt sich leicht und gegen einen Preis arrangieren."

Sie runzelte die Stirn. „Wovon zum Teufel sprichst du? Ich habe nicht vor, dich zu bezahlen, nur, um mit dir zu schlafen."

„Oh, ich will kein Geld, Arabella. Ich möchte, dass du zustimmst, bei mir zu wohnen."

„Das schon wieder."

„Ja, das schon wieder. Ich erlaube dir auf keinen Fall, hier mit Fraser und Fergus unter einem Dach zu bleiben. Selbst wenn ich nicht zu Hause bin, lasse ich Tante Lorna, Faye und vielleicht eine der anderen weiblichen Beschützer dich bewachen."

Arabella hatte eine Idee. „Können sie mich trainieren?"

Seine Augenbrauen zogen sich zusammen. „Ich bin derjenige, der dich trainieren wird."

Mit ihrer neu entdeckten Macht über ihn lehnte sich Arabella gegen Finns Brust und saugte einen Atemzug ein, während ihre harten Nippel Kontakt aufnahmen. „Aber du wirst beschäftigt sein. Es ist eine Win-Win-Situation."

Sie rieb ihre Finger gegen die warme Haut seines Nackens, und Finns Stimme war erstickt, als er antwortete: „Wenn ich einverstanden bin, ziehst du mit mir zusammen, ohne Fragen zu stellen?"

Tief im Innern wusste Arabella, dass es eine schlechte Idee war, mit Finn zusammenzuziehen. Wenn ihr Drache die Kontrolle über den Rausch verlor, wäre sie nackt und in zwei Sekunden mit Finn im Bett.

Obwohl sie an Finns harter Brust lehnte und seinen Geschmack noch im Mund hatte, war die Idee nicht so beängstigend wie vor wenigen Minuten. Ihr Drache hatte ihr einen Einblick gegeben, dass Verlangen eine gute Sache sein konnte. Obwohl sie unerfahren war, wusste sogar Arabella, dass Drachenmänner ihre wahren Gefährten schätzten. „Werde ich mein eigenes Zimmer haben?"

„Du wirst ein Arbeitszimmer haben, aber du wirst bei mir schlafen." Ein wenig Panik schlich sich ihren Rücken hinauf, aber Finns Stimme erstickte sie. „Nur zum Schlafen, Ara. Sonst nichts, solange ich es aushalten kann. Ich gebe dir mein Wort."

Ein Teil ihres Vertrauens verblasste. Selbst wenn Finn sich zurückhalten konnte, konnte sie es?

Ihr Drache meldete sich zu Wort. *Erst einmal. Aber sobald wir seinen harten Schwanz gegen unseren Rücken gedrückt haben, wirst sogar du mehr wollen.*

Ich – wer bist du?

Dein Drache. Das ist mein wahres Ich. Gewöhn dich daran.

Finn streichelte wieder ihre Wange. Sobald sie ihm in die Augen sah, zuckte sein Mundwinkel hoch. „Du kannst es sogar mit Regenbogenkätzchen dekorieren, wenn das hilft."

Sie lachte und löste damit den Großteil ihrer Anspannung. „Vielleicht sollte ich das. Das Umdekorieren sollte auch deine Garderobe umfassen. Ich bin sicher, dass irgendwo ein paar Regenbogenkatzenhemden online zu haben sind."

„Keine Katzenhemden, Punkt."

Arabella starrte in seine blitzenden Drachenaugen und sehnte sich danach, diese Nähe jeden Tag zu haben, in der Lage zu sein, ihn zu ärgern und sich zu streiten. Bei Finn würde es nicht langweilig werden, das war mal sicher.

Und mit ein paar Worten nur konnte sie es haben.

Arabella hielt sich an ihr neues Mantra, sich nicht mehr zu verstecken, und hob das Kinn. „Schätze, sogar ohne Katzenhemden." Sie kniff die Augen zusammen. „Aber wenn du von mir erwartest, dass ich für dich koche und putze, Finlay Stewart, dann steht dir eine Überraschung bevor. Ich habe meine eigene Arbeit zu erledigen."

„Aye, natürlich hast du das." Seine Lippen waren nur noch wenige Zentimeter von ihren entfernt. „Wie wär's mit einem Kuss, um den Deal zu besiegeln?"

„Ich weiß nicht. Deine Kontrolle ist in Gefahr. Vielleicht will ich warten, bis du Zeit hattest runterzukommen."

Knurrend drückte er sie noch kräftiger an sich.

„Jetzt, Arabella. Sonst treibt mein Drache mich in den Wahnsinn."

Sie hob eine Braue. „Ich soll dich also küssen, um deinen Drachen ruhig zu bekommen? Solltest du nicht ein fähiger Clan-Führer sein?"

„Das bin ich, bei allen außer dir. Bei dir verliere ich meinen verdammten Verstand."

Küss ihn.

Sobald sie auch nur andeutungsweise nickte, berührten Finns Lippen ihre. Anders als beim letzten Mal wusste sie, was sie zu erwarten hatte, und zögerte nicht, sich ihm zu öffnen.

Und verdammt, als seine Zunge das Innere ihres Mundes streichelte, sie mit seinem köstlichen Geschmack und seiner Hitze füllte, konnte sie nur daran denken, wie sehr sie seine Zunge an anderen Teilen ihres Körpers spüren wollte.

Ihr Drache meldete sich zu Wort. *Ja, sie würde sich gut an unseren Nippeln anfühlen. Oder zwischen unseren Schenkeln.*

Bevor sie antworten konnte, streichelte Finn sie kräftiger und packte ihr Haar mit einer Hand. Er versuchte, die Kontrolle zu übernehmen, aber Arabella wehrte sich, zog an seinem Haar und ließ ihre Zunge um seine wirbeln. Finns Knurren schickte ein Beben durch ihren Körper, geradewegs zwischen ihre Beine.

Sie legte ihre Hände an seinen Rücken und zog ihn an sich. Seine feste, breite Brust sollte ihr Angst machen und sie daran erinnern, wie sie festgehalten worden war. Doch nichts lag ihr so fern wie die Angst. Finns schlanker, harter Körper ließ sie sich feminin fühlen, wie sie es, seit sie ein Teenager war, noch nie empfunden hatte.

Schließlich löste Finn sich von ihr und küsste zweimal vorsichtig ihre Lippen, dann murmelte er: „Du lernst schnell, Ara. Du hast mich schon so weit, dass ich um mehr flehen will."

Da sie nicht beurteilen konnte, ob er die Wahrheit sagte oder nur Unsinn von sich gab, interpretierte sie es auf die zweite Weise, um nicht über die Zukunft diskutieren zu müssen. „Dann kannst du mich mit einem Abendessen belohnen und mir einen Laptop besorgen, oder du lernst die unduldsame Arabella kennen."

Er lächelte. „Oh, aye? Ich denke, die unduldsame Arabella könnte ziemlich anbetungswürdig sein."

Sie verdrehte die Augen, schob gegen seine Brust, und er ließ sie so weit los, dass er ihr in die Augen sehen konnte. „Kann ich noch eine Bedingung für das Zusammenleben mit dir stellen? Du kannst diese kitschigen Sprüche lassen. Die sind unnötig."

Er drückte ihre Hüfte, und seine Augen funkelten. „Wir haben den Deal bereits mit dem Kuss besiegelt, Ara. Keine Hinzufügungen möglich." Er grinste. „Warte einfach bis morgen. Ich habe mir noch die besten Sprüche für meine zukünftige Gefährtin aufgespart. Endlich kann ich sie einsetzen."

„Großartig! Meine Augen werden bald wund sein, weil ich sie so viel verdrehe."

„Irgendwann werde ich dich schon noch zum Lachen bringen." Er klopfte ihr ein paar Mal auf die Seite und ließ sie dann los. „Wir nehmen am besten ein paar Reste von Tante Lornas Essen und gehen nach Hause, Mädel. Ich muss mit meinen Beschützern Kontakt aufnehmen und vor dem Schlafengehen noch ein paar Clanangelegenheiten klären."

Ihr Drache meldete sich zu Wort. *Ja, Bett. Wir können ihn ärgern und verrückt machen, ohne uns auch nur auszuziehen.*

Nein. Er ist der Flirter, nicht ich.

Ihr Drache machte ts. *Ich bin ein Teil von dir, und ich will es versuchen. Ich kann bis morgen warten, aber nicht länger.*

Sie antwortete sarkastisch: *großartig.*

Als Finn in die Küche kam und etwas zu essen einpackte, beobachtete Arabella ihn in einem neuen Licht.

Der blonde Schotte gehörte nur ihr. Obwohl sie einander nur zweimal geküsst hatten, brachte der Gedanke, dass eine andere Frau ihn küsste, sie dazu, ihre Finger zu verkrampfen. Arabella wusste nicht, ob es der Einfluss ihres Drachen war oder nicht, aber sie wurde allmählich besitzergreifend gegenüber Finlay Stewart. Wenn er ihr nur mehr darüber erzählen würde, wer versuchte, seine Clan-Führung wegzunehmen, könnte sie helfen.

Sie würde morgen fragen. Zuerst musste sie es

überleben, ein Bett mit dem Drachenmann zu
teilen.

Obwohl ihr letzter Alptraum schon Monate her
war, hoffte sie verdammt nochmal, es würde nicht
heute in ihren Träumen auftauchen. Teile von ihr
waren immer noch geschädigt, und sie war noch
nicht bereit, sie jemandem zu zeigen, nicht einmal
Finn.

Kapitel Zehn

Ein paar Stunden später sah Finn Faye stirnrunzelnd an. „Arabella davon zu überzeugen, wird einiges erfordern."

„Aye, aber wenn sie bei dir lebt, Finn, musst du den Clan wissen lassen, warum. Ein Treffen, um das Mädel allen vorzustellen, wird helfen."

Sein Drache meldete sich zu Wort. *Das ist eine gute Idee. Dann wissen andere Männer, dass sie sich fernhalten müssen.*

Gut, ich werde es versuchen. Aber du musst dich zurückhalten. Ara scheint nicht der Typ zu sein, der vor anderen jemanden küsst.

Wir werden sehen.

Fayes Stimme riss Finn aus seinen Gedanken. „Cousin, hör auf mit deinem Drachen und hör mir zu. Es ist wichtig."

„Aye, ich höre. Was ist los?"

„Wir haben das Cottage von oben bis unten durchsucht, aber alles, was wir gefunden haben, war ein kleines Stück blauer Stoff, der von einem Hemd rausgerissen wurde. Es kann mit dem Einbruch zu tun haben oder auch nicht."

„Es ist vom Einbruch. Das Cottage war makellos, und Arabella hat noch nichts Blaues getragen."

„Frag sie, um sicherzugehen. Selbst wenn es dem Eindringling gehört und nicht Arabella, kann ich nicht durch alle 200 Cottages des Clans gehen und nach einem zerrissenen Kleidungsstück suchen. Das ist eine Sackgasse, Finn."

Er klopfte mit den Fingern gegen seinen Arm. „Jetzt, da ich an Aras Sicherheit denke, müssen wir mutiger werden und die Möchtegern-Verräter auslöschen. Ich lasse mir was einfallen, aber ich möchte auch, dass du und Grant gemeinsam ein Brainstorming macht."

„Ich kann allein brainstormen."

„Grant stellt sich dir, während die meisten anderen zu ängstlich oder unerfahren sind. Lerne, mit ihm zu arbeiten, Faye. Es wird dir guttun."

Faye seufzte und winkte das mit einer Hand ab. „Schön. Auch wenn er mir schlimmer unter die Haut geht als Fraser oder Fergus, werde ich es für dich versuchen."

„Braves Mädel." Er nahm die Arme aus der Verschränkung. „Das war's für heute Abend. Ich treffe mich morgen mit dir, nachdem ich mir den neusten Clan-Streit angehört habe, und wir können eure Ideen besprechen."

Sie nickte. „Richtig. Ich arrangiere auch die

Versammlung für morgen Abend. Mum und ich sollten es größtenteils vor unserem Treffen geplant haben."

„Da es deine Idee ist, bist du auch für Aras Kleid zuständig und dafür, sie vorzubereiten. So gern ich sie auch ausziehen und anziehen würde, sie ist noch nicht bereit dafür."

Fayes Blick wurde mitleidig. „Mach dir keine Sorgen, Finn. Es wird schneller passieren, als du denkst. Jeder, der die MacKenzies ertragen kann, hat die Kraft, sich dir zu stellen."

„Himmel, danke."

Faye lachte. „Du weißt, ich liebe dich." Sie drehte sich zur Tür. „Dann bis morgen."

Als er hörte, wie seine Cousine zur Vordertür hinausging, seufzte Finn.

Die Arbeit war eine Ablenkung gewesen für das, was als Nächstes kam. Die Nacht mit Arabella im Bett zu verbringen, ohne sie zu berühren, wäre der ultimative Test seiner Selbstbeherrschung.

Er ging ins Bad, zog sich aus und eine Pyjamahose und ein T-Shirt an. Der Stoff kratzte an seiner Brust, und er wünschte, er könnte darauf verzichten, aber zu viel Haut könnte sein Mädel antörnen.

Arabella war stark, aber nicht einmal Finn war naiv genug zu glauben, dass sie ihre Vergangenheit innerhalb von Stunden, geschweige denn Tagen loswerden konnte.

Vorsichtig darauf bedacht, kein Geräusch zu machen, schlüpfte er in sein fast ganz dunkles

Schlafzimmer. Das Mondlicht vom Fenster betonte Arabellas schlafendes Gesicht. Er betrachtete ihre Gesichtszüge und lauschte ihrem Atmen, aber soweit er es sagen konnte, schlief sie wirklich.

Er nutzte die Gelegenheit und musterte die Ebenen und Kurven ihres Gesichts. Die Narbe auf ihren Wangen und der Nase war blass. Sie erinnerte ihn an ihre Geschichte, wie sie dazu gekommen war. Selbst Stunden später weckte es noch Wut in seinem Bauch über das, was sie ihr genommen hatten – ihre Unschuld und ein Jahrzehnt ihres Lebens.

Als seine Augen sich zu den verheilten Verbrennungen an ihrem Hals bewegten, fragte er sich nach dem Rest. Ein paar Zeilen aus ihrem Fernsehinterview reichten weder Mensch noch Tier; wenn er ihre Angreifer lokalisieren könnte, könnte er sich vielleicht für das revanchieren, was sie seiner Frau angetan hatten.

Arabella kuschelte sich in sein Kissen, und er lächelte. Die Kissen waren die, die er jeden Tag benutzte, und es streichelte sein Ego, zu wissen, dass sie sich mit seinem Geruch bedeckte.

Da Finn wusste, dass er in etwa fünf Stunden aufstehen musste, schlich er sich auf Zehenspitzen zu seiner Seite des Bettes und schlüpfte vorsichtig neben Arabella hinein. Er hielt den Atem an und wartete, um zu sehen, was sie tun würde. Aber nicht einmal ihre Atmung veränderte sich von ihrem langsamen, gleichmäßigen Rhythmus.

Die Stimme seines Drachen war schläfrig. *Halt*

sie fest. Ihre Wärme wird mir die Kraft geben, mich zurückzuhalten.

Ich denke eher das Gegenteil. Wenn du ihre Haut berührst, wird es schwerer, sie nicht zu küssen und aufzuwecken.

Haut habe ich nicht gesagt. Wer ist jetzt ungeduldig?

Zu müde, um zu streiten, ging Finn näher an seine Frau heran und legte seinen Arm sanft über ihre Taille. Ein paar Sekunden vergingen, bevor Arabella sich umdrehte und sich an seine Brust schmiegte.

Als sich ihr Atem in ein weiches Schnarchen verwandelte, lächelte er und kuschelte sich näher. Während Arabella MacLeod schlief, verschmolzen ihre Vergangenheit und ihre Sturheit, um ihren wahren Instinkt und ihre Sehnsucht zu enthüllen. Sein Mädel fühlte sich in seinen Armen sicher.

Finn schloss die Augen und inhalierte Arabellas süßen Duft, der seinen Drachen beruhigte. Es dauerte nicht lange, bis auch er einschlief und von dem Mädel träumte, auf das er sein ganzes Leben gewartet hatte.

ARABELLA ERWACHTE in einem leeren Bett.

Das schwache Sonnenlicht, das durch das Fenster strömte, sagte ihr, dass es mittlerer Morgen sein musste. Sie konnte sich nicht erinnern, wann sie das letzte Mal so lange geschlafen hatte; normalerweise wachte sie mit der Sonne auf.

Als sie auf die leere Seite des Bettes blickte, sagte ihr die Vertiefung im Kissen, dass Finn dort geschlafen hatte, aber sie war nicht aufgewacht. Vielleicht war der Wunsch ihres Drachen, in der Nähe ihres Gefährten zu sein, stärker als Arabellas übliche Neigung dazu, einen leichten Schlaf zu haben.

Ihr Drache gähnte. *Ich habe nichts gemacht. Du hast ihm einfach vertraut.*

Irgendwie glaube ich dir nicht.

Sie zuckte mit den Schultern, und ihr Tier fuhr fort: *Es spielt keine Rolle. Unser Mann trägt jetzt schwache Spuren unseres Geruchs. Die anderen Frauen werden sich fernhalten.*

Da Arabella ihren Morgenkaffee noch nicht getrunken hatte, ignorierte sie ihren Drachen, streckte sich und erhob sich aus dem Bett. Sie schlurfte zum Fenster und sah den wilden Wald von einem Garten, den Finn gestern erwähnt hatte. Sein Zimmer musste am hinteren Ende des Cottages sein.

Als sie nach links sah, fiel ihr der Anblick eines unbekannten Gipfels in der Ferne ins Auge. Obwohl als bei ihr Zuhause im Lake District, erinnerte die karge Schönheit, die in den Himmel stieß, sie genug an Stonefire, um zu lächeln. Solange sie Berge in der Nähe hatte, fühlte sie sich wie zu Hause.

Schritte hallten den Flur hinunter. Als sie sich zur Tür umdrehte, tauchte Finn mit einem Becher in der Hand auf. Er hielt ihn ihr entgegen und sagte: „Guten Morgen, Sonnenschein. Kaffee?"

Stirnrunzelnd nahm sie die Tasse. „Sehe ich für dich wie ein Sonnenschein aus?"

Finn setzte ein gestellt ernstes Gesicht auf und musterte sie von oben bis unten. Dann zwinkerte er. „Du bist so strahlend wie die Sonne."

Sie verkniff es sich, die Augen zu verdrehen, und nahm stattdessen einen Schluck Kaffee. Die milchige Süße ließ sie seufzen. „So ungern ich dir auch Komplimente mache, aber das ist ein wirklich guter Kaffee."

„Ich wurde von Tante Lorna ausgebildet. Schlechter Kaffee wird im MacKenzie-Haushalt nicht toleriert." Er ließ seine Stimme zu einem Flüstern sinken. „Faye hat ihre Launen von ihrer Mutter geerbt, und du willst nicht mit Tante Lorna reden, bevor sie ihren Kaffee getrunken hat."

Sie nahm einen weiteren Schluck. „Zumindest wurdest du ausgebildet. Das bedeutet, dass wir nicht verhungern sollten."

Er überwand die zwei Schritte zwischen ihnen und strich ihr ein Haar aus dem Gesicht, seine warme Haut schickte ein Kribbeln durch ihren Körper. Sein Akzent wurde dicker, als er murmelte: „Ich war dabei zu verhungern, bis ich dich traf, Arabella."

Sie wollte ihn zurechtweisen, aber die Hitze in seinen Augen ließ sie die Zunge hüten. Sie erwartete, dass seine Pupillen zu Drachenschlitzen blitzen würden, aber sie blieben rund. Es war seine menschliche Hälfte, die sprach.

Um sich eine Sekunde Zeit zu geben, bevor sie antwortete, nahm sie einen weiteren Schluck und dann noch einen. Sobald der Zauber von Finlays Worten und Blicken gebrochen war, räusperte sie sich. „Also, irgendeine Spur, wer hinter dem Angriff auf mein Cottage steckt?"

Finns Lächeln verblasste, ersetzt durch ein Stirnrunzeln. „Nicht viel. Der einzige Hinweis, den wir gefunden haben, war ein Stück zerrissenen Stoffs. Du hast seit deiner Ankunft nichts Blaues zerrissen, oder?"

„Nein." Sie nahm einen Schluck von ihrem Kaffee, das starke, süße Gebräu verdrängte den verschlafenen Nebel aus ihrem Gehirn. „Ich weiß also, dass du keine Beweise hast, aber hast du eine Vorstellung davon, wer es getan hat?"

„Aye, Duncan Campbell, der Mann, der meinen Job will."

„Erzähl mir von ihm, und vielleicht kann ich dir helfen, einen Plan zurechtzulegen." Finn betrachtete sie, und sie hob die Augenbrauen. „Ich weiß, dass alles, was du siehst, wenn du mich ansiehst, ein Model vom Laufsteg ist, aber ich versichere dir, dass ich trotz der glitzernden Fassade ein Gehirn besitze."

Finn umfasste ihre Wange. „Ich weiß, das sollte ein Scherz, aber du könntest ein Model sein, Ara. Ein paar Narben machen dich nicht weniger schön."

Sie schüttelte den Kopf, und Finn nahm seine

Hand fort. „Fang nicht an zu flirten. Ich möchte etwas von Duncan wissen."

Finn öffnete den Mund, als ihr Magen zu knurren anfing. Er trat an ihre Seite und legte eine Hand an ihren Rücken. „Ich erzähl' es dir, während ich dir etwas zu essen mache."

Der Gedanke, einen normalen Morgen mit einem gutaussehenden Drachenwandler zu verbringen, der ihr Frühstück machte, ließ ihr Herz etwas schneller schlagen. „Hast du denn sonst nichts zu tun?"

„Aye, in ungefähr einer Stunde. Ich habe eine Weile gearbeitet, während du noch geschlafen hast."

Als er sie aus dem Raum führte, sah sie zu ihm auf. „Du hättest mich wecken sollen. Ich hinke meiner Arbeit hinterher."

„Das wette ich, aber ich arbeite noch daran, dir einen Laptop zu besorgen, der leistungsstark genug ist, um das zu tun, was du tun musst. Meine wurden letztes Jahr verschenkt."

Sie betraten die Küche. Finn nahm seine Hand fort, um einen Stuhl herauszuziehen. Anstatt ihm zu sagen, dass sie sich selbst setzen konnte, setzte Arabella sich einfach. „Das stimmt. Früher hast du der IT-Abteilung geholfen."

„Aye, und deswegen weiß ich, wovon ich rede."

Als Finn ein paar Eier, Milch und Brot herausnahm, verlegte Ara das Gespräch dorthin zurück, wo sie es wollte. „Du machst mir gerade Frühstück, also erzähl mir von diesem Duncan."

Sie sah zu, wie er ein paar Eier in einen

rechteckigen Behälter aufschlug, Milch, Zimt und Vanille hinzufügte und dann alles verrührte. „Duncan war der Schützling des alten Anführers Dougal. Jeder hatte erwartet, dass Duncan die Clan-Führerprozesse gewinnt und so weitermacht wie bisher."

„Wie passt du in das Ganze hinein?"

Er nahm eine Bratpfanne mit Antihaftbeschichtung und schaltete die vordere Herdplatte an. „Nun, ich hatte beobachtet, wie der Clan langsam den guten Willen und das Vertrauen der Menschen vor Ort verlor. Lochguard ging es viel besser als den meisten Drachenclans wegen unserer Isolation. Loch Naver ist in der modernen Zeit nicht gerade ein beliebtes Reiseziel für Touristen und war in alten Zeiten verdammt unmöglich zu erreichen."

Er legte ein Stück Brot in die Eiermischung, wendete es und gab es in die Pfanne. Als er den Prozess wiederholte, fragte Arabella: „Wie genau hat der alte Anführer ihr Wohlwollen verloren?"

„Wir haben früher Frauen der Einheimischen als Gefährtinnen aufgenommen, und im Gegenzug haben wir nicht nur die örtlichen Dörfer geschützt, sondern auch jährliche Feiern in der Nähe des Lochs veranstaltet, damit die Familien der Frauen zu Besuch kommen konnten. Das alles hörte auf, als ich fünfzehn war."

„Aber war das nicht, als deine Eltern starben?"

Finn nickte, während er den French Toast umdrehte. „Mein Vater war früher Clanführer."

Arabella blinzelte. „Was? Das höre ich zum ersten Mal."

„Ich versuche, nicht damit hausieren zu gehen, Mädel. Ich möchte aus eigener Kraft Erfolg haben und nicht wegen meines Vaters vorbeisegeln."

Ihre Meinung über Finn stieg ein paar Kerben. „Also leben jetzt Menschen in Lochguard?"

Finn sah ihr direkt in die Augen. „Kannst du damit umgehen, wenn ich Ja sage?"

Arabella nahm einen Schluck ihres fast ganz kalten Kaffees und dachte darüber nach. Vor einem Jahr hätte sie, ohne zu zögern, gesagt, dass sie damit nicht umgehen könne. Aber wenn sie an ihre Schwägerin Melanie und Brams Gefährtin Evie dachte, dann hatte sie aus erster Hand erfahren, dass nicht alle Menschen böse waren.

Sie sah zurück auf Finn und antwortete: „Ja, ich komme damit klar. Und, gibt es?"

Er nahm den French Toast aus der Pfanne und legte ihn auf einen Teller, dann nickte er. „Ein paar. Die meisten sind gegangen, als Dougal das Kommando übernahm und er begann, sie zu belästigen."

„Wohin sind sie gegangen? Ist ja nicht so, als ob sie in die nächste Stadt ziehen könnten."

„Nein, sie gründeten ihren eigenen Ableger. Sie nennen sich Clan Seahaven, obwohl sie genau genommen kein Clan sind. Das MDA erkennt sie nicht als solchen an, da es nur etwa zehn Familien gibt." Er sah zu ihr hinüber. „Die Existenz von

Seahaven ist nicht öffentlich bekannt, Ara. Du darfst es niemandem erzählen, nicht einmal deinem Bruder."

„Du vertraust mir die Geheimnisse des Clans an?"

„Aye, das tue ich. Lass mich also nicht im Stich."

Sie wollte ihre Reaktion vor Finn verbergen und sah weg. Sie konnte kaum glauben, dass er ihr etwas so Großes wie die Existenz eines geheimen Clans anvertraute.

Ihr Drache meldete sich zu Wort. *Wie ich schon sagte, er ist ein guter Mann. Du solltest ihn zur Belohnung küssen.*

Hör auf mit dem Küssenwollen. Verdammt, ich habe noch nicht einmal gefrühstückt.

Küss ihn auch dafür. Vielleicht macht er uns dann jeden Tag Frühstück.

Du bist ganz schön fordernd.

Ich mache die verlorene Zeit wieder gut.

Finns Stimme unterbrach ihr internes Gespräch. „Sag mir, was dein lieblicher Drache zu sagen hat, Ara. Geht es darum, wie wunderbar ich bin?"

Arabella schnaubte. „Du würdest unerträglich werden, wenn ich dir die Wahrheit sagte."

Er zwinkerte. „Dann geht es also um mich. Jetzt muss ich mir nur noch überlegen, wie ich deinen Drachen umwerben kann."

Ihr Drache brüstete sich. *Ich mag ihn. Er kann mich umwerben, soviel er will. Ich werde ihn später vielleicht belohnen.*

Hör auf.

Finn stellte einen Teller mit French Toast vor sie und fügte hinzu: „Sag deinem Drachen, dass ich sie schön finde.”

„Oh, verdammt noch mal, hör auf. Ich kann es nicht von euch beiden ertragen.”

Er schmunzelte. „Ich kann es kaum erwarten, dass du deinen Drachen rauslässt, um mit meinem zu spielen.”

FINN VERSUCHTE, nicht die Luft anzuhalten. Er hatte das Thema absichtlich beiläufig angesprochen.

Als er jetzt Arabellas Gesicht musterte, sah er darin keine Panik. Ja, sie war etwas weniger entspannt als ein paar Minuten zuvor, aber keine Panik. Damit konnte er leben.

Er sah auf ihren Teller und dann wieder zurück in ihr Gesicht. „Iss.”

„Da ist aber jemand fordernd.”

„Da schimpft ein Esel den anderen Langohr, Mädel.”

Arabella schloss den Mund und nahm das Messer und die Gabel, die er neben ihren Teller gelegt hatte. Sie schnitt ein Stück, und in der Sekunde, in der sie es in den Mund steckte, weiteten sich ihre Augen. Mit halb vollem Mund sagte sie: „Schmeckt gut.”

„Schau nicht so überrascht. Denk dran, ich hatte Tante Lorna.”

Während er zusah, wie Arabella ihr Frühstück aß, legte sich ein Gefühl der Zufriedenheit über ihn. Das letzte Jahr war die Hölle gewesen, als er Dougals frühere antimenschliche Strukturen und Regeln verändert und seine Beschützer reformiert hatte. Abgesehen von seiner Zeit mit Arabella und seiner kurzen Rolle bei der Rettung von Brams Gefährtin hatte er nicht wirklich etwas getan, nur weil er es wollte. Doch als er Arabella dabei zusah, wie sie sein Essen mit Gusto aß, wollte er nichts anderes, als jeden Tag für sie zu kochen.

Arabella erwischte ihn dabei, wie er sie anstarrte. „Wenn du schon dastehst, wie wäre es, wenn du mir sagtest, wie du mit Duncan umgehen willst."

Er sah auf ihren Teller und dann zu ihrem Mund, worauf Arabella seufzte und einen weiteren Bissen nahm, bevor er fortfuhr: „Ich arbeite heute mit Faye daran. Ich hoffe, bis heute Abend eine Antwort zu haben."

„Warum die plötzliche Frist nach fast einem Jahr? Wenn du dir Sorgen um mich machst, bezweifle ich, dass dieser Duncan mich angreifen wird, während ich hier wohne."

„Aye, da könntest du recht haben. Trotzdem möchte ich die Dinge vor heute Abend in Gang bringen. Nach dem Treffen wird jeder wissen, dass du mir gehörst. Die Nachricht wird bei Duncans Fangemeinde zwangsläufig einen gewissen menschenfeindlichen Hass hervorrufen."

Arabella runzelte die Stirn. „Welche Versammlung?"

„Es wird nur noch wenige Stunden dauern, bis der ganze Clan weiß, dass du hier wohnst. Ich darf keine Geheimnisse vor ihnen haben. Ein Treffen wird allen sagen, was gerade los ist. Einige sollten dich sogar wegen ihrer Liebe zum Clan beschützen wollen."

„Hast du je daran gedacht, mich zu fragen? Mein Bruder hat die meiste Zeit des letzten Jahrzehnts damit verbracht, Dinge für mich zu entscheiden. Ich werde dich nicht dasselbe machen lassen."

„Ara, das ist was anderes. In Clanangelegenheiten habe ich das Sagen."

„Wie dem auch sei, wenn du vorhast, mich zu deiner Gefährtin im Bett zu machen, sollte ich auch die Chance haben, deine Gefährtin im Alltag zu sein. Wenn du mein Vertrauen willst, Finlay Stewart, dann sag mir, was los ist."

Sein Drache meldete sich zu Wort. *Sie hat recht. Deine Mum und dein Dad haben als Team gearbeitet. Gib ihr eine Chance.*

Aye, und sieh dir an, wie es für sie gelaufen ist. Gemeinsame Pflichten haben sie beide das Leben gekostet.

„Finn."

Arabellas Stimme zog ihn zurück in die Gegenwart. „Ich habe dich nicht gefragt, weil ich weiß, dass du sie hasst. Die Zusammenkunft in Stonefire war der Beweis dafür."

Arabella stand auf, ging zu ihm und stieß ihm in

die Brust. „Nur weil ich etwas nicht mag, heißt das nicht, dass ich es nicht tun kann. Am Anfang konnte ich dich nicht ausstehen. Und doch bin ich nach Lochguard gekommen und habe dich sogar geküsst. Verhätschle mich nicht, Finn. Das hast du nie, und ich werde dich jetzt nicht damit anfangen lassen. Wenn doch, ob wahrer Gefährte oder nicht, werde ich gehen und nie wieder zurückblicken."

„Ich werde nicht zulassen, dass du gehst." Arabella hob eine Braue. „Ich meine, ich werde dich nicht verhätscheln."

„Besser. Mach das nicht noch mal."

„Das verspreche ich!" Er nahm ihre Hand und drückte sie an seine Brust. „Also, wir haben eine Versammlung, Arabella. Würdest du mir die Ehre erweisen, mich zu begleiten?"

„Dein Tonfall gefällt mir nicht."

Das Gefühl ihrer Haut und ihrer Nähe rührte Mensch und Tier. Aye, er sollte höflich sein und eine vernünftige Diskussion führen. Doch da Arabella in der Nähe stand, wollte sein Schwanz das Denken übernehmen.

Er senkte seinen Kopf und legte seine Wange an ihre. „Dann habe ich einen Vorschlag. Wir gehen hin, aber wie lange wir bleiben, hängt von dir ab."

Arabellas Herz schlug schneller. „Wie das?"

Er knabberte an ihrem Ohrläppchen, und sie schmolz ein wenig gegen seine Brust. Finns Stimme war rau, als er flüsterte: „Wenn du mir versprichst, mir heute Abend deinen nackten Körper zu zeigen, und ich verspreche, dass ich ihn nicht anfassen werde, wenn du mir nicht die Erlaubnis gibst, können wir nach unserem 'ersten Kuss' vor dem Clan gehen." Er knabberte erneut. „Wenn nicht, verschieben wir den Kuss bis zum Ende, nach dem Abendessen." Er legte eine Hand an ihren Rücken und drückte ihren Körper gegen sich. „Was sagst du, Ara? Die Entscheidung liegt in deinen Händen."

ARABELLA WAR DANKBAR, dass Finn ihr Gesicht nicht sehen konnte. Bei der Erwähnung, er wolle ihren Körper sehen, war sie zunächst beschämt. Doch mit jedem Knabbern an ihrem Ohr löste sich etwas von ihrer Nervosität.

Das Versprechen, sie anzusehen, aber nicht anzufassen, war nett, aber auch wenn Finn die Verbrennungen an ihrem Arm und Hals gesehen hatte, hatte er nicht die restlichen Narben gesehen. Außer Dr. Sid zu Hause und ihrem Bruder und Vater, hatte das niemand, nicht einmal Melanie.

Sie hasste die Tatsache, dass sie unsicher war, aber die Möglichkeit, dass es Finn Ekel in die Augen trieb, war zu groß.

Ihr Drache meldete sich. *Er wird uns wollen, egal was passiert. Du kannst vielleicht ignorieren, wie er uns ansieht, aber ich nicht.*

Nur, weil sein Drache ihn zur Paarung treibt.

Hör auf mit dem Selbstmitleid. Du bist besser als das.

Wenn du mich je rauslassen würdest, wären mir die Narben auf meiner Haut egal. Sie würden mich hart aussehen lassen.

Finn streichelte ihren Rücken und lehnte sich zurück, um in ihre Augen zu blicken. „Warum dauert denn das so verdammt lange, Frau? Du wolltest eine Wahl, und ich habe dir eine gegeben. Wenn es jedes Mal so lange dauern wird, wenn ich eine Frage stelle, dann wird nie etwas geschehen."

Sie kniff die Augen zusammen. „Entschuldigung, wenn ich nicht jeden Tag Männer habe, die meinen nackten Körper sehen wollen. Das ist eine etwas merkwürdige Bitte."

„Das ist immer noch keine Antwort."

Sie knurrte. „Schön. Du versprichst, dass wir ungefähr eine halbe Stunde bleiben, und ich werde dich mich nackt sehen lassen. Aber nicht anfassen."

Einer seiner Mundwinkel hob sich. „Oh, Mädel, ich werde dich anflehen, dass ich dich anfassen darf. Du wärst überrascht, was ein paar Worte bewirken können."

„Verzeih mir, wenn ich nicht ganz überzeugt bin. Ich habe viele deiner Worte gehört, und keines hat mich dazu gebracht, mir die Kleider vom Leib zu reißen."

Er rieb ihr wieder den Rücken, und es sorgte dafür, dass Hitze durch ihren Körper rauschte. Finns Stimme war rau, als er sagte: „Du hast meine extravaganten Komplimente gehört, aber du hast mich noch nicht schmutzig reden gehört, Mädel. In wenigen Minuten wirst du in einer Pfütze stehen."

Selbstvertrauen strömte in jede Silbe. Sogar Arabellas Skepsis ließ nach.

Ihr Drache schmunzelte. *Ich kann es nicht abwarten. Ich wollte schon immer einen Mann, der gut in Dirty Talking war.*

Tief im Innern dachte Arabella, dass sie das auch tat. Aber sie würde sich lieber den eigenen Arm abschneiden, als es Finn gegenüber in diesem Moment zuzugeben.

Kapitel Elf

Eine Stunde später öffnete Arabella die Badezimmertür und stand Tante Lorna gegenüber. Blinzelnd gelang es Arabella, „Hi" zu sagen.

„Hallo, mein Kind. Faye hat mir von der Zusammenkunft erzählt, und wir haben noch viel zu tun, bevor sie beginnt."

„Ähm, es sind noch etwa fünf Stunden."

Lorna winkte das mit einer Hand ab. „Und die werden im Nu vergehen. Du verdienst es, verwöhnt zu werden, Arabella MacLeod. Und obwohl mein Neffe zweifellos gute Arbeit als Gefährte leisten wird, brauchst du mütterlichen Einfluss. Ich habe bereitwillig zugestimmt, den Job zu übernehmen."

Es lag Arabella auf der Zunge zu sagen, dass sie nicht darum gebeten hatte, aber sie hielt sich zurück. Lorna war nicht nur freundlich, sie konnte Arabellas Verbündete gegen Finn sein, wenn sie eine brauchte. „Was ist mit Finn passiert?"

„Clanführerzeug." Lorna nahm ihre Hand. „Komm. Ich habe ein paar Überraschungen, die auf dich im Ersatzschlafzimmer warten."

Während die ältere Drachenfrau sie den Flur entlang zog, versuchte Arabella nicht zu lächeln. Lornas Enthusiasmus war ansteckend.

Um ehrlich zu sein, sie war froh, dass es Lorna und nicht Finn gewesen war, als sie aus der Dusche gestiegen war. Finns Worte über Dirty Talking klangen immer noch nach, und es bedurfte Arabellas gesamter Selbstbeherrschung, um ihren Drachen in Schach zu halten. Ihr Tier hatte immer wieder wiederholt: „Küss ihn", immer und immer wieder in ihrem Kopf.

Nicht auszudenken, dass sie ihren älteren Bruder ausgeschimpft hatte, weil er ständig an Sex dachte. Ihr Drache würde dasselbe tun, wenn sie erst mal auf den Geschmack gekommen war. Arabella hoffte nur, sie käme damit klar.

Ihr Drache schlug sich endlich aus ihrem unsichtbaren Käfig. Da Finn nicht da war, erlaubte Arabella ihr, draußen zu bleiben. *Das ist deine Warnung, Drache. Sei nett, oder du gehst zurück in den mentalen Käfig.*

Ich weiß nicht, warum du mich dareingesetzt hast. Alles, was ich wollte, war, unseren unglaublich wunderschönen Mann zu küssen. Warum du dich widersetzt, werde ich nie verstehen.

Zum Glück hielt Lorna sie vor der Tür zum Gästezimmer auf. „Schließ die Augen."

Während ihr Ton angenehm war, ließ der

stählerne Unterton, der darin lag, Arabella die Augen schließen.

Die ältere Frau nahm ihre Schultern und führte sie in den Raum. Einige Sekunden später befahl Lorna: „Öffne deine Augen, und sieh dir deine Geschenke vom Clan an."

Das tat sie, und sie schnappte nach Luft, als sie die Sachen auf dem Bett sah.

Von Jeans und T-Shirts über das formelle Drachenwandler-Kleid bis hin zu dem fragwürdigen Haufen schicker Dessous war alles wunderschön und in den Farben, die am besten zu ihrer Haut passten.

Auch wenn ihr Bruder und seine Gefährtin ihr schon einmal Geschenke gemacht hatten, hatte niemand je so viel Mühe und Zeit darauf verwendet, Dinge auszusuchen, die ihr standen. Dass ein fast unbekannter Clan ihr helfen würde, ließ sie misstrauisch werden.

Natürlich berührte sie die Geste dennoch. Arabella blinzelte Tränen zurück und zwang ihre Stimme, ruhig zu bleiben, während sie sprach. „Ich weiß die Geste zu schätzen, aber ich habe das Gefühl, dass du das zusammengestellt hast. Kein Clan würde einem Fremden auf diese Weise helfen."

Lorna machte ts. „Ich weiß ja nicht, wie die englischen Drachenwandler sich verhalten, aber hier in den schottischen Highlands versuchen wir immer, den unseren zu helfen." Arabella öffnete den Mund, aber Lorna kam ihr zuvor. „Du weißt, dass sich Geheimnisse wie ein Lauffeuer verbreiten. So ziemlich der ganze Clan weiß mittlerweile, dass du Finn gehörst. Die einzige Ausnahme ist wahrscheinlich der alte, taube Angus, und das liegt daran, dass er jeden Tag bis nachmittags schläft." Lorna nahm das traditionelle Drachenwandler-Kleid. „Das wirst du heute Abend tragen."

Das dunkellila Kleid schimmerte im Licht. Anders als vor ein paar hundert Jahren war das Kleid nicht aus Wolle oder Baumwolle, sondern aus einem seidig aussehenden Material. Sie bewegte sich, um es zu berühren, aber widerstand. „Das ist zu viel. Ich weiß nicht viel über Mode, aber selbst ich weiß, dass das ein Vermögen gekostet hat."

Lorna lächelte. „Ein sparsames Mädel? Du bist ganz nach meinem Geschmack, Arabella MacLeod." Sie hielt ihr das Kleid entgegen. „Aber das ist es wert. Wenn du die Gefährtin eines Clan-Anführers sein willst, darfst du keine Müllsäcke als Kleidung tragen. Du willst doch nicht, dass Finn schlecht dasteht, oder?"

„Du trägst aber dick auf, Tante Lorna."

„Wenn man Kinder wie meine hat, muss man das. Drei Viertel meiner grauen Haare sind allein auf die Zwillinge zurückzuführen."

„Und doch leben sie noch bei dir. Sag es Finn nicht, aber sie sehen wirklich richtig gut aus. Nicht lange, und sie finden eine Gefährtin."

„Wenn das nur wahr wäre, Arabella. Ich habe das Gefühl, dass sie bis weit ins hohe Alter bei mir sein werden."

Arabella lächelte über ihren verzweifelten Ton. „Fang an, das Essen anbrennen zu lassen, und sie gehen möglicherweise früher, als du denkst."

Lorna lachte. „Kind, ich mag dich immer mehr." Die ältere Frau stellte sich vor Arabella und hielt ihr das Kleid hin. „Probier's an. Ich muss es vielleicht ein kleines bisschen ändern. So gern ich auch sagen möchte, dass Lochguard magische Elfen hat, die über Nacht Kleider nähen, aber da ist nur eins, das wir zufällig noch hatten."

Arabella berührte den glatten Stoff und überredete sich, das Kleid zu nehmen. Das Lila hatte fast den gleichen Farbton wie die Haut ihres Drachen. Wenn sie es anprobierte, würde es eine Erinnerung auslösen?

Ihr Drache meldete sich. *Nein, weil ich hier bin. Ich kann sie abwehren.*

Du wirst mit jeder Stunde selbstgefälliger.

Das ist nicht selbstgefällig, wenn es wahr ist.

Lorna schubste sie, und Arabella seufzte. „Ich denke, ich werde es dann mal anprobieren."

Arabella ging in den Flur und zum Bad. Langsam zog sie sich aus und warf das Kleid über den Kopf. Traditionelle Drachenwandler-Kleider hatten nur einen Riemen, und er saß auf ihrem nicht tätowierten Arm, dem mit den Verbrennungen. Da der Anblick ihrer alten Verletzungen für sie normal war, glättete sie den Stoff und atmete tief ein, bevor sie in den Spiegel schaute.

Das dunkellila Kleid war etwas groß an der

Brust, aber es passte ziemlich gut zu ihrer schlanken Taille und Hüfte. Im Gegensatz zu einigen der neuesten Trends war das Kleid einfach und mit nichts Glitzerndem verziert. Sie wünschte sich fast, es hätte ein paar Pailletten oder Strasssteine, vielleicht würde es dann die Aufmerksamkeit von ihrem Arm und Hals ablenken.

Ihr Drache grunzte. *Wir sind schön. Zeig deine Kampfnarben stolz. Du bist stärker ihretwegen.*

Ihr Tier erinnerte sie ein wenig an Finn, aber sie behielt diesen Gedanken für sich. *Ich werde es versuchen.*

Versuche es nicht. Mach es.

Arabella starrte auf den glänzenden violetten Stoff und erinnerte sich blitzartig daran, wie sie sich vor etwa achtzehn Monaten in einen Drachen verwandelt hatte.

Auf einem ihrer Morgenspaziergänge hatte ihr Drache in ihrem Kopf geknurrt, bevor die Veränderung passiert war. Innerhalb von Sekunden hatte ihr Tier laut gebrüllt, und Arabella hatte in ihrem Gefängnis um sich geschlagen, um rauszukommen. Sie wollte kein Drache sein. Wenn sie sich nicht zurückwandelte, konnten die Jäger sie finden und beenden, was sie begonnen hatten.

Doch ihr Drache hatte sie sechs Stunden lang in der Hölle gehalten. Als sie wieder zum Menschen gewandelt war, war sie geistig und emotional erschöpft gewesen.

Mit einem Schluchzen kehrte Arabella in die Gegenwart zurück. Sie wischte ihre Tränen weg und drückte die Angst und den Hass der Erinnerung beiseite.

Rückblickend war es albern zu glauben, die Drachenjäger würden sie finden, nur weil sie in Drachengestalt war. Vielleicht sollte sie versuchen, vor der Versammlung zu wandeln. Nur dann würde sie endlich die Jäger schlagen, die ihre Mutter töteten und Arabellas Familie zerstörten.

Die Stimme ihres Drachen war leise. *Das kriegen wir hin. Wir haben Zeit. Ich will fliegen.*

Fliegen ist gewagt. Ich weiß vielleicht nicht mehr, wie.

Ein Drache vergisst nie, wie man fliegt.

Das Hämmern an der Tür riss Arabella aus ihrem Kopf. Lornas Stimme driftete durch die Tür. „Alles in Ordnung da drin, Kind?"

Wenn jemand anderes sie Kind nannte, hätte Arabella es gehasst. Aber als Lorna es sagte, fühlte sich Arabella fast wie Familie. „Ja, aber ich habe eine Bitte."

Es folgte eine Pause. „Was, meine Liebe?"

„Ist Faye beschäftigt? Ich denke, ich muss mich wandeln, um meinen Drachen zu beruhigen."

ARABELLA GING NEBEN FAYE, verkrampfte und löste ihre Finger, gab ihr Bestes, die Nerven nicht zu verlieren.

Aber sie hatte wirklich noch nie so sehr den Wunsch verspürt zu wandeln, wie sie es derzeit tat. Verdammt, sie hatte gestern einen Mann geküsst und überlebt. Wenn sie jemals den Schritt machen wollte, Sex mit Finn zu haben, dann sollte sie besser das kleinere Hindernis überwinden, in einen Drachen zu wandeln.

Ihr Drache meldete sich zu Wort. *Gut, ich will fliegen. Später will ich ficken.*

Verdammt! Du bist so schlimm wie mein Bruder.

Wir sind 28 Jahre alt und noch Jungfrau. Ich muss eine Menge nachholen.

Faye sah zu ihr hinüber, und ihre Stimme brachte Arabellas Drachen zum Schweigen. „Bist du dir sicher, dass ich nicht Finn rufen soll? Er wird kommen, wenn du ihn brauchst."

Arabella hob ihr Kinn und gab nicht nach. „Nein. Er ist beschäftigt, und ich kann ihn nicht für jede Kleinigkeit rufen." Ihr Mut verblasste einen Bruchteil. „Obwohl es mir leidtut, dich aus deinem vollen Terminkalender zu holen. Ich bin mir sicher, dass du anderes zu tun hast."

Faye wedelte mit einer Hand. „Ich brauchte sowieso eine Pause von Grant. Dieser Mann macht mich wahnsinnig."

Sie überlegte, ob sie eine Frage stellen sollte, beschloss aber, es zu riskieren. „Stehst du auf ihn?"

„Nein. Er und ich waren mal Freunde, aber dann hat er es vor ein paar Jahren vermasselt. Ich erkenne seine Talente in Bezug auf Strategie und Untersuchungen an, aber ansonsten spreche ich so wenig wie möglich mit ihm."

Während Arabella noch versuchte, darüber nachzudenken, was sie dazu sagen sollte, nahm Faye ihre Hand und zog sie in einen großen offenen Bereich, der von hohen, natürlichen Felswänden umgeben war. „Das ist der private Trainingsbereich, den ich normalerweise für meine Schwadron von Beschützern nutze. Wir werden hier wandeln. Jetzt zieh dich aus."

Arabella blinzelte. „Im Freien? Wird uns denn niemand sehen?"

„Mach dir keine Sorgen, Liebes. Ich habe Beschützer in der Nähe. Sie halten die Zuschauer fern. Es gibt nur dich und mich. Da du keine Kleidung mitgebracht hast, musst du nackt sein, wenn du wandelst, sonst gehst du nackt zurück zum Cottage." Arabella zögerte, und Faye verdrehte die Augen. „Du bist der erste Drachenwandler, dem ich je begegnet bin, der sich vor Nacktheit scheut. Lass mich dir versichern, dass ich das alles schon tausende Male gesehen habe, Ara."

Ich will fliegen. Beeil dich!

Wag es nicht, zu wandeln, bevor ich mich ausgezogen habe.

Dann mach schon. Ich gebe dir sechzig Sekunden. Eins, zwei, drei …

„Verdammter Drache", murmelnd kickte Arabella ihre Schuhe weg. Sie zog ihre Socken aus und zögerte. Dann ging der Countdown ihres Drachen weiter, *fünfzehn, sechzehn …*

Sie lernte schnell, dass ihr Drache nicht bluffte. Anstatt es zu riskieren, zog sie den Reißverschluss ihrer Jeans auf und zog sie aus. Sie achtete dafür, dass ihr Knöchel von Faye abgewandt war; die unebenen Narben waren mit Ruß vermischt, der nie aus ihrer Haut entfernt worden war. Das Ergebnis war eine unebene, verfärbte Hautpartie.

Die Stimme ihres Drachen wurde lauter. *Fünfundvierzig, sechsundvierzig …*

Arabella schloss die Augen, hob den Saum ihres T-Shirts und zog es über ihren Kopf. Sie stand in ihrem BH und ihrer Unterwäsche. Die leichte Brise ließ sie zittern.

Als sie Faye anblickte, war die Frau schon nackt. „Sieh mich nicht an. Zieh dich fertig aus. Es ist wirklich ein bisschen kühl heute."

Ihr Drache schrie, *57, 58 …*

Mist. Arabella schob die Träger über ihre Schultern und schaffte es, ihren BH zu öffnen, als ihr Drache sich erhob. *Es wird Zeit! Lass mich raus.*

Fayes Stimme drang zu ihr herüber. „Lass einfach deinen Drachen übernehmen. Ich wandle jetzt, aber ich werde nicht abheben, bis du bereit bist."

Das Vertrauen und die Erwartungen in Fayes Stimme, dass sie voll und ganz erwartete, Arabella würde ohne Probleme wandeln, gaben Arabella den Mut, ihre Unterwäsche auszuziehen und ihrem Drachen zu sagen: *Ich bin bereit.*

Ihr Drache ließ die inneren Barrieren fallen und stürzte in den Vordergrund ihres Geistes. *Arbeite mit mir. Stell dir vor, jeder Teil von uns ändert seine Form. Der Prozess wird zu dir zurückkommen.*

Ihr Tier schickte Bilder von Armen und Beinen, die zu Gliedmaßen und Hinterbeinen wuchsen,

Flügel sprossen aus ihrem Rücken, und ein Schwanz wuchs aus ihrem Steißbein. Arabella nahm jedes Bild auf und spielte es in ihrem Kopf ab. Nach etwa sechzig Sekunden wurden die Bilder Realität, als sich ihre Knochen und Haut dehnten, was zu einem Ansturm von Schmerzen und Vergnügen führte, der durch ihren ganzen Körper zog.

Mit einem Schrei nahm ihr Körper die Gestalt eines Drachen an. Bald wurde der Schrei zum Brüllen, und Arabella öffnete die Augen. Sie blickte nach unten und zur Seite und sah die zähe, aber dünne lila Haut ihrer Flügel, die in der Sonne glänzte. *Ich habe es geschafft.*

Ja, aber wir sind immer noch auf dem Boden. Ich will fliegen.

Gib mir ein paar Minuten. Ich – ich möchte meine Drachengestalt annehmen und jede Angst verjagen.

Okay, ein paar Minuten. Nicht mehr.

Ein Grunzen von Arabellas Seite gewann ihre Aufmerksamkeit. Ein großer, weiblicher Drache mit blauer Haut starrte sie an. Das musste Faye sein.

Der blaue Drachen neigte fragend den Kopf. Arabella gab das universelle Drachenwandler-Signal zu warten, indem sie ihre Flügel hinter sich hochhob und den rechten absenkte.

Sobald Faye nickte, musterte Arabella, was sie von sich selbst sehen konnte.

Sie beobachtete, wie sie ihren Schwanz von einer Seite zur anderen bewegte. Das Gefühl der Luft gegen ihre Haut war eine lang vergessene Erinnerung. Sie erinnerte sich an andere Stunts als

Kind und legte ihren Schwanz auf den Boden und strich ihn hin und her über das Gras, die Kombination aus Steinen und Kitzeln der Halme drängte sie, sich auf dem Boden zu wälzen. Anders als in ihrer Kindheit würde kein Erwachsener sie tadeln, weil sie ihre Haut schmutzig machte.

Ihr Drache räusperte sich. *Ich will fliegen, nicht im Dreck herumrollen. Hunde tun das, nicht Drachen.*

Ich erinnere mich, dass du es vor zwanzig Jahren ganz gern gemacht hast.

Ich bin jetzt erwachsen. Ich habe mehr Würde.

Das werden wir sehen.

Arabella wollte keine Erinnerungen auslösen und ließ den Rest ihres Körpers aus. Sie blickte zu Faye und nickte.

Es war Zeit zu fliegen.

Faye sprang in die Luft und schlug ihre Flügel, bis sie etwa zwanzig Meter über dem Boden war. Sie schwebte und starrte Arabella an.

Das ist es, Drache.

Nach einem tiefen Atemzug hockte Arabella sich hin und sprang. Ihre Flügel bewegten sich automatisch, bis sie auf derselben Höhe war wie Faye. Auch wenn ihre Muskeln aus der Übung waren, würde Arabella sich später mit den Schmerzen befassen. Sie hob einen Hinterfuß, schüttelte ihn zweimal und sagte Faye, sie solle fliegen.

Nachdem Faye ihr einen einschätzenden Blick zugeworfen hatte, manövrierte sie ihren Körper etwas von Arabella weg und bewegte sich vorwärts.

Arabellas Bewegungen waren ein wenig unbeholfener, aber sie folgte.

Am Anfang konzentrierte sie sich darauf, sich zu bewegen und nicht zu fallen. Ein paar Minuten später jedoch wagte Arabella, nach unten zu blicken.

Lochguard war unter ihnen. Mehrere Drachenwandler liefen in ihrer menschlichen Gestalt umher und achteten nicht wirklich auf Arabella oder Faye. Für sie war ein fliegender Drache so natürlich wie das Atmen.

So sehr sie auch die Sehenswürdigkeiten unten genoss, die Aussicht auf die Felsen und die nahegelegenen Gipfel war atemberaubend. Vielleicht könnte sie eines Tages einen Flug über die Highlands machen und vielleicht sogar die Isle of Skye.

Ihr Drache meldete sich zu Wort. *Frag Finn. Ich will seinen Drachen necken. Ich will auch Fangen am Himmel spielen.*

Ich dachte, du wärst erwachsen.

Bei Gefährten ist das anders. Ich muss ihn verrückt machen.

Wenn Arabella in menschlicher Gestalt gewesen wäre, hätte sie gelächelt. *Immer einen Schritt auf einmal.*

Du bist in Ordnung. Hier sind wir sicher.

Faye änderte den Kurs, und Arabella passte wieder auf. Sie flogen nach Norden, in die Richtung des Sees.

Mit einem leisen Brüllen blickte Faye über die

Schulter und zeigte dann mit einem Hinterbein auf den See.

Die Wahl war Arabellas: Wollte sie schwimmen gehen?

Folge ihr, befahl ihr Drache. *Meine Haut kratzt ein wenig.*

Sie sollte ihr Tier aufziehen, aber Arabella sehnte sich auch danach, in Drachengestalt zu schwimmen. Abgesehen vom Fliegen machte sie das am liebsten.

Arabella faltete ihre Flügel zurück und tauchte auf das Wasser zu. Sie achtete vorsichtig auf ihre Flugbahn, tauchte ein und bewegte sich im Wasser. Die kühle Flüssigkeit an ihren Flügeln und schmerzenden Rückenmuskeln fühlte sich gut an.

Sie blieb unter Wasser, bis ihre Lungen brannten, und stieg dann an die Oberfläche. Sie blinzelte und entfernte das Wasser aus ihren Augenlidern. Arabella vergewisserte sich, dass Faye in der Nähe schwamm, und blickte auf die Küste.

Der kleine turmartige Broch war vor ihr. Weiter oben am Ufer entdeckte sie ein paar Männer.

Sie hatten keine Tätowierungen an ihren Armen.

Drachenjäger. Sie mussten es sein.

Sie flatterte mit den Flügeln und versuchte, ans Ufer zu schwimmen. Aber je länger sie die Männer ansah, desto weniger Kontrolle hatte sie über ihren Körper.

Ihr Drache schrie. *Sie dürfen keine Jäger sein! Faye würde nie zulassen, dass uns Schaden zugefügt wird.*

Das sind sie. Warum sonst sollten Menschen an den See kommen? Arabella versuchte wieder zu schwimmen, aber scheiterte. *Warum hilfst du mir nicht?*

Bevor ihr Drache antworten konnte, stand Faye vor ihr und summte sanft.

Arabella ignorierte sie und flatterte weiter. Faye wurde still, tauchte ins Wasser und kam unter einem ihrer Flügel wieder hoch. Arabella hielt sich fest, während der blaue Drache zum Ufer schwamm. Als das Wasser flach genug war, stand sie auf und ging die letzten paar Meter zum Ufer.

Wenn sie in Drachengestalt blieb, wäre sie ein leichtes Ziel, also schlug sie ihren Drachen in ein mentales Gefängnis und stellte sich vor, ihr Körper würde wieder zu einer menschlichen Frau schrumpfen. Ihre Flügel verschmolzen mit ihrem Rücken, ihre Beine und Arme schrumpften, und ihre Schnauze verwandelte sich zurück in eine Nase. Sie blickte auf die Gruppe der Männer, und sie war erleichtert zu sehen, dass sie noch weit weg waren. Sie drehte sich um und rannte zu den Toren des Clans, ohne sich um ihre Nacktheit zu scheren. Arabella wollte nur in Sicherheit gelangen.

Kapitel Zwölf

Finn hörte sich einen Streit zwischen zwei Clanbauern an, als Fraser in sein Büro gestürmt kam. Bevor Finn ein Wort sagen konnte, sprach Fraser: „Das Mädel braucht dich."

Die Bauern, Callum und Archie, blickten sich gegenseitig an und dann zurück zu ihm, obwohl Finn es kaum bemerkte. Das Mädel, das Fraser erwähnt hatte, musste Arabella sein.

Sein Drache brüllte. *Geh zu ihr. Sie braucht uns.*

Als er auf die Bauern blickte, hielt Finn seine Stimme ruhig und sammelte sich. „Ich habe euch alle möglichen Lösungen gegeben. Nehmt euch ein oder zwei Tage Zeit, um darüber nachzudenken und eine Entscheidung zu treffen."

Callum runzelte die Stirn. „Aber ich bin meine Liste mit Beschwerden noch nicht ganz durchgegangen."

Beeil dich.

„Komm schon, Cal. Ich kenne jede einzelne

Beschwerde, die du aufführen willst. Wenn ich sie noch einmal höre, ändert das nichts an meiner Meinung. Du hast deine Optionen, aye?" Als die beiden älteren Männer ihre Zustimmung murmelten, stand Finn auf. „Wenn ihr mich dann entschuldigen würdet, ich muss mich um eine andere Angelegenheit kümmern."

In der Sekunde, in der er und Fraser aus dem Zimmer waren, flüsterte er: „Sag mir, was passiert ist."

Fraser schwieg, bis sie draußen waren und von neugierigen Augen und Ohren fern. „Arabella ist nackt durch das Vordertor und weiter gerannt, bis sie einen geschützten Felsbereich fand, in dem sie sich verstecken konnte. Faye hat versucht, mit dem Mädel zu reden, aber sie will nicht zuhören."

Finn beschleunigte sein Tempo und verlangte zu wissen: „Sag mir, was du weißt."

„Nicht viel, Cousin. Faye sagte etwas darüber, dass sie mit Arabella geflogen sei, bevor sie im Loch in Drachengestalt schwimmen gingen. Kurz danach hatte Arabella einen Zusammenbruch. Ich hielt es für wichtiger, dich zu holen, als nach weiteren Einzelheiten zu fragen."

Die Stimme seines Drachen war voller Sorge. *Warum sollte sie ohne uns in ihren Drachen wandeln?*

Sie hat einen unabhängigen Verstand. Das weißt du.

Trotzdem hätte sie warten sollen.

Er brachte sein Tier zum Schweigen und rannte Fraser hinterher, bis sie einen der geschützten, offenen Bereiche erreichten, die sie für das Training der Kinder nutzten. Faye stand am Eingang, drei ihrer Beschützer schirmten sie ab und hielten die Zuschauer fern.

Da es nichts bringen würde, auf alle Männer wütend zu sein, die seine Frau nackt gesehen hatten, konzentrierte er sich auf Arabellas Wohlergehen. Er würde nicht zulassen, dass sie einen Rückfall hatte.

Ein paar Meter von Faye entfernt befahl er: „Sag mir, was passiert ist."

Die Sorge in den Augen seiner Cousine milderte seine Wut auf sie. „Du kennst doch die Menschen, die wir im Loch fischen lassen? Sie sah sie und geriet in Panik. Sie murmelte ständig etwas über Drachenjäger." Faye machte einen Schritt in seine Richtung. „Hilf ihr, Finn. Allein die Narben an ihrem Körper sagen mir, dass jede Erinnerung, die sie im Inneren gefangen hält, schrecklich sein muss."

„Halte alle anderen fern und sorge dafür, dass jemand eine Decke, einen Mantel oder etwas für Ara holt."

Faye wackelte mit dem Kopf. „Das habe ich bereits getan. Mum sollte sie bald bringen."

Er brachte sein Gesicht in einen neutralen Ausdruck und ging durch die Öffnung. Schließlich fand er Ara auf dem Boden, mit ihren Knien an der Brust und ihrem Kopf auf den Knien.

Nackt und so zusammengerollt sah sie verletzlich aus.

Sein Drache meldete sich zu Wort. *Unsere Gefährtin sollte nie Angst haben oder traurig sein. Hilf ihr.*

Gib mir eine verdammte Chance, Drache. Mit Ara umzugehen ist anders als mit dem Clan.

Das ist mir egal. Du bist doch derjenige mit der Stimme. Nutze sie.

Er ging auf sie zu und rief ihren Namen. Als sie nicht antwortete, legte er jede Unze Dominanz, die er aufbringen konnte, in seine Stimme. „Arabella MacLeod, sieh mich an!" Ihr Kopf bewegte sich einen Bruchteil, dann aber nicht weiter, also versuchte er es erneut. „Die menschlichen Männer waren keine Drachenjäger, Ara. Sie waren nur Fischer. Lass nicht zu, dass die Vergangenheit deine ganze Aufmerksamkeit einnimmt. Du bist meine Frau, und du musst auf mich achten." Ihr Kopf hob sich nur einen Bruchteil, aber nicht genug. Er drängte weiter. „Reiß dich zusammen, oder ich hole dich und trage dich nackt durch den Clan. Natürlich muss ich jeden schlagen, der dich ansieht. Möchtest du wirklich dafür verantwortlich sein, dass ich mir dabei möglicherweise die Hand breche?"

Mit einem Knurren sah sie hoch. Während die Wut in ihren Augen tanzte, drückten die Tränen Finns Herz. „Lass mich in Ruhe, Finlay Stewart."

„Du bist also nicht in einer Erinnerung gefangen? Warum hast du Faye nicht geantwortet?"

Arabella wischte sich die Augen. „Weil es demütigend ist, deswegen."

Er drückte seine Reaktion auf Arabellas Tränen beiseite und machte zwei Schritte auf sie zu. „Das war's? Du gibst einfach auf? Vielleicht bist du doch nicht die Frau, für die ich dich gehalten habe."

„Ich habe nie gesagt, dass ich aufgebe, aber wie kann ich mich jetzt allen stellen? Ich war in Stonefire die ‚arme Arabella', und nach dem heutigen Tag wird es hier dasselbe sein."

Er verdrehte die Augen und verschränkte die Arme vor der Brust. „Sollen wir eine Geige zum Abschluss deiner Mitleidsparty bringen?"

Arabella kniff die Augen zusammen. „Hör auf, ein Arschloch zu sein."

„Oh, so wird man genannt, wenn man jemandem den Kopf zurechtrückt? Wenn ja, dann ich nehme es an. Du versteckst dich, Ara."

„Es gibt einen Unterschied zwischen Verstecken und Überlegen, was zum Teufel ich mit meiner Zukunft tun soll. Eine Gruppe von Menschen hat eine Panik ausgelöst. Das ist für mich ein großes Warnsignal."

„Und wenn ich erwähnt hätte, dass die Menschen von Zeit zu Zeit in unserem Loch fischen? Hätte das etwas geändert?" Arabella zögerte, und er drängte weiter. „Dachte ich's mir doch. So sehr ich dich auch anschreien möchte, weil du ohne Vorwarnung in den See gegangen bist, ich werde es nicht tun. Stattdessen werde ich dir die Wahl lassen. Sobald ein paar Kleider da sind, kannst du sie entweder überwerfen und mit erhobenem Kopf aus diesem Versteck und zurück zu meinem Cottage gehen, oder du kannst dich hier verstecken, bis wir alle verjagen und du zu deinem Clan zurückkehren kannst. Was von beiden soll es sein?"

„Ich habe deine Ultimaten langsam satt."

Er zuckte die Schultern. „Dann hör auf, mir Gründe zu geben, dir welche zu stellen."

Arabella stand auf, und Finn war darauf bedacht, sich auf ihr Gesicht anstatt auf ihren nackten Körper zu konzentrieren. Sie machte einen Schritt in seine Richtung. „Ich hasse dich manchmal."

„Gut. Hass bedeutet, dass es dir wichtig ist. Wenn du gleichgültig bist, werde ich mir Sorgen machen."

Sie machte ein frustriertes Geräusch und stieß ihm in die Brust. „Du bist ein Bastard."

Er nahm ihre Hand und drückte sie an seine Brust. Er lehnte sich nach vorn und murmelte: „Du kannst mich eine Million Mal am Tag einen Bastard nennen, wenn das bedeutet, dass ich dich nackt haben und in meinem Bett mit dir streiten kann."

Ihre Stimme verlor ein wenig von ihrer Hitze. „Finn."

Er lehnte sich zurück und starrte Arabellas Augen direkt an. Die blitzenden Drachenschlitze sagten ihm alles, was er wissen musste. „Hast du eine Meinungsverschiedenheit mit deinem Drachen, Mädel? Ich wette, sie will, dass du mich küsst."

Die Festigkeit ihres Kiefers sagte ihm, dass er recht hatte.

Er ließ ihre Hand los und fragte: „Was ist mit dir, Ara? Wenn ich nach unten schaute, wären deine Nippel dann harte kleine Punkte? Wenn ich deine Beine berühren würde, wärst du dann feucht für mich?" Ihr Schweigen machte ihn kühn. „Wenn auch sonst schon nichts, aber deine Mitleidsnummer hast du schon längst vergessen. Habe ich recht, Mädel?"

ARABELLA WAR SICH NICHT SICHER, ob sie Finn in diesem Moment hasste oder liebte. Er schien immer die Grenze zwischen den beiden Emotionen zu überschreiten.

Ihr Drache schnaubte. *Hör auf, dagegen anzukämpfen. Wir wollen ihn beide. Er hatte recht, dass du feucht und bereit bist. Küss den verdammten Mann und lass ihn uns ficken.*

Draußen im Freien? Ich glaube nicht.

Dann willst du auch, dass er uns fickt. Das ist ein Fortschritt.

Verärgert über ihr Tier, konzentrierte sie sich auf Finn. „Ich bin groß genug, um zuzugeben, dass ich die Demütigung vergessen habe, aber wenn du denkst, ich springe dir in die Arme und lasse mich von dir ficken, bis ich schwanger bin, dann steht dir was anderes bevor."

Einer seiner Mundwinkel hob sich. „Ich mag es, dass du an meinen Schwanz in dir denkst, Mädel."

Sie knurrte und widerstand dem Drang, mit dem Fuß aufzustampfen. „Hörst du jemals auf?"

„Gib mir die Erlaubnis, deinen Körper anzusehen, und ich werde schweigen", antwortete

Finn. Sie hob eine Augenbraue und fügte hinzu:
„Zumindest für eine kleine Weile."

Arabellas   Herzschlag   wurde   schneller.
„Irgendwie glaube ich dir nicht."

Seine Stimme war rau, als er antwortete: „Glaub
mir, Ara, wenn ich endlich deinen Körper sehe,
werde ich jeden Blick trinken und ihn in meinem
Gedächtnis speichern."

Die Stimme ihres Drachen war ebenfalls rau.
*Lass ihn uns anschauen, oder ich werde etwas von meinem
pulsierenden Bedürfnis, mich zu paaren, loslassen.*

*Du und deine Drohungen. Ich schwöre, ihr arbeitet
zusammen.*

*Er und ich wollen das Gleiche – uns paaren. Wir werden
deine Sturheit abbauen oder dich beim Versuch in den
Wahnsinn treiben.*

Als sie in Finns Augen zurückblickte, erklärte sie:
„Sieh hin, aber nicht berühren. Du versuchst es,
und ich werde mich wandeln und wegfliegen."

„Das hättest du nicht sagen sollen, Mädel. Es
juckt mir in den Fingern, dich in Drachengestalt
jagen."

Verdammt. Sein erhitzter Blick ließ ihren ganzen
Körper kribbeln. Sie wäre nicht überrascht, wenn
sie nach unten blickte und sähe, dass ihre Haut rot
geworden war.

Sie räusperte sich und versuchte, streng zu
klingen, aber sie versagte. „Sieh hin, aber bedaure
mich, Finlay Stewart, und ich werde dir nie
vergeben."

Ohne ein Wort schloss Finn die Lücke zwischen

ihnen, bis er nur noch einen halben Meter entfernt stand. Sie beobachtete seine Augen, als die ihren Hals und dann ihre Schulter ansahen. Als er schließlich ihre Brüste anstarrte, kribbelten ihre Nippel, als hätte er sie berührt.

Wenn er von der Brandstelle am Rand ihrer rechten Brust abgestoßen war, zeigte er es nicht.

Ihr Drache schnaubte. *Du könntest deinen Körper mit Schlamm bedecken, und er würde dich immer noch schön finden. Er mag unseren Geist, Ara. Dafür solltest du ihn belohnen.*

Finn bewegte sich, um einen besseren Blick auf ihre rechte Seite zu bekommen, und sie hielt den Atem an. Das unebene, verheilte Gewebe erschien eher in Flecken als in einer geraden Linie. Als sie angezündet worden war, waren nur Teile ihrer Kleidung durchgebrannt, bevor das Feuer gelöscht worden war. Die Jäger waren bestrebt gewesen, sie zu foltern und zu brechen, nicht sie zu töten.

„Arabella." Sie sah auf, und er pikste in ihren Bauch. „Ätsch, du bist dran."

Dann joggte er auf die andere Seite der Lichtung, zog seine Kleider aus und sagte einfach: „Fang mich, und ich werde dich belohnen", bevor er sich in einen riesigen, goldenen Drachen verwandelte. Das schwache Sonnenlicht, das durch die Wolken strömte, funkelte von seiner Haut, als er in die Luft sprang und knapp über der geschützten Lichtung schwebte.

Als er seinen Schwanz zwischen seine Hinterbeine brachte und ihn vor und zurückschwenkte, kniff sie die Augen zusammen. Der Bastard verspottete sie.

Hinterher. Wenn du es erlaubst, werde ich ihm eine Lektion erteilen.

Du flirtest nur.

Das auch. Aber willst du wirklich, dass er wegfliegt? Wenn er geht, gibt er uns vielleicht auf, und wir sehen ihn möglicherweise nie wieder.

Auch wenn der Drachenmann sie wütend machte, der Gedanke, Finn nie wiederzusehen, geschweige denn, über einen seiner kitschigen Sprüche zu lächeln, ließ ihren Magen sich senken. Sie hatte sich nie lebendiger gefühlt als in den letzten zwei Tagen.

Und nicht nur wegen der Sache mit dem wahren Gefährten. Vom ersten Tag an hatte Finlay Stewart sie ihre Vergangenheit vergessen lassen, wann immer sie bei ihm war. *Gut, wir werden ihn verfolgen. Aber ich habe ein paar Ideen, wie ich ihn reinlegen kann.*

Gut. Lass mich raus, und wir probieren einige davon.

Arabella zögerte eine Sekunde, aber dann sagte sie, was zum Teufel. Finn würde sie nie an einen gefährlichen Ort bringen. Ihre größte Sorge wäre es, seiner Berührung auszuweichen, sobald beide wieder in menschlicher Gestalt waren.

Da sie schon nackt war, ließ Arabella ihren Drachen halb die Kontrolle über ihren Verstand übernehmen. Als sie sich vorstellte, ihr Körper ändere seine Gestalt, wuchs sie wieder zu einem viereinhalb Meter großen Drachen heran. Mit einem Brüllen sprang sie in die Luft.

Finn schlug mit dem Schwanz, drehte sich um und flog davon. Sie folgte ihm.

Er war schnell, aber Arabella war leichter. Sie konzentrierte sich auf ihre Flügelschläge und schloss die Distanz zwischen ihnen.

Gerade als sie ihn fangen wollte, drehte Finn sich schräg um und glitt nach unten. Er war auf dem Weg zu den Baumkronen.

Ich glaube nicht.

Benutze deine Taktik.

In der nächsten Sekunde tat Arabella so, als hätte sie Probleme mit einem ihrer Flügel, fiel auf den Boden und flatterte mit einem Flügel, um nicht zu schnell zu fallen.

Wie erwartet brüllte Finn und tauchte auf sie zu. Sobald er sich unter ihren angeblich verletzten Flügel manövriert hatte, biss sie ihm den Hals und schlug mit ihren Flügeln. Arabella nutzte seine momentane Ablenkung, tauchte auf die Bäume zu und landete sanft zwischen einigen von ihnen. Sobald sie auf dem Boden war, wandelte sie sich zurück in einen Menschen und versteckte sich zwischen einer Gruppe großer Felsen, die neben einem der Bäume eingebettet waren.

Schon bald kam Finns goldene Haut von etwa sieben Meter oberhalb ihres Verstecks herunter. Sie atmete langsamer und wartete, ob er sie finden würde.

Während ihr Herz klopfte, fragten sich Mensch

und Drachenhälfte, was er als Nächstes tun würde. Schließlich hatte Finn eine Belohnung versprochen.

ALS ER NOCH IN Drachengestalt war, überblickte Finn seine Umgebung nach Arabella.

Sein Ego mochte es nicht allzu sehr, ausgetrickst zu werden, aber er schätzte ihre Klugheit. Für ein Mädel, das nie in der Armee gewesen, geschweige denn als Beschützerin ausgebildet war, hatte sie einen natürlichen taktischen Instinkt.

Sein Drache murmelte: *Du bist übertrieben beschützend. Ich wusste, dass sie vortäuscht.*

Quatsch! Du hast dir genauso Sorgen gemacht wie ich.

Beim Schweigen seines Drachen beendete er seinen Überblick. Er konnte nichts sehen, und es gab zu viele Gerüche, um seine Frau auszumachen.

Um näher am Boden zu sein, stellte er sich vor, sein Körper würde wieder zu einem Menschen schrumpfen. Das vertraute Gefühl von Freude und Schmerz setzte ein, kurz bevor er ein 1,80 m großer Mann war.

Er studierte die Spuren am Boden und fand heraus, wo Arabella gelandet war, aber er sah keine menschlichen Fußspuren. Er wollte sich gerade schon umdrehen, als er den gebrochenen Zweig eines Busches neben einer Felsformation sah. Wenn er versuchen würde, sich zu verstecken, wäre das der Ort, um es zu tun.

Trotzdem wollte er das Mädel als Rache

überraschen. Er wandte sich ab und wanderte zu den Bäumen auf der anderen Seite, bis er unsichtbar von Arabellas Versteck aus war. Da er in diesen Wäldern aufgewachsen war, konnte er sich mit Leichtigkeit still auf der Lichtung zurechtfinden. Selbst wenn Arabella ein paar Äste flüstern hörte, die gegeneinander stießen, würde sie es als nichts anderes abtun als den Wind.

Als er direkt hinter der Felsformation stand, konnte er Arabellas Rücken durch die fußbreite Öffnung, die ihm zugewandt war, sehen. Er bewegte sich ganz langsam und streckte die Hand weit genug aus, dass er nur ihre Seite erreichte und seine Finger darüber strich, um sie zu kitzeln.

Arabella zuckte zusammen und schlug sich den Kopf, während sie murmelte: „Was zum Teufel?"

Er war überzeugt, dass sie nicht schwer verletzt war und lachte. „Rache ist ein Miststück, nicht wahr?"

Bevor sie antworten konnte, ging er durch die Felsformation zur Öffnung auf der anderen Seite und sah in ihr Versteck. Arabella gab ihm den Zwei-Finger-Gruß. „Das war keine verdammte Belohnung, Finn. Ich glaube, ich habe mir den Schädel gebrochen."

„Hör auf zu jammern und komm raus, damit ich dir deine Belohnung geben kann."

Für eine Sekunde dachte er, Arabella wäre stur und würde an Ort und Stelle bleiben. Dann seufzte sie und schob sich aus der engen Öffnung ihres Verstecks. „Es sollte besser eine gute sein, Finlay."

„Aye, Mädel, ist sie." Er hielt seine Arme weit ausgestreckt. „Ich."

Arabella sah nicht überzeugt aus. „Das klingt eher nach einer Belohnung für dich und nicht für mich."

Er grinste. „Nein, du hast mich nicht zu Ende reden lassen. Ich stehe hier und erlaube dir, mich nach Herzenslust zu betrachten und zu berühren, und ich werde keinen Muskel bewegen, außer zu atmen."

„Ein Mann, der nichts anderes will, als sich zu paaren, wird einer weiblichen Berührung widerstehen? Ich glaube nicht."

„Für dich, Arabella, selbst wenn ich vor Verlangen verrückt werde, werde ich widerstehen. Deinen geschlitzten Drachenaugen nach zu urteilen, drängt dich dein Tier, mich zu berühren." Er beugte sich vor. „Oh, und ich habe vergessen hinzuzufügen, dass ich, sobald du dich an meinen Körper gewöhnt hast, dich mit meiner Zunge kommen lassen werde."

Arabellas Augen blieben Schlitze. „Was ist mit der Versammlung und deinen Clan-Pflichten?"

„Ein Großteil des Clans hat gesehen, wie du mich jagst. Die Jagd erhitzt immer das Blut, und jeder wird erwarten, dass wir eine Weile weg sind." Als sie immer noch schwieg, drängte er weiter. „Hab keine Angst, dir zu nehmen, was du willst, Ara. Ich werde dein Vertrauen nicht ausnutzen, dich umdrehen und in deine Pussy pumpen, bis der Rausch vorbei ist. Du hast mir das Geschenk gemacht, deinen Körper ansehen zu dürfen. Ich zahle das Geschenk zurück."

Seine Haut zog sich mit jeder Sekunde zusammen, die Arabella schwieg. Die Kontrolle über seinen Drachen war verdammt schwierig; wenn sie nicht bald eine Entscheidung treffen würde, müsste er sie vielleicht wegstoßen, um sein Wort nicht zu brechen.

Wenn er das täte, könnte Arabellas fragiles Selbstvertrauen zerbrechen.

Sein Drache meldete sich zu Wort. *Ich kann mit ihrer Berührung umgehen. Hör auf, an dir zu zweifeln.*

Sagt der Drache, der mich ständig dazu drängt, sie zu ficken.

Sein Tier schnaubte. *Das ist anders. Ich will mehr mit ihrem Drachen spielen, aber dafür muss sie uns vertrauen. Es wird schon alles gut gehen.*

Finn hoffte nur, dass das Vertrauen seines Tieres anhalten würde. Arabella an seinen Körper zu gewöhnen, war der erste Schritt. *Das sollte es besser, sonst können wir sie danach nicht schmecken.*

Sein Drache schwieg, und das machte ihm Sorgen.

Finn nutzte seine eigene Ausbildung und seine Erfahrung aus dem Sieg der Clanführerprozesse und beobachtete Arabella.

～

ARABELLA WAR HIN- UND HERGERISSEN, was zu tun war.

Ihr Drache jedoch nicht. *Du hast schon auf seine Brust und seinen Schwanz geschaut. Ich möchte ihn berühren. Du nicht?*

Doch, aber –

Kein aber. Vertrau seinem Drachen. Er hat dich schon deine Traurigkeit vergessen lassen. Machen wir ihn ein wenig glücklich.

Arabella lächelte. *Du bist schlimm, Drache.*

Nein, das bin ich, wenn ich nett tue. Warte, bis ich mich nicht mehr zurückhalte. Wir könnten unserem Mann den Penis brechen.

Arabella musste unweigerlich lachen. Als Finn eine Augenbraue hob, schüttelte sie den Kopf. „Glaub mir, das willst du nicht wissen."

„Wenn du über meinen Schwanz lachst, Mädel, das ist nicht lustig."

Von den Worten ihres Drachen ermutigt, beschloss Arabella, ihr Zögern in den Wind zu schreiben. Als sie zu Finn ging, legte sie eine Hand an seine Brust und rieb sie in langsamen Kreisen, liebte den hellen Flaum seiner Brusthaare.

Finn sah auf, und seine Pupillen waren geschlitzt. Sie neigte den Kopf. „Denkst du, dass du dich immer noch zurückhalten kannst?" Sie bewegte ihre Hand ein paar Zentimeter tiefer, und Finn hielt den Atem an. „Ich muss es wissen."

Seine Stimme war erstickt, als er sprach. „Aye, solange du deinen Teil der Abmachung einhältst und mich dich zwischen den Schenkeln lecken lässt, wenn du fertig bist."

Ja, ja, ja, sang ihr Drache.

Sie ignorierte ihr Tier und straffte die Schultern. Bei jedem anderen würde Arabella nein sagen. Doch Finn hatte nichts anderes getan, als ihr zu helfen und sie dazu zu drängen, besser zu werden. Nicht nur das, sie war schon feucht, allein bei dem Gedanken, dass Finn mit seiner Zunge etwas an ihrem Körper tat. „Nur, wenn ich sage, dass ich fertig bin."

„Aye, dann beweg dich verdammt noch mal, Frau."

Sie strich mit der Hand hinauf, bewegte sich zu seiner Schulter und dann über die Muskeln seines Bizeps. Finn war mehr wie ein Schwimmer gebaut, mit schlanken Muskeln, aber sie zweifelte nicht an seiner Kraft. Vielleicht fühlte sie sich eines Tages so wohl, dass sie sich von ihm mit dieser Kraft festhalten und in den Wahnsinn treiben ließ.

Sie bewegte sich zu seinem Rücken, legte ihre andere Hand an seine Haut und betrachtete die Breite seiner Schultern. Arabella hatte einmal eine Schwäche für breite, starke Rücken gehabt. Als sie auf und ab rieb, entschied sie, dass sie es immer noch tat.

Ihr Drache knurrte. *Mehr, ich will mehr fühlen. Hör auf, ein feiges Huhn zu sein. Geh tiefer.*

Vielleicht sollte ich langsamer machen. Ich mag deine Einstellung nicht.

Du magst jeden belügen, aber nicht mich. Du bist genauso scharf wie ich darauf, dass Finns Zunge sich an unserer Pussy labt.

Anstatt zu antworten, konzentrierte sich

Arabella auf Finn und ging so langsam nach unten, bis sie seinen festen Hintern erreichte. Als sie die festen, runden, muskulösen Backen mit ihren Händen griff, saugte Finn einen Atemzug ein. Sie grub ihm die Nägel in den Po, und er krächzte: „Mädel, du bringst mich um."

Ohne nachzudenken, murmelte sie „Noch nicht", und ihr Drache jubelte.

Ja, neck ihn. Mach es ihm nicht zu leicht.

In einer Sekunde soll ich fertig werden, in der nächsten soll ich es in die Länge ziehen. Entscheide dich, verdammter Drache.

Hör einfach auf, mit mir zu reden, und nimm seinen Schwanz.

Arabella verdrehte die Augen, lehnte sich nahe an Finns Rücken und atmete tief ein. Der Duft nach Mann und Torf ließ ihr Herz schneller schlagen und ihre Brustwarzen fester werden. Für eine Sekunde erwog sie, seine Haut zu lecken, um zu sehen, wie er schmeckte, aber entschied sich dagegen, weil ihr Drache am Ende dabei die Kontrolle verlieren konnte.

So wenig Vertrauen in mich. Ich denke, du benutzt mich als Ausrede.

Soll ich mich mit dir streiten oder mich an seinen Schwanz machen?

Schwanz. Auf jeden Fall, nimm seinen Schwanz.

Arabella lächelte über ihr Tier, ließ Finns Po los und bewegte sich zurück zu seinen Schultern, bevor sie an seine Vorderseite trat. Ein Blick in Finns Augen, gefüllt mit Hitze, Begierde und ein wenig

Drachenrausch, ließ fast ihre Knie nachgeben. Sie hätte nie erwartet, dass ein Mann sie so sehr wollte.

Finns Stimme war kräftig, als er fragte: „Bist du fertig, Ara?"

„Fast."

Sie lief mit einer Hand seine Brust hinunter und sah auf Finns Schwanz hinunter, für sie aufgerichtet.

Necke die Spitze. Mach ihn wahnsinnig. Es wird später alles besser für uns machen.

Woher weißt du das, Drache? Du hast genauso viel Erfahrung wie ich.

Nenn es einfach Dracheninstinkt.

Beim Blick auf den dicken, geschwollenen Kopf bemerkte sie einen Tropfen. Die Neugier obsiegte, und sie rieb den Kopf mit ihrem Zeigefinger.

Finns ganzer Körper verspannte sich. „Du weißt nicht, wie lange ich schon darauf warte, deinen Finger auf meinem Schwanz zu spüren, Mädel. Hör nicht auf."

Seine Worte stärkten ihr Selbstvertrauen, und Arabella legte ihre Finger um seine harte Länge und zog. Finn stöhnte, und Arabella tat es wieder.

Finn flüsterte: „Arabella, Liebes, bitte. Mach noch viel mehr davon, und ich werde in deiner Hand kommen."

Sie bewegte ihre Hand nicht mehr, sondern sah in Finns Augen. „Soll das schlimm sein?"

„Mann, Mädel, du bist besser darin, als du denkst."

Arabella wurde rot und sah wieder auf Finns

Schwanz in ihrer Hand zurück. Sie war viel mutiger mit Taten als mit Worten, wenn es um Sex ging.

Ihr Drache schnaubte. *Wenn du ihn nicht kommen lässt, dann lass ihn uns lecken. Wenn ich schon nicht ficken kann, will ich wenigstens einen Orgasmus.*

Du wirst noch schlimmer, wenn der Rausch erst mal einsetzt, oder?

Bis dahin wird es dir genauso gefallen wie mir.

Arabella war noch nicht bereit, über den Rausch und die Folgen nachzudenken. Im Moment wollte sie nur etwas Spaß haben.

Nachdem sie ein letztes Mal an seinem Schwanz gezogen hatte, ließ sie ihn frei und flüsterte: „Küss mich, und ich bin fertig."

Mit einem Knurren zog Finn sie gegen sich und küsste sie. Als seine Zunge in ihren Mund eindrang, rieb und streichelte Finn ihren Rücken, ihre Hüfte und packte schließlich ihren Po.

Es setzte jedoch keine Panik ein. Jedes Streicheln seiner Zunge und Hand brachte nur ihre Pussy dazu zu pochen.

Finn unterbrach den Kuss. Als seine geschlitzten Pupillen auf ihre trafen, befahl er: „Du kannst stehen oder auf dem Boden liegen, such es dir aus. Aber dann spreize deine Beine für mich, Arabella, damit ich dich verschlingen kann."

Kapitel Dreizehn

Als Finn auf Arabellas Antwort wartete – ob sie stehen oder auf dem Rücken liegen wollte, während er ihre Pussy verschlang –, brauchte er jede Unze seiner Selbstbeherrschung, um zu verhindern, dass sein Drache seinen Verstand übernahm.

Sein inneres Tier knurrte. *Ich habe eine gute Ausdauer. Ich kann ihr mehr Orgasmen geben. Ich sollte das Sagen haben.*

Ich lasse ihr erstes Mal nicht mit dir sein.

Warum? Wir sind gleich.

Ich will, dass Ara menschliche Augen sieht, während ich sie zum Orgasmus lecke.

Bevor sein Drache etwas dagegen sagen konnte, straffte Arabella ihre Schultern. „Der Boden ist feucht, daher werde ich stehen."

Sein Drache war zuversichtlich. *Ich mag die Herausforderung. Ich kämpfe vielleicht mit dir um die Kontrolle.*

Dabei, Drache, werde ich gewinnen. Benimm dich, oder ich werfe dich in einen geistigen Irrgarten.

Auf das Schweigen seines Drachen hin stieß er ihre Brust an und murmelte: „Heißt das, du bist bereit für meine Zunge, Mädel?"

„J-ja."

Er blickte wieder in ihre Augen und bestätigte die Begierde und Neugier in ihrem Blick. Er wusste, dass er der erste Mann wäre, der ihre Pussy schmecken würde, und das streichelte sein Ego und das seines Drachen. „Es wird dir gefallen, Ara."

„Du scheinst dir deiner ziemlich sicher zu sein."

Er lächelte bei ihrem Ton, strich über die Kurve ihrer Brust und verfolgte ihre bereits straffe Brustwarze. „Lass mich dir eine kostenlose Vorschau dessen geben, was kommen wird."

Bevor sie darauf etwas erwidern konnte, bückte er sich vor und nahm ihren Nippel in den Mund. Nachdem er hart daran gesaugt hatte, drehte er die feste Knospe mit seiner Zunge. Als er leicht knabberte, stöhnte Arabella und verkrallte die Finger einer Hand in seinem Haar.

Er ließ sie los, pustete auf ihr feuchtes Fleisch, und Arabella erbebte. Seine Stimme war rau, als er fragte: „Nun? Hat dir die kostenlose Vorschau gefallen?"

Arabella räusperte sich. „Vielleicht. Aber wenn du erwartest, dass ich dich um mehr anflehe, dann wirst du lange warten müssen."

Er küsste die Stelle zwischen ihren Brüsten. „Du weißt, dass ich Herausforderungen mag, richtig,

Mädel?" Er küsste ihre Schulter und legte eine besitzergreifende Hand auf ihre Hüfte. „Ich glaube, ich kann dich für mich gewinnen."

Die leichte, zögerliche Berührung von Arabellas Fingern an seinem Rücken ließ ihn fast stöhnen, aber er hielt sich zurück. Er wollte nichts riskieren, indem er Arabella erschreckte.

Sein Drache meldete sich. *Genug geredet. Ich möchte wissen, wie sie schmeckt.*

Halt die Klappe, Drache. Wir müssen sicherstellen, dass sie keine Angst hat.

Ich rieche ihre Erregung. Sie ist bereit.

Arabellas Stimme brachte sein Tier zum Schweigen. „Ich selbst genieße Herausforderungen. Wenn du mich zum Betteln bringst, schulde ich dir einen Gefallen. Wenn ich widerstehe, schuldest du mir was."

Finn sah in ihre Augen. „Das ist eine gefährliche Wette, Ara."

Sie hob die Brauen. „Ich habe nicht vor zu verlieren."

Grinsend strich er mit den Händen an ihrer Hüfte hinauf und hinab. „Dieser Sache bist du nicht gewachsen, Arabella."

„Dann hör mit dem Gerede auf und zeig es mir. Mir wird kalt."

Sein Drache summte. *Vielleicht gibt sie eines Tages Befehle im Bett. Das würde mir gefallen.*

Anstatt diese Denkrichtung weiterzuverfolgen, konzentrierte Finn seine ganze Aufmerksamkeit auf die Frau vor sich. „Wir haben einen Deal." Er beugte sich vor und drückte einen sanften Kuss auf die verbrannte Seite ihres Halses. „Ich muss mich nur noch an deinem Körper hinunterarbeiten." Er schmiegte sich an die Narbe an der Seite ihrer Brüste und murmelte: „Mein wunderschönes Mädel verdient es, geschätzt zu werden."

„Finn."

Er strich mit seiner Hand ihre Narbenseite hinunter und schüttelte den Kopf. „Versuch nicht, mich zu beschimpfen, Ara." Er sah in ihre dunkelbraunen Augen. „Du bist schön."

ARABELLAS HERZ STOLPERTE bei Finns Worten. Wenn er nicht ein verdammt guter Lügner war, glaubte er wirklich, dass sie schön war.

Natürlich, sagte ihr Drache. *Wir waren immer schön. Du musst es glauben.*

Als sie Finn in die Augen starrte, spürte sie es wirklich zum ersten Mal.

Finns großspuriges Grinsen brach den Zauber. „Wartest du auf die schottische Art, es zu sagen? Ye're verra bonny, lass."

Bei seinem übertriebenen Akzent kicherte sie. „Wenn du das machst, ist es sowohl sexy als auch lustig."

„Oh, aye?"

Arabella schüttelte den Kopf und warnte ihn: „Komm nur nicht auf die Idee, die

Schottennummer regelmäßig abzuziehen. Ich werde so tun, als würde ich dich nicht verstehen."

Sein Akzent kehrte zu seinem üblichen Rhythmus zurück. „Genug geredet. Was ich geplant habe, erfordert keine Worte, geschweige denn einen besonderen Akzent, der dich beeindrucken soll."

Sie öffnete den Mund, aber dann strich Finn mit einer Hand ihre Brust hinunter, über ihren Bauch, und hörte kurz vor den dunklen Locken zwischen ihren Beinen auf.

Als seine Finger dort verharrten und leicht über ihre Haut strichen, klopfte Arabellas Herz kräftiger. Sie hatte lange auf diesen Moment gewartet, dass ein Mann ihre Pussy berührte, aber so sehr sie es wollte, ihr Magen drehte sich vor Nervosität. Mit Finn wäre es danach nie mehr so wie früher.

Ihr Drache meldete sich zu Wort. *Gut. Ich bin es leid, zu warten. Je eher du akzeptierst, dass er uns gehört, desto eher können wir ihn ficken.*

„Arabella." Sie sah in Finns braune Augen hinab. „Ich möchte, dass du mir zusiehst. Wenn du wegsiehst, höre ich auf. Haben wir uns verstanden?"

Ein Teil ihrer Nervosität verblasste bei seinem Befehl. „Heißt das, dass ich auch dir Befehle erteilen darf?"

Finns Pupillen blitzten zu Drachenschlitzen. „Mädel, ich freue mich auf diesen Tag, denn dann wirst du wirklich die Meine sein."

Hör auf, gegen ihn anzukämpfen. Es wird sich gut anfühlen. Gehorche einfach nur für den Moment. Wir können später den Spieß umdrehen.

Arabella mochte die Denkweise ihres Drachen und entschied sich, ihn zu necken. Sie ließ ihre Stimme zu einem rauen Flüstern fallen und antwortete: „Dann stell sicher, dass du gut genug bist, um meine Aufmerksamkeit zu behalten."

Braves Mädchen.

Finn bewegte seine freie Hand an ihren Po und rieb langsame Kreise auf ihrer rechten Backe, und ihre Haut erwärmte sich bei jedem Durchgang. „Ich glaube, das kann ich machen."

Er klatschte ihr auf den Po, und sie quietschte. „Was um alles in der Welt sollte das?"

Finn nahm seine Hände weg, und sie vermisste sofort seine Hitze. „Jetzt habe ich deine Aufmerksamkeit, Mädel. Stell dich breitbeiniger hin, und sei still."

Einige Sekunden vergingen, und sie merkte, dass er sie nicht mehr anfassen würde, bis sie gehorchte.

Jeden anderen hätte sie einen Bastard genannt und wäre weggegangen. Doch der leichte Stich an ihrem Po, dazu Finns Blick und schwere Lider und die leichte Hitze seines Atems an ihrem Bauch ließen ihre Pussy nur in Vorfreude pulsieren.

Selbst wenn sie es nicht laut sagen konnte, wollte sie seine Zunge so sehr, dass es wehtat.

Ihr Drache schmunzelte. *Du bist endlich ehrlich. Hör auf, mich anzulügen, denn es wird nicht funktionieren.*

Halt die Klappe, Drache. Wenn ich nicht auf Finn achte, wirst du nie einen Orgasmus bekommen.

Ihr Tier schnaubte und schwieg.

Arabella bewegte ihre Füße gegen das weiche

Gras und spreizte die Beine. Und selbst dann betrachtete Finn nur ihren Körper. Würde der Mann nie damit weitermachen?

Da ist aber jemand ungeduldig.

Letzte Warnung, Drache oder ich sperre dich fest in einen geistigen Käfig und genieße Finn ganz für mich.

Das würdest du nicht wagen.

Pass nur auf.

Eine leichte Brise wehte, und Arabella erbebte. Genug war genug. Mit einem Knurren meldete sie sich zu Wort. „Du verlierst meine Aufmerksamkeit, Finlay. Beeil dich, verdammt."

Einer seiner Mundwinkel hob sich. „So wenig kannst du meine Zunge abwarten, Mädel?" Sie öffnete den Mund, um zu antworten, aber dann strich er mit dem Handrücken die Innenseite ihres Oberschenkels hinunter, eine Berührung wie ein Brandzeichen auf ihrer Haut. Finn lehnte sich nach vorn, bis sie seinen Atem auf ihrem unteren Bauch spürte, als er weiter sagte: „Manchmal erhöht das Warten nur das Vergnügen."

Er verfolgte die Falte, wo ihr innerer Oberschenkel auf ihr Becken traf, und Arabellas Knie gaben fast nach.

Ihr Drache brüllte. *Wie kann er uns nur necken? Er ist männlich und sollte keine Kontrolle haben.*

Ah, der Drache weiß also nicht alles.

Ihr Tier grunzte. *Ich weiß immer noch mehr als du.*

Finn nahm seinen Finger fort, und sie schrie: „Hör nicht auf!"

Er hob eine Braue. „Das hört sich fast nach Betteln an, Mädel."

Arabella drückte die Finger einer Hand zusammen. „War es nicht. Und ich bin so nah dran, wegzugehen und dich hängenzulassen."

„Dann bleib bei mir. Ich will, dass du mir zusiehst, wie ich dich dazu bringe, zu kommen, nicht deinen Drachen. Schieb sie zur Seite. Ich will Arabella MacLeod, die sich beim Lecken und Laben an deiner Pussy windet."

Ihr Drache sog einen Atemzug ein. *Oh, Mann, ich mag ihn.*

Dann halt die Klappe, oder er hört auf.

Ihr Tier schwieg wieder.

Arabella legte ihre Hände auf die Hüften, aber dann fiel Finns Blick zu ihren Brüsten, die aus ihrem Körper ragten. Ein kleiner Blitz der Verlegenheit durchdrang sie, aber sie kämpfte dagegen an. „Sie wird uns nicht wieder unterbrechen. Ich hoffe, das alles ist es wert. Mach schon weiter."

„Mit Vergnügen." Er blickte auf die Bäume an ihrer Seite. „Vielleicht möchtest du dich jedoch festhalten. Ich bin verdammt gut, und deine Beine werden wahrscheinlich nachgeben."

Arabella wünschte, sie hätte eine witzige Antwort, aber sie hatte keine Ahnung, ob ein Mann wirklich ihre Beine wacklig machen konnte. Mit der Hand lehnte sie sich gegen den Baum. „Ich werde nicht fallen. Jetzt hör auf, es hinauszuzögern."

Finn zwinkerte ihr zu, bevor er sich auf den Boden

setzte und seine Hand zwischen ihre Beine bewegte. Er nahm seine Augen nicht von ihren, und zog die Lippen ihrer Pussy entlang. Bei der warmen, rauen Berührung stürzte die Feuchtigkeit zwischen ihre Beine.

Sie wollte mehr, viel mehr. Arabella hatte sich noch nie so sehr nach der Berührung einer anderen Person gesehnt wie in diesem Moment. Mit Finn hatte sie keine Angst.

Er verfolgte weiter ihre Eröffnung, aber nicht ihre Klitoris. Stattdessen kreiste er um ihr pulsierendes Nervenbündel und zurück zu ihren geschwollenen Lippen.

Die Kombination aus seiner Berührung und dem Verlangen in seinem Blick ließen ihren Drachen brüllen, aber Arabella kämpfte dagegen an. Sie wollte das Sagen haben, als sie endlich Finns heiße Zunge spürte.

„Arabella." Er stieß einen Finger in sie, und sie stöhnte. „Du gehörst mir."

FINNS GANZER KÖRPER VERKRAMPFTE SICH. Arabella sich nach seiner Berührung sehnen zu lassen, war Teil des Plans. Als der Duft ihrer Erregung stärker wurde, kämpfte sein Schwanz um die Kontrolle über sein Gehirn, ebenso wie sein Drache.

Dann stieß er einen Finger in die Pussy seiner Frau, und sein Tier knurrte. *Sie gehört uns. Nimm sie. Nach einem Orgasmus wird sie um unseren Schwanz flehen.*

Da ist aber jemand zuversichtlich.

Sie ist unsere Frau. Ich brenne für sie.

Finn verbannte seinen Drachen in den Hinterkopf und bewegte langsam seine Finger. Bei Arabellas Stöhnen entschied er sich, sein Spiel zu steigern. „Brauchst du etwas Bestimmtes, Arabella?" Er bewegte wieder seinen Finger, und sie sog einen Atemzug ein. „Wenn du es eilig hast, kann ich dich mit meinem Finger kommen lassen."

„Nein!", rief sie.

Er grinste, und sie setzte sofort einen finsteren Blick auf. „Du verlierst unsere Wette, Ara. Sag mir nur, dass du dich nach meiner Zunge sehnst, und ich werde meine Folter beenden und dich zum Schreien bringen."

Er sah den Kampf in Arabellas Augen, das Verlangen vermischt mit Feuer. Sie wollte ihn, wollte aber nicht verlieren.

Er entfernte seinen Finger, steckte ihn in den Mund und saugte daran, als er ihn herauszog, ihr Geschmack machte seinen Drachen verrückt. Finn stimmte seinem Tier zu; Arabella MacLeod würde ihm nie langweilig werden.

Arabellas Pupillen blitzten zu Drachenschlitzen, und sie fluchte. „Beeil dich, Finn. Fick mich mit deiner Zunge, oder mein Drache wird ihren Verstand verlieren."

„Nur, wenn du auch für dich selbst fragst."

Ihre Stimme war kaum ein Flüstern, aber Finns Gehör war scharf. „Ich will es auch."

„Das ist mein Mädel."

Er drehte sich um und rutschte zurück, bis er

seine Arme zwischen ihre Beine schieben konnte. Er griff ihre Hüften, lehnte den Kopf zurück und starrte hoch. „Heilige Scheiße, Ara. Du bist perfekt."

Sie verlagerte ihr Gewicht, aber er festigte seinen Griff. Ihre rosa Pussy war geschwollen und glitzerte. Die Tatsache, dass sie ihn nicht nur wollte, sondern ihm genug vertraute, um Zugang zu dem verwundbarsten Bereich ihres Körpers zu gewähren, erwärmte sein Herz.

Er würde es gut für sie machen.

Er hob den Kopf, züngelte, um kurz ihre Erregung zu kosten, und stöhnte. Nur dank seiner eisernen Kontrolle konnte Finn ihre Öffnung necken und reizen. Mit jedem Geschmack verlangte sein Drache mehr.

Sobald die Spannung unter seinen Händen nachließ, stieß er seine Zunge in Arabellas Pussy.

Sie stöhnte, während er sich labte und sie ärgerte. Sie war schon feucht und eng. Er war froh, dass er mit seiner Zunge und nicht mit seinem Schwanz angefangen hatte.

Mit einem langsamen Lecken zog er von ihrem Eingang zu ihrer Klitoris. Als er die Zunge um ihren festen kleinen Knoten kreiseln ließ, bedeckten Arabellas Hände seine. Ihre Stimme war erstickt, als sie sprach. „Bitte, Finn. Ich bin so nah dran."

Über den Punkt hinaus, sie zu necken, leckte er ihre Klitoris lang und langsam, bevor er ihn zwischen seine Zähne saugte. Er bearbeitete ihre empfindlichen Nerven mit der Zunge und grub seine Hände in einem besitzergreifenden Griff in ihre Hüften.

Dann, mit einem sanften Biss, beanspruchte er im Geiste Arabella. Sie schrie seinen Namen, als würde sie ihm zustimmen, und er bewegte sich, um seine Zunge in ihre Pussy zu tauchen, liebte den Griff und das Lösen ihrer Muskeln. Als sich ihre Krämpfe verlangsamten, labte er sich sanft an ihrem Orgasmus, dem verdammt Besten, was er je gekostet hatte.

Er verlangsamte sein Lecken, und Arabella flüsterte: „Finn, das reicht."

Selbstgefällig, weil sie so ausgelaugt klang, leckte er sie noch ein letztes langes Mal, bevor er seinen Kopf senkte, ihre Hüften losließ und sich zwischen ihren Beinen bewegte. Als er aufsah, stellte er fest, dass Arabellas Pupillen geschlitzt und halb geschlossen waren. Manche Drachenmenschen würden jetzt schöne Worte aussprechen und ihr die Welt versprechen. Das war nicht Finn. „Du hast verloren."

„Das ist mir egal."

Er erhob sich auf die Knie und umarmte Arabellas Taille. „Ein Drachenmann könnte sich daran gewöhnen, weißt du." Er rieb ihr den Rücken in langsamen Kreisen. „Ich wette, ich könnte dich dazu bringen, mich zum sexysten Drachenmann aller Zeiten zu erklären, wenn ich es dir noch mal machte."

Arabella runzelte endlich die Stirn. „Halt die Klappe und küss mich, bevor ich deinen Arsch zu

Boden schubse und wegfliege. Egal, wie gut der nächste Orgasmus auch sein mag, der selbstgefällige Finlay ist irritierend."

Mit einem Lächeln streichelte er langsam ihren Körper, während er aufstand. Als er seine volle Höhe erreicht hatte, zog er Arabella nahe an sich und schmiegte sich an ihre Wange. „Danke, Arabella, dass du mir deinen Körper anvertraut hast."

ARABELLAS NEBEL nach dem Orgasmus löste sich endlich bei Finns Worten auf. Immer wenn seine Arroganz verrutschte und durch Zärtlichkeit ersetzt wurde, wand sich der Mann ein wenig tiefer in ihr Herz.

Um ehrlich zu sein, sie hatte Angst gehabt. Berührung hatte sie so lange abgeschreckt, dass die Vorstellung, dass ein Mann sie berührte, ihr jahrelang Angst gemacht hatte. Bei Finn gab es jedoch keine Angst; es war alles Feuer und Hitze.

Sie baute auf ihr wachsendes Vertrauen in den Drachenmann vor sich und neigte den Kopf. „Wirst du weiterhin süße Kleinigkeiten aussprechen oder mich küssen?"

Finn zog sie noch enger gegen seinen Körper. „Du hast es so gewollt."

Bevor sie antworten konnte, fielen seine Lippen auf ihre hinab. Er knabberte an ihrer Unterlippe, und sie öffnete sich. Seine Zunge streichelte ihre, während seine Hand zu ihrem Po wanderte. Als er sie schlug, knurrte sie und bewegte eine Hand zu seinem Haar. Sie zog daran, und er knurrte zurück.

Beide kämpften um die Kontrolle über den Mund des anderen.

Finn zog sich plötzlich zurück, und sie fragte: „Warum hast du aufgehört?"

„Ich brauche eine verdammte Sekunde, Frau, oder ich nehme dich sofort. Ist es das, was du möchtest?"

Die Geduld ihres Mannes wurde langsam die eines Heiligen.

Ihr Drache fügte hinzu, *und was ist mit mir? Ich will ihn reiten und hart ficken, aber ich halte mich zurück.*

Kaum.

Ich halte mich immer noch zurück. Ich verdiene Lob.

Du bist überheblich genug, Drache.

Finns Stimme hinderte ihren Drachen daran zu antworten: „Nun, Arabella, hör auf, mit deinem verdammten Drachen zu reden, und sag mir: was willst du?"

Arabella sah ihm in die Augen. Ein Teil von ihr wollte, dass er sie nahm, aber ein anderer Teil fürchtete, ihre Vergangenheit würde zwischen sie kommen. Er wusste immer noch nicht die ganze Wahrheit.

Sie zog ihn an sich, legte ihren Kopf auf seine Schulter und antwortete: „Ich kann den Rausch noch nicht ertragen."

Er umarmte sie fest, und sie erfreute sich an dem Gefühl seines starken Körpers gegen ihren.

Ausnahmsweise wünschte sie sich, er wäre kein Clan-Anführer und sie könnten einfach so lange bleiben, wie sie wollten, ohne dass die Welt eindrang.

Doch viel zu früh müssten sie wieder nach Lochguard und in die Realität zurückkehren. Sobald sie das taten, war Arabella nicht mehr sicher, was sie tun sollten. Der Clan dachte wahrscheinlich das Schlimmste von ihr, nachdem sie vorhin zusammengebrochen war.

Der Gedanke daran erinnerte sie natürlich an die Pläne für den Abend. „Müssen wir trotzdem zu der Versammlung?"

Finn streichelte ihren Rücken. „Ich fürchte schon, Mädel. Je eher ich dich richtig vorstelle, desto eher kann ich Freund und Feind unterscheiden." Er lehnte sich zurück, um ihr in die Augen zu sehen. „So gern ich dich einfach als ‚Finlays Frau, also halt dich verdammt noch mal fern' vorstellen würde, ich denke, du wirst es vielleicht nicht tun. Wie soll ich dich vorstellen?"

Arabella widersetzte sich einem Kopfschütteln bei den Worten ihres Mannes. „Also keine schönen Worte für den Clan? Das ist neu."

Er grunzte. „Du gehörst mir. Ich brauche keine hübschen Worte, um es zu sagen."

Sie hob eine Braue. „Bedeutet das, dass du mit den flirtenden Worten durch bist?"

„Das habe ich nie behauptet, Heather."

Arabella knurrte. „Nenn mich nochmal so. Ich fordere dich heraus."

„Heather", sagte er grinsend.

Da Finns harter Schwanz immer noch gegen ihren Bauch gedrückt war, lehnte sich Arabella zurück und griff ihn in mit der Hand. Als sie drückte, zog Finn einen Atemzug ein, bevor sie antwortete: „Wenn du erwartest, dass ich kichere und rot werde, nur weil du mir einen Orgasmus beschert hast, kennst du mich wirklich nicht."

Sie drückte ihn einen Hauch stärker, und Finn stöhnte. „Was du nicht weißt, Ara, ist, wie verdammt fantastisch es ist, wenn deine Hand meinen Schwanz drückt. Mach es noch mal, Mädel."

Ihr Drache meldete sich zu Wort. *Wir sind dran, ihn zu necken. Tu es.*

Wird es dich in den Wahnsinn treiben?

Ich kann mich zurückhalten. Auf Arabellas skeptische Pause hin fügte ihr Drache hinzu, *ich kann es. Ich möchte spielen.*

Sie hob ihre Augenbraue in Finns Richtung und befahl: „Nur, wenn du stillhältst." Sie schob ihre Verlegenheit beiseite und fügte hinzu: „Und sorge dafür, dass du zusiehst. Wenn du wegsiehst, höre ich auf."

„Verdammt, ich habe ein Monster erschaffen."

Ara lächelte. „Oh, ich hebe mir meine besten Tricks für später auf."

Finns Pupillen blitzten zu Drachenschlitzen, und Wärme schoss zwischen ihre Beine. Eine solche Macht über Finn zu haben, war erotischer, als sie sich je vorgestellt hätte.

Nicht, dass sie immer das Sagen haben wollte, aber ab und zu wollte sie den eingebildeten Mann auf die Knie zwingen.

Ihr Drache jubelte. *Vergiss nur nicht, die Spielzeit mit mir zu teilen. Ich will ihn auch verrückt machen.*

Irgendwann. Im Moment gehört er mir.

Ihr Drache verneigte sich vor ihrem besitzergreifenden Ton.

Sie zog einmal an Finns Schwanz und fragte: „Also, stimmst du zu?"

Ohne zu blinzeln, antwortete Finn: „Natürlich stimme ich dem verdammt nochmal zu. Ich habe seit Monaten davon geträumt."

Anstatt sich darauf zu konzentrieren, dass Finn über sie fantasierte, blickte Arabella nach unten. Mit ihrer freien Hand zog sie Kreise auf der Spitze. Ein Tropfen bildete sich. Neugierig berührte sie ihn mit dem Finger und nahm ihn in den Mund.

Die Salzigkeit auf ihrer Zunge ließ sie sich fragen, wie es sich anfühlen würde, wenn Finn in ihrem Mund käme.

Finns erstickte Stimme unterbrach ihre Gedanken. „Ara, du bringst mich um. Ich bin mir nicht sicher, wie lange ich noch durchhalte, Liebes. Wenn du also spielen willst, dann mach schnell."

„Ah, du bist also nicht ganz der Sexgott mit Stehvermögen, den du vorgespielt hast?"

Finns Augen wurden noch erhitzter. „Du wirst bis zum nächsten Mal warten müssen, um das herauszufinden."

Das Vertrauen in seiner Stimme sandte einen

Stoß zwischen ihre Beine. Sie konnte es nicht abwarten, nicht, dass sie es gegenüber dem Mann vor sich zugegeben hätte.

Ihr Drache meldete sich: *Hör auf zu flirten und ärgere ihn.*

Aber ich dachte, du flirtest gern.

Nicht, wenn wir den Schwanz unseres Mannes in der Hand haben. Ich wünschte, er wäre in unserem Mund.

Für eine Sekunde war Arabella schüchtern bei der Vorstellung. Dann machte Finns noch vorhandene Salzigkeit auf ihrer Zunge ihr Mut. Als sie sich vor ihn kniete, fragte Finn: „Was machst du da, Ara?"

„Sei ruhig, und lass mich etwas versuchen."

Sie ließ Finns Schwanz los, strich mit ihren Händen über seine Schenkel und um seinen Po. Als sie seine festen Backen packte, spannten sich Finns Muskeln unter ihren Fingern an.

Arabella fürchtete, sie würde die Nerven verlieren, hielt ihre Augen auf Finns langen, harten Schwanz, der vor ihr ragte, und schnalzte ihre Zunge an die Spitze. Finn stöhnte und verkrallte seine Finger an den Seiten. Mit einem tiefen Atemzug sah sie auf, um Finns Pupillen rund und erweitert zu finden. Seine Stimme war rau, als er fragte: „Ich weiß, du hast gesagt, nicht anfassen, aber verdammt, Ara, ich muss dir meine Finger durch die Haare schieben."

Mit einem Lächeln neigte sie den Kopf. „Wer ist jetzt kurz davor zu betteln?"

„Ich habe das Gefühl, dass dein heißer Mund es wert sein wird."

Arabella bemühte sich sehr, nicht zu erröten, und sammelte ihren Mut. „Wenn das so ist, frag mich nett."

Finn knurrte. „Verdammte sture Drachenfrau."

Ihr Drache meldete sich. *Streich mit dem Finger unter seinen Schwanz. Dann wird er betteln.*

Sie folgte dem Rat ihres Drachen und fuhr mit ihrem Zeigefinger die Unterseite seiner Erektion hoch und runter. „Frag nett, oder ich gehe."

Durch zusammengebissene Zähne spuckte Finn aus: „Bitte, Arabella, Königin aller Drachenwandler, lass mich meine Finger durch dein Haar schieben."

Sie lächelte. „Besser."

Knurrend flackerten Finns Pupillen zu Schlitzen und zurück. „Wenn du darauf wartest, dass ich bettele, wird das nicht passieren, Ara. Nur weil du es bist, kann ich die Kontrolle für ein paar Minuten aufgeben. Wenn ich dich nicht bald anfasse, wird mein Drache sich befreien, und du weißt, was dann passiert."

Er redet von dem Rausch, stellte ihr Drache fest.

Auch wenn ein kleiner Teil von ihr nichts mehr wollte, als tagelang zu vögeln, bis sie schwanger war, war der größte Teil von ihr noch nicht bereit. Wenn sie nicht aufpasste, würde sie Finn zu sehr provozieren.

Sie nickte. „Gut, aber wenn du nicht mehr diese schicke Ausrede hast, werde ich dich absichtlich foltern."

Finn schob seine Finger durch ihr Haar und zog ein wenig. Der leichte Schmerz machte sie feuchter. Seine Stimme war belegt, als er antwortete: „Mann, Mädel, nach dem Rausch kannst du mit mir machen, was du willst, denn bis dahin wirst du für immer mein sein."

Es lag ihr auf der Zungenspitze zu sagen, dass er zuerst für immer ihr gehören würde, aber sie verkniff es sich. Allein der Gedanke machte ihr Angst; sie war sich nicht sicher, ob Finn die Kontrolle behalten könnte, wenn sie es ihm sagte. Drachenwandler-Männer waren viel zu besitzergreifend. Sobald jemand einen mit Worten beanspruchte, wurden sie unerträglich und überheblich.

Finn brauchte ganz sicher nicht noch mehr Überheblichkeit.

Ihr Tier knurrte. *Hör auf, so viel zu denken. Sein Schwanz wartet. Spiel damit.*

Gut, aber lerne etwas Geduld.

Als Arabella ihren Drachen in den Hinterkopf sperrte, bewegte sie eine Hand, um seinen Schwanz zu fassen. Sanft nahm sie ihn in den Mund, als Finn seinen Griff in ihrem Haar festigte.

Sie wirbelte mit der Zunge, und seine Nägel gruben sich in ihre Kopfhaut. Sie nahm das als Ermutigung, nahm ihn tiefer auf und neckte seine straffe, weiche Haut mit ihrer Zunge über die gesamte Länge seiner Erektion. Als sie ihn so weit wie möglich nahm, festigte Ara ihren Griff an der Basis seines Schwanzes und bewegte ihren Mund.

Sie arbeitete in einem gleichmäßigen Rhythmus, gewöhnte sich an seine Größe und freute sich darüber, wie ein Schnalzen hier oder eine Berührung dort ein Stöhnen oder ihren Namen aus Finns Lippen lockte. Außerdem brannte sie zum ersten Mal danach, seine harte Länge in sich zu spüren, ohne Angst.

Um die Panik über den Rausch und die daraus resultierende Schwangerschaft beiseitezuschieben, konzentrierte sich Arabella darauf, zu saugen, zu lecken und sogar zu knabbern. Wenn man davon ausging, wie fest Finn ihr Haar gepackt hatte, war er nah dran.

Ihr Drache summte. *Gut. Sein Geruch wird in unserer Haut eingebettet sein. Jeder wird unseren Anspruch anerkennen.*

Wir haben ihn noch nicht beansprucht.

Ist es nicht das, was du gerade tust?

Ara zwang ihr Tier in den Hinterkopf und erhöhte ihr Tempo, bis Finn stöhnte. „Ich komme, Ara."

Es war eine Warnung, aber es gab keine verdammte Möglichkeit, dass sie sich zurückzog. Als sie Finn fester drückte, brüllte er ihren Namen, während er mit heißen, salzigen Spritzern in ihrem Mund kam.

Als Finns Griff sich lockerte und er ihren Kopf streichelte, schluckte Arabella, machte einen letzten langen Zug mit ihrer Zunge und zog sich zurück. Sie atmete tief ein, um Mut zu sammeln, blickte auf in Finns Gesicht und sog einen weiteren Atemzug ein bei dem zarten, aber erhitzten Blick in seinen Augen. „Steh auf, Mädel."

Ohne ein Wort erhob Arabella sich, und Finn zog sie gegen seinen Körper. Er legte seine Stirn gegen ihre und murmelte: „Das war verdammt fantastisch, Ara. Auch wenn dein Mund heiß und eng ist, kann ich es kaum erwarten, deine Pussy mit meinem Schwanz zu ficken und dich schreien zu lassen."

Trotz ihrer größten Bemühungen brach ihr Drache frei und füllte ihren Geist mit Finn, der sie hart von hinten, von der Seite und auf jeden anderen Weg nahm, bevor er hinzufügte, *Ich will all das, und zwar bald. Ich kann mich nicht mehr lange zurückhalten.*

Versuch es. Zwei Tage sind nicht genug Zeit für mich.

Mit einem Grunzen sagte ihr *Tier: nur noch einen Tag, bestenfalls. Mehr als das, und ich werde die Kontrolle verlieren.*

Finns Stimme brach in ihr inneres Gespräch. „Sag mir, was du denkst."

Sie kniff die Augen zusammen und versuchte, sich zurückzuziehen, aber Finns Griff war wie Stahl. „Kommandier mich nicht herum."

Grinsend strich er leicht mit seinen Fingern gegen ihre Seite. „Es scheint der einzige Weg zu sein, dich von deinem Drachen wegzubringen. Sie ist verdammt gesprächig geworden."

Da das Gespräch über den Fortschritt mit ihrem Drachen Erinnerungen daran wecken konnte, warum ihr Tier so lange geschwiegen hatte, wechselte Arabella das Thema. Sie würde nicht zulassen, dass die verdammten Jäger diese Erinnerung ruinierten. „Bevor du versuchst, meinen Drachen zu bezirzen, gibt es etwas Wichtigeres, das wir machen müssen."

Seine Augen blitzen. „Was, dass ich dich wieder zwischen deinen Schenkeln lecke?"

Sie schlug ihm auf die Brust und knurrte. „Nein. Konzentrier dich, Finn. Und nicht mit deinem Schwanz."

Er zwinkerte ihr zu. „Bei dir denke ich immer mit meinem Schwanz, Arabella. Du bist sexy, klug und stur. Es vergeht keine Sekunde, in der ich mich nicht nach dir sehne."

Arabella war nicht in der Lage zu sagen, ob er scherzte oder es ernst gemeint hatte, und beschloss, seine Bemerkung zu ignorieren. „Du hast vielleicht deine Führungspflichten vergessen, aber ich nicht. Wir müssen an einer Versammlung teilnehmen."

Seufzend küsste er sie auf die Nase. „Und ich dachte, ich hätte dich mit meinem wundersamen, magischen Schwanz überzeugt, zu tun, was ich wollte. Ich denke, ich werde es einfach weiter versuchen müssen."

Einer ihrer Mundwinkel hob sich. „Da ist aber jemand ein wenig stolz auf sich. Ich bin sicher, dass auch andere Männer wunderbare Schwänze haben."

Er knurrte. „Denk nicht an andere Männerschwänze."

Sie lachte. „Wenn es dich auf Trab hält und

dein Ego ein paar Kerben runtergehen lässt, werde ich es vielleicht regelmäßig ansprechen."

Finn starrte sie eine Sekunde an, bevor seine Finger gegen ihre Seiten flatterten, und Arabella lachte. „Hör … auf."

Noch eine Minute lang kitzelte er sie, und sie war außer Atem, als er schließlich aufhörte und sie fest an seinen Körper drückte. „Sprich andere Männerschwänze an, und ich werde es wieder tun."

Sie verdrehte die Augen. „Wie wäre es, wenn du einfach die Klappe hältst und mich küsst, bevor wir zurückkehren?"

Seine Hand streichelte an ihrem Rücken hinunter, bis Finn ihren Po besitzergreifend packte. „Das kann ich tun, Liebes. Das kann ich tun."

Als Finn sie küsste, verschlang er ihren Mund, und Arabella vergaß ihre Vergangenheit mit den Jägern, ihre Narben oder was Clan Lochguard von ihr denken würde, wenn sie sie bei der Versammlung sahen. In diesem Moment wurde sie von einem Mann geküsst, der sie in einer Minute zum Lachen bringen und in der nächsten ihren Körper erhitzen konnte.

Wehe jeder Frau, die versuchte, mit ihm zu flirten. Finlay Stewart gehörte ihr, und sie wollte dafür sorgen, dass sein Clan es erfuhr.

Kapitel Vierzehn

Arabella betrachtete das lila Drachenwandler-Kleid auf ihrem Bett, als jemand an ihre Tür klopfte. Mit einem Seufzer brüllte sie: „Finn, ich sagte dir doch, du sollst mich in Ruhe lassen. Ich will mich fertig machen und brauche deine Ablenkung nicht."

Eine amüsierte weibliche Stimme antwortete: „Die Zwillinge beschäftigen ihn. Wir dachten, du könntest Hilfe gebrauchen, um dich fertigzumachen."

Arabella erkannte Tante Lornas Stimme, sprang zur Tür und öffnete sie. „Tut mir leid, Finn klopft alle paar Minuten an, und ich war es leid, die Tür zu öffnen, nur um sie wieder zuzuschlagen."

Faye stieß ihren Kopf hinter ihrer Mutter hervor. „Ich wünschte, ich hätte das sehen können. Der eingebildete Bastard bekommt seinen Willen viel zu oft."

Lorna sah ihre Tochter finster an. „Faye

Cleopatra, dir ist klar, dass dein Cousin Clanführer ist?"

Faye zuckte mit den Schultern. „Und? Er ist immer noch mein Cousin."

Lorna schüttelte den Kopf und sah zu Arabella zurück. „Wenn du unsere Hilfe nicht willst, Kind, sag es einfach." Die ältere Drachenfrau hob ihren Arm, und Arabella bemerkte die Kleider, die darüber hingen. „Wir dachten nur, es würde Spaß machen, uns zusammen fertig zu machen."

Arabella sah von Lorna zu Faye und wieder zurück. Abgesehen von Melanie und gelegentlich Evie, hatte Arabella nicht viel weibliche Gesellschaft. Das könnte eine Übung für die Versammlung in ein paar Stunden sein.

Ihr Drache verdrehte innerlich die Augen. *Du musst nicht jede Aktion rechtfertigen. Sie sind nett und lustig. Lass sie schon rein.*

Da ist aber jemand fordernd.

Ich stecke in einem Haus fest, während ich lieber fliege oder unseren Gefährten ficke. Was auch immer nötig ist, um Finn und den Rausch zu vergessen, ich werde es tun.

Der mürrische Ton ihres Drachen gefiel ihr nicht, zumal sie die Spannung darunter spürte. Zeit mit Lorna und Faye zu verbringen, würde ihr wenigstens helfen, Finn zu vergessen, seine talentierte Zunge und die Art, wie er sie auf der Lichtung hatte kommen lassen.

Ihr Drache knurrte. *Hör auf. Wenn ich mich daran erinnere, wie unser Mann uns zwischen den Schenkeln geleckt hat, werde ich noch geiler.*

Ich könnte tief durchatmen, und du würdest an Sex denken. Mach mir dafür keine Vorwürfe.

Mit einem Schnauben setzte sich ihr Drache nieder und schmollte.

Sie lächelte über die Reaktion ihres Tiers und trat zur Seite. „Ich habe nur vor, das Kleid anzuziehen und mir die Haare zurückzubinden. Das dürfte ungefähr zehn Minuten dauern, aber ihr seid herzlich willkommen reinzukommen."

Als Lorna an ihr vorbeiging, schnalzte sie mit ihrer Zunge. „Wenn ich etwas zu sagen habe, wird es mehr als zehn Minuten dauern, Ara."

Als beide Drachenfrauen im Zimmer waren, schloss sie die Tür. „Darf ich wagen, zu fragen, warum?"

Faye hielt einen Koffer hoch und zwinkerte. „Wir werden Finn in die Knie zwingen."

Die Sorge sammelte sich in ihrer Magengrube, aber bevor sie etwas fragen konnte, war Lorna ihr zuvorgekommen. „Nicht, dass du nicht so schön bist, wie du bist, Arabella MacLeod. Aber von dem bisschen, das ich von dir weiß, macht es dir Spaß, meinen Neffen zu ärgern. Gib uns etwas Zeit, dann überraschen wir ihn. Du kannst ihn ausnahmsweise einmal sprachlos machen, was für Finlay selten ist."

Arabella betrachtete den Koffer. Die alte Arabella hätte einfach gelogen und gesagt, dass sie es nicht mochte, jemanden zu ärgern. Vielleicht hätte sie ihnen sogar gesagt, sie sollten sich verpissen.

Doch nach ihrem Nachmittag mit Finn,

kombiniert mit der Kraft und dem Selbstvertrauen ihres Drachen, entschied sich Arabella, ehrlich zu sein. Schließlich wären Lorna und Faye bald ihre Familie.

Arabella blinzelte und fragte sich, wann sie akzeptiert hatte, dass ihre Zukunft in Lochguard sein würde. Ihr Drache meldete sich zu Wort. *Natürlich ist sie hier. Willst du Finn wirklich zurücklassen? Es macht so viel Spaß, ihn zu foppen. Ich will ihn noch mehr necken, wenn er nackt ist.*

Anstatt ihrem notgeilen Drachen zu antworten, straffte sie ihre Schultern, als sie Lorna in die Augen sah. „Und woran hattest du gedacht?"

Faye jubelte und schlug ihr leicht auf den Bizeps. „Du hast mir den Tag versüßt, Arabella." Sie hob den Koffer erneut. „Was dieses Baby betrifft, so nenne ich es das Master-Styling-Kit. Aber zuerst musst du dich anziehen."

Lorna nahm ihr Kleid vom Bett, und die ältere Drachenfrau stellte Arabella mit ihren Augen eine Frage – ob sie sich vor ihnen ausziehen konnte oder ob sie den Flur runter ins Bad musste.

Ihr Herzschlag beschleunigte sich. Dass Finn ihren Körper sah, war eine Sache, aber jeder andere war eine ganz andere.

Die Stimme ihres Drachen war mürrisch. *Zieh dich einfach aus. Wenn wir diesen Raum verlassen, treffen wir vielleicht Finn, und dann will ich ihn küssen. Zumindest ist sein Geruch hier drin kaum wahrnehmbar.*

Arabella zog Kraft aus ihrem Drachen und knöpfte ihre Jeans auf. „Mach mich bloß nicht zu einer kompletten Torte. Ich will dem Clan nicht den falschen Eindruck von mir vermitteln."

Faye grinste. „Keine Sorge. Wir werden genau das richtige Maß an Sexappeal und Kickass finden." Sie stellte den Koffer ab und klatschte sich in die Hände. „Ich kann es nicht abwarten. Ich hatte nie eine Schwester, also sollte das Spaß machen."

Als Arabella sich weiter auszog, kämpfte sie gegen den Drang zu rennen. Doch als sie mehr Haut enthüllte, sahen die beiden Drachenfrauen kaum hin. Sie behandelten es wie ein alltägliches Ereignis.

Sobald sie nackt war, strömte das Gefühl, etwas geschafft zu haben, durch ihren Körper. Vielleicht nur mit zwei Drachenwandlerinnen, aber wenn sie weiter ihre Grenzen überschritt, konnte Arabella bald wie jeder andere Drachenwandler in Lochguard sein, was bedeutete, dass sie mit ihrem Drachen reden konnte, nach Belieben wandeln konnte, und sich nicht für zwei Cent darum scheren würde, wenn sie vor anderen nackt wäre.

Das Einzige, was sie wirklich tun musste, war, es zu überleben, wenn sie Finn von dem Rest ihrer Zeit mit den Drachenjägern erzählte. Danach war sie vielleicht endlich frei von ihrer Vergangenheit. Der Gedanke, Stonefire zu besuchen und wieder ganz zu sein, erwärmte ihr Herz. Sie würde nie wieder die ‚arme Arabella' sein.

Und das nur, weil sie die Chance ergriffen hatte, einen Austausch mit Lochguard zu machen. Nach Schottland zu kommen war eine der besten

Entscheidungen ihres Lebens, nicht, dass sie es Finn gesagt hätte. Sein Ego war schon groß genug.

Als sie das Kleid über ihren Kopf und an ihrem Körper hinunterzog, streichelte der seidige Stoff ihre Haut. Als es an war, blickte sie in den Spiegel. Anstatt ihre Narben zu bemerken, sah sie sich zum ersten Mal als hübsch.

Ihr Drache grummelte. *Nicht hübsch. Wir sind verdammt schön.*

Lächelnd drehte Arabella sich zu Faye und Lorna um. „Okay, Ladys, gebt alles, was nötig ist, um Finn sprachlos zu machen."

Finn ging in seinem Wohnzimmer umher, während er auf Arabella wartete. Faye und seine Tante halfen ihr, sich fertig zu machen, aber sie brauchten verdammt lange. Angesichts des Glanzes, den die beiden Frauen in ihren Augen gehabt hatten, war er ziemlich sicher, dass sie etwas geplant hatten.

Ein Teil von ihm wollte wieder nach Arabella sehen, aber er wusste, dass sie ihn dafür hassen würde. Das Mädel wurde stärker. Er wollte sie mit jeder Faser seines Wesens beschützen, aber wenn er das täte, würde sie ihn hassen.

Um die Wahrheit zu sagen, alles, was er wollte, war, den Rest der nächsten Woche mit Arabella nackt in seinem Bett zu verbringen. Die Erinnerung an ihren heißen, feuchten Mund um seinen Schwanz ließ ihn fast stöhnen.

Sein Drache knurrte. *Hör auf, sonst überlebe ich die Nacht nicht.*

Ich dachte, du könntest mit allem umgehen.

Ich hatte nicht erwartet, dass Ara so gut wäre.

Da konnte Finn nur zustimmen. *Vielleicht können wir heute Abend noch mehr haben. Kannst du das so lange aushalten?*

Sein Tier schnaubte. *Ich werde es versuchen. Halte die anderen Männer davon ab, sie anzufassen.*

Finn sollte mit den meisten im Clan kein Problem haben, aber als er seine Cousins auf der Couch anstarrte, mussten sie ihm das Leben schwer machen.

Fraser bemerkte seinen Blick. „Hast du es dir anders überlegt, Cousin? Ein schneller Flug und ein Feiglingsspiel könnten deinen Nerven helfen."

Fergus fügte hinzu: „Ich könnte der Schiedsrichter sein. Ich habe zu viel Zeit am Computer verbracht und muss meine Flügel strecken."

Finn verschränkte die Arme vor der Brust. „Fergus, du bevorzugst immer deinen Zwilling."

„Nein, Finn, du verlierst nur gern", erklärte Fergus.

„Ich wäre nicht der verdammte Clanführer, wenn ich so viel verlieren würde, wie du behauptest", antwortete Finn.

Fergus öffnete den Mund, aber Fraser rieb seine Hände zusammen und kam ihm zuvor. „Ich kann Fergus durch jemand anderen ersetzen. Wenn ich also einen anderen Schiedsrichter finde, ist das ein Ja?"

Finns Drache meldete sich. *Es wird helfen. Haben wir Zeit?*

Nein.

Die Stufen hinunter hörte man Schritte, und Finn nickte zur Treppe. „Das klingt wie unsere Antwort, Jungs. Und versucht nicht, während der Versammlung jemand anderen für das Feiglingsspiel zu finden."

Fraser sah übertrieben verletzt aus. „Es schmerzt mich, dass du das Schlimmste von mir denkst, Finn."

Finn verdrehte die Augen, und seine Stimme war trocken, als er sagte: „Deine Witze sind nervig. Wie ich es je überlebt habe, fünf Jahre unter demselben Dach wie ihr zwei zu leben, werde ich nie verstehen." Er ging auf die Treppe zu und fügte hinzu: „Hör jetzt auf zu jammern und komm. Arabella braucht unsere Unterstützung."

Ohne ein weiteres Wort ging Finn zum Fuß der Treppe und sah hinauf. Sein Herz setzte ein paar Schläge aus.

Arabellas Haar war halb aus ihrem Gesicht gestrichen und oben auf dem Kopf festgesteckt. Die untere Hälfte ihres langen, dunklen Haares ergoss sich über ihre Schulter und ergänzte das tiefe Lila ihres Kleides. Der Stoff umschmeichelte ihre kleinen Brüste und die schlanke Statur. Ihre Tätowierung am Oberarm war vollständig sichtbar.

Wenn all das nicht ausreichte, um seinen Schwanz in Stein zu verwandeln, brachte das leichte Make-up auf ihrem Gesicht auch noch das tiefe Braun ihrer Augen und die Fülle ihrer Lippen zum Vorschein.

Seine Frau war sexy wie die Hölle.

Dann drehte sie ihren vernarbten Arm weg, und er runzelte die Stirn. „Zeig mir alles von dir, Mädel."

Lorna meldete sich zu Wort. „Das ist kein richtiges Kompliment."

Er hob seine Brauen. „Ich könnte ihr den ganzen Tag Komplimente machen, aber ich möchte sie zuerst sehen, damit ich ehrlich sein kann." Er sah Arabella in die Augen. „Arabella schätzt die Wahrheit."

„Seit wann sorgst du dich so um die Wahrheit, Finlay?", fragte Arabella.

Er bedeutete ihr, die Treppe herunterzukommen. „Seit ich weiß, dass es dich glücklich macht."

Trotz der Röte auf ihren Wangen hielt Arabella ihre Schultern zurück, als sie sich auf ihn zubewegte. „Ich werde mich daran erinnern, wenn du das nächste Mal einen deiner Sprüche ausspuckst. Das stoppt dich vielleicht."

„Ich bezweifle es." Er hob die Hand, und sie nahm sie. Er legte seine Finger um ihre und führte seine Drachenwandler-Göttin die letzten Schritte hinunter. Sobald sie vor ihm stand, konnte er nur noch daran denken, ihr die Scheiße aus dem Leib zu küssen. Er brauchte einen Moment mit seiner Frau und murmelte: „Komm mit mir."

Finn zog sie den Flur hinunter und in sein Arbeitszimmer, schloss die Tür und küsste sie. Nach dem Bruchteil einer Sekunde, in dem sie unter Schock stand, öffnete Arabella ihre Lippen und erwiderte sein Streicheln, während sie seine Schultern griff. Die Tatsache, dass sie genauso hungrig nach ihm war wie er nach ihr, machte seinen Schwanz nur härter.

Sein Drache knurrte. *Sei vorsichtig, sonst kann ich nicht aufhören.*

Mit monumentaler Anstrengung brach er den Kuss, um Arabella in die Augen zu sehen. Der Drang, ihr die Kleider herunterzureißen und sie zu ficken, war überwältigend, aber irgendwie schaffte er es, seinen Ton locker zu halten, als er sagte: „Damit habe ich übrigens gesagt, wie schön du aussiehst, nebenbei bemerkt."

Einer ihrer Mundwinkel hob sich. „Ich könnte ein Kleid aus Unkraut tragen, und ich wette, dein Schwanz würde immer noch hart werden."

Er rieb seinen Schwanz an ihr und murmelte: „Stimmt, aber ich lüge nicht, wenn ich sage, wie schön du heute Abend aussiehst. Sag das Wort, und ich kann eine Hand unter deinem Kleid hinaufschieben und dich mit meinen Fingern kommen lassen."

Sie schlug seine Schulter. „Finn, hör auf."

Er grinste. „Du darfst es mir nicht vorwerfen, dass ich es wenigstens versuche."

„Du hörst nie auf, es zu versuchen. Das ist das Problem." Arabella sah zur Tür. „Außerdem sollten wir die MacKenzies nicht warten lassen."

„Oh, aye? Hast du mit Faye und Lorna eine Koalition gegen mich gebildet?"

Sie lächelte verschlagen. „Das ist es, was du herausfinden musst."

Er lachte. „Wenn du so schon nach zwei Tagen bei meinem Clan bist, dann bereite ich mich besser auf den Rest meines Lebens vor. Ich habe so das Gefühl, dass du mich immer auf Trab halten wirst."

Arabellas Lächeln versiegte. „Es gibt immer noch die Bedrohung in deinem Clan. Ich will nicht, dass meine Anwesenheit hier einen Riss verursacht, Finlay."

Die Tatsache, dass Arabella nichts dagegen eingewendet hatte, den Rest ihres Lebens mit ihm zu verbringen, erwärmte sein Herz nur. Er streichelte ihre Wange mit der Rückseite seiner Finger. „Mach dir keine Sorgen, Mädel. Duncan ist mir schon eine Weile auf den Sack gegangen, und ich werde mich um ihn kümmern. Aber die meisten im Clan werden dich lieben, auch wenn du mit einem lustigen Akzent sprichst."

Sie hob eine Augenbraue und strich mit der Hand über seine Brust. „Ich weiß gar nicht, wovon du sprichst. So spricht man richtig Englisch."

Als er Arabella so in ihrer traditionellen Drachenwandler-Kleidung betrachtete und sie ihn ärgerte, wollte Finn zum ersten Mal seit Langem seinen Clan-Führungspflichten entgehen und egoistisch sein; er wollte Arabella für ein Wochenende wegbringen und ihr eine schöne Zeit bereiten.

Doch er wusste, dass er das nicht konnte, und nicht nur wegen seiner Pflichten als Clanführer. Bei den Drachenjägern, den Drachenrittern und Duncans Anhängern wäre es gefährlich, Arabella irgendwo außerhalb von Lochguard hinzubringen.

Mit Herkulesanstrengung trat er zurück und deutete zur Tür. „Bei der Versammlung kannst du darüber diskutieren, wie man Englisch spricht. Ich habe das Gefühl, dass der schottische Weg gewinnen wird."

„Vielleicht sollten wir Melanie fragen, wenn sie zu Besuch ist, da sie Amerikanerin und etwas weniger voreingenommen ist."

Beim Öffnen der Tür zog Finn Arabella an seine Seite und drückte ihre Hüfte. „Ich glaube nicht. Sie ist mit deinem verdammten Bruder verheiratet. Natürlich wird sie auf seiner Seite sein."

In Fayes Augen tanzte Belustigung. „Du kennst Melanie offensichtlich nicht sehr gut, oder?"

„Wir haben unser ganzes Leben, um das wieder in Ordnung zu bringen, Arabella MacLeod, vorausgesetzt, wir überleben die heutige Nacht."

Arabella sah zu ihm auf. „Du musst meinen Bruder für dich gewinnen, bevor er dich jemals mit seiner Gefährtin allein lässt. Du kannst Melanie erst kennen, wenn du eine Stunde allein mit ihr verbracht hast. Diese Frau ist eine Naturgewalt."

Finn zwinkerte. „Deinen Bruder zu gewinnen, sollte ein Kinderspiel sein."

Sie sah ihn skeptisch an. „An dem Tag, an dem du mit meinem Bruder auskommst, lasse ich dich mich fesseln und mit mir machen, was du willst."

Seine Pupillen blitzten zu Schlitzen und zurück. „Ist das ein Versprechen, Mädel?"

Sie schüttelte den Kopf und antwortete: „Das wird nie passieren, es hat also keinen Sinn, etwas zu versprechen."

„Oh, ich kann ziemlich entschlossen sein, Arabella. Versprich mir die Belohnung, und ich werde einen Weg finden, das zu verwirklichen."

Arabella seufzte. „Schön. Aber mit meinem Bruder auszukommen, bedeutet nicht, ein Bier zu teilen. Ich möchte euch beide zusammen bei einer Versammlung sehen, singen und trinken, als wärt ihr die besten Freunde."

Er legte einen Finger unter ihr Kinn und gab ihr einen Kuss. „Wird erledigt." Als Tante Lornas Stimme den Flur hinunter dröhnte und ihnen sagte, sie sollen sich beeilen, seufzte Finn. „Ich fasse es nicht, dass meine eigene Tante mir die Tour vermasselt."

Arabella grinste. „Mich freut es."

„Es freut dich? Warum zum Teufel sollte es dich freuen? Zumindest dein Drache brüllt wahrscheinlich gerade nach meinem Schwanz."

Sie pikste in seine Brust. „Selbst, wenn ich nicht will, dass dein Clan noch schlechter über mich denkt. Wir müssen zu der Versammlung. Wenn es nach dir ginge, würden wir es nicht tun, und Gerüchte würden aufkommen. Ich hatte zu Hause genug Gerüchte. Es gibt wahrscheinlich schon einige wegen dem, was heute Nachmittag passiert ist, aber ich werde ihre Meinung nie ändern, wenn du mich in einem Schlafzimmer einschließt."

Finn blinzelte, bevor er sich räusperte. „Ich glaube, die Version von dir, die Clananführer werden wollte, ist mit voller Kraft zurück."

Ihr Selbstvertrauen schwankte eine Sekunde. „Vielleicht. Ich habe noch einiges zu tun, arbeite aber daran."

Er streichelte ihre Wange und murmelte: „Lass mich wissen, ob ich dir irgendwie helfen kann, Liebes."

Arabella nickte, als Lornas Stimme erneut den Flur hinunter dröhnte: „Finlay Ian Stewart, beweg deinen Arsch hier raus, oder ich komme selbst rein."

Arabella lächelte und flüsterte: „Wir sollten auf sie hören, Finlay Ian."

Er verdrehte die Augen. „Toll, jetzt wirst du die erste und zweite Vornamen-Schikane machen, oder?"

„Vielleicht." Arabella zog an seiner Kleidung. „Los geht's, Finlay Ian."

Er schüttelte den Kopf, öffnete die Tür und führte sie zurück zum Fuß der Treppe, in der Nähe des Haupteingangs.

Faye sprach, sobald sie sie sah. „Finn, wir sind spät dran. Du musst lernen, deine Zunge und

deinen Schwanz bei dir zu behalten." Faye
betrachtete Arabella. „Aber wenigstens hast du
meine Arbeit nicht zerstört."

Finn seufzte. „Natürlich nicht. Ich habe vor
langer Zeit gelernt, dir und Tante Lorna nicht in die
Quere zu kommen."

Lorna warf einen Umhang über ihre Schultern
und sah ihn misstrauisch an. „Ich bin mir da nicht
sicher. Aber anstatt zu streiten, sollten wir uns
beeilen. Wir wollen den Clan nicht zu lange warten
lassen."

Nachdem er einen Umhang um Arabellas
Schultern gelegt hatte, ging er aus der Tür und in
Richtung der großen Halle mit Arabella an seiner
Seite. Nur weil sein Drache in seinem Kopf knurrte,
legte er keinen Arm um ihre Schultern und zog
seine kleine Alpha-Göttin auch nicht an sich.

Finn hoffte nur, dass der Abend gut verlaufen
würde. Fayes Beschützer waren da, ebenso wie die
anderen Beschützer, die um den Clan herum
stationiert waren. Nach dem, was damals in
Stonefire passiert war, als ein Kind während einer
Clan-Versammlung entführt wurde, war Finn
übervorsichtig. Wenn jemand versuchte, Arabella
von seiner Seite zu nehmen, müsste er sich um ihn
kümmern.

Trotz Finns beruhigender Hitze an ihrer Seite war
der Weg zur großen Halle nicht einfach. Ihr Magen

verdrehte sich mit jedem Schritt etwas mehr. Öffentliche Veranstaltungen waren nie ihre Lieblingsbeschäftigung gewesen, selbst, als sie noch ganz und gesund gewesen war. Sosehr sie mit Finn zuversichtlich sein konnte, es würde all ihre Energie brauchen, um vor dem ganzen Lochguard-Clan stark zu sein. Sie hoffte nur, dass sie es schaffen würde – nicht nur für sich, sondern auch für Finn.

Ihr Drache seufzte. *Ich mag dieses geringe Selbstvertrauen nicht. Was ist mit deiner Scheiß-auf-die-Vergangenheit-Mentalität passiert? Wir sind unglaublich. Verhalte dich auch so.*

Der Ton ihres Tiers schürte ihre Wut. *Wenn wir so toll sind, warum hast du dann so lange geschwiegen? Hätte ich dich um mich gehabt, hätte ich viel früher stark sein können.*

Du wolltest mich nicht rauslassen. Das ist doch nicht meine Schuld.

Arabella knurrte, und Finn berührte ihre Schulter, als er fragte: „Muss ich deinen Drachen ein bisschen bezaubern, um sie zu beruhigen, Mädel?"

Sie zwang ihren Drachen in einen Geisteskäfig. „Nein, sie ist in der Auszeit und verdient keinen Charme."

Fergus verlangsamte sein Tempo, um mit ihrem mitzuhalten. Aufgrund seines sensiblen Gehörs hatte er Arabella gehört und meldete sich zu Wort. „Ich habe festgestellt, dass Auszeiten nicht sehr effizient sind. Ein mentales Labyrinth hingegen beschäftigt sie eine Weile. Mein Drache neigt dazu, etwas weniger zu knurren, wenn er mit so einem fertig ist."

Arabella blinzelte. „Daran habe ich noch nie gedacht."

Finn festigte den Griff an ihrer Hüfte. „Bewundere Fergus nicht zu sehr dafür. Es war ursprünglich meine Idee."

Fergus hob eine Braue. „Es war vielleicht deine Idee, aber ich habe sie perfektioniert."

Als Finn knurrte, verdrehte Arabella die Augen. „Endet der ‚Wer hat den größten Schwanz'-jemals?"

Lorna meldete sich zu Wort. „Nein, Mädel, tut es nicht. Du begreifst langsam, warum ich so viele graue Haare habe."

Fergus sah zu seiner Mutter. „Das ist nicht fair, Mum. Es ist nicht so, als wäre Faye das goldene Kind der Tugend."

Faye drehte sich um und starrte Fergus finster an. „Sag das noch mal, Bruder, ich fordere dich heraus."

„Warum, willst du mich mit deiner kleinen Handtasche schlagen? Ich habe solche Angst", spottete Fergus.

Auch wenn Arabella sich mittlerweile an die MacKenzies gewöhnte, war es immer noch ein Zoo, Zeit mit ihnen zu verbringen. Vielleicht sollte sie ihren Bruder nach Lochguard einladen, nur um zu sehen, wie tief sein Stirnrunzeln gehen konnte.

Bevor Arabella sich eine witzige Antwort einfallen ließ, um sie der Diskussion hinzuzufügen, dröhnte Finns Stimme: „Genug!" Die Dominanz in seiner Stimme ließ alle stehenbleiben, und er fuhr fort: „Heute Abend zeige ich Ara dem Clan. Im großen Saal bin ich Clanführer, und sie ist meine Frau. Angesichts Duncans Hass brauche ich keine Ausrede für ihn, um mich herauszufordern. Was privat funktioniert, funktioniert nicht in der Halle. Verstanden?"

Als die Zwillinge und Faye „Ja" murmelten, hatte Arabella das Gefühl, Finn müsse sie regelmäßig an seinen Status erinnern.

„Gut", antwortete Finn. „Da wir fast in der Halle sind, möchte ich ein paar Minuten mit Ara allein sein. Geht ohne uns weiter."

Die Zwillinge sahen aus, als wollten sie noch etwas sagen, doch Lorna legte jedem eine Hand an den Ellbogen. „Kommt, Jungs. Lassen wir Finn sich um seine Frau kümmern."

Es lag Arabella auf der Zunge zu sagen, dass sie noch nicht seine Gefährtin war, aber die MacKenzies waren weg, bevor sie es konnte.

Finn seufzte. „Angesichts meiner Familie bin ich überrascht, dass du nicht Reißaus genommen hast."

Arabella lächelte. „Sie sind lustig. Außerdem habe ich das Gefühl, dass sie mir immer helfen werden, wenn ich mich an dir rächen will."

„Oh, ist das so? Sie sind meine Verwandten, also sollten sie sich auf meine Seite stellen."

Ohne nachzudenken, fügte sie hinzu: „Wir werden sehen. Es gibt reichlich Zeit, deinen Anspruch auf die Probe zu stellen."

Finn drehte sich zu ihr um und zog sie näher. „Ist das so, Heather?"

Arabella schlug ihm auf die Brust und schenkte ihm ihren besten finsteren Blick. „Nenn mich nicht so."

Er lehnte sich hinunter und flüsterte: „Dann versprich mir, dass du dich nicht mit meiner Familie verschwörst, und ich verspreche, den Spitznamen nicht zu benutzen."

„Das ist nicht fair."

Er schmiegte sich an ihre Wange. „Nein, was nicht fair ist, ist die Tatsache, dass ich dich nicht nach Hause bringen, ausziehen und dich necken kann, bis du bettelst."

Ihr Drache brüllte, um rausgelassen zu werden, aber Arabella hielt sie gefangen. „Was, Finlay, kontrolliert dein Schwanz jetzt dein Gehirn?"

Das Raue in seiner Stimme sandte ihr einen Schauer die Wirbelsäule hinunter. „Aye, Mädel. Und er will dich sehr, und nur dich."

Die Hitze überflutete ihren Körper, und ihr Drache brüllte lauter. Arabellas Atem war kaum ein Flüstern, als sie antwortete: „Wir können nicht. Wir müssen an der Versammlung teilnehmen."

Finn schmunzelte. „Du gibst also zu, dass du mich auch ficken willst?"

Ihr Drache hatte sich endlich befreit. *Ich will ihn ficken.*

Nein, du hast versprochen, dass du durchhältst.

Das ist mir egal. Ich will ihn und seinen Schwanz. Sag ihm, er soll sich benehmen, oder ich übernehme die Kontrolle.

Gibt es außer Sex noch eine Möglichkeit zu helfen?

Ihr Tier schnaubte. *Solange er aufhört, über Sex zu reden und was er mit uns machen will, wenn wir nackt sind, kann ich die Triebe noch etwas länger kontrollieren.*

Schön. Ich versuche es.

Ihr Drache murmelte: *Ich verstehe nicht, warum du dich dagegen wehrst. Du magst es, wenn er dich mit Worten und seiner Zunge ärgert.*

Sie hielt eine Sekunde inne und entschied, was zum Teufel, ihr Drache würde wissen, wenn sie log. *Die meiste Zeit.*

Weil er lustig ist. Aber sag ihm, dass er keine Liebkosungen oder sexy Küsse bekommt, bis wir allein sind.

Finn beobachtete sie, und sie seufzte schließlich. „Ich habe schlechte Nachrichten, fürchte ich."

„Was hat dir dein Drache gesagt?"

Sie blinzelte. „Woher weißt du, dass es mein Drache ist und nicht ich?"

Er streichelte ihre Wange und antwortete: „Ich fange an, euch beide kennenzulernen. Ich bin mir ziemlich sicher, dass du immer dann, wenn dein Drache etwas Irritierendes oder Unangenehmes sagt, die Augen verengst."

Sie hob eine Braue. „Davon weiß ich nichts. Ich hebe meine besten finsteren Blicke für deine Scherze auf."

„Nun, dann lass mich dich unterrichten."

„Oh, der große, böse Mann muss mir also Dinge erklären?" Sie verdrehte die Augen. „Können wir jetzt endlich einfach reingehen? Es ist kühl hier draußen."

Der Tonfall ihres Drachen war streng. *Du hast ihn immer noch nicht gewarnt. Im Moment ist ein Kuss zu viel. Sag es ihm.*

Halt die Klappe. Ich arbeite daran.

Lügnerin. Sei nicht schwach. Sag es ihm einfach direkt, oder du bist schuld am Rausch.

Finn streichelte ihre Wange, um ihren Drachen zu beruhigen. Dann lehnte sich der Drachenmann so nah vor, dass sie seinen Atem auf ihren Lippen spüren konnte, als er murmelte: „Du hast es wieder getan, gerade eben. Da deine Pupillen geschlitzt waren, weiß ich, dass du mit deinem Drachen geredet hast. Also, was hat sie gesagt, Mädel?"

Die Tatsache, dass Finn sie so genau beobachtete, ließ ihr Herz stärker schlagen. Anstatt sich anmerken zu lassen, dass ihr seine Aufmerksamkeit gefiel, zuckte sie mit den Schultern. „Oh, nur das Übliche. Dass du ein notgeiler Idiot bist, der nicht aufhören kann, mit seinem Schwanz zu denken."

Finns Pupillen blitzten zu Drachenschlitzen. „Wenn du noch einmal meinen Schwanz erwähnst, werfe ich dich über meine Schulter und trage dich in mein Bett."

„Nein, das wirst du nicht. Vorher werde ich fliehen."

„Ist das eine Herausforderung?"

Als sie einander anstarrten, umgab Finns Geruch sie. Dazu die Hitze seines Atems auf ihren Lippen, und Arabella sehnte sich danach, die Distanz zwischen ihnen zu überwinden und ihn zu küssen. Aber wenn sie das täte, würde sie der Rausch einholen. Sie konnte nicht zulassen, dass das passierte. Zumindest noch nicht.

Sie räusperte sich und antwortete: „Vielleicht später."

Er hob eine Braue. „Das war nicht die Antwort, die ich erwartet hatte. Was ist los, Mädel?

Sie hielt einen Moment inne. Gerade als ihr Drache sich bewegte und sprechen wollte, spuckte sie aus: „Mein Drache ist kurz davor, die Kontrolle zu verlieren."

Finn lehnte sich ein paar Zentimeter zurück, und sie zog ihn fast wieder an sich heran. „Wie nahe?"

Sie zupfte am Stoff seiner kiltähnlichen Kleidung und murmelte: „Ein Kuss könnte sie auslösen."

Er fluchte und trat zurück. „Wenn wir uns nicht vor dem Clan küssen, Ara, werden sie beleidigt sein." Er ließ sie los und fuhr sich mit der Hand durch die Haare, bevor er sie musterte. „Kannst du ihr nicht helfen, den Rausch unter Kontrolle zu halten? Nur für den Kuss? Wenn das bedeutet, dass ich dich nicht den ganzen Abend halten kann, dann werde ich es für dich tun, egal, wie sehr ich es hasse, Mädel. Trotz all meines Geredes, ich werde dich nehmen, bevor du bereit bist."

Sie betrachtete ihn eine Sekunde lang und glaubte, dass er die Wahrheit sagte; ein Wort, und er würde Abstand halten. Sicher, er würde wahrscheinlich jeden Mann anknurren, der auch nur in ihre Richtung blickte, aber er würde sich davon abhalten, sie zu berühren, wenn sie darum bat.

Als sie sich an jede Interaktion mit Finn seit ihrer Ankunft erinnerte, fiel ihr auf, dass er sich immer zurückgehalten hatte. Selbst bei all dem Flirten und seinen lächerlichen Sprüchen dachte Finn immer an Arabellas Bedürfnisse, egal wie schwierig es sein musste, den Paarungsrausch zu kontrollieren.

Er tat es nicht, weil er Mitleid mit ihr hatte. Nein, er tat es, weil ihm etwas an ihr lag.

Arabella sah in seine braunen Augen und hatte keine Angst mehr vor Finn, vor Sex oder sogar vor der Möglichkeit eines Babys. Schon, wenn man ihr die Wahl ließe, würde sie ein Jahr warten, bevor sie versuchte, ein Kind zu bekommen, aber weder sie noch Finn würden so lange durchhalten. Jeder Tag, an dem sie sich zurückhielt, war ein weiterer Tag, an dem Finn die Kontrolle über seinen Drachen und seinen Clan verlieren konnte. Er war stark, aber jeder Drachenwandler hatte seine Grenzen.

Selbst wenn das alles schneller passierte, als sie wollte, wusste Arabella, dass sie bei Finn und den MacKenzies nie wieder allein sein würde. Sie würden ihr helfen, wenn sie darum bitten würde.

Ihr Drache meldete sich zu Wort. *Er gehört uns. Hab keine Angst vor ihm oder dem Rausch. Es wird dir gefallen.*

Und woher weißt du das?

Nenn es Dracheninstinkt. Ich weiß es einfach. Außerdem

wird er uns ein Kind geben, das stark, klug und gutaussehend sein wird. Das ist eine gute Kombination.

Arabella lächelte. *Ich mache mir Sorgen um deine Prioritäten, Drache. Aber ich stimme zu, Finn ist stark, klug und gutaussehend.*

Gut. Dann hör auf, Angst vor der Zukunft zu haben.

Als sie Finn ansah, traf sie eine Entscheidung. Auch wenn sie ihren Bruder, Melanie und ihre Nichte und ihren Neffen immer lieben würde, war Arabella bereit, ihre eigene Familie mit Finn und den MacKenzies zu gründen. Sie würden sie beschützen, egal, was passierte, und sie musste endlich die starke Frau werden, die ihnen den Rücken freihalten konnte.

Ihr erster Schritt dazu war, in die Halle zu gehen, sich dem Clan zu stellen und ihre eigene Sturheit zu benutzen, um ihren Drachen zu fesseln. Zum ersten Mal seit einem Jahrzehnt war Arabella zuversichtlich, dass sie alles tun konnte, was sie sich vorstellte.

Trotzdem würde sie Finn nie leicht davonkommen lassen. Wo wäre denn da der Spaß?

Arabella neigte den Kopf. „Nun, ob ich meinen Drachen zurückhalten kann oder nicht, hängt davon ab, ob du mit jedem Weibchen flirtest, das du siehst. Denn wenn du es tust, kann ich nicht für das garantieren, was als Nächstes passiert."

Ein bisschen von der Anspannung löste sich aus Finns Gesicht. „So sehr ich es auch sehen möchte, wie du dich mit sämtlichen Single-Frauen des Clans anlegst, ich werde versuchen, mich zurückzuhalten."

Arabella nickte. „Das solltest du besser, oder du wachst eines Tages mit fehlendem Schwanz auf."

Schmunzelnd streckte er eine Hand aus und zog sie dann zurück. Die Geste machte sie traurig; sie wollte nicht, dass Finn sich zurückhielt. Seine Stimme war hart, als er antwortete: „Denk daran, Liebes, so besitzergreifend du dich gerade fühlst, ich bin zehnmal schlimmer. Flirte mit Fraser und Fergus, und zur Hölle mit dem, was der Clan von mir denken wird, ich werde ihnen beiden ins Gesicht schlagen."

Arabella spürte den Stahl in seinem Ton und entschied, das Tier nicht zu wecken. Die Versammlung war wichtig für ihre Zukunft hier. Alles musste gut laufen. Sie hob die Brauen. „Sonst noch Warnhinweise, über die ich Bescheid wissen sollte?"

„Lass niemandem in dein Kleid blicken."

Als sie auf ihr Dekolleté hinabstarrte, schüttelte Arabella den Kopf. „Da gibt es nicht wirklich viel zu sehen."

Er knurrte. „Es ist perfekt, und es ist meins."

Sorge sammelte sich in ihrer Magengrube. Vielleicht war ihr Drache nicht der Einzige, der nervös war. „Ist dein Drache unter Kontrolle, Finn?"

„Kaum."

Mist. „Das hättest du mir sagen sollen." Sie blickte in Richtung des Eingangs zur Haupthalle.

„Dann beeilen wir uns. Je eher wir drinnen sind, desto eher sollte sich dein Drache mehr um das Wohlergehen des Clans kümmern als um mich."

Sie blickte auf Finn zurück, und sein Blick brannte in die Tiefen ihres Herzens. „Hoffen wir, dass es nie zu einer Wahl kommt, denn ich bin mir nicht sicher, ob der Clan gewinnen würde."

„Sag das nicht. Du kennst mich kaum."

„Aber es stimmt."

Finns Verhalten wärmte ihr Herz. Er wollte sie wirklich.

Ihr Drache sagte: *Natürlich tut er das.*

Hast du jemals Zweifel?

Nicht mehr.

Ich wünschte, ich könnte genauso selbstbewusst sein.

Noch ein oder zwei Wochen, dann bist du nah dran.

Sie widerstand dem Bedürfnis zu lächeln. Arabella fing an zu glauben, dass sie und ihr Drache auf dem Weg waren, gute Freunde zu werden. Bald würde Arabella sich wie eine echte Drachenfrau benehmen.

Sie ging los. „Komm schon. Wir sind bereits spät dran. Wir können nachher darüber reden."

Finn murmelte: „Oh, ich habe vor, mehr zu tun als zu reden, Mädel."

Sie widerstand einem Schauder, und sie liefen den letzten Teil des Weges still zur Halle. Ihr Tier versuchte, seine Meinung zu äußern, aber als sie die Halle betraten, schob Arabella ihren Drachen zurück in einen Geisteskäfig und richtete ihre Aufmerksamkeit auf den vollen Raum.

Lange Tische säumten die Seiten des großen Raums und ließen einen leeren Bereich in der Mitte für diejenigen, die sich unter die Leute mischen wollten. Es saßen schon einige an den Tischen und aßen.

Alle waren im traditionellen Stil gekleidet, obwohl einige mehr geschmückt waren als andere. Die Kombination aus der Farbpalette der Kleidung und den Stoffen, die in Abständen von der Decke hingen, gaben Arabella das Gefühl, als wäre sie gerade in ein Märchen geraten. Sie war nur bei einer Handvoll Versammlungen auf Stonefire gewesen, was diese hier umso besonderer machte, vor allem mit ihrem Mann an ihrer Seite. Finn ließ sie ihre Vergangenheit vergessen, um die Gegenwart in Angriff zu nehmen.

Als sie sich dem erhöhten Podium an der Vorderseite des Raumes näherten, verstummten die Gespräche. Jedermanns Augen wandten sich zu ihr.

Für eine Sekunde klopfte Arabellas Herz so schnell, dass sie dachte, es könnte explodieren, aber dann drückte Finn ihre Seite und machte ihr Mut. Arabella hielt ihre Schultern zurück und den Kopf hoch, und zwang sich, einige im Clan im Vorbeigehen anzulächeln. Einige der erwiderten Lächeln waren aufrichtig, während andere gezwungen wirkten. Die Augen derer, die gezwungen lächelten, reichten von Mitleid über Abscheu bis hin zu Skepsis.

Ihr Zusammenbruch vorhin, als sie nackt durch

den Clan gerannt war, hatte die Lage wahrscheinlich nicht verbessert.

Ihr verdammter Drache brach sich wieder los. *Willst du bei Finn bleiben?*

Natürlich, sagte sie ohne zu zögern.

Wen kümmert es dann, ob sie Mitleid mit dir haben oder nicht? Es wird ihr Verlust sein.

Dann sind wir also so ein toller Fang?

Ja, wir sind verdammt brillant.

Arabella lächelte über den selbstgefälligen Ton ihres Tieres. Sie atmete tief ein, kanalisierte ihren Drachen und versuchte, das gleiche Maß an Selbstvertrauen auszustrahlen. Sie war Arabella MacLeod, und sie hatte die Folter einer Gang von Drachenjägern überlebt. Es sollte einfach sein, mit ein paar skeptischen schottischen Drachenwandlern umzugehen.

Kapitel Fünfzehn

Finn hatte es fast auf die Bühne geschafft, als Duncan ihm in den Weg trat. Die Augen des älteren Drachenmanns waren hart, aber unleserlich, als sie Finn betrachteten und dann zu Arabella wanderten. Finn brauchte jede Unze Kontrolle, um ein Lächeln zu erzwingen und seinen Ton neutral zu halten. „Duncan."

Duncan blickte zu ihm zurück. „Ich habe Gerüchte gehört. Stimmt es, dass du die hässliche Frau paarst? Das wird sich schlecht auf den Clan auswirken."

Finn atmete tief ein, um Mensch und Tier zu beruhigen. Bevor er antworten konnte, tat Arabella es. „Die hässliche Frau, wie du es formuliert hast, steht genau hier. Obwohl ich auch einen Namen habe. Ich bin Arabella. Und wer verdammt nochmal bist du?"

Duncan blinzelte, und Finn wollte jubeln. Dann wurden die Augen seines Rivalen abschätzig, und er antwortete: „Duncan Campbell, und du solltest deine Zunge hüten, englische Drachenfrau. Neben Finlay bist du vielleicht stark, aber ich habe dich vorhin gesehen. Ich könnte dich mit einer gefesselten Hand hinter meinem Rücken zerquetschen."

Finn kniff die Augen zusammen. „Das reicht. Wenn du nicht höflich sein kannst, kannst du gehen, Duncan. Eine Versammlung ist kein Ort für deinen kleinen Schwachsinn."

Duncan antwortete: „Ich gehe nirgendwohin. Aber wenn du dich mit der Engländerin paarst und Scheiße baust, werde ich dich zur Verantwortung ziehen. Wir brauchen weder das Bündnis mit Stonefire noch die Menschen, die auf unser Land kommen und gehen. Drachenwandler müssen die Menschen abschütteln und sich zusammenschließen. Obwohl er Engländer ist, versteht zumindest Clan Skyhunter das."

Der Clan Skyhunter war der Drachenwandler-Clan südlich von London. „Dann ist ja gut, dass du nicht das Sagen hast, oder?" Finn blickte zur Seite und zurück und signalisierte, dass er fertig war. „Du stehst mir im Weg."

Duncan starrte ein paar Sekunden, bevor er zur Seite trat. Als Finn an ihm vorbeiging, sagte Arabella zu Duncan: „Und nur, dass du es weißt, wenn du dich mit mir anlegst, brauchst du beide Hände, um zu überleben."

Der ältere Drachenmann schwieg. Als sie weggingen, lockerte sich die Anspannung der

Menge. Finn senkte seine Stimme und flüsterte: „Du warst verdammt fantastisch, Ara."

Sie hob eine Braue. „Er ist nur ein Arschloch. Ich habe mich echten Monstern gestellt und überlebt. Er hingegen würde in die andere Richtung rennen, wenn er sie sähe."

Einer seiner Mundwinkel hob sich. „Mir geht es genauso." Er senkte weiter seine Stimme. „Angst geht nur so weit."

Sie lächelte. „Oh, und Charme geht noch viel weiter?"

„Aye, das tut er." Er hielt ihr eine Hand hin und verbeugte sich. „Darf ich deine Hand halten, Liebes?"

Für eine Sekunde dachte er, sie würde ablehnen. Er wusste genau, dass ihr Drache gereizt war, aber auch seiner.

Sein Tier grunzte. *Zu viele Männer sehen sie an, besonders nachdem sie Duncan zurechtgewiesen hat. Wir müssen den Anspruch erheben.*

Sie gehört uns schon, Drache. Keine Sorge!

Jemand muss sich kümmern, oder ein anderer Mann wird sie stehlen.

Bevor er sich einen anderen Weg einfallen lassen konnte, Arabella davon zu überzeugen, ihn zu berühren, legte sie ihre Hand in seine. Er drückte sie und zog sie zu der Bühne. „Komm. Je eher ich dich vorstelle, desto eher können wir tanzen."

„Ich habe nie gesagt, dass ich tanzen würde."

„Oh, komm schon. Wenn du Gefährtin des

Clanführers sein willst, musst du manchmal Dinge tun, die dir nicht gefallen."

„Erinnerst du dich an unser Gespräch darüber, dass du mich fragen sollst? Tanzen steht definitiv auf der Liste der Dinge, nach denen du mich zuerst fragen solltest."

„Du widersetzt dich mir absichtlich, du verdammte Frau."

Sie kämpfte gegen ein Lächeln an. „Vielleicht."

Lachend zog Finn sanft an ihrem Arm. „So sehr ich mir auch wünsche, dass wir stundenlang miteinander scherzen könnten, wir müssen beide unsere Pflicht erfüllen." Er beugte sich zu ihrem Ohr vor. „Aber ich freue mich darauf, dich von den Vorzügen des Tanzens zu überzeugen."

Arabella blinzelte. Als sie die Stufen hinaufgingen, konnte Finn nicht anders, als zu grinsen. Nicht nur, weil er seinem Clan bald sagen würde, dass Arabella ihm gehörte, sondern auch, weil Arabellas eigene Art von Witz und Charme seine Anspannung linderte. Manchmal kann das Gewicht eines Clans auch einen Drachenmenschen in die Knie zwingen. Mit Arabella war das Gewicht kaum spürbar.

TROTZ ARABELLAS coolem Äußeren schlug ihr Herz eine Million Mal pro Minute. Ihr Bauch drehte sich ebenfalls und verknotete sich.

Ihr Drache klang amüsiert. *Du hast dich gerade*

gegen diesen Mistkerl Duncan gewehrt. Warum jetzt so nervös?

Danach wird meine Zukunft entschieden sein.

Ihr Tier hielt ein paar Sekunden inne, bevor es sagte, Du *willst Finn. Alles andere ist zweitrangig. Probleme werden auftreten, aber wir werden sie lösen. Bei mir wirst du immer einen Verbündeten haben. Ich bin auch ziemlich gut darin, jemanden in den Arsch zu treten.*

Arabella biss sich auf die Lippe, um nicht zu lachen. *Bescheidenheit ist nicht in deinem Wortschatz, oder?*

Nein. Bescheidenheit ist eine menschliche Idee, die zu viel Zeit verschwendet.

Finn biss sich stärker auf die Lippe und sah sie an. „Schmiedest du mit deinem Drachen Pläne gegen mich?"

Sie brachte ihren Drachen zum Schweigen und antwortete: „Nein. Sie hat mir ihre Gefühle für Duncan mitgeteilt."

Finn grinste. „Ich kann es nicht abwarten, später davon zu hören, Mädel. Je mehr ich von deinem Drachen höre, desto mehr mag ich sie." Sie blieb mitten auf der Bühne stehen. „Leider ist die Realität vorerst nicht zu übersehen. Bist du bereit, dich dem Clan zu stellen, Heather?"

Bei Finns Neckereien und dem Vertrauen ihres Drachen nickte Arabella, wenn auch mit einem kurzen finsteren Blick für Finn wegen des lächerlichen Spitznamens. „Solange du mich nicht vor allen so nennst."

Er zwinkerte. „Und meinen Ruf als Alpha schädigen? Ich glaube nicht."

„Über deinen Ruf als Alpha können wir später diskutieren. Mach schon endlich weiter."

Ihr Drachenmann drückte ihre Hand und drehte sie dann zur Menge. Nachdem er seine freie Hand erhoben hatte, wurde es im Raum größtenteils still; nur das Klappern einiger Messer und Gabeln hallte im großen Saal.

Finns Stimme dröhnte. „Vielen Dank, dass ihr so kurzfristig kommen konntet. Mein Drache ist ungeduldig, zu beanspruchen, was ihm gehört, und wie ihr alle wisst, wird ein zu langes Ignorieren des Drachen nur dazu führen, dass ein Mann tagelang mit einem harten Schwanz herumläuft und nicht mehr klar denken kann." Ein paar Lacher gingen durch den Raum, und Arabella benutzte die Pause, um ihre Nägel in Finns Handflächen zu graben. Wenn er es spürte, zeigte er es nicht, als er weiter sagte: „Aber im Ernst, ich wollte dem Clan die Gelegenheit geben, Arabella MacLeod kennenzulernen. Nicht nur als unser erster Dauergast von Clan Stonefire, sondern auch als meine zukünftige Gefährtin."

Gemurmel erhob sich. Die meisten Blicke in ihre Richtung waren voller Neugier. Es gab ein paar finstere Blicke, die vor allem von den älteren Drachenwandlern kamen. Das waren die, die sie genau beobachten musste.

Finn hob die Hand, und der Lärm hörte auf. Seine tiefe Stimme dröhnte wieder. „Selbst, wenn mein Drache sie nicht begehren würde, würde ich mich trotzdem für Arabella MacLeod entscheiden.

Sie ist stark, klug und wird ein großer Gewinn für unseren Clan sein." Er setzte einen strengen Blick auf, während er die Menge betrachtete. „Jeder, der ihr wehtut, wird verbannt. Normalerweise würde ich eine faire Anhörung versprechen, aber wenn es um Gefährten und Drachen geht, werden die Dinge nie zivilisiert gehandhabt. Der Instinkt meines Tieres wird die Macht übernehmen, und ich kann keine Garantie dafür geben, was dann passieren wird. Das Exil könnte euer Leben retten."

Das Gemurmel versiegte fast vollkommen. Arabella war so an Finns charmante und neckende Persönlichkeit gewöhnt, dass es sie etwas verwirrte, ihn als Clanführer zu erleben.

Ihr Drache meldete sich. *Ich mag seine Alpha-Seite. Ich kann es kaum erwarten, bis er sie uns im Bett zeigt.*

Arabella seufzte über die eingleisige Denkrichtung ihres Drachen, doch ihre Gedanken wurden von Finns Stimme abgeschnitten. „Nachdem ich das aus dem Weg geräumt habe und die anderen Männer gewarnt wurden, ist heute Abend Zeit zum Feiern und um das baldige neueste Mitglied des Clans kennenzulernen. Die Kusszeremonie findet in etwa einer Stunde statt. Bis dahin machen wir uns auf den Weg durch die Halle, bevor wir alle mit unseren wunderbaren Tanzkünsten beehren." Während einige der Zuschauer jubelten, biss Arabella sich in die Lippe, um nicht finster dreinzublicken. Der Bastard würde sich etwas anhören müssen dafür, dass er ihr keine Wahl ließ. Dann zeigte Finn auf eine Drachenfrau, die zwischen einigen Geräten stand. „Lass uns die Party starten."

Als die neueste menschliche Popmusik plärrte, drehte Arabella ihr Gesicht zur Seite und verdrehte die Augen. Sie hielt ihre Stimme leise und murmelte: „Du bist viel weniger hip, als du denkst."

Er beugte sich zu ihr, aber er achtete darauf, sie nicht zu berühren, abgesehen von der Hand in seiner. Arabella hatte keine Ahnung, wie sie tanzen sollten, ohne einander noch mehr zu berühren. Finn flüsterte: „Die halbherzigen Witze helfen jedem, sich zu entspannen." Er zwinkerte. „Du findest es vielleicht irritierend, aber mein Clan liebt es."

„Du bist also nicht immer Alpha, und sie akzeptieren das?"

„Sie haben keine Wahl. Außerdem, wenn sie mir in die Quere kommen und sich wie Arschlöcher benehmen, dann müssen sie mit mir fertig werden. Nach einem Jahr wissen sie, was sie erwarten können – ich bin hart, aber fair."

Um sicherzugehen, dass niemand nah genug war, um es zu hören, flüsterte Arabella: „Warum hat es dann nicht mit Duncan funktioniert?"

Finn schüttelte den Kopf. „Dieser Mann ist eine besondere Art von Arschloch. Sterben erschreckt ihn nicht und Exil auch nicht. Er würde das Exil nutzen, um seinen eigenen Anhänger-Clan zu gründen, und der Tod würde ihn nur zu einem Märtyrer unter seinen Anhängern machen. Ich möchte nicht, dass eine der beiden Optionen in Erfüllung geht."

Arabella fügte alles zusammen. „Deshalb ist er noch hier. Du hältst deinen Feind in der Nähe."

„Aye, Mädel." Nach dieser Verwarnung muss ich mich jedoch vielleicht früher mit ihm befassen, als ich es mir wünschte, es sei denn, mir fällt ein Weg ein, seine Ideen zuerst in Misskredit zu bringen." Finn deutete auf die Stufen. „Aber genug von Duncan. Der Clan wartet auf dich, Arabella. Lassen wir sie nicht warten."

Als Finn sie zur Treppe zog, atmete Arabella ein paar Mal tief ein. Einige der Clanmitglieder mussten Fragen über ihre Vergangenheit stellen. Bisher hatte Finn immer die Kontrolle behalten können, wenn sie in der Nähe war. Sie hoffte nur, dass dies für den Rest des Abends der Fall sei, denn wenn sie vor dem Clan zusammenbrechen würde, würde es Finns Ruf schaden. Sie durfte nicht zulassen, dass das passierte. Obwohl es viele Details gab, die sie nicht über Duncan oder seine Anhänger wusste, wusste Arabella, dass sie als Schwäche gegen ihren Mann benutzt werden konnte.

Denk daran, die Drachenfrau zu sein, die du sein kannst. Du wirst die Gefährtin eines Clanführers sein; verhalte dich so.

Ich werde es versuchen, antwortete sie ihrem Drachen.

Versuche es nicht. Tu es.

Mit einem letzten tiefen Atemzug straffte Arabella ihre Schultern und hob ihr Kinn um einen Bruchteil. Es war an der Zeit, sowohl Finn als auch Clan Lochguard zu zeigen, wozu sie fähig war, und das Bild zu löschen, das sie als schüchternes Lamm zeigte, das beim ersten Anzeichen von Menschen davonlief.

Finn hatte normalerweise nichts gegen öffentliche Veranstaltungen, aber nachdem er über Duncan gesprochen und etwas mehr von der Klugheit seiner Frau gesehen hatte, wollte er mit ihr über andere Clanangelegenheiten sprechen. Vielleicht konnte Arabella neue Wege finden, um einige langjährige Probleme mit Lochguard anzugehen.

Sein Drache grunzte. *Das kann warten. Gib mit ihr an, tanze, und dann küssen wir sie.*

Normalerweise schleifst du mit den Füßen, wenn es ums Tanzen geht.

Es bringt mich dem Ficken unserer Gefährtin einen Schritt näher, also will ich dieses Mal tanzen.

Als Finn spürte, dass sein Tier seinen Paarungsdrang kaum beherrschen konnte, drängte er es in den Hinterkopf und konzentrierte sich auf die Boyd-Familie am Fuß der Stufen. Sie gehörten zu den Familien, die jede, die er als Gefährtin wählte, willkommen heißen würden; sein Vater und Meg Boyd waren Cousins. Als Finn die Drachenfrau mittleren Alters anlächelte, verbeugte er sich. „Hätte ich nicht schon eine Schönheit an meiner Seite, würde ich dich zum Tanzen entführen, Meg."

Die grauhaarige Drachenfrau schnalzte mit der Zunge. „Hör auf mit dem Flirten, Finlay, sonst wird dein Mädel eifersüchtig." Meg betrachtete Arabella und nickte. „Aye, das wirst du." Sie streckte ihre Hand aus. „Mein Name ist Meg Boyd, Kind. Tu einer alten Dame den Gefallen, und stelle sie mir richtig vor."

Als Arabella ohne zu zögern Megs Hand nahm, wollte Finn jubeln. Arabella antwortete: „Ich bin Arabella MacLeod, Mrs. Boyd. Schön, Sie kennenzulernen."

Meg beugte sich weiter zu Arabella, aber Finn wusste, dass die Frau keine Bedrohung war, also erlaubte er es. Meg antwortete: „Du gehörst jetzt zur Familie. Nenn mich Meg." Als Meg sich zurücklehnte, ließ sie Arabellas Hand frei und deutete auf ihre Söhne. „Das sind meine Söhne Hamish und Graham. Ich habe noch einen Sohn, Alistair, aber er hat keine Gefährtin und wollte Finns Drachen nicht wecken, also ist er in irgendeiner Ecke und liest ein Buch."

Finn merkte, dass Arabella nicht wusste, wie sie darauf reagieren sollte, und sprang ein. „Zumindest hat der Junge etwas Verstand entwickelt. Vor zwei Jahren hätte er versucht, Arabella zu küssen, nur um mich zu ärgern."

Meg nickte. „Ja, aber er ist heutzutage ein veränderter Drachenmann. Wenn er sich nur auf etwas anderes als seine Arbeit konzentrieren würde."

Arabella runzelte die Stirn. „Warum? Was macht er denn?"

Meg antwortete: „Er ist eine Art Wissenschaftler. Ich stelle ihm nicht so viele Fragen."

Einer ihrer Söhne, Hamish, sagte trocken: „Außer, ob er eine Frau gefunden hat."

Meg tätschelte ihren erwachsenen Sohn. „Schhh. Man kann nie zu viele Enkelbabys haben. Irgendwann muss doch endlich jemand ein Mädchen bekommen."

Besorgt, dass das Gerede von Kindern Arabella erschrecken könnte, wagte Finn einen kurzen Blick auf sie, doch sie lächelte. Sein Drache meldete sich zu Wort. *Sie wird unsere Jungen bald tragen.*

Er verdrängte die Wärme um sein Herz herum bei dem Gedanken, wie Arabella mit seinem Kind runder würde, und hielt seine Stimme streng. *Darüber reden wir jetzt nicht.*

Finn sah zu Meg und legte eine Hand über sein Herz. „So sehr es mich schmerzt, deine glänzende Gegenwart zu verlassen, Meg, der Rest des Clans wartet."

Meg schnaubte. „Der einzige Grund, warum ich glänze, ist, dass zu viele Leute in diesem Raum sind und es zu heiß ist." Meg sah Arabella an. „Freut mich, dich kennengelernt zu haben, Mädel. Komm mal vorbei, und ich zeige dir, wie man Scones richtig macht. Finn wird fast alles für einen Teller meiner Scones tun, was für dich später nützlich sein könnte."

Arabella grinste, und Finns Herz setzte einen Schlag aus. Seine Frau lächeln zu sehen und mit den Boyds zu interagieren, machte sowohl Mensch als auch Tier glücklich. Seine Frau antwortete: „Ich werde es versuchen, obwohl Finn mich in absehbarer Zeit beschäftigt halten könnte."

Megs Augen funkelten. „Ah, jung zu sein und zum ersten Mal den Paarungsrausch zu erleben. Ich habe so schöne Erinnerungen."

Hamish schüttelte den Kopf. „Mum, ich muss mir nicht dich vorstellen, wie du in einem Paarungsrausch bist."

„Als mein Ältester wärst du ohne nicht hier", antwortete Meg.

Der leisere Boyd-Sohn Graham meldete sich. „Ich stimme Hamish zu, Mum. Ich versuche immer noch, mein Gehirn von der Geschichte, wie ich gezeugt wurde, reinzuwaschen."

Während Meg mit ihren Söhnen diskutierte, murmelte Finn: „Wir werden versuchen, später noch mit euch zu sprechen", bevor er Arabella weg manövrierte. Er hielt für eine Sekunde an einer leeren Stelle an der Seite des Raumes an und flüsterte: „Bist du jetzt bereit, die Flucht zu ergreifen?"

Einer von Arabellas Mundwinkeln zuckte nach oben. „Ist hier etwas im Wasser, das alle verrückt macht? Erst die MacKenzies und jetzt die Boyds. Wenn Bram das ganze Ausmaß des Zoos, den ihr Clan nennt, gekannt hätte, hätte er der Allianz überhaupt nicht zugestimmt."

Obwohl Finn wusste, dass sie scherzte, runzelte er die Stirn. „Wir sind nicht verrückt. Wir sind liebenswert."

Arabella lachte, bis sie nicht mehr atmen konnte. Sie wischte sich die Tränen aus den Augen und fügte hinzu: „Sorry, aber dein Schmollmund war zu viel, um es zu ertragen. Du hast bei allem eine positive Einstellung, nicht wahr?"

„Es ist keine Verdrehung, wenn es die Wahrheit ist", erklärte Finn.

Arabella schüttelte den Kopf. „Ich kann es kaum erwarten, dass mein Bruder zu Besuch kommt." Bei dir, Tante Lorna und Meg Boyd wird er sich unangenehmer fühlen als je zuvor in seinem Leben. Ich sollte Popcorn mitbringen, wenn es passiert."

„Bevor du mit der Planung von Familienbesuchen beginnst, müssen wir erst den heutigen Abend überstehen. Bereit, dich noch mehr unter die Leute zu mischen? Wenn ja, dann vermeide es einfach, sie verrückt oder Lochguard einen Zoo zu nennen. Das könnte ihnen nicht gefallen."

Arabella neigte den Kopf. „Ich weiß nicht, bei dir scheint es zu funktionieren."

Mit ihren strahlenden Augen und ihrer entspannten Haltung fand Finn sie sogar noch schöner. Es juckte ihm in den Fingern, ihr Gesicht zu nehmen und sie zu küssen, aber er konnte sich zurückhalten. „Nur weil es dich zum Lächeln bringt und ich es liebe, dich lächeln zu sehen; es macht dich sogar noch schöner. Mein Ziel ist es, dich so sehr zum Grinsen zu bringen, dass dein Gesicht anfängt wehzutun."

Arabellas Augen wurden zärtlich. „Du

versuchst, dich vor dem Tanzen bei mir einzuschleimen, nicht wahr?"

Er knurrte und lehnte sich so nah, wie er es wagte, ohne sie zu berühren. „Würde es dich umbringen, zu lernen, wie man ein Kompliment annimmt, Arabella MacLeod?"

Sie richtete sich auf, die Zärtlichkeit durch etwas anderes ersetzt, das er nicht definieren konnte. „Ich habe nie viele bekommen. Aber selbst, wenn ich lerne, sie anzunehmen, bin ich mir nicht sicher, ob ich dir erlauben kann, schöne Worte auszusprechen. Das könnte dich auf völlig falsche Ideen bringen."

„Falsche Ideen worüber?", knurrte er.

Eine Sekunde verging schweigend und dann die nächste. Schließlich war Arabellas Stimme leise, als sie antwortete: „Dass du der goldene Liebling von Schottland bist, der jede Frau aus ihrem Höschen locken kann."

Finn wagte es, seinen Finger unter Arabellas Kinn zu legen. Die Weichheit ihrer Haut weckte seinen Drachen. *Wenn wir tanzen wollen, rühr sie nicht weiter an. Es bringt mich nur dazu, sie zu wollen.*

Das hier ist zu wichtig.

Finns stählerner Ton beruhigte seinen Drachen. Er beugte sich zu Arabellas Lippen und flüsterte: „Du bist die einzige Frau, die ich aus ihrem Höschen locken will, Ara. Wenn wir nicht in der großen Halle wären, während unsere beiden Drachen aufs Äußerste angespannt sind, würde ich dir zeigen, wie sehr ich dich und nur dich will." Ihr Atem stockte, und der sanfte Klang schoss direkt in seinen Schwanz. Durch zusammengebissene Zähne fügte er hinzu: „Ist das klar?"

„Ja", erwiderte sie in atemlosem Flüstern.

„Gut." Er drehte sie beide zur Menge um. „Je eher wir uns unter das Volk mischen, desto eher können wir tanzen, und ich kann dich küssen. Versuch, das Geplauder auf ein Minimum zu beschränken."

Arabella salutierte zum Schein. „Ja, Sir. Ausnahmsweise werde ich dir nicht widersprechen."

„Und warum macht mich das unbehaglich?"

„Wie, Finlay Stewart, wo ist denn dein weltbekanntes Selbstvertrauen geblieben? Ich dachte, du weißt alles."

Er murmelte: „Habe ich auch, bis ich dich getroffen habe."

Arabella grinste bei seinem Eingeständnis, und er manövrierte sie zu der nächsten freundlichen Familie und stellte seine zukünftige Gefährtin vor.

Kapitel Sechzehn

Zwanzig Minuten später tat Arabellas Wange weh, weil sie so viel lächelte.

Außerdem war die Art, wie sich die Boyds und MacKenzies verhalten hatten, für die meisten Familien des Clans ziemlich normal. Hin und wieder ein Einzelgänger oder ein offensichtlicher Duncan-Unterstützer blickten finster drein und waren kurz angebunden, aber meistens waren alle warmherzig.

Auch wenn es sich anfühlte wie Verrat an ihrem eigenen Clan, sie begann, die Einwohner von Lochguard zu lieben. Die Entscheidung, hierherzukommen, um neu anzufangen, war die beste Entscheidung, die sie je getroffen hatte. Sie hoffte nur, dass ihre Anwesenheit Finn oder sonst jemandem nicht zu viel Ärger bereiten würde. Schließlich waren es erst ein paar Tage.

Sobald sich herumgesprochen hatte, dass sie hier war, würde es Ärger geben. Sowohl die

Drachenritter als auch die Drachenjäger hassten sie und hatten Rache geschworen für ihr Interview, das ihre brutalen Methoden offenbarte und enthüllte, was Drachenjäger einem Unschuldigen antun konnten. Obwohl die Ritter eine separate Einheit waren, hatte ihr Interview ihren Plan vereitelt, Unterstützung für die Zerschlagung des Drachenministeriums zu gewinnen.

Selbst wenn Finn sich keine Sorgen um die Drachenjäger machte, waren die Drachenritter furchteinflößender. Nachdem sie ein paar Monate zuvor sowohl die Büros des MDA in Manchester als auch in London bombardiert hatten, war nichts zu extrem für sie.

Ihr Drache knurrte. *Wenn sie auftauchen, kümmere ich mich um sie.*

Richtig, weil du ein ausgebildeter Krieger bist, sagte Arabella trocken.

Im Geiste, ja, das bin ich. Ich werde nicht zulassen, dass sie unseren Gefährten verletzen.

Er ist noch nicht unser Gefährte.

Für mich schon.

Finn kam zu ihr und reichte ihr eine Tasse Wasser. Da sie nicht mehr mit ihrem Drachen reden wollte, war sie dankbar für die Ablenkung. „Danke!"

Während sie trank, breitete sich Finns Grinsen aus, und das Wasser in ihrem Magen fühlte sich zehnmal schwerer an. Sie senkte den Becher und fragte: „Was hast du getan?"

„Wer sagt, dass ich etwas getan habe?"

Sie seufzte. „Finn, all diese Leute

kennenzulernen und meinen Drachen zu kontrollieren macht mich müde. Könntest du mir ausnahmsweise einmal eine klare Antwort geben?" Er hob eine Braue, und sie verdrehte die Augen. „Schön, bitte, bitte?"

„Na also, das war doch nicht so schwer, oder?" Sie knurrte und er hob seine Hände. „Okay, okay. Der DJ spielt gleich unser Lied."

„Seit wann haben wir ein Lied?"

Er zuckte die Schultern. „Ich habe eins ausgesucht."

„Finlay Stewart, du solltest verdammt noch mal anfangen, mich Dinge zu fragen, oder ich lasse meinen Drachen deinen Penis während des Rausches brechen."

Er blinzelte. „Was?"

„Du hast mich gehört. Sie hat alle möglichen Ideen, was sie ausprobieren könnte, und sagte, sie könnte dir sogar den Schwanz brechen. Wenn du also willst, dass ich versuche, das zu verhindern, dann frag mich verdammt nochmal, was ich will, anstatt es einfach für mich zu entscheiden."

Finn bewegte unbewusst eine Hand vor seine Leiste. „Ich habe mich auf den Rausch gefreut, aber jetzt bin ich mir nicht mehr so sicher." Als sie ihre Augenbrauen hob, räusperte er sich. „Ich werde versuchen, von nun an zu fragen, vorausgesetzt, dein Leben hängt nicht davon ab. Selbst wenn dein Drache mir später den Schwanz brechen wird, werde ich dich nicht fragen, ob es okay ist, dein Leben zu retten, bevor ich es tue."

Sie drückte gegen seine Brust und ignorierte die Hitze, die dabei aufwallte. „Jetzt bist du albern. Natürlich gibt es Ausnahmen in Lebens- oder Todessituationen. Erzähl mir von dem Lied. Tanzen wir wirklich vor allen?"

Die Verschlagenheit kehrte in seine Augen zurück. „Oh, aye. Ich hoffe, du erinnerst dich an einige der alten Tänze, die wir alle in unserer Kindheit lernen, denn wir machen einen davon." Sie öffnete den Mund, um nach dem Grund zu fragen, aber Finn kam ihr zuvor. „Der Grund dafür ist, dass es nur sehr wenig Berührungen gibt. Du hast dich mit dem Clan so gut geschlagen, und ich will das nicht ruinieren."

Ihr Drache brach aus dem letzten Gefängnis aus, das Arabella errichtet hatte. Sie musste wirklich lernen, wie man ein Labyrinth schuf.

Hör auf zu streiten und tanze. Es ist fast Zeit, ihn zu küssen.

Du willst nur versuchen, seinen Penis zu brechen.

Nicht bis zum Ende. Sonst wird er uns nie Junge geben.

Sie lächelte über die Logik ihres Tieres und fragte: *Es wird Berührungen geben. Wird es dir gut gehen?*

Da es bedeutet, dass ich unseren Gefährten küssen und ihn bald danach ficken kann, dann ja. Ich werde durchhalten.

Arabella war skeptisch, aber als die Popmusik leise wurde und eine weibliche Stimme über die Lautsprecher kam, schob sie ihre Zweifel beiseite, um sich die Ankündigung anzuhören. „Wie versprochen, ist es Zeit für Finn und seine liebliche zukünftige Gefährtin, für uns zu tanzen. Bitte verlassen Sie den mittleren Bereich der Halle."

Als alle zur Seite traten, erhöhte sich Arabellas Herzfrequenz. Sie hatte die alten traditionellen Tänze seit zwanzig Jahren nicht mehr getanzt. Finn würde ihr später einiges schulden.

Ihr Drache schnaubte. *Ich erinnere mich an alles. Es wird schon alles gut gehen. Und dann können wir ihn küssen.*

Wenn wir in Drachengestalt sind, kannst du mir deine Tanzbewegungen zeigen. In menschlicher Gestalt hilft es mir nicht.

Ich kann dir Bilder zeigen. Zweifle nicht an mir.

Ich vermisse allmählich, dass du still warst.

Ihr Tier schnaubte, als Finn seine Hand ausstreckte. Sie schob ihren Drachen in den Hinterkopf, legte ihre Hand in seine und stellte ihr Glas auf einen Tisch in der Nähe. Mit einem Zwinkern führte er sie zum leeren Raum in der Mitte der Halle. Als sie ihn erreichten, ließ Finn ihre Hand los. Er trat zwei Schritte zurück und verbeugte sich.

Ein leicht fröhliches Medley aus Geigen, einem Klavier und ein paar anderen Instrumenten, die sie nicht benennen konnte, füllte den Raum. Es war an der Zeit zu sehen, ob sie als Kind wirklich beim Unterricht aufgepasst hatte.

Nach zwei Schritten zur Seite bewegte sich Arabella schräg in Richtung Mitte, um Finn zu begegnen. Sie drückte ihre Handfläche gegen seine, und sie drehten sich um. Auch wenn die Drehung nur wenige Sekunden dauerte, brannte Finns Blick in ihren. Mit dem Verlangen und dem leichten Rausch in seinen Augen und der Rauheit seiner Handfläche an ihr überflutete die Hitze ihren Körper. Ihr Drache nahm es zur Kenntnis, tat aber sein Bestes, um den Rausch einzudämmen. Bis jetzt hielt ihr Tier sein Wort.

Dann verlangte der Rhythmus, dass sie ihre Hand fallen ließ und an Finns Schulter vorbeistrich, ohne ihn zu berühren. Sie drehte sich zurück und wiederholte die Schritte, bis ihre Hand wieder Finns berührte. Der Stoß seiner Berührung ging direkt zwischen ihre Beine. Bald würde seine raue Handfläche ihre Brust, ihre Hüfte und die weiche Stelle hinter ihrem Knie streicheln. Plötzlich erstickte sie der dünne Stoff ihres traditionellen Kleides, und Arabella fragte sich, wie sie den Rest des Tanzes überstehen sollte.

Nachdem die Drehung abgeschlossen war, nahm Finn beide Hände und übernahm die Führung. Als sie sich langsam im Kreis bewegten, konnte sie nicht vom Blick ihres Drachenmannes wegsehen. Alle anderen im Raum verschwanden. In dem Moment waren es nur sie und Finn.

Er gehört uns.

Arabella war sich nicht sicher, ob die Behauptung von ihr oder ihrem Drachen stammte.

Während sie tanzte, bewirkte jede Bewegung, dass ihr Kleid an ihre Haut strich und ihren Drachen zum Brüllen brachte. Es würde nicht lange dauern, bis ihr Drache die Kontrolle verlor.

Finn ließ eine ihrer Hände los, drehte sie heraus,

und sie bewegten sich zusammen, vorwärts und rückwärts. Widerwillig ließ sie seine Hand los und glitt dorthin zurück, wo sie begonnen hatten.

Die Schritte waren ihr wieder vertraut, und sie zögerte nicht, ihre Hände nach links und dann nach rechts zu bewegen, bevor sie sie seitlich nach außen hob. Nachdem sie ihre Hüften nach links und dann nach rechts bewegt hatte, drehte sie sich zweimal, um mit Finn direkt vor sich aufzuhören. Er verschränkte seine Finger mit ihren, und sie zitterte, als sein männlicher Geruch von Wind und Torf sie umgab.

Er hob ihre Arme, ließ ihre Hände los und fuhr Kopf, Oberkörper und Taille nach, ohne sie zu berühren. Das ließ ihren Drachen knurren. *Beeil dich! Ich will ihn.*

Arabella ignorierte ihr Tier, konzentrierte sich auf die Musik und umriss Finns Kopf, Schultern und Taille mit ihren eigenen Händen. Nach seinen geschlitzten Pupillen zu urteilen, war er nicht der Einzige, der kurz davorstand, die Kontrolle zu verlieren.

Sie ging an seiner Schulter vorbei und drehte sich um, bis sie einander wieder gegenüberstanden. Die Musik ging aus, und obwohl der Tanz nicht schwierig war, war es schwer zu atmen, während Finn sie anstarrte, als ob er es kaum erwarten könnte, sie zu verschlingen.

Nach ihrem Kuss würde er es tun.

Arabella wartete darauf, dass Panik einsetzte, aber sie fühlte nur Vorfreude. Ihre Brustwarzen waren hart, und sie war bereits feucht von den kurzen Streicheleien von Finns Haut an ihrer eigenen. Ein Kuss würde sie wahrscheinlich wahnsinnig machen.

Und doch war sie damit einverstanden. Bald hätte sie den umwerfenden Mann ihr gegenüber nackt und konnte ihn ganz für sich fordern.

Als alle klatschten, knurrte ihr Drache. *Lass ihn wissen, dass ich, sobald er uns küsst, nicht länger als fünf oder zehn Minuten den Rausch aufhalten kann, wenn er in der Nähe ist. Wir werden mit ihm oder ohne ihn gehen. Nur so kann die Sicherheit aller gewährleistet werden.*

Verstanden.

Finn kam zu ihr und lehnte sich an ihr Ohr, um zu flüstern: „Ich liebe es, wenn sich dein großer, schlanker Körper zur Musik bewegt. Versprich mir, dass du wieder für mich tanzt, Ara. Vorzugsweise, wenn du nackt und allein mit mir bist."

„Vielleicht, aber nur, wenn du nackt für mich tanzt."

Er blinzelte, und sie freute sich, ihn überrascht zu haben. Allerdings erlangte Finn schnell seine Gelassenheit zurück und zwinkerte. „Aye, ich denke, das kann ich dir versprechen. Aber ein Blick auf meinen tollen Schwanz, und du vergisst das Tanzen und nimmst mich in die eigenen Hände."

Finn schüttelte den Kopf und schaute sich in der Menge um, bevor sie antworten konnte, und kündigte an: „Und jetzt, Clan Lochguard, ist es Zeit für den ersten Kuss."

Als die meisten Leute klatschten, nahm Finn

Arabellas Hand und führte sie auf die Bühne. Das Klatschen versiegte nicht, und Arabella hatte keine Gelegenheit, Finn zu warnen. Sie hoffte nur, sie hätte ein paar Sekunden, bevor es passierte.

Ihr Drachenknurren sagte ihr, es wäre besser.

Obwohl Arabella Finn mehr als alles andere wollte, schlug ihr Herz immer noch doppelt so schnell. Dann traf es sie – wenn sie und Finn im Bann des Paarungsrausches wären, könnte Duncan zuschlagen.

Sie musste mit Finn reden.

Als sie die Treppe erklommen, zog Arabella Finn an der Hand und stellte sich auf die Zehenspitzen, um ihm ins Ohr zu flüstern: „Finn, ich brauche eine Sekunde."

Trotz seines äußeren, gelassenen Aussehens krallte Finns Drache, um aus dem von ihm geschaffenen mentalen Labyrinth herauszukommen.

Aus Erfahrung wusste Finn, dass er noch ein paar Minuten hatte, bevor sein Tier den Ausgang finden würde. Er wollte Arabella küssen und sie aus dem großen Saal bringen, bevor das passierte.

Dann zog ihn sein Mädel zum Stillstand und bat um eine Sekunde seiner Zeit. Ein schlechtes Gefühl breitete sich in seinem Magen aus. Er hatte es vorhin so gemeint, dass er sie nie zwingen würde, aber alles an Arabellas Taten und Verhalten hatte darauf hingedeutet, dass sie für den Rausch bereit war. Wenn Finn seinen Drachen zu lange verleugnete, musste er Arabella fernhalten, bis sie ihn annehmen konnte.

Er drehte den Kopf, um ihr in die Augen zu sehen, und fragte: „Was ist los, Ara? Sag es mir schnell."

Sie runzelte die Stirn. „Sei nicht so bissig. Ich muss dir etwas Wichtiges sagen."

Finn blickte auf die Menge. Alle beobachteten sie, aber bis jetzt dachten sie wahrscheinlich nur, Arabella sei nervös.

Er blickte zurück zu Arabella, unterlegte seine Stimme mit Dominanz und sagte: „Dann sag es mir."

Als sie nicht finster starrte, wusste er, dass etwas nicht stimmte. Sie antwortete: „Vielleicht solltest du mich einfach auf die Wange küssen."

Mit einem Knurren lehnte er sich näher. „Hast du Zweifel? Sag es mir ehrlich, Arabella. Der ganze Clan wartet."

Sie schüttelte den Kopf. „Nein, habe ich nicht, aber was ist mit Duncan? Im Bann des Rausches wirst du verwundbar sein. Er wird das gegen dich verwenden."

Sein Gesicht wurde weicher. „Ich habe eine Leibwache positioniert. Faye ist nicht nur für die Sicherheit zuständig, Bram schickt auch gerade, noch während wir reden, Verstärkung."

„Wann hast du das gemacht?"

„Während du dich fertig gemacht hast."

Sie runzelte die Stirn. „Oh. Das hättest du mir sagen können."

Einer seiner Mundwinkel hob sich. „Deine Schönheit hat mich zu sehr geblendet, und es ist mir entfallen."

Als sie in seine Augen blickte, antwortete sie schließlich: „Nun, versuch beim nächsten Mal mehr zu widerstehen. Ich mag es nicht, im Dunkeln gelassen zu werden."

„Im Moment verspreche ich fast alles, wenn es bedeutet, dass du mich richtig küssen wirst. Dann kann ich dich nach Hause bringen und dich so verwöhnen, wie du es verdienst."

„Hör auf damit!" Die Errötung auf ihren Wangen erhitzte den Menschen und das Tier. Arabella räusperte sich und hob das Kinn. „Nun, solange der Clan versorgt ist, lass uns ihnen eine Show bieten. Ich möchte, dass kein Zweifel daran besteht, dass du, Finlay Stewart, mir und mir allein gehörst."

Ihre Besessenheit ließ seinen Drachen in seinem Labyrinth brüllen. Finn sollte sich besser beeilen, sonst brachte er das Mädel noch irgendwo in einen Schrank, und sie hatte Besseres verdient.

Er legte seine Hand an ihren Rücken und führte sie auf die Bühne. „Ich kann es kaum erwarten, dass du mich anständig beanspruchst, Ara. Halt dich nicht zurück."

Arabellas Erröten wurde leuchtender. „Es muss auch bald sein. Mein Drache gibt dir fünf Minuten, höchstens zehn, bevor sie die Kontrolle verliert.

Wenn du uns nicht schnell genug hier rausbringen kannst, werde ich ohne dich gehen, und du musst mich dann einholen."

Der Gedanke, Arabella zu jagen und sie irgendwo auf einer Lichtung zu nehmen, ließ seinen Schwanz pochen. „Wenn du fliehst, werde ich dich finden, Arabella. So oder so beanspruche ich dich heute Abend."

Sie wackelte nur mit dem Kopf, und er widersetzte sich einem Lächeln auf ihre Reaktion. Trotz der Macht, die seine Drachengöttin über ihn hatte, vergaß Finn, dass sie Jungfrau war. Auch wenn ihr Drache nicht schüchtern war, war ihre menschliche Hälfte es immer noch.

Er drehte sie beide zur Menge um. Da sich sein Tier dem Ausgang des Labyrinths näherte, verdrängte er alle Gedanken an sich und Arabella nackt und sah auf seine Clan-Mitglieder. Faye sollte den Haupteingang bewachen, aber sie war nicht da. Shay war an ihrer Stelle dort.

Finn vertraute darauf, dass seine Cousine einen Grund für ihre Abwesenheit hatte, und begann seine Rede. „Drachenwandler nehmen ihre Gefährten sehr ernst. Wir schützen sie mit unserem Leben, denn sie sind unser Glück und unser Licht." Er drehte seinen Kopf zu Arabella. „Arabella MacLeod, du wirst mein Licht und meine Stärke sein, durch gute und schlechte Zeiten. Mit dir an meiner Seite glaube ich, dass wir gemeinsam Lochguard zum stärksten Clan im Vereinigten Königreich machen können." Er senkte seine

Stimme ein wenig, für die Wirkung. „Tut mir leid, aber dein alter Clan wird dich an uns verlieren. Schließlich kann nur ein Clan der stärkste sein." Die Menge lachte, und Arabella verdrehte ein wenig die Augen. Er fuhr fort: „Ich biete dir meinen Schutz, mein Zuhause und meinen Namen an. Ich würde dich gern vor unserem Clan küssen, als Versprechen, mein Angebot einzuhalten. Was sagst du?"

ARABELLA ZÖGERTE. Schließlich waren es erst zwei Tage. Würde Finn sie immer wollen, selbst wenn die Neuheit nachließ?

Arabellas Drache knurrte. *Er ist unser Gefährte. Natürlich will er uns. Küss ihn. Er gehört uns. Beanspruche ihn.*

Da dies die wichtigste Entscheidung meines Lebens ist, kann ich eine verdammte Sekunde haben?

Nein. Ich zähle bis zehn, bevor ich den Rausch auslöse. Eins, zwei …

Arabella blickte ihr Tier innerlich finster an, bevor sie Finn endlich „Ja" antwortete.

Als Finn seine Hände an ihre Taille legte und sie näher heranzog, erhob sich der Jubel. Er schmiegte sich an die Seite ihrer Wange und murmelte: „Ich meinte jedes Wort, Arabella. Danach gehörst du mir, und ich werde alles tun, um zu schützen, was mir gehört."

Sein besitzergreifender Tonfall drehte ihr den

Magen auf eine gute Art und Weise um. Anstatt es zuzugeben, flüsterte sie: „Küss mich verdammt nochmal, Drachenmann."

Schmunzelnd bewegte er sich, um ihr in die Augen zu sehen. „Mit Vergnügen."

Finns Lippen senkten sich auf ihre. In der Sekunde, in der sein warmer, weicher Mund ihren berührte, brüllte ihr Tier.

Arabella ignorierte sie, um ihre Arme um seinen Hals zu legen, und öffnete ihre Lippen für seine Zunge. Mit jedem Streicheln seiner Zunge pulsierte die Lust durch ihren Körper. Als er sie gegen seinen harten Schwanz zog, traf sie das stärkste Verlangen ihres Lebens, was dazu führte, dass ihre Nippel pochten, ihre Pussy pulsierte und ihre Haut brannte. Jeder Instinkt drängte sie dazu, Finns traditionelles Drachenwandler-Outfit hochzuheben, ihre Beine um seine Taille zu legen und seinen Schwanz zu reiten, als ob ihr Leben davon abhinge.

Nach Finns besitzergreifender Hand an ihrem Po zu urteilen, war er nicht weniger betroffen, während er sie mit seiner Zunge dominierte.

Als Arabella versuchte, sich zu wehren und die Kontrolle zu übernehmen, zog Finn sich zurück. Sie knurrte: „Nicht genug. Nicht annähernd genug."

Seine Augen flammten vor Hitze. „Nicht hier."

Sie rieb ihren Körper an seinem und flüsterte: „Dann beeil dich."

Finn drehte seinen Kopf Richtung Menge. Während er sprach, küsste Arabella seinen Hals. „Ich fürchte, ihr werdet den Rest des Abends ohne uns genießen müssen." Sie knabberte an seiner Haut. „Wie ihr seht, geht der Rausch gleich los."

Arabellas Drache brüllte erneut. *Jetzt! Wir müssen ihn beanspruchen. Lass uns gehen!*

Als ob Finn ihre Gedanken hören könnte, nahm er ihre Hand und rannte die Treppe hinunter. Die Menge trennte sich und ließ sie passieren. Normalerweise hätte Arabella die Gesichter gemustert, um Bedrohungen zu erkennen, aber ihre Augen klebten an Finn. Sowohl Frau als auch Tier wollten ihn mit jeder Zelle ihres Körpers.

Sie gingen zum Haupteingang hinaus, und Finn zog sie zur Seite, um sie erneut zu küssen. Das schnelle, raue Streifen der Lippen und das Wirbeln der Zungen war vorbei, bevor Arabella blinzeln konnte. Finn flüsterte: „Davon gibt es noch mehr, sobald wir in meinem Cottage sind."

Als sie ihre Nägel in seine Brust bohrte, antwortete sie: „Das sollte es auch verdammt noch mal besser. Meine Haut brennt. Ich brauche dich, Finn."

„Komm schon."

Sie rannten auf sein Cottage zu. Sie waren fast da, als Faye vor Finn lief und befahl: „Stopp, Finn, hör zu!"

Finn knurrte. „Nicht jetzt, Faye. Ich halte mich so schon kaum zurück."

Arabella beugte sich an Finns Seite, die Hitze seines Körpers half, das schlagende Bedürfnis, sich zu paaren, unter Kontrolle zu halten. Irgendwie zwang sie ihr Gehirn zu arbeiten. „Sag es uns, Faye."

Faye nickte und antwortete schnell: „Ich habe versucht, dich vor dem Kuss zu erreichen. Auch wenn ich versagt habe, musst du mir zuhören, Finlay. Es ist wichtig."

Finn knurrte. „Sag mir, was verdammt nochmal los ist."

Faye antwortete: „Wir werden angegriffen. Die Drachenritter sind wegen Arabella hier."

Kapitel Siebzehn

Jeder Zentimeter von Finns Haut pulsierte mit dem unkontrollierbaren Bedürfnis, sich zu paaren. Er brauchte Arabella nackt und unter sich, sonst würde er platzen.

Als Arabella sich an seiner Seite rieb, festigte er seinen Griff und drehte den Kopf, um sie zu küssen, als Faye zwischen sie stieß und Finn wegschob.

Sein Drache knurrte. *Werd sie los. Wir brauchen unsere Gefährtin.*

Mit Vergnügen.

Geblendet vom Paarungsrausch sprang Finn los und warf Faye zu Boden. Sie rollten herum, Faye manövrierte sich zuerst nach oben, aber dann benutzte Finn sein Gewicht, um sie aus der Balance zu bringen und sie unter sich zu bewegen. Er drückte mit seinem Arm gegen ihre Kehle und zischte: „Wenn du bleibst, kann ich nicht für das garantieren, was passieren wird."

Faye kniff die Augen zusammen und drückte

gegen seine Brust. „Bring deinen verdammten Drachen unter Kontrolle, Finn. Hast du mich richtig gehört? Die Drachenritter sind hier und *wollen* Arabella."

Sein Drache brüllte. *Sie lügt. Sie will uns ablenken und ihren Brüdern erlauben, unsere Gefährtin zu nehmen.*

Bei der Erwähnung von Fergus und Fraser drang ein Strahl der Vernunft in seinem Gehirn durch. *Das würden sie nie tun.*

Sie will uns reinlegen. Glaub ihr nicht.

Aber was, wenn sie recht hat? Willst du wirklich die Sicherheit unserer Gefährtin aufs Spiel setzen?

Sein Tier grummelte. *Finde es schnell heraus. Wenn du dich irrst, werde ich die Kontrolle übernehmen und dich nicht rauslassen, bis unsere Frau schwanger ist.*

Finn löste den Druck auf Fayes Hals und forderte: „Was zum Teufel meinst du damit, dass wir von den Drachenrittern angegriffen werden und sie Arabella wollen? Erkläre es, und mach schnell. Mein Drache sieht dich gerade als Bedrohung an."

Finns Pupillen blitzten zu Drachenschlitzen. „Sag deinem Drachen, er soll sich verpissen. Ich werde diesen Scheiß nicht dulden."

Finn schaffte es, durch zusammengebissene Zähne zu sagen: „Erkläre es einfach, Faye. Du kannst ihn später noch verfluchen."

Faye schnaubte. „Um des Clans willen, gut. Die Drachenritter versuchen, durch die geheimen Ausgänge einzudringen. Da nur der Clan von ihnen weiß, haben wir einen Verräter."

Finn knurrte. „Duncan."

Faye nickte. „Aye, das vermute ich. Was Arabella betrifft, so haben sie diese kleinen Information bei den Medien durchsickern lassen, und ich habe eine Warnung auf mein Handy bekommen." Faye sah Arabella an und dann zurück. „Was möchtest du machen?"

Als auch er Arabella ansah, bemerkte er, dass sie mit verkrampften Fingern und Kiefer dastand. Ihr konzentrierter Gesichtsausdruck sagte ihm, dass sie versuchte, ihren Drachen zurückzuhalten.

Sein Drache knurrte und sprach wieder. *Sie gehört uns. Wir müssen sie in Sicherheit bringen. Dann können wir sie ficken und alle fernhalten.*

Ficken ist das Letzte, was wir jetzt tun.

Sein Drache knurrte. *Ich bin es leid zu warten. Ich will unsere Gefährtin.*

Und wenn wir getötet werden, während sie nackt unter uns ist, was dann?

Mein Instinkt wird uns beschützen, sagte sein Tier.

So sehr ich auch deinen Instinkten vertraue, wir machen das auf meine Art.

Was immer du tust, ich werde mich befreien.

Versuch es, Drache. Du wirst verlieren.

Bevor sein Tier seinen Verstand vollständig übernehmen konnte, baute Finn sein bisher komplexestes Labyrinth und steckte seinen Drachen hinein. Sein Tier brüllte und warf seinen Körper gegen die Mauern, aber dank zwanzig Jahren Übung und Ratschlägen von Fergus hielten die Mauern.

Zu einem späteren Zeitpunkt müsste Finn

Fergus danken. Die Vorschläge seines Cousins halfen ihm vielleicht, den Clan zu retten.

Zufrieden, dass das Labyrinth seinen Drachen mindestens eine Stunde beschäftigen sollte, gab ihm das genug Zeit, um die dringendsten Bedrohungen zu bewältigen. Er würde Duncan oder die Drachenritter niemals gewinnen lassen. Er würde Arabella beanspruchen, wenn das vorüber wäre, was bedeutete, dass er den Angriff sowohl mit intakter Clanführung als auch intaktem Leben überstehen musste.

Er konzentriert sich wieder auf Faye. „Haben sie bereits einen der Eingänge durchbrochen?"

Faye schüttelte den Kopf. „Nein. Meine besten Beschützer halten sie auf. Aber das ist nicht das einzige Problem, Finn."

Arabellas Duft wehte in seine Nase, und sein Drache brüllte aus seinem Labyrinth. Finn knirschte mit den Zähnen und spie: „Sag es mir schnell, Faye. Ich habe nicht viel Zeit."

Die Lage war ernst, und Faye antwortete lediglich: „Die älteren Beschützer sind verschwunden."

„Verdammt", murmelte Finn. „Und Brams Verstärkung?"

„Sie sollten bald hier sein, aber sie sind noch nicht angekommen", antwortete Faye.

Arabella berührte seine Schulter, und sein Drache konnte sich fast befreien. Ihre Stimme klang angestrengt, als sie sagte: „Finn, ich kann meinen Drachen nicht mehr lange zurückhalten. Entweder geh oder fick mich. Ich bin kurz davor, die Kontrolle zu verlieren."

Finn ließ Faye los und stellte sich Arabella gegenüber. In dem schwachen Licht, das ihr schönes Gesicht hervorhob, wurde sein Bedürfnis, sich zu paaren, immer stärker. *Verdammt.* Wenn er nichts unternahm, würde Finn am Ende jeden im Stich lassen. Er musste noch so viel tun, um Lochguard Frieden zu bringen. Wenn er jemals etwas davon erreichen wollte, musste er sich zusammenreißen.

Auf der Basis jedes Schutzinstinkts, den er sowohl für Arabella als auch für seinen Clan besaß, blockierte Finn seinen Drachen und befahl: „Gib mir eine Sekunde mit Arabella, Faye, und dann bringst du sie in den Sicherheitsraum der Beschützer in der Kommandozentrale, während ich mich um Duncan kümmere."

Faye nickte. Sie war ein schlaues Mädel und wusste, dass jetzt nicht die Zeit war, ihn herauszufordern. „Eine Minute ist alles, was ich erübrigen kann, Finlay, also beeil dich."

Sobald seine Cousine drei Meter entfernt war, legte Finn einen Finger unter Arabellas Kinn und starrte direkt in ihre geschlitzten Pupillen. „Du bist einer der stärksten Drachenwandler, die ich kenne, Arabella MacLeod. Du musst noch eine Weile die Kontrolle über deinen Drachen behalten, weil ich deine Hilfe brauche. Du wirst mich doch nicht im Stich lassen, oder, Heather?"

Ihre Pupillen wurden rund, als ihre Augen zusammenkniff, und er wusste, dass sein Mädel langsam die Kontrolle erlangte. „In einem Moment wie diesem nennst du mich wirklich Heather?"

„Ja. Ich habe keine Zeit, mit dir zu streiten. Hör einfach zu und stell dir das komplexeste Labyrinth aus Drehungen, Wendungen und zahlreichen Sackgassen vor. Dann steck deinen Drachen in die Mitte."

„Das habe ich noch nie getan, und ich habe keine Zeit, es zu lernen." Sie rieb ihre Hand über seine Brust. „Ich kann nur daran denken, mir die Kleider vom Leib zu reißen und zu versuchen, deinen Penis nicht zu brechen."

Er legte jede Dominanz, die er besaß, in seine Stimme. „Wenn du mir nicht hilfst, kriegst du nie meinen Schwanz." Er hob ihr Kinn einen Zentimeter höher. „Du musst Bram anrufen und ihm sagen, was los ist."

„Du willst, dass ich meinen Drachen in irgendeinem Labyrinth einschließe, die unaufhaltsame Lust, die durch meinen Körper dröhnt, kontrolliere und Bram anrufe? Finn, ich kann diese Unterhaltung kaum mit dir führen, ohne deinen Körper zu bespringen. Wie kann ich irgendetwas davon erreichen, ohne mich zu blamieren? Ich sehne mich mehr nach einem Orgasmus als nach dem Atem."

„Du kannst alles schaffen, Arabella, und das wirst du."

JEDER ZENTIMETER von Arabellas Körper stand in Flammen. Jede Sekunde, in der sie Finns Duft einatmete, klopfte ihr Verlangen stärker. Ihr Drache wollte nur ihren Gefährten ficken. Wie zum Teufel sollte sie ihn kontrollieren und tun, was er wollte?

Ihr Drache brüllte. *Das wirst du nicht. Wenn du mich ignorierst, wirst du es bereuen.*

Die Bedrohung brach durch ihre Lust. *Wage es ja nicht, mir zu drohen.*

Ich bin stärker, und ich werde gewinnen.

Mit einem Knurren zischte sie, *Das werden wir sehen, Drache. Ich bin genauso stark wie du.*

Als ihr Tier gegen die provisorische Mauer rammte, die Arabella errichtet hatte, stellte sie sich ein Labyrinth aus Stein, Sträuchern und sogar Feuergruben vor. Als Inspiration nutzte sie Leiterplattendesigns, und schon bald hatte sie ein riesiges Labyrinth-Gefängnis in ihrem Kopf.

Sie senkte die unsichtbare Wand, die ihren Drachen zurückgehalten hatte, am neuen Eingang zum Labyrinth und ihr Tier stürzte nach vorn. Doch Arabella schlug am Ausgang ein mentales Tor zu.

Arabella sagte mit kräftiger Stimme, *Ich bin stärker, Drache. Jetzt sei still.*

Ihr Tier brüllte, aber Arabella ignorierte es. Sie sah wieder zu Finn auf und lächelte. „Ich habe es geschafft, Finn. Ich habe ein Labyrinth gebaut."

„Braves Mädel. Ich würde dich küssen, aber ich werde es nicht riskieren."

Sie runzelte die Stirn. „Ich werde es zum Wohle

des Clans unterlassen, eine Bemerkung zu machen."
Sie sah zu Faye in der Ferne und zurück. „Ich weiß
aber nicht, wie lange ich meinen Drachen im
Labyrinth halten kann. Ich werde Bram anrufen,
aber du solltest dich von mir fernhalten, bis die
Bedrohung vorüber ist. Ich bin mir nicht sicher, dass
ich sie noch einmal aufhalten kann. Sie wird sauer
sein, wenn sie rauskommt, und vielleicht die
Kontrolle übernehmen."

„Ich glaube an dich, Ara. Sag deinem Drachen,
er soll sich verdammt nochmal beruhigen."

Sie hob die Brauen. „Ich nehme an, das klappt
bei deinem?"

„Ich würde es gern glauben." Als sie die Augen
verdrehte, streckte Finn die Hand aus, um sie zu
berühren, zog sie jedoch zurück. „Aber keine Sorge,
ich halte mich fern, bis ich mich um die
Drachenritter gekümmert habe."

Arabellas Herz zog sich zusammen. „Pass auf
diese Bastarde auf. Wenn du vor dem Sex getötet
wirst, werde ich einen Weg finden, dich noch im
Tod zu verfluchen."

In Fayes Augen tanzte Belustigung. „Ich würde
gerne sehen, wie du das versuchst." Finn
bemerkte, dass Faye auf sie zukam, und sein
Gesicht wurde ernst. „Ich habe nicht viel Zeit, also
habe ich eine andere Bitte. Wenn du mit Bram
sprichst, frag die Stonefire-Leute, ob sie etwas
wissen, das bei den Drachenrittern helfen könnte.
Sie sind verrückte Bastarde, und so sehr ich sie
töten will, darf ich das MDA nicht verärgern,

wenn ich in Zukunft weitere menschliche Opfer will."

Arabellas Drache brüllte und warf den Körper gegen das Dach des Labyrinths. Sie wäre nicht glücklich, wenn sie rauskam.

Dennoch brauchten Finn und ihr neuer Clan sie, also wappnete Arabella sich gegen den Wutanfall ihres Tiers und nickte. „Ich werde sehen, was Evie weiß oder ob sie Kontakte hat, die uns helfen können."

„Das ist mein Mädel."

Finns Glauben an sie wärmte ihr Herz. Ihr Drache brüllte wieder und wollte mehr als nur Worte, um ihren Körper zu wärmen, aber als sie die Wände des Labyrinths testete, hielt alles noch. Da es jedoch das erste Mal war, dass Arabella ein mentales Labyrinth ausprobiert hatte, raubte das Ganze ihr langsam die Energie. Sie müsste in Zukunft mehr üben.

Faye kam auf sie zu und hielt ihr Handy hoch. „Tut mir leid, Finn. Aber unsere Verteidigung wird schwächer. Ich brauche Befehle, und wir müssen gehen."

Er nickte. „Gut, dann bring Arabella in den Sicherheitsraum im Hauptquartier der Beschützer, und lass sie gut bewachen. Brams Verstärkung dürfte bald eintreffen, um euch zu helfen." Finn klopfte auf die sporranartige Tasche über seiner Scham. „Ich werde mein Handy dabeihaben, aber da ich mich um Duncan kümmern muss, bin ich mir nicht sicher, ob ich sofort antworten kann."

Seine Cousine antwortete: „Verstanden." Sie bedeutete Arabella, ihr zu folgen, und dann warf Faye noch über ihre Schulter: „Sei vorsichtig, Cousin."

„Du auch." Finn sah Arabella an. „Zeig allen, woraus du gemacht bist. Heute ist dein Tag zu glänzen, Arabella MacLeod. Es ist Zeit, unseren Clan zu retten."

Emotionen erstickten ihre Kehle. Finns Glauben an sie war absolut. Niemand sonst hatte so an sie geglaubt, seit Arabellas Mutter gestorben war.

Dennoch zwang sie ihre Stimme ruhig zu bleiben, als sie antwortete: „Und mach du keine Dummheiten. Ich weiß, dass das schwierig sein wird, aber versuch es."

Finn zwinkerte. „Nur, weil mein liebes Mädel mich darum gebeten hat."

Faye legte eine Hand auf Arabellas Schulter. „Es ist Zeit, Ara. Wir müssen gehen."

Arabella begegnete Finns Blick ein letztes Mal, bevor sie sich umdrehte und ging. Ihr Drache kämpfte, um aus seinem Gefängnis zu kommen, wollte ihren Gefährten festhalten und nie wieder loslassen. Ein kleiner Teil von Arabella fühlte sich genauso, aber sie musste Finn vertrauen. Wenn sie ihm nicht vertrauen konnte, dann konnte der Clan es auch nicht. Er war der Anführer des Lochguard Clans, und es war an der Zeit, dass er sich bewährte.

Ihr Drachenmann würde einen Weg finden,

alles hinzubekommen, und dann zurückkehren, um den Rausch zu beenden.

Sie straffte ihre Schultern und konzentrierte ihre Energie darauf, ihren Drachen einzudämmen. Es sollte machbar sein, Bram zu erreichen, aber sie wusste nicht, wie lange sie die Kontrolle behalten konnte, geschweige denn, ob sie Lochguard helfen konnte. Sie war keine Kriegerin; Arabella konnte nur gut mit Computern umgehen.

Dann kam ihr eine Idee. Sie sah zu Faye hinüber. „Ich gehe davon aus, dass der Sicherheitsraum über eine sichere Verbindung und einen leistungsstarken Computer verfügt?"

„Aye", antwortete Faye. „Warum?"

„Wenn du mir Zugang gibst, habe ich nach der Kontaktaufnahme mit Bram eine Idee."

Als Finn den großen Saal betrat, hatte er es satt, dass sein Drache in seinem Kopf um sich schlug. Mit einem Knurren befahl er: *Hör auf! Ich muss mich um Duncan kümmern. Willst du wirklich, dass er übernimmt und vielleicht unsere Gefährtin tötet?*

Obwohl sein Drache nicht völlig still wurde, waren sein Brüllen und Knurren kaum noch zu hören.

Gut. Es war nicht so, als ob Finn Arabella nicht an einen geheimen Ort bringen und den Rausch sie beanspruchen lassen wollte. Aber das würde seine Familie, seine Freunde und seinen Clan gefährden. Er mochte sie vielleicht nicht alle gleich, aber er würde sie zusammenhalten. Zumindest, bis er die Verräter von den Loyalen unterscheiden konnte.

Finn verkrampfte seine Finger bei der Vorstellung, dass jemand den Drachenrittern gesagt hatte, wie man in den Clan eindringen konnte. Er war bis heute zu weich gewesen. Nicht mehr. Finn würde die Beweise finden, die er brauchte, und die Verräter bestrafen.

Er war etwa drei Meter vom Eingang entfernt, als er endlich Fergus und Fraser sah, die an der Seite standen. Gut. Sie hatten seine Anweisungen per SMS erhalten.

Die Zwillinge gingen schräg von der Halle weg, bis sie ihn unter einer Schotten-Kiefer trafen. Finn hielt seine Stimme leise, als er fragte: „Habt ihr gemacht, worum ich euch gebeten habe?"

Fraser nickte. „Aye. Meg Boyds jüngere Cousine flirtet mit Duncan. Er hat die Halle nicht verlassen, aber nicht, weil er es nicht versucht hätte. Helen kann richtig gut necken."

Finn sah Fergus an. „Und du?"

Fergus verschränkte die Arme vor der Brust. „Da die meisten Beschützer im Umkreis sind, hat Shay schließlich die Boyd-Brüder und die MacAllister-Geschwister gerufen. Alle wissen, wie man kämpft, und die meisten sind dreckig. Sie warten alle nur auf das Signal, falls nötig."

„Gut", antwortete Finn. „Dann setzen wir meinen Plan in die Tat um."

Finn übernahm die Führung, und seine Cousins folgten ihm.

Beim Betreten des großen Saals ging Finn direkt in Richtung Podium, während Fraser und Fergus den weiten Weg dorthin gingen, wo Duncan mit der hübschen Rothaarigen flirtete.

Sobald Finn auf der Bühne war, sah er zu Shay am Hauptausgang mit Alistair Boyd, den beiden anderen Boyd-Brüdern in der Nähe des Hinterausgangs und den fünf MacAllister-Geschwistern nicht weit von Duncan entfernt. Als Fraser und Fergus in Position waren, hob Finn seine Hand in Richtung Halle, und das Gerede und die Musik verstummten. Alle Augen waren auf ihn gerichtet.

Finn nutzte jede Stärke, die er besaß, und sprach die Menge an. „Ihr seid nicht die Einzigen, die überrascht sind, mich hier zu sehen. Ich hatte geplant, die nächste Woche mit meiner Gefährtin zu verbringen, aber all das hat sich geändert. Lochguard wird angegriffen."

Gemurmel erhob sich, aber Finn sprach nur lauter. „Wenn ihr vorhabt, in Panik auszubrechen, dann lasst es. Wir sind Clan Lochguard, und wir sind besser als das. Wir haben die Angriffe während der Sutherland-Räumungen überlebt und können auch das überleben, wenn ich eure Hilfe habe." Ein Teil des Lärms ließ nach, und mehr als ein Schulterpaar straffte sich. „Ich möchte, dass ihr alle nach Hause geht, eure Türen verschließt und eure

Familien bewacht. Wenn ihr etwas Verdächtiges bemerkt, wendet euch an die Hotline und gebt so viele Details wie möglich an.

Was die Eindringlinge betrifft, so kümmern sich die Beschützer um sie. Stonefire-Verstärkung wird in Kürze ebenfalls hier sein. Wenn es keine Atombombe gibt, wird Faye MacKenzie das alles in kürzester Zeit in Ordnung bringen."

Jemand rief aus der Menge: „Wer sind die Eindringlinge?"

Finn war immer ehrlich zu seinem Clan, wenn es ging. Er sah keinen Grund zu lügen. „Die Drachenritter."

Ein paar Rufe erschallten, und Finn überblickte schnell die Menge. Duncan bewegte sich langsam in Richtung Hinterausgang. Da er noch keinen Beweis gefunden hatte, dass Duncan hinter dem Verrat steckte, musste er den Bastard aus dem Raum schaffen, ohne mit dem Finger auf ihn zu zeigen. Erst dann konnte Finn den älteren Drachenwandler befragen.

Mit zwei Fingern an seinem Mund stieß Finn einen Pfiff aus. Sobald der Lärm auf einem vertretbaren Niveau war, sagte er weiter: „Faye und ich kümmern uns darum. Jetzt müsst ihr nach Hause gehen und euren Beitrag leisten, denn ohne eure Hilfe kann ich den Clan nicht beschützen." Finn ließ seinen Blick über die Menge schweifen. „Aber noch eine letzte Sache: Wer vor dem Evakuierungsalarm vom Lande unseres Clans flieht, wird nicht wieder willkommen sein. Wenn ihr uns in den schweren Zeiten nicht zur Seite steht, dann wollen wir euch in den leichten Zeiten nicht hier haben. Für einen Drachenwandler bedeuten Clan und Familie alles." Mehr als ein paar Leute nickten. Finn deutete zu den Türen, was auch das Signal für seine Leute war, zu handeln. „Jetzt geht nach Hause und beschützt eure Familien. Ich werde euch per SMS oder durch eine Ankündigung über das Lautsprechersystem informieren, wann es sicher ist."

Finn klatschte, und alle gingen zu den Ausgängen. Zur gleichen Zeit schlossen die MacAllisters, Fraser und Fergus Duncan ein, der ebenfalls Richtung Hinterausgang ging. Der Plan war, ihn rauszulassen, aber ihn draußen zu stellen, um keine Aufmerksamkeit zu erregen.

Leider musste Finn, so sehr er auch sofort gehen wollte, noch Fragen beantworten und sicherstellen, dass alle den großen Saal verließen. Erst dann konnte er nach Duncan sehen.

Er vertraute darauf, dass seine loyalen Clan-Mitglieder tun würden, was er verlangt hatte, und drinnenbleiben würden. Er hoffte nur, dass die Drachenritter nicht aus der Luft angreifen würden, weil Finn dann nicht wusste, was er tun sollte. Drachenwandler waren immer Herrscher des Himmels gewesen. Sobald all dies vorbei war und er Arabella für sich beanspruchte, würde Finn darüber nachdenken, wie man dieses kleine Detail lösen könnte. Er wollte für die Zukunft vorbereitet sein.

Doch als eine Familie auf ihn zukam, lächelte Finn beruhigend und konzentrierte sich auf die Gegenwart.

Kapitel Achtzehn

Arabella zog ihr Haar über eine Schulter und verdrehte es, bevor sie es zurückwarf. Sie war allein in der Lochguard-Kommandozentrale und wartete darauf, dass Bram eine Video-Chat-Verbindung herstellte. Sie hatte fünfzehn Minuten gebraucht, um eine sichere Leitung für einen Versuch einzurichten.

Als sie ihre Hände an ihren Schenkeln rieb, schlug ihr Drache zum hundertsten Mal gegen die Labyrinthwände. Jedes Mal, wenn ihr Drache das tat, beschleunigte sich Arabellas Puls ein wenig mehr. Ihre Mauern hielten noch, aber wenn sie schließlich fielen, steckte sie in Schwierigkeiten. Ein Drachenwandler im Paarungsrausch, aber ohne einen Gefährten, den er beanspruchen konnte, konnte gefährlich sein.

Selbst während ihr Drache im Labyrinth gefangen war, war ihr Körper erhitzt, und das Verlangen pulsierte noch zwischen ihren Beinen. Bis sie Finn nackt und in sich hatte, würde sie nie klar denken können.

Im Moment hatte sie noch die Kontrolle über den größten Teil ihres Gehirns. Solange Arabella lange genug durchhielt, um ihrem neuen Clan zu helfen, konnte sie mit allem fertig werden, was ihr Drache nach ihr warf. Vermutlich.

Als sie ihre Zweifel beiseitelegte, erschien Brams Stirnrunzeln auf dem Bildschirm. Er verschwendete keine Zeit, um zu sagen: „Was zum Teufel ist denn los, Arabella? Die Drachenritter haben deinen Namen und dein Gesicht in den Medien verstreut und verlangen dein Blut. Bist du in Sicherheit? Wo ist der schottische Bastard?"

Arabellas Nervosität verschwand bei Brams Worten. Ihre Stimme war stark, als sie antwortete: „Dieser Bastard ist mein Gefährte, also sei nett."

Evies Kopf erschien neben Brams. „Ich wusste es. Geht es Finn gut? Ist unsere Verstärkung angekommen?"

Bevor sie antworten konnte, murmelte Bram: „Ich bin der Clanführer, Mädel. Lass mich meinen Job machen."

Da Arabella spürte, dass das Paar sich streiten würde, warf sie ein: „Nein, die Beschützer von Stonefire sind noch nicht angekommen. Was Finn betrifft, so kümmert er sich um ein anderes Clan-Problem."

Brams Augen trafen wieder ihre. „Ich bin mir nicht sicher, ob ich das gern höre."

„Es ist egal, ob es dir gefällt. Ich vertraue ihm, er wird sich darum kümmern."

Ihr ehemaliger Clanführer musterte sie eine Sekunde, bevor sein Mundwinkel zuckte. „So ungern ich es auch zugebe, Schottland hat dir gutgetan, Ara." Sein Gesicht wurde wieder ernst. „Aber Finn hat offensichtlich nicht alles im Griff, sonst würdest du mich nicht kontaktieren."

„Eigentlich will ich weniger mit dir als vielmehr mit Evie und vielleicht Mel reden. Alles, was ich von dir brauche, ist sicherzustellen, dass du bei Bedarf mehr Hilfe schicken kannst."

Bram nickte, aber Evie antwortete vor ihm: „Sag mir, was du brauchst, Arabella. Wenn es in meiner Macht steht, werde ich helfen."

Vor einem Jahr hätte Arabella nie gedacht, dass sie eine menschliche Freundin haben, geschweige denn, sie vermissen würde. Sie müsste Evie zusammen mit Tristan und Mel bald einladen, vorausgesetzt, Bram würde seiner schwangeren Gefährtin die Reise erlauben.

Arabella lehnte sich einen Bruchteil nach vorn. „So sehr Finn auch alle Ritter-Bastarde töten will, er kann nicht, wenn er jemals wieder ein weibliches Opfer will. Kennst du jemanden, der helfen könnte, sie einzudämmen? Oder uns sagen kann, wie weit wir gehen können, ohne Monster genannt zu werden, oder schlimmer? Weder er noch ich wollen Mels harte Arbeit ruinieren, für gute Publicity für die Drachenwandler zu sorgen."

Evie tippte sich ans Kinn. „Wenn ich nur wüsste,

wo Alice ist. Gib mir eine Minute, um darüber nachzudenken. Sprich noch einmal mit Bram, während ich das mache."

Alice war Evies menschliche Freundin, die mehr als jeder andere über Drachenwandler- und Menschengeschichte wusste. Leider wurde sie seit einigen Monaten vermisst. Niemand in Stonefire oder auch nur ihre Kontakte konnten sie finden.

Arabella blickte auf Bram zurück. „Während Evie darüber nachdenkt, habe ich noch etwas anderes zu fragen. Steht diese BBC-Journalistin Jane Hartley noch in Kontakt zu dir?"

Bram nickte. „Ja, sie bringt gelegentlich Beiträge, obwohl sie in der Regel mit Melanie über Einzelheiten spricht. Warum? Möchtest du sie kontaktieren?"

„Ja, und zwar schnell. Ich will die Sicherheitsfeeds von Lochguard schicken und der Welt zeigen, wie die Drachenritter wirklich sind."

Bram machte eine Geste. „Nehmen wir an, ich kontaktiere sie. Der Feed wird auch Drachen zeigen, die kämpfen. Wenn wir eins nicht brauchen, dann dass die Menschen uns als Monster betrachten."

Arabella zögerte eine Sekunde, während ihr Drache immer näher an den Ausgang kam. Wenn Arabella die Dinge nicht in der nächsten halben Stunde in Gang setzen konnte, würde sie es vielleicht nicht schaffen.

Bram war einer der wenigen, bei denen sie sich wohlfühlte, wenn sie sie selbst war, also spuckte Arabella aus: „Hör zu, Bram, es gibt etwas, das ich dir nicht erzählt habe. Ich halte den Paarungsrausch kaum unter Kontrolle. So sehr ich mir auch wünschte, ich könnte euch zwei Tage geben, um jedes Detail zu planen, ich brauche bald eine Antwort. Frag Melanie, und melde dich in zehn Minuten bei mir. Ich werde alles vorbereiten und bereithalten, nur für den Fall."

Bram fluchte. „Warum hast du mir das nicht gesagt, Arabella? Ich bin überrascht, dass Finn zwei Gedanken zusammenbekommt. Vielleicht sollte ich hochfliegen."

„Nein", antwortete Arabella. „Im Moment haben wir alles unter Kontrolle. Mach einfach, worum ich dich gebeten habe, und gib mir eine Antwort. Evie, ich weiß, dass du mich hören kannst, dasselbe für dich. Ich werde die Verbindung in zehn Minuten wieder herstellen."

Bevor Bram oder Evie antworten konnten, trennte Arabella die Verbindung.

Sie seufzte, schloss die Augen und sah nach ihrem Labyrinth. Die Lust ihres Drachen sickerte aus ein paar Rissen in der Decke, wodurch ihr Körper mit jedem Atemzug heißer wurde.

Mist. Sie musste über etwas anderes nachdenken. Arabella öffnete die Augen und machte sich an die Arbeit, alles einzurichten, falls sie senden konnte. Sie hoffte nur, dass sie die zehn Minuten aushalten würde, bis sie Bram zurückrief, und dann noch ein paar mehr.

Finn war die einzige andere Person, der sie genug vertraute, und die auch über das technische

Know-how verfügte, um den Feed für eine sichere Übertragung einzurichten, aber ihr Mann hatte seine eigenen Probleme zu bewältigen. Arabella musste glauben, dass es ihm besser ging als ihr. Sonst würde das Lochguard, wie sie es kannte, vielleicht nicht überleben und sie ihr neues Zuhause verlieren.

Als ihr dieser Gedanke in den Sinn kam, schob sie ihn beiseite. Finn war genauso stur wie sie; er würde seinen letzten sterbenden Atemzug nutzen, um seinen Clan zu retten.

Arabella hoffte nur, es würde nicht so weit kommen.

Finn lächelte die letzte Familie an, bevor sie sich umdrehten, um den großen Saal zu verlassen. Die Beantwortung von Fragen und die Beruhigung von Ängsten hatten ihn fünf Minuten gekostet, was länger gewesen war, als er geplant hatte.

Sein Drache war jetzt fünf Minuten näher an der Flucht.

Finn knurrte zur Sicherheit noch einmal sein Tier in seinem Kopf an, ging durch die Hintertür der großen Halle und joggte in Richtung des kleinen, unbesetzten Cottages, das etwa 20 Meter entfernt lag. Er klopfte viermal an die Tür und sie öffnete sich. Graham Boyd ließ ihn hinein.

Finn fragte: „Hattet ihr schon Glück damit, Informationen zu bekommen?"

Graham schüttelte den Kopf. „Nein. Obwohl die technische Hälfte der MacAllister-Geschwister vielleicht einen Weg haben könnte, herauszufinden, wie es den Drachenrittern gelungen ist, sich an uns heranzuschleichen und anzugreifen."

Emma und Ian MacAllister hatten Finn als Auszubildende für technische Sicherheit ersetzt, nachdem er die Clanführung übernommen hatte. „Wie?"

„Nachdem die Drachenritter die beiden MDA-Büros bombardiert hatten, erwähnten sie online Orte, an denen die Menschen ihnen Informationen zur Verfügung stellen könnten", erklärte Graham. „Emma und Ian überprüfen, ob irgendwelche Tipps oder zumindest ein Zugang von Lochguard oder einem der umliegenden Dörfer gekommen sind. Wenn ja, könnten sie vielleicht eine IP-Adresse genauer bestimmen und uns den Standort nennen."

„Sie waren in der Vergangenheit vorsichtig, Graham, das scheint mir also weit hergeholt zu sein", antwortete Finn.

Graham zuckte mit den Schultern. „Als Analytiker des Clans habe ich unter anderem die Drachenritter im Auge behalten und erfahren, was online und in den Medien los ist. In letzter Zeit machen sie mehr Fehler. Ich denke, die Bombardierung der beiden MDA-Büros hat sie übermütig gemacht, und das könnte zu unserem Vorteil sein."

Sie erreichten eine geschlossene Tür, und Finn hielt an, um Graham anzusehen. „Hoffen wir es. In der Zwischenzeit sollten wir uns auf Duncan konzentrieren."

Als der andere Drachenmann seine Zustimmung grunzte, öffnete Finn die Tür, um Duncan dahinter zu finden, umgeben von Alistair Boyd und den restlichen drei MacAllister-Geschwistern. Ein kurzer Blick sagte ihm, dass Duncan entspannt war; wenn er etwas zu verbergen hatte, tat er gute Arbeit, es nicht zu zeigen.

Finn musterte den älteren Drachenwandler eine Sekunde lang und sagte dann: „Ich wusste, dass du die Verantwortung für den Clan übernehmen wolltest, aber glaubst du nicht, dass sie sich von dir abwenden könnten, wenn du ihr Leben aufs Spiel setzt?"

Duncan hob eine Braue. „Wer sagt, dass ich etwas getan habe? Ich war die ganze Zeit im Saal. Selbst wenn du meine Handyaufzeichnungen überprüfst, wirst du sehen, dass ich unschuldig bin. Ein echter Clanführer würde mich ohne Beweise nicht verurteilen."

Finn hielt sein Gesicht ausdruckslos, aber sein Drache brüllte über die Beleidigung. Finn überprüfte sein Labyrinth, aber es würde noch eine Weile halten, also fuhr er fort: „Es scheint verdammt praktisch, dass ein Angriff genau dann passieren würde, wenn ich meine Gefährtin beanspruche. Wenn ich abgelenkt bin, würde dir das die perfekte Gelegenheit geben, reinzuplatzen und die Führung zu übernehmen. Nachdem du dann alle gerettet hast, könntest du ein Verfahren zur Wiederaufnahme der Führungsrolle einleiten."

Duncan schmunzelte. „Das klingt nach einem brillanten Plan. Vielleicht versuche ich es nächstes Mal. Es wird nicht lange dauern, bis du so viel Scheiße baust, dass alle dich zur Abdankung auffordern werden, vor allem, wenn du den englischen Drachenwandler als deine Gefährtin nimmst. Sie wird dem Clan nichts als Gefahr bringen, und das weißt du."

Finn widersetzte sich, seine Fäuste zu ballen. Der Mann verdiente es nicht, über Arabella zu sprechen, geschweige denn sie zu kritisieren.

Finn atmete tief durch die Nase, und beruhigte sich einen Bruchteil. „Gefährlicher wäre es, den Clan weiter zu isolieren. Am Ende von Dougals achtzehn Jahren als Anführer hatte seine Praxis der Isolation und der Drachenüberlegenheit die Anzahl unserer Clanmitglieder dezimiert und Bündnisse vereitelt. Selbst wenn wir das MDA für Menschenopfer außer Acht lassen, fangen die Menschen, die uns einst Freunde nannten, an, sich gegen uns zu wenden, und infolgedessen könnten sie anfangen, Informationen an die Drachenjäger weiterzugeben. Zu dieser Weise zurückzukehren, würde es schlimmer machen. Warum solltest du so etwas tun wollen?"

„Weil Drachen zu Schachfiguren der menschlichen Regierungen geworden sind", antwortete Duncan. „Wenn wir unsere Tiere entfesseln und unsere tierische Seite annehmen, dann ist die Welt unser Eigentum. Drachen sind die größten Raubtiere, und es ist an der Zeit, dass wir uns so verhalten."

Finn wollte Duncan den stolzen Blick aus dem Gesicht schlagen, aber er widersetzte sich. Er musste den Mann am Reden halten. Nicht nur, um den MacAllister-Geschwistern mehr Zeit zu geben, Beweise für den Verrat zu finden, sondern auch, um zu sehen, welche anderen Bedrohungen in Europa und anderswo auf der Welt lauern könnten. Wenn Duncan sich mit anderen Clans verschworen hatte, musste Finn es herausfinden.

Er verschränkte die Arme vor der Brust und versuchte seine erste Taktik. „Und ein Drachenclan, von dem die meisten gezwungen wären, deinen Befehlen zu folgen, hat keine Chance gegen den Rest der Welt. Die Menschen haben mehr Bündnisse, als man sich vorstellen kann, wenn es um den Schutz vor abtrünnigen Drachenwandlern geht."

Duncan neigte den Kopf. „Ja, das wäre ein Problem für einen Clan, nicht wahr?"

Um nicht zu knurren, knirschte Finn mit den Zähnen. Ein paar Sekunden später versuchte er einen anderen Ansatz. „Du scheinst nicht der Typ zu sein, der sich diesen Plan selbst ausdenkt. Du bist nicht clever genug, also wem folgst du?"

Duncans Pupillen blitzten zu Schlitzen, und Finn wusste, dass seine Taktik funktionierte, besonders als Duncan knurrte: „Wenn ich den Menschen nicht folgen will, warum sollte ich dann einem anderen, ausländischen Drachenclan folgen wollen? Mir sind nur die britischen Inseln und Irland wichtig."

Interessant. Selbst wenn Duncan damit bluffte, das Sagen zu haben, schloss seine Behauptung über die britischen Inseln und Irland nicht aus, dass in Irland möglicherweise Probleme hochkochten.

Sobald Finn das Chaos mit Duncan und den Drachenrittern gelöst hatte, müsste er sich an Irland wenden und potentielle Bedrohungen untersuchen. Er hatte immer vorgehabt, eine Allianz mit dem westirischen Clan zu bilden, dem freundlichsten und aufgeschlossensten der irischen Clans. Sein Zeitplan müsste nur um ein paar Monate vorgezogen werden.

Finn entschied sich, das Ego seines Rivalen noch mehr zu sticheln. „Der nördliche Clan der Republik Irland ist jeden Tag stärker als du, Duncan. Ich nehme an, du nimmst seine Befehle an."

„Killian kümmert sich mehr darum, mit wie vielen Frauen er schlafen kann als alles andere. Deine Unwissenheit zeigt nur, warum du nicht in der Lage bist, die Führung zu übernehmen", sagte Duncan.

Es gab eine letzte Information, die Finn wissen musste, bevor er mit diesen Spielen aufhören konnte. „Damit bleibt Marcus im Süden. Es muss dich nerven, einem englischen Drachenwandler zu folgen."

Duncan sah aus, als wollte er den Mund öffnen, aber dann schloss er ihn sofort wieder. *Bingo!*

Obwohl es sehr wahrscheinlich war, dass Duncan
für den aktuellen Angriff verantwortlich war, nahm
er Befehle von Marcus vom Clan Skyhunter
entgegen.

Wäre Finn ein geringerer Drachenmensch,
würde er über die wachsende Liste von
Bedrohungen seufzen, die er angehen musste. Aber
er war es nicht. Sobald Arabella und Lochguard in
Sicherheit waren, nahm er es mit seiner Gefährtin
an seiner Seite mit der Welt auf. Und obwohl es
weniger romantisch war, brauchte er auch Brams
Hilfe.

Einer von Finns Mundwinkeln zuckte nach
oben. „Dein Schweigen sagt mir alles." Finn lehnte
sich einen Bruchteil nach vorn. „Du hast jetzt die
Wahl – du kannst mir entweder alles sagen, und ich
werde dich freundlicherweise dem MDA übergeben,
oder ich kann es selbst herausfinden, und dann
beanspruche ich das Recht als Clanführer, dich
einer gerechten Strafe zu unterziehen. Was von
beiden soll es sein?"

Duncan starrte ihn nur an, während die
Sekunden vergingen. Der Drachenmann dachte
offensichtlich, er sei klüger als alle anderen.

Nach einer weiteren Minute klopfte es an der
Tür. Finn wandte sich gerade rechtzeitig von
Duncan ab, um Emma und Ian MacAllister mit
triumphierendem Gesichtsausdruck in den Raum
kommen zu sehen. Da die beiden noch jung waren,
riskierte er es nicht, ihr Ego weiter aufzublähen. Er
befahl: „Sagt mir, was ihr gefunden habt!"

Ian räusperte sich. „Ich kann beweisen, dass Duncan und einige seiner Anhänger zumindest teilweise für den Angriff verantwortlich sind."

Finn hob eine Braue. „Und? Ich habe nicht viel Zeit. Sagt es mir."

Emma meldete sich zu Wort. „Wie du vor zwei Monaten angewiesen hast, haben wir alle elektronischen Codes für die geheimen Eingänge geändert und alle auf der Liste, die du uns gegeben hast, verfolgt, um zu sehen, wer ein- und ausging, wie oft und mit wie vielen Personen."

Auf der Liste stand jeder, der wollte, dass Finn vertrieben wurde. Ein kurzer Blick auf Duncans Blinzeln sagte Finn, dass der ältere Drachenmann nichts von der geheimen Überwachung gewusst hatte.

Finn nickte. „Fahr fort."

Emma fügte hinzu: „Bis vor etwas mehr als einer halben Stunde, als die an Duncan Campbell und etwa fünf andere ausgegebenen Codes entlang der östlichen Grenze verwendet wurden, war nichts Verdächtiges dokumentiert worden." Sie gab Finn eine Liste. Während er die Namen überflog, fuhr sie fort: „Wir haben die Codes annulliert, damit sie von keinem neuen Eindringling benutzt werden können. Selbst die, die sich im Inneren befinden, werden nun gefangen sein."

Finn sah von der Liste auf. „Was habt ihr in den Sicherheits-Feeds gesehen?"

Ians Gesicht wurde grimmig. „Fünfundneunzig Prozent der Kämpfe finden entlang der Ostgrenze zu Naver Forest statt. Zwar können keine Drachenritter mehr mit Hilfe der Codes auf unser Land, aber wir können nicht tief genug in den Wald sehen, um zu überwachen, was sie sonst noch tun könnten. Es ist möglich, dass sie eine Waffe haben und darauf warten, sie zu benutzen."

Verdammt. Ein paar illegale Waffen könnten seine Beschützer zerstören.

Finn achtete darauf, dass sein Gesichtsausdruck ruhig und gefasst blieb, und sagte zu Emma und Ian: „Gute Arbeit. Ich möchte, dass ihr jetzt jeden findet, der den Rittern Codes gegeben hat, und Shay die Informationen schickt, um sie zu finden. Optimiert auch alles andere in unserer Sicherheit, das eine potenzielle Schwäche sein oder gegen uns gewendet werden könnte. Haltet mich auf dem Laufenden, indem ihr Informationen an mein Mobiltelefon sendet. Ich werde sie auf dem Weg zum östlichen Umkreis überprüfen."

Ian fragte: „Was ist mit Arabella MacLeods Projekt? Sollten wir ihr auch den Zugang verweigern?"

Was zum Teufel hatte sein Mädel vor? „Nein, ich vertraue ihr, aber sie ist die Einzige abgesehen von euch und den üblichen Clan-Mitgliedern, die vollen Zugang hat." Er blickte auf Duncan und zurück zu Ian und Emma. „Da ich genug Beweise habe, um den Verräter und seine Anhänger einzusperren, gehe ich zum östlichen Rand, um Faye und den Beschützern zu helfen. Ich habe jedoch noch eine letzte Bitte – ich möchte, dass ihr beide Arabella kontaktiert und nachfragt, ob sie Hilfe braucht. Sie ist zwar fähig, aber ich möchte, dass sie Unterstützung erhält, falls ihr Rausch losgeht."

Alistair Boyds Stimme grummelte von hinten. „Und was ist mit deinem, Finn? Wird er sich bald lösen?"

Finn drehte sich um und antwortete wahrheitsgemäß: „Nicht jetzt, aber es könnte bald passieren. Ich brauche deine Hilfe, Alistair. Die MacAllisters und dein Bruder Graham können sich um Duncan kümmern."

Alistair und Finn hatten sich in der Vergangenheit um ein oder zwei Mädel gestritten. Alistair hätte das noch vor drei Jahren gegen Finn gerichtet. Die ältere Version nickte jedoch nur einmal und sagte: „Sollst du haben, Finn. Ich würde alles tun, um Lochguard zu beschützen."

Finn antwortete „Gut, dann lass uns gehen. Ich kann dir unterwegs die Details erzählen." Er sah zu den drei anderen MacAllister-Geschwistern, die in der Nähe von Duncan standen. „Fesselt ihn und bewacht ihn." Finn bewegte seinen Blick zu Graham Boyd. „Ich überlasse dir die Verantwortung dafür. Wenn du glaubst, dass die Kommandozentrale in Gefahr ist, dann verhänge einen Lockdown."

Nachdem sie alle zustimmend gemurmelt hatten, ging Finn mit Alistair direkt hinter sich davon.

Ohne seinen Fokus auf Duncan begann der

Wutanfall seines Drachen wieder durchzusickern.
Bei den Lustanfällen und dem unaufhörlichen
Brüllen hatte Finn die schlimmsten Kopfschmerzen
seines Lebens.

Aber irgendwie machte er weiter und erzählte
Alistair, was getan werden musste. Manche Dinge
waren wichtiger als das eigene Wohlbefinden. Finn
hatte eine Zukunft zu sichern.

Kapitel Neunzehn

Arabellas Drache sprang und schlug zum hundertsten Mal gegen das Dach des mentalen Labyrinths. Jedes Mal, wenn ihr Tier das tat, fiel es Arabella nur schwerer, sich zu konzentrieren.

Aber sie war fast fertig mit ihren Vorbereitungen, den Sicherheitsfeed zu senden. Bram und Evie würden sie jeden Moment zurückrufen. Dann konnte sie den Feed aktivieren und sich in einem Raum einsperren, bis Finn sie fand.

Ein Teil von ihr hasste es, dass sie sich vor allem verstecken musste, aber zumindest war es nicht wegen ihrer Schwäche oder der Vergangenheit, die Einfluss auf ihre Zukunft hatte. Nein, der Paarungsrausch war rein instinktiv. So stark sie auch geworden war, es reichte nicht aus, um den uralten Paarungsinstinkt völlig auszuschalten.

Ihr Tier brüllte und sprang wieder. Ein weiterer Riss erschien in der Decke des mentalen Labyrinths. Ihr Drache hatte kein Interesse daran, den Ausgang zu finden. Er würde sich den Weg frei brechen.

Ein Klingelton füllte den Raum und signalisierte einen eingehenden Anruf. Arabella knirschte mit den Zähnen und drückte auf Annehmen. Brams Gesicht erschien auf dem Bildschirm und wirkte gleich besorgt. Er stellte fest: „Du bist kurz davor, durchzudrehen, Mädel."

Sie verkrampfte den Kiefer und murmelte: „Erzähl mir etwas, das ich nicht weiß. Wie lautet das Urteil?"

Evies Kopf erschien neben Brams. „Ich hätte nie gedacht, dass ich das mal sage, aber du hast Glück, dass die Drachenritter vor zwei Monaten die Büros des MDA bombardiert haben. Sie sind verdammt entschlossen, für Gerechtigkeit zu sorgen."

Hoffnung wärmte ihr Herz. „Das heißt, sie werden helfen?"

Bram meldete sich zu Wort. „Ja, sie haben bereits Verstärkung per Helikopter aus Inverness geschickt und sollten innerhalb der nächsten zwanzig Minuten dort sein. Obwohl du deine schottischen Drachenwandler besser warnen solltest, Ara, denn wenn einer von ihnen die MDA-Hubschrauber angreift, wird das MDA sie überwältigen und sie zur Vernehmung und möglichen Verurteilung festnehmen."

„Schick die Informationen an Finns Handy", stöhnte Arabella. Ihr Drache brüllte, und Arabella konnte gerade verhindern, dass sie zuckte. Sie wartete nicht auf eine Antwort und fügte hinzu: „Sag mir einfach, ob ich den Feed wechseln kann oder nicht. Ich kann mich nicht mehr lange zurückhalten."

Evie nickte. „Stell ihn so, dass er in fünfzehn Minuten auf Sendung geht, und dank Jane Hartley wird die BBC die Übertragung übernehmen." Evie gab ihr die nötigen Verbindungsdetails. „Das MDA möchte die Öffentlichkeit darüber informieren. Die Zerschlagung der Drachenritter könnte dazu beitragen, das Vertrauen der Öffentlichkeit in sie wiederherzustellen."

Sie hatte keine Zeit, mit Finn die Idee zu besprechen, aber Arabella war ziemlich zuversichtlich, dass ihr Gefährte ihrem Urteilsvermögen vertraute. „Das MDA gut aussehen zu lassen, ist schön und gut, aber was hat Mel dazu gesagt, wie das die öffentliche Meinung über Drachenwandler beeinflussen wird? Darüber mache ich mir mehr Sorgen."

Bram antwortete: „Sie sagt, es sei ein Glücksspiel, aber wenn gezeigt wird, wie Lochguard mit dem MDA zusammenarbeitet, wird die Öffentlichkeit sehen, dass die Drachenwandler nicht versuchen, die sie regulierenden menschlichen Behörden zu übernehmen oder zu zerstören."

Arabella zwang sich zu nicken. „Richtig. Gibt es

sonst noch etwas, von dem ich wissen sollte, und bei dem es um Leben oder Tod geht?"

Bram antwortete: „Jemand soll einfach in Kontakt bleiben. Sobald der Rausch vorbei ist, ruf mich sofort an, Arabella MacLeod. Wir müssen uns unterhalten."

Arabella war zu erschöpft vom Kampf gegen ihren Drachen und wandte nichts dagegen ein. „Schön."

Evie fügte hinzu: „Genieß den Rausch. Trotz der ganzen Scheiße, die hier los ist, ist es ein einmaliges Ereignis."

Ein weiterer Riss erschien in Arabellas mentalem Labyrinth. „Werde ich. Und jetzt verpisst euch, damit ich meine Arbeit machen kann."

Bram öffnete den Mund, aber Evie zwinkerte, und die Verbindung wurde durchtrennt.

Arabella öffnete ein weiteres Fenster auf ihrem Bildschirm und schickte eine Nachricht an alle, denen sie in Lochguard vertraute. Danach stellte sie die Verbindung her, um in fünfzehn Minuten live zu gehen. Die BBC könnte die Übertragung überwachen und senden, sobald das MDA auftauchte.

Während ihr Drache noch härter gegen ihr Labyrinth schlug, drückte Arabella den letzten Knopf am Computer. Sie stand auf und rannte zu dem Zimmer, das Faye ihr vorhin gezeigt hatte, um es für den Rausch zu benutzen.

Sie schaffte es kaum hinein und tippte den Code

ein, der die Tür verriegeln würde, bis jemand den Gegencode eintippte, bevor ihr Tier die Decke von Arabellas Labyrinth durchbrach. Die Lust überflutete ihren Körper, während ihr Tier brüllte. Die Feuchtigkeit stürzte zwischen ihre Beine, als ihre Brustwarzen zu harten Punkten wurden.

Arabella legte sich aufs Bett, rollte sich zu einer Kugel zusammen und legte die Hände über ihre Augen. Sie brauchte Finn, und zwar bald. Wenn ihr Mann sie nicht innerhalb des nächsten Tages fand, konnte ihr Drache übernehmen und nach einem anderen Mann suchen, mit dem sie sich paaren konnte. Jeder Drache hatte ein paar mögliche Gefährten in seinem Leben. Zweifellos hatte ihr Drache bereits eine Liste.

Bei dem Gedanken an Sex mit einem anderen Mann drehte sich Arabella enger zusammen und nutzte ihre letzte Kraft, um ihren Drachen mental zu bekämpfen. Sie wollte Finn und benutzte jedes Maß an Sturheit, das sie besaß, um auf ihn zu warten.

Der verdammte Drachenmann sollte sich besser nicht umbringen lassen.

FINNS KOPF POCHTE, als er und Alistair sich den Osteingängen näherten. Informationen zufolge, die Emma und Ian MacAllister an sein Handy geschickt hatten, konnten Beschützer des Clan Lochguard das Eindringen am östlichen Rand verhindern. Aber keiner wusste, wie lange noch, vor allem, wenn eine mächtige Waffe in den Kampf eingeführt wurde.

Er musste wirklich mit Faye reden.

Als sie sich der östlichen Grenze näherten, brüllten Drachen, während sie tauchten und sich in den Himmel zurückzogen. Seinem geübten Auge nach reagierte etwa die Hälfte der fliegenden Drachen langsamer als normal – sie waren müde. Die Beschützer würden höchstens noch zwanzig Minuten durchhalten, bevor die Erschöpfung sie überwältigte und eine Rückkehr in ihre menschliche Gestalt erzwang.

Wenn nur die älteren Beschützer geblieben wären, um zu helfen, dann hätte er eine Sache weniger, um die er sich Sorgen machen müsste.

Finn hielt an einem hohen Haufen aus Felsen an, der eine halbhohe Wand bildete. Sie würde ihm und Alistair genug Deckung geben. Allein der Gedanke an die Schlacht, die er mit seinem Drachen führen müsste, um zu wandeln, bereitete ihm Kopfschmerzen. Er hoffte nur, sein Tier würde lange genug kooperieren, um Faye zu warnen.

Dem anderen Drachenmann zugewandt flüsterte Finn: „Denk daran, was ich dir gesagt habe. Nutze jeden schmutzigen Trick, den du als junger Mann gelernt hast, um zu gewinnen, aber stell sicher, dass du sie nicht tötest."

Alistair nickte, während er seine Kleider ablegte. „Ich hoffe nur, dass du nicht mehr so dumm bist wie früher. Risiken eingehen und getötet werden, ist keine Option, Finlay. Der Clan wird ohne dich auseinanderfallen."

„Ich bin mir sicher, jemand wird ihn zusammenhalten."

Alistair knurrte. „Denk nicht einmal daran, ein Risiko einzugehen, das dich umbringen könnte. Denk an deine Frau. Wenn du lieber etwas Dummes tun willst, um anzugeben, als mit ihr zusammen zu sein, dann hast du sie vielleicht nicht verdient."

„Sie gehört mir", spuckte Finn aus.

„Dann kämpfe für sie", antwortete Alistair.

Finn nickte. Der Gedanke an Arabella brachte seinen Drachen in Rage. Er knurrte. *Halt die Klappe. Wenn wir den Angriff nicht stoppen, werden wir unsere Gefährtin nie haben. Benimm dich noch etwas länger.*

Bevor sein Drache antworten konnte, vibrierte das Handy in seiner sporranartigen Tasche.

Fluchend holte er es heraus und sah, dass es Bram war. Finn drückte auf Annehmen und bellte: „Du hast besser einen verdammt guten Grund, mich anzurufen, Bram. Ich bin dabei, zu wandeln und zu kämpfen."

Die Stimme des Stonefire-Anführers kam über die Leitung. „Dann halt verdammt nochmal die Klappe und hör zu. Hilfe ist unterwegs."

Finn beobachtete die Drachen in der Ferne. „Das weiß ich bereits. Eure Beschützer kämpfen an der Seite von meinen."

„Nein", antwortete Bram. „Das MDA schickt Hubschrauber aus Inverness. Stell sicher, dass deine Leute sie nicht angreifen."

Eine Million Fragen rasten ihm durch den Kopf, aber Finn schob sie beiseite. Bram hatte genug von seinem Vertrauen verdient, um die Behauptung ohne weitere Fragen anzunehmen. „Schön. Kann ich jetzt gehen?"

Bram knurrte. „Warte eine verdammte Sekunde. Hast du die Informationen, die Arabella geschickt hat? Wenn ihr einen der Drachenritter tötet, wird es für keinen von uns gut aussehen."

„Sie muss es gerade erst geschickt haben, weil ich es nicht gesehen habe. Selbst ohne das, glaube mir, ist es eine schlechte Idee, einen Menschen zu töten. Sonst noch etwas? Oder willst du mir die Farbe des Himmels sagen? Ich bin mir sicher, dass das wichtiger ist, als sich um mein Volk zu kümmern."

„Ich würde dich ja einen Bastard nennen, aber ich wäre genauso mürrisch in der Situation", sagte Bram. „Gib diesen Rittern ein Extrabrüllen von mir und mach ihnen eine Scheißangst."

„Mache ich." Finn stellte sein Handy aus und zog sich aus. Er sah zu Alistair. „MDA-Helikopter kommen. Ich werde Faye signalisieren, mir zu folgen, und mich zurückwandeln, um es ihr zu sagen. Die anderen folgen ihr mit den richtigen Signalen. Während ich das tue, achte darauf, dass die Jüngeren nichts Dummes tun. Obwohl du zu stur warst, um in die britischen Streitkräfte einzutreten und ein wahrer Beschützer zu werden, bist du fast so gut wie sie."

Alistair grinste. „Ich werde zu einem späteren Zeitpunkt darauf zurückkommen."

„Gut, mach dich einfach an deine verdammte Aufgabe", knurrte Finn.

In der Sekunde, als Alistair nickte, griff Finn nach seinem Drachen. *Hör zu, je eher wir Faye warnen, desto eher können wir mit Arabella zusammen sein.*

Sein Tier knurrte weiter. Mit einem mentalen Seufzen entschied Finn sich, einen seiner riskanten Tricks anzuwenden und zu wandeln, ohne seinen Drachen freizulassen.

Finn stieß gegen die Decke seines mentalen Labyrinths und sein Drache schlug sich den Kopf unter seiner Hand. Mithilfe der vorläufigen Verbindung stellte sich Finn vor, seine Arme und Beine würden zu Unterarmen und Hinterläufen. Nach einigen Sekunden Pause begann sein Wandel. Er hoffte nur, dass er ihn beibehalten könnte. Wenn sich sein Drache in die Eingeweide des Labyrinths zurückzog, konnte Finn die Verbindung verlieren und sich wieder in einen Menschen verwandeln.

Es war riskant, aber er hatte es schon mehrmals getan. Fergus hatte die Technik entdeckt, und sie hatten sie gemeinsam verbessert.

Dann wuchsen Flügel aus seinem Rücken, als sich seine Nase in eine Schnauze verwandelte. Als er ein mehr als fünf Meter großer Drache war, hatte Alistair schon seine rote Drachengestalt angenommen und starrte Finn misstrauisch an. Zweifellos hatte der schlaue Drachenmann Theorien darüber, wie Finn wandeln und gleichzeitig den Paarungsrausch eindämmen konnte.

Finn ignorierte Alistairs Blick, grunzte, sprang und schlug seine Flügel, bis er hoch über dem Steinschutz stand, den er benutzt hatte. Ein kurzer Überblick sagte ihm, dass Fayes blauer Drache in der Mitte der Verteidigungslinie war.

Finn bewegte ein Hinterbein in Richtung Alistair, um zu sagen, dass er bereit sei, und plante seinen Kurs auf seine Cousine sorgfältig.

FAYE MACKENZIE STÜRZTE HINUNTER und brüllte so laut sie konnte auf die Gruppe der Drachenritter ein, die an einer Art röhrenförmiger Waffe arbeiteten.

Der Klang hielt sie auf und ließ sie ihre Ohren zuhalten. Sie streckte ihre Hinterklauen aus und versuchte, das seltsame Gerät zu klauen. Aber gerade als sie es nehmen wollte, warf einer der Drachenritter seinen Körper in den Weg, und sie musste sich zurückziehen. Sie beschützten das verdammte Ding immer noch.

Die Bastarde nicht zu töten, stellte ihre Zurückhaltung auf die Probe, vor allem, weil ihr deren Aktionen sagten, dass das Gerät mächtig war und wahrscheinlich großen Schaden anrichten würde, wenn sie jemals genug Zeit hätten, es zu zünden.

Faye schlug mit den Flügeln, stieg in die Luft

und ließ einen aus ihrem Team an ihrer Stelle hinunterstürzen. Irgendwann mussten die Menschen doch müde werden. In der Zwischenzeit versuchten sie und ihr Team, das Gerät zu stehlen, damit sie es untersuchen und dann zerstören konnten.

Ihre Auszeit davon, die Ritter zu erschrecken, erlaubte es ihr, den Rest der Kämpfe zu überwachen.

Während Stonefires Beschützer flogen und energisch angriffen, hatten die meisten Lochguard-Drachen langsamere Reaktionszeiten als normal. Na ja, der Großteil ihres Teams war jünger und hatte keine Erfahrung, da die älteren, erfahreneren Beschützer sich auf Duncans Seite gestellt hatten. Und nicht nur das, die meisten der erfahrenen Beschützer waren früher am Tag verschwunden, wodurch sie stark unterbesetzt war.

Wenn sie die Deserteure je finden würde, würde sie diesen alten Verrätern eine Lektion erteilen.

Ihr Drache meldete sich zu Wort. *Verschwende nicht deine Zeit mit ihnen. Lass mich ein paar Eindringlinge fressen, und der Rest wird fliehen.*

Ich wünschte, ich könnte dich lassen, aber ich kann nicht.

Ich verstehe immer noch nicht, warum du die einfachste Lösung ablehnst.

Schhh. Ich muss mich konzentrieren.

Mit einem Grunzen verstummte ihr Drache.

Faye hatte fast ihre Untersuchung der Situation abgeschlossen, als ihr ein vertrauter Golddrache ins Auge fiel. Finn war hier.

Als er seine beiden hinteren Klauen öffnete und sie zweimal schloss, nickte sie. Er wollte mit ihr reden.

Sie stieß ihren einzigartigen Drachenruf aus, und ihr Stellvertreter, Grant, sah ihr in die Augen. Sie zeigte mit einem Flügel auf ihn, und der grüne Drache nickte verständnisvoll; er würde in ihrer Abwesenheit die Führung übernehmen.

Sobald Grant sich an die Front bewegte und einen Befehl brüllte, strich Faye nach links und rechts, um zu vermeiden, dass sie einen ihrer Verbündeten traf.

Finn landete in der Nähe eines Felsens, der sich etwa zwölf Meter erhob. Der Ort war näher am Wald und Hügel am östlichen Rand, als sie es mochte, aber keiner ihrer Späher hatte bisher etwas Ungewöhnliches in dem Teil des Waldes gemeldet. Trotzdem untersuchte sie die Bäume auf Anzeichen von Bewegung oder Ärger. Aber nichts schien ungewöhnlich, also flog Faye auf ihren Cousin zu.

Sie war fast halb da, als ein lautes Knistern erklang. Faye drehte sich um und hatte kaum Zeit, das Licht zu erkennen, das auf sie zukam, bevor ein Schmerzstoß mit einem Brennen durch ihren Körper schoss. Ihre Muskeln krampften, und sie verlor die Kontrolle.

Sie konnte ihre Flügel nicht bewegen.

Ihr Drache brüllte in ihrem Kopf und versuchte, die Kontrolle zu übernehmen. Faye war schwach und erlaubte es ihr, aber nicht einmal ihr Tier konnte ihre Flügel funktionieren lassen. Wenn ihr nicht jemand half, gab es nichts, um ihren Sturz zu stoppen, und die Höhe war zu groß, um zu überleben.

Faye würde sterben.

Mit letzter Kraft versuchte sie, ihren Körper zu den Bäumen zu bewegen. Sie würden ihren Sturz bremsen und ihr die besten Überlebenschancen geben.

Sie glaubte zwar, ihre Flugbahn geändert zu haben, doch sie war zu erschöpft, um weiterzukämpfen. Allein die Luft, die gegen ihre Drachenhaut wehte, ließ tausend schmerzvolle Nadeln über ihre Nerven tanzen.

Ihr letzter Gedanke war, dass sie unvorsichtig gewesen war und Finn im Stich gelassen hatte.

Als ihr Körper gen Boden raste, wurde die Welt schwarz.

Finn war kaum gelandet, als Fayes Schmerzensschrei durch die Luft hallte. Er sprang auf, schlug seine Flügel und sah, wie eine Art elektrische Ladung über ihren Körper tanzte.

Dann fiel sie.

Die Sekunde, die er brauchte, um zu erkennen, was passiert war, schien wie eine Ewigkeit. Aber dann brach Finns Drache aus seinem Labyrinth aus, brüllte und drängte ihn, sich nicht zu paaren, sondern ihre Familie zu retten.

Die Familie zu schützen war das einzige

Bedürfnis, das mächtiger war als der Paarungsrausch.

Finn schlug die Flügel so schnell er konnte, wissend, dass er wertvolle Sekunden brauchte, um Faye zu erreichen, bevor sie zu Boden fiel. Wenn er sie nicht erreichen und ihr nicht helfen würde, ihr Tempo zu verlangsamen, würde sie höchstwahrscheinlich ums Leben kommen.

Sein Drache knurrte. *Wir werden sie retten.*

Finn drückte seine Muskeln an ihre Grenzen, aber dann änderte Faye abrupt den Kurs. *Verdammt.* Vielleicht schaffte er es nicht rechtzeitig.

Finn flatterte mit den Flügeln, so schnell er konnte, und wollte sich gerade unter ihren Körper manövrieren, als etwas durch die Luft schoss. Finns Instinkt trat ein, und er bewegte sich gerade rechtzeitig, um zu sehen, wie ein Stromschlag an ihm vorbeizog.

Ein weiterer Drache stürzte unter Faye, aber ihre Geschwindigkeit war zu groß. Sie prallte ab und stürzte durch die Bäume des nahegelegenen Waldes. Das Geräusch jedes gebrochenen Astes war ein Stich in sein Herz.

Finn tauchte auf Faye zu, als der andere Drache, den er als Grant erkannte, wieder an die Front flog. Er würde sich später bei dem anderen Drachenwandler bedanken; Grants Taten hatten vielleicht gerade Fayes Leben gerettet.

Während das Herz in seiner Brust schlug, stieg Finn vorsichtig hinab und lauschte auf ungewöhnliche Geräusche. Faye war außerhalb des

Umkreises in den Naver-Wald gefallen. Er hatte keine Ahnung, ob die Gegend sicher war oder nicht.

Als Finn direkt über den Baumwipfeln war, hörte er Stimmen. Er landete so leise wie möglich auf einem stabilen Ast, blickte durch das Loch, das Fayes Körper hinterlassen hatte, und sah zwei Menschen, die Fayes Schwanz berührten. Als einer eine drachengroße Nadel herauszog, tauchte Finn hinab und schlug die Menschen zur Seite. Jeder traf einen Baum und fiel in Bewusstlosigkeit.

An der Seite seiner Cousine stupste er ihr den blauen Hals an. Am Anfang fiel sie einfach wieder zurück. Nach drei weiteren Stupsen zuckte sie leicht und dann hörte er ein Geräusch in ihrem Hals.

Sie war noch am Leben. Aber er war kein Arzt und wusste nicht, wie schwer ihre Verletzungen waren, geschweige denn, ob sie im Sterben lag.

Finn untersuchte seine Umgebung, um sicherzustellen, dass sie frei von anderen Menschen war, hob seinen Kopf und stieß den Drachenschrei aus, der verwendet wurde, wenn jemand Hilfe brauchte. Ein Antwortruf sagte ihm, dass jemand kommen würde.

Finn senkte den Kopf und rieb seine Wange gegen Fayes. Er wollte ihr schwören und ihr sagen, dass sie nicht sterben würde, aber das Wandeln war zu gefährlich. Er konnte sie besser in seiner Drachengestalt beschützen.

Sein Drache meldete sich zu Wort. *Ich werde nicht zulassen, dass jemand unsere Schwester verletzt.*

Faye war vielleicht nicht durch Blut seine

Schwester, aber Blut machte nicht unbedingt eine Familie. Er würde Faye MacKenzie immer als seine kleine Schwester betrachten.

Verdammt. Was würde er seiner Tante sagen, wenn Faye unter seiner Aufsicht starb? Er schmiegte sich wieder an die Wange seiner Cousine und wollte, dass sie am Leben blieb, nicht nur, weil er nicht von seiner Tante beschimpft werden wollte.

Nach etwas, das wie eine Ewigkeit schien, kamen zwei Drachen herunter und landeten auf Fayes anderer Seite. Der goldene weibliche Drache hielt eine Tasche mit dem rechten Vorderbein und ein Drachentragenetz mit dem anderen. Es war Layla, die jüngere Ärztin des Clans und eine von Fayes ältesten Freunden.

Layla hatte Schmerzen in den Augen, kurz bevor sie ihre Pakete fallen ließ und sich in ihre menschliche Gestalt verwandelte. Die braunäugige, schwarzhaarige Frau machte sich an Fayes Kopf und prüfte ihren Puls, bevor sie das Augenlid seiner Cousine öffnete. Sie ließ es los und ging zu Fayes rechtem Flügel, auf dem sie gelandet war.

Da er Laylas Gesichtsausdruck nicht lesen konnte, wartete Finn, bis die Ärztin mit ihrer Untersuchung fertig war.

Etwa dreißig Sekunden später blickte Layla zu Finn und erklärte: „Sie lebt, aber ich muss sie in meinen OP bringen. Ich mache mir vor allem Sorgen um ihren Flügel. Einen Wandel zu erzwingen, könnte irreparablen Schaden anrichten, also müssen Grant und ich sie zurücktragen. Über uns sind ein paar Drachen, die nach Ärger Ausschau halten, aber sie könnten deine Hilfe brauchen, um uns zu beschützen, während wir mit ihr fliegen."

Finn blickte auf Grant und wandelte sich schnell zurück. „Grant, du passt auf. Du musst bei den Beschützern bleiben. Das MDA schickt Helikopter, um mit den Drachenrittern fertig zu werden, und du musst sie davon abhalten, die Maschinen anzugreifen." Grant wackelte mit dem Kopf, und Finn sah zu Layla. „Ich helfe dir, sie zurückzutragen."

Layla antwortete: „Okay, dann hilf mir, das Netz auszulegen."

Sie rannte zur anderen Seite und warf das Netz zu Finn. Gemeinsam legten sie es neben Faye ab; während seiner Arbeit fragte sich Finn, ob sein Drache weiterhin die Kontrolle behalten würde.

Sein Drache meldete sich zu Wort. *Mach dir keine Sorgen. Wir müssen uns darauf konzentrieren, sie zu beschützen und in Sicherheit zu bringen.*

Wirst du bis dahin die Kontrolle verlieren?

Nein. Faye ist unsere Schwester, nur nicht dem Namen nach. Wir müssen sie schützen.

Ich wünschte, du würdest dich daran erinnern, dass der ganze Clan jetzt unsere Familie ist.

Sein Tier grunzte. *Dräng mich nicht. Ich will immer noch unsere Gefährtin.*

Als Netz und Griffe ausgelegt waren, nahm Finn seinen Drachen an und wandelte sich zurück in sein goldenes Tier. Er blickte zu Grant und zeigte mit einem Lauf nach oben. Der grüne Drache nickte verstehend – Grant würde den Himmel überprüfen, bevor sie abhoben.

Grant sprang in die Luft, als Layla sich in ihre Drachengestalt verwandelte.

Während sie darauf warteten, dass der temporäre Anführer der Beschützer nach Gefahr Ausschau hielt, half Finn Layla, Faye ins Netz zu rollen. Seine Cousine wimmerte, blieb aber bewusstlos, und es drückte sein Herz. Obwohl seine Cousine ihn nicht hören konnte, dachte Finn sich: *Es tut mir leid, Faye Cleopatra. Ich werde versuchen, vorsichtig zu sein.*

Sobald Faye in Position war, nahmen er und Layla die Tragegriffe an ihren jeweiligen Seiten. Finn sah zum Himmel. Wo zum Teufel war Grant? Je eher Finn Faye hier rausholte, desto besser.

Der grüne Beschützer schob endlich seinen Kopf in das Loch oben und stieß einen leisen Drachenruf aus; alles war sicher.

Auf sein Stichwort hin sprang Finn auf, schlug die Flügel und schwebte, bis Layla bereit war. In der Sekunde, in der die Ärztin nickte, benutzte Finn all seine Muskeln, um Faye nach oben zu heben. Obwohl er Faye normalerweise damit ärgerte, dass sie mehrere Tonnen wog, war Finn froh, dass sie ein Weibchen und etwas leichter war.

Sie brachen aus den Bäumen, und Finn war erleichtert, dass die Kämpfe etwas weiter weggerückt waren, zweifellos dank der Kämpfer von Lochguard und Stonefire.

Grant und zwei andere Drachen gingen in Position, um als Schutzschild zu dienen, für den Fall, dass die Ritter versuchten, einen weiteren elektrischen Bolzenschuss zu verwenden.

Finn und Layla flogen so schnell wie möglich in einen sicheren Bereich, wo Layla einen Zelt-OP einrichten konnte. Obwohl Layla weiblich und etwas kleiner war, musste sie sich nicht bemühen mitzuhalten. Er hasste es zu denken, dass sie das oft tat. Das Unwissen machte ihm klar, dass er den Clan nicht ohne ein wenig Hilfe führen konnte. Er würde, sobald alle wieder sicher waren, aufhören zu denken, er könne alles allein schaffen.

Finn konzentrierte sich auf den Rhythmus seiner Flügel, und schon bald erreichten sie einen der sicheren Bereiche, umgeben von hohen Felswänden, und manövrierten Faye auf den Boden. Gerade als sie landeten, hörte Finn Hubschrauber in der Ferne. Das MDA war angekommen.

Er musste dafür sorgen, dass sich sein Clan benahm. Dann würde Finn vielleicht eine Audienz mit einem der MDA-Leiter bekommen, um Lochguard nicht nur für die Gegenwart, sondern auch für die Zukunft zu sichern.

Finn schmiegte sich noch einmal an die Wange seiner Cousine und sah dann zu Layla. Mit einem leisen Brüllen nickte sie verständnisvoll – sie würde alles in ihrer Macht Stehende tun, um Faye zu retten.

Ein letztes Mal blickte er zu seiner Cousine und

wünschte, er könnte bleiben, aber Finn erinnerte sich an seine Pflichten. Der Clan brauchte ihn.

Er sah zu Layla und deutete mit dem Kopf an, dass er wieder aufbrechen würde. Dann sprang Finn in die Luft und flog zurück zu den Frontlinien.

Er hoffte, es gäbe keine weiteren Opfer, bevor das MDA die Situation unter Kontrolle hatte. Finn wollte jeden Drachenritter auf seinem Land töten, als Rache für das, was sie Faye und seinem Clan angetan hatten.

Aber wenn er das tat, würde er nie zu Arabella kommen.

Finn erhöhte seine Geschwindigkeit, um zu sehen, wie er sonst noch helfen konnte.

Als er sich den Kämpfen näherte, stürzten und glitten die Lochguard- und Stonefire-Drachen um den Umkreis. Drachen tauchten, schnappten sich einen Drachenritter mit den Krallen und warfen ihn vorsichtig in einen der Bäume.

Während die Taktik langsam die Drohungen beseitigte, hatte Finn einen ersten guten Blick auf die Hunderte von Drachenrittern auf Lochguard-Land.

Es gab weit mehr als bei den Anschlägen ein paar Monate zuvor. Hass und Gewalt hatten die Menschen wirklich zusammengebracht, aber auf eine schreckliche Art und Weise.

Sein Drache knurrte. *Sieh nicht hin. Hilf ihnen, damit wir unsere Gefährtin beanspruchen können.*

Gib mir eine Minute. Ich muss die Schwachstellen unserer Verteidigung einschätzen.

Sein Tier schnaubte und schwieg für den Moment, obwohl sein Drachenbedürfnis, ihn zu beschützen, mit einer pochenden Lust kämpfte.

Da er nicht wusste, wie lange sein Drache den Rausch eindämmen konnte, schaute sich Finn das Geschehen genauer an.

Grant hatte die meisten Stonefire-Drachen im dichtesten Teil der Kämpfe positioniert. Die Lochguard-Drachen waren größtenteils an den Rändern der Auseinandersetzung und hielten die Ritter in einem Umkreis von ein paar hundert Metern von der Mauer. Auch wenn Lochguards Kämpfer ihre Positionen hielten, waren einige ihrer Reaktionen langsam. Ob es an Erschöpfung oder Fayes Abwesenheit lag, er wusste es nicht. Sobald die Bedrohung eingedämmt war, das fügte Finn seiner ständig wachsenden Liste hinzu, würde er mit Faye und Grant über ein härteres Trainingsprogramm sprechen.

Da Grant mit der Hauptverteidigung beschäftigt war, glitt Finn zum äußeren Rand der Kämpfe.

Zwei seiner jüngsten Beschützer waren kurz davor, vom Himmel zu fallen, also flog er auf sie zu. Sie wurden ein wenig munterer, als sie bemerkten, dass es Finn war.

Er zeigte mit einem Hinterlauf auf jeden einzelnen und bewegte sich dann in Richtung des Landebereichs, der sich tief im Areal des Clans befand. Sie zögerten, also brüllte er leise, und sie gehorchten. Nachdem sie weit genug entfernt waren, um außer Gefahr zu sein, konzentrierte sich

Finn auf die verbleibenden Drachen in der Gegend.

Als er Iris bemerkte, einen der besten Späher des Clans, berührte er die Krallen seiner rechten Vorderhand mit denen seines rechten Hinterfußes und zeigte dann auf die Bäume entlang des Umkreises. Ohne ein Wort flog der lila Drache los, um die Gegend zu überprüfen.

Zufrieden, dass Iris ihn warnen würde, wenn es noch mehr Elektrowaffen im nahegelegenen Wald gäbe, drehte Finn sich gegen die Ritter. Er tauchte mit voller Geschwindigkeit hinunter, brüllte und jagte die Ritter in der Gegend zur Mauer.

Er trieb noch ein paar zusammen, bevor das Wirbeln der Hubschrauberflügel lauter wurde. Er blickte auf, und einer der MDA-Helikopter kam direkt auf ihn zu.

Der Helikopter ließ einige Male extra helle Lichter aufblitzen, und Finn verstand die Botschaft – er musste aus dem Weg gehen.

Gerade als er sich ein wenig zurückzog, brüllte Grant, und alle Drachen fielen in der Hitze der Schlacht zurück und bildeten zwei v-förmige Formationen. Und das nicht zu früh, denn der Helikopter, der Finn am nächsten war, ließ Hunderte winziger Kanister auf den Boden fallen. Keine Drachenritter waren ihnen im Weg, aber sobald sie auf den Boden trafen, stieg Rauch nach oben.

Die menschlichen Ritter rannten vom Rauch weg, in die Mitte des Kampfes. Wenn Finn eine

Vermutung hätte riskieren sollen, dann war es eine Art Tränengas.

Ein weiterer Helikopter kam aus der Ferne an, mit einem riesigen Käfig, der von ihm herabhing. Ein paar Sekunden später manövrierte er den Käfig auf den Boden, ließ ihn los und stieg wieder in die Luft.

Aus zwei Hubschraubern wurden Seile geworfen, und Männer mit Atemschutzgeräten wurden zu Boden gelassen. Bei dem Rauch und den MDA-Vollstreckern hatten die Ritter keine andere Wahl, als in den Käfig zu gehen.

Finns Drache meldete sich schließlich zu Wort. *Alles ist erledigt. Der Clan ist sicher. Ich will unsere Gefährtin. Wir müssen zu ihr.*

Ich sollte mit Grant sprechen.

Er hat alles unter Kontrolle. Lass ihn seinen Job machen. Ich will Arabella. Sie hat ohne uns wahrscheinlich Schmerzen. Willst du ihren Schmerz verlängern?

Natürlich nicht.

Dann geh zurück, oder ich übernehme die Kontrolle.

Ich bin fast so weit, dich wieder in ein mentales Labyrinth zu werfen, Drache.

Versuch es nur, ich fordere dich heraus. Ich will Sex, und zwar sofort. Das Labyrinth funktioniert sowieso nicht. Du bist müde und ich werde das ausnutzen.

Er wollte es nicht zugeben, aber während er auf der Stelle schwebte, ließ sein Adrenalinspiegel langsam nach. Jeder Schlag seiner Flügel fühlte sich an, als würde er Steine statt zarter Drachenflügel heben.

Sein inneres Tier knurrte. *Ich habe recht. Letzte Chance, wir gehen zusammen, oder ich gehe allein.*

Als Finn noch seine Optionen abwog, öffnete sein verdammter Drache ein Schleusentor der Lust. Sein ganzer Körper schmerzte danach, eine Frau zu ficken. Da zwei in der Nähe waren, musste Finn gehen, sonst hätte er ein Problem.

Sein verrückter Drache hatte die Oberhand gewonnen.

Finn beschwor jede Unze seiner Kräfte herauf, die er noch besaß, und bedeutete einem der ranghöchsten Beschützer in der Umgebung, die Führungsposition zu übernehmen. Als der weiße Drache signalisierte, dass er verstanden habe, wandte sich Finn zur Seite und flog vom östlichen Rand weg.

Ein weiterer Rausch der Lust stürzte durch seinen Körper, und Finn flog in Richtung der Kommandozentrale der Beschützer. Er müsste riskieren, in dem kleinen Bereich dahinter zu landen und dort zu wandeln. Er durfte keine Verzögerung riskieren, geschweige denn einer anderen Frau begegnen, bevor er Arabella traf. Er hoffte nur, dass er in das Gebäude stürmen und es ohne Verzögerung zu dem Zimmer schaffen könnte, das für sie gesperrt worden war.

Finn knirschte mit den Zähnen und schlug seine Flügel schneller. Eine Kleinigkeit wie Erschöpfung würde ihn nicht davon abhalten, seine Gefährtin so bald wie möglich zu finden und zu ficken.

Arabella sollte besser bereit sein. Wenn sein

Drache das Kommando hätte, würde er sich nicht zurückhalten können.

Sein Tier meldete sich zu Wort. *Sie ist bereit.*

Woher weißt du das?

Sie ist zum Teil Drache. Was ihr Drache will, bekommt ihr Drache.

Finn war sich dessen nicht ganz sicher, aber er schob seine Zweifel beiseite. Sein Mädel wollte ihn, und bald wäre sie in jeder Hinsicht seine.

Kapitel Zwanzig

Arabella rieb sich die Augenhöhlen mit den Ballen ihrer Hände, während ihr Drache brüllte und in ihrem Kopf herumschlug.

Ihr Tier verlangte: *Ich brauche Sex. Finn braucht zu lange. Er will uns nicht genug. Wir müssen jemand anderen finden.*

Ich sagte doch, er kümmert sich um den Clan.

Er sollte sich um uns kümmern.

Arabella nahm ihre Hände weg, setzte sich auf und warf ein Kissen durch den Raum. *Halt die Klappe! Wenn du einen Clan dein Zuhause nennen willst, dann wartest du.*

Ihr Drache brüllte so laut er konnte. *Nein. Er hat uns geküsst. Er hat es angefangen. Wenn er es nicht zu Ende bringen kann, ist es seine eigene Schuld.*

Ich werde auf ihn warten. Ich will ihn und nur ihn.

Jeder Schwanz reicht. Finde einen für mich. Ich bin es leid zu warten.

Arabella war sich nicht sicher, ob sie weinen

oder gegen die Wand schlagen wollte. Ihre Kraft verging schnell. Wenn Finn sie nicht bald fand, konnte sie ihren Drachen vielleicht nicht kontrollieren.

Arabella sehnte sich zum ersten Mal, seit sie die Kommunikation mit ihrem Tier wiederhergestellt hatte, nach dem letzten Jahrzehnt des Schweigens.

Sie hatte keine Optionen mehr. Nicht mal ihr eigener Orgasmus hatte geholfen. Wenn überhaupt, war ihr Tier jetzt noch ungeduldiger.

Wo zum Teufel war Finn?

Als ihr Tier wieder einen Wutanfall bekam, überlegte Arabella, jemanden um ein Beruhigungsmittel zu bitten, als die Tür zu ihrem Zimmer aufging.

Finn stand nackt in der Tür.

Sein Gesicht war angespannt. Obwohl seine Pupillen geschlitzt waren, war da eine Mischung aus Erschöpfung und etwas anderem, das sie nicht definieren konnte.

Sie wollte gerade schon fragen, was passiert war, als ihr Drache knurrte, *kein Gerede. Fick ihn. Jetzt. Oder ich schubse dich zur Seite.*

Arabella wusste, dass sie kurz vor dem Ausbrennen stand, also flüsterte sie: „Finn, bitte."

Mit einem Knurren kam er herein, schloss die Tür ab und ging zum Fuß des Bettes. „Sag mir, dass du bereit bist, Ara."

In der Sekunde, in der sie „Ja" antwortete, bedeckte Finns Körper ihren.

Seine Lippen berührten ihre, kurz bevor seine

Zunge in ihren Mund glitt. Das kombinierte Gefühl seiner Hitze auf ihrer Haut und des starken Streichelns seiner Zunge trugen dazu bei, ihren Drachen minimal zu beruhigen.

Aber nur minimal. Ihr Tier verlangte: *Er ist hier. Fick ihn. Wir müssen seine Jungen tragen und ihn beanspruchen.*

Zu müde, um sich zu wehren, packte Arabella Finns Po mit ihren Händen und rieb ihn. Sein harter Schwanz drückte sich gegen ihren Bauch, was ihre Pussy vor Verlangen pochen ließ. Wenn sie ihn nicht bald fickte, würde sie sterben.

Ihr Drache zischte. *Mehr. Sag ihm, wir sind bereit, oder ich werde es tun.*

Da sie Finns besitzergreifenden Kuss nicht unterbrechen wollte, brauchte sie einen anderen Weg, es ihm zu sagen, weil Arabella die Kontrolle haben wollte, wenn sie ihre Jungfräulichkeit verlor. Der Rausch würde alles überstürzen, aber sie hatte lange auf diesen Moment gewartet und würde ihn beanspruchen.

Da ihre Körper aneinanderklebten, konnte Arabella Finns Schwanz nicht erreichen und ihn nicht an ihrem Eingang positionieren. Stattdessen legte sie ihre Beine um seine Taille und bewegte sich. Die Reibung brachte einen Ansturm von Nässe zwischen ihre Beine.

Ihr Drache knurrte. *Ich brauche ihn. Jetzt.*

Dem Anflug von Wahnsinn in den Worten ihres Tieres zufolge, wäre Arabella bald zu schwach, um ihren Drachen zu bekämpfen. Ein winziger Teil von ihr hasste es, dass sie bald an den Paarungsrausch verloren wäre. Nicht nur, weil ihr Drache das Sagen hätte, sondern auch, weil Finn aufmerksam war, aber sie spürte, dass etwas nicht stimmte.

Dann wurde Finns Kuss noch besitzergreifender, als ihre Zähne einmal zusammenstießen bei dem Versuch, sich gegenseitig zu brandmarken. Er hob seine Brust und balancierte auf einem Unterarm, als er nach ihrer Brustwarze griff und zog. Arabella stöhnte, ihr Instinkt übernahm ihr Gehirn.

Sie griff zwischen sie und drückte seinen Schwanz mit der Hand. Er unterbrach den Kuss und zischte.

Was auch immer Finn vorhin in den Augen gehabt hatte, war durch brennende Lust und Besessenheit ersetzt, die Arabella nur feuchter machten, als sie es je in ihrem Leben gewesen war. Sie war bereit.

Finn knurrte: „Meine. Jetzt."

„Ja", antwortete sie, und er strich mit dem Finger zwischen ihre Schamlippen.

Arabella bog den Rücken durch. Die pochenden Schmerzen zwischen ihren Beinen nahmen zu, entsprechend dem schnellen Schlagen ihres Herzens. Als er weiter streichelte und sie mit leichten Liebkosungen ärgerte, knurrte sie: „Hör auf zu warten. Ich brauche dich. Fick mich. Jetzt."

Finn positionierte seinen Schwanz und stieß zu.

Sie schrie, die Fülle und das leichte Stechen, das ihr Verlangen, sich zu paaren, ein wenig besänftigte.

Irgendwo in ihrem Hinterkopf erkannte sie, dass sie gerade ihre Jungfräulichkeit verlor. Aber dann knurrte ihr Gefährte „Meine" und bewegte sich. Das Gefühl seines harten Schwanzes ließ sie alles vergessen, außer den Paarungsinstinkt ihres Drachen.

Arabella griff nach seinem Rücken und kratzte mit ihren Nägeln. Sowohl Menschen- als auch Drachenhälfte taten es wieder, in der Hoffnung, aufs Blut zu kommen, um ihn zu brandmarken.

Als Reaktion darauf nahm Finn ihre Brüste in seine Hände und drückte sie zusammen, bevor er ihre spitzen Brustwarzen gegen seine raue Handfläche rieb. Sie flüsterte: „Finn."

Selbst in ihren eigenen Ohren klang sie, als würde sie betteln.

Er senkte den Kopf, nahm ihre Brustwarze in den Mund und saugte hart. Sie grub ihre Nägel in seinen Rücken, er biss vorsichtig zu, und sie schrie.

Dann summte der Bastard gegen ihr empfindliches Fleisch, und die Vibrationen brachten sie fast über den Rand.

Ihr Drache brüllte. *Nicht genug. Er muss sich bewegen und uns hart ficken, sehr hart.*

Da Finn entschlossen schien, ihre Brustwarzen zu saugen und sie zu necken, nahm sie die Sache selbst in die Hand. Während Arabella keine Ahnung hatte, was sie tat, verließ sie sich auf ihren Instinkt und bewegte ihre Hüften vor und zurück.

Es war nicht gerade anmutig, aber Finn ließ ihre Brustwarze mit einem Plop los und sah ihr in die

Augen. Sie forderte ihn heraus und bewegte wieder ihre Hüften.

Mit einem Knurren nahm er ihre Handgelenke in die Hände und hielt sie über ihren Kopf. „Ich werde dich beanspruchen."

Festgehalten zu werden machte ihr keine Angst. Wenn überhaupt, ließ es ihre Haut noch heißer werden. „Dann beanspruche mich."

Finn zog sich fast ganz raus und stieß dann fest hinein. Arabella schloss die Augen, während sie stöhnte und das Gefühl des Schwanzes ihres Drachenmannes in sich genoss. Sie wartete darauf, dass er sich wieder bewegte, aber Finn blieb still. Seine belegte Stimme füllte ihre Ohren. „Augen auf. Jetzt. Oder ich gehe."

Ihr Drache zischte. *Das würde er nicht wagen. Ich werde es nicht zulassen.*

Dann versuchte ihr Tier, die Kontrolle zu übernehmen, aber Arabella nutzte ihre letzte Kraft, um ihren Drachen zurückzuhalten. Sobald sie die Augen öffnete und Finns Blick begegnete, bewegte er sich und knurrte: „Meine."

„Noch nicht. Gib dir mehr Mühe."

Finn stieß hinein und heraus, stärker mit jeder Bewegung, bis das Bett bei seinen Anstrengungen zitterte. Jeder lange Schlag brachte die Lust ihres Drachen in den Vordergrund ihres Geistes, aber Arabella hielt durch. Sie war nah dran.

Sie war so verloren in der Lust und Besessenheit von Finns Augen, dass sein Finger an ihrer Klitoris eine Überraschung war und sie den Rücken durchbog. Sie war kaum zu Atem gekommen, als Finn ihre Klitoris kniff und Lichter über ihre Augen tanzten, während die Lust durch ihren Körper rauschte.

Ihre Pussy zog sich zusammen und ließ Finns Schwanz los, doch er hörte nicht auf, sich zu bewegen. Jeder harte Stoß vertiefte die Intensität ihres Orgasmus. Vielleicht würde Finn sie mit Lust töten.

Finn hielt schließlich inne und brüllte, als er kam. Da sie wahre Gefährten waren, machte jeder Schuss seines Samens ihren Orgasmus stärker als den letzten. Sie war sich nicht sicher, ob sie stöhnen oder schreien wollte.

Dann küsste Finn ihren Hals, ihren Kiefer und ihre Lippen. Als seine Zunge in ihren Mund eindrang, packte Arabella ihren Drachenmann näher. Anders als auf der Lichtung, als sie auf seiner Zunge gekommen war, war sie nicht befriedigt. Sowohl Drachen- als auch menschliche Hälfte verlangten mehr, viel mehr.

Als Finn den Kuss brach, sah er in ihre Augen. „Mein Drache will raus. Lass deinen mit mir raus."

Ihr Tier brüllte. *Ja. Wir brauchen mehr Sex, viel mehr. Bis wir seine Jungen tragen, haben wir ihn nicht vollständig beansprucht. Du trödelst. Ich werde ihn angemessen beanspruchen.*

Kein Penisbruch.

Ich kann nichts versprechen. Ich werde tun, was ich kann, um ein Kind zu bekommen.

Zu müde, um zu streiten, strich Arabella mit

den Fingern leicht über Finns Nacken. „Küss mich zuerst."

Mit einem Knurren nahm er wieder ihre Lippen. Der Geschmack von Finn in ihrem Mund ließ ihren Drachen nach Kontrolle drängen. Dieses Mal ließ Arabella los.

Lust und Verlangen füllten ihren Körper bis zum Punkt des Schmerzes. Nur ein Orgasmus würde helfen, ihn etwas zu lindern.

Dann unterbrach Finn, immer noch hart in ihr, den Kuss und bewegte sich. Arabella war sich annähernd bewusst, dass ihr Tier ihren menschlichen Körper kontrollierte. Als sie sich in Finns Rücken krallte, bewegten sie sich beide.

Es gab keine sanften Küsse oder leichte Zärtlichkeiten. Als beide Drachen das Sagen hatten, war es Ficken, schlicht und einfach.

Bevor Arabella kam, tat Finn es dieses Mal. Doch sein Sperma brachte sie dazu, immer und immer wieder zu kommen.

Finn zog sich heraus, und ihr Drache knurrte: „Warum? Nicht genug. Ich brauche mehr."

Seine Pupillen blitzten, bevor er sie auf den Bauch drehte und ihre Hüften hob. Er schlug ihr den Po und positionierte den Schwanz an ihrer Pussy. Durch zusammengebissene Zähne fragte er: „Bereit für mehr?"

Als Reaktion wackelte sie mit ihren Hüften, und Finn stieß heftig in ihre Pussy. Er verlor keine Zeit und begann einen schnellen Rhythmus. Jede

Bewegung reichte tiefer, bis zu einem Ort, von dem sie nicht gewusst hatte, dass es ihn gab.

Arabella stöhnte, als sie ihren Po hob. Das pulsierende Bedürfnis, Finn wieder in sich kommen zu lassen, füllte ihren ganzen Körper. Bis sie schwanger war, gehörte er nicht wirklich ihnen. Nur wenn sie sein Kind trug, würde das seinen Duft in ihre Haut einbetten.

Sie bewegte sich mit ihm, und Arabellas Drache sprach in ihren Gedanken. *Ja, mehr, härter. Sein Schwanz gehört uns und uns allein. Lass uns dafür sorgen, dass er es weiß.*

Ihr Drache bewegte die Hüften passend zu Finns Rhythmus. Das Geräusch von Fleisch, das gegen Fleisch schlug, füllte den Raum. Außer einer Reihe von Grunzern gab es keine Stimmen.

Arabella schwebte im Hinterkopf und wünschte sich, sie hätte die Kraft, die Kontrolle zurückzugewinnen. Sie vermisste es, dass Finns menschliche Hälfte die Kontrolle hatte. Sie wollte das Necken.

Doch als ihr Drache nach mehr brüllte, wusste Arabella, dass sie Finns oder ihre eigene Kontrolle über ihren Körper nicht mehr im Griff haben würde, bis sie schwanger war.

Finn schlief halb in seinem Hinterkopf, während sein Drache in ihrer menschlichen Gestalt innehielt und zum x-ten Mal in Arabella kam. Er hatte keine

Ahnung, wie viele Tage vergangen waren, aber sein verdrehter Bauch sagte ihm, es sei Zeit, ihre Gefährtin ruhen und wieder etwas essen zu lassen.

Er sammelte die Kraft, um mit seinem Drachen zu sprechen, und seine menschliche Gestalt brach auf Arabella zusammen. Ihr süßer Duft nach wildem Gras und etwas Einzigartigem umgab ihn. Doch nach einer Sekunde bemerkte er eine weitere Unterströmung unter dem Geruch.

Sofort alarmiert, wandte sich Finn an sein Tier. *Ist es wahr? Sag es mir.*

Sein Drache hielt an, während er noch ein paar Atemzüge nahm, und stieß dann einen Seufzer aus. *Ja. Sie trägt unser Kind. Niemand wird versuchen, sie uns wegzunehmen.*

Glück brandete durch seinen Körper. Er würde Vater werden. *Dann lass mich die Kontrolle übernehmen. Ich will unsere schwangere Gefährtin festhalten.*

Gähnend tauchte sein Drache in seinen Hinterkopf. *Nur zu. Mein Job ist erledigt. Ich will ein Nickerchen.*

Anstatt zu antworten, legte sich Finn nicht mehr auf seine Gefährtin und streichelte Arabellas Wange. Ihre Augen öffneten sich flatternd. Da ihre Pupillen noch geschlitzt waren, hatte ihr Drache keine Ahnung, dass der Rausch vorbei war. Es war nicht überraschend, da männliche Drachenwandler immer zuerst davon wussten.

Er lächelte. „Sag deinem Drachen, er soll sich verpissen."

Ihre Augen blitzten, und ihre belegte Stimme

antwortete: „Mehr. Noch einmal, und dann ruhen wir uns aus."

„Nein, es ist vorbei. Gib mir Ara zurück."

Arabellas Drachenaugen blickten für eine Sekunde in seine. „Wenn du das Sagen hast, muss es wahr sein."

„Natürlich ist es verdammt nochmal wahr. Jetzt gib mir meine Gefährtin."

„Du bekommst uns beide."

Er öffnete den Mund, aber dann wurden Arabellas Pupillen rund, und sie blinzelte. Sie sah zu Finn auf und fragte: „Bist du sicher?"

„Warum? Brauchst du mehr Sex? Ich dachte, unendliche Tage würden sogar deinen Appetit stillen."

Sie runzelte die Stirn. „Ich bin zu müde, um mich zu streiten. Sag mir einfach, ob es erledigt ist."

Er legte eine Hand an ihren Unterleib. „Es ist erledigt."

Arabellas Augen waren voller Emotionen, obwohl Erleichterung und Freude am deutlichsten waren. „Gott sei Dank, denn ich bin mehr als müde. Es wird Tage heißer Bäder brauchen, um die Schmerzen zwischen meinen Beinen zu lindern."

Er schmunzelte und senkte seinen Kopf, um sich an ihre Wange zu schmiegen. „Du hast doch hauptsächlich gelegen. Ich bin derjenige, der müde ist, und hörst du mich beschweren?"

„Das würdest du, wenn ich meinen Drachen nicht daran gehindert hätte, dich zu brechen."

Er hob eine Augenbraue und streichelte ihre

Wange. „Sie hätte keine Chance gegen meinen Drachen."

„Später, wenn ich nicht mehr so verdammt müde bin, können wir die Tiere rauslassen und das regeln."

„Nein."

„Was meinst du mit ‚nein'? Hast du Angst zu verlieren?"

Er kam näher, und die Mischung aus seinem und ihrem Geruch erinnerte ihn an ihr Kind. Typisch Arabella, diesen Moment in einen Wettbewerb zu verwandeln, anstatt zu feiern. „Nein, ich lasse lange Zeit nicht zu, dass mein Drache dich nimmt. Ich muss deine Geduld auf die Probe stellen und dich betteln lassen, ohne dass das Verlangen deines Drachen dich dazu zwingt." Er küsste ihr Ohr und flüsterte: „Ich will dich angemessen ehren."

Er lehnte sich zurück, um in ihr Gesicht zu sehen. Ihr Stirnrunzeln ließ nach. „Du sprichst schicke Worte. „Ich bin mir nicht sicher, ob ich jetzt glücklich sein sollte oder nicht."

„Kannst du mich ausnahmsweise mal aufrichtig sein lassen, du ärgerliche Drachenfrau?" Er rieb seine Hand in langsamen Kreisen über ihren Bauch. „Du schenkst mir ein Kind. Es gibt kein größeres Geschenk für einen Drachenwandler."

Arabellas Augen wurden sanft. „Finn, ich —" Sie unterbrach sich und fuhr dann fort: „Es muss immer noch bei mir ankommen, das ist alles. Im Moment will ich nur essen und dann in deinen

Armen schlafen. Schaffst du das, ohne dass ich dafür kämpfen muss?"

Er wischte über den dunklen Fleck unter ihrem linken Auge und dann unter dem rechten und murmelte: „Solange ich dich nach dem Essen halten kann, lasse ich dich schlafen."

Er erwartete eine Herausforderung, aber Arabella kuschelte sich einfach an seine Brust. „Wenn ich es mir recht überlege, lass uns zuerst schlafen." Sie gähnte. „Ich will meinen Verstand haben, bevor du versuchst, im Austausch für Lebensmittel Deals zu machen, was du sicher tun wirst." Sie sah auf, und ihr Blick war zärtlich. „Außerdem wird vielleicht nach dem Nickerchen alles bei mir ankommen und konkreter werden. Ich bin sicher, dass ich dich dann moralisch verpflichten kann, zu tun, was immer ich will."

„Oh, aye? Einfältig und unterwürfig wäre langweilig."

Sie kuschelte ihren Kopf an seine Brust. „Als ob du das jemals sein würdest."

Der Anblick von Arabella, die sich gegen ihn zusammengerollt hatte, erwärmte sein Herz. Er wusste zwar, dass der Clan und alle seine Probleme vor der Tür lagen, war aber noch nicht bereit, sich dem zu stellen. Er wollte nur noch etwas länger mit seiner Gefährtin.

Außerdem machte ein müder Clanführer Fehler. Er brauchte die Ruhe genauso wie Arabella.

Er legte sich auf sein Kissen und umarmte Arabella fest. „Dann ein kurzes Nickerchen. Aber versuche nicht, dich ohne mich rauszuschleichen und zu essen. Ich könnte jetzt einen ganzen Berg Essen zu mir nehmen."

Ihre Stimme war schläfrig, als sie auf seine Brust klopfte. „Ich weiß, dass du gerne redest, aber schlaf einfach."

Finn schloss die Augen und legte seinen Kopf gegen Arabellas. Ihr Duft beruhigte ihn so, dass er mit einem Lächeln im Gesicht einschlafen konnte.

Kapitel Einundzwanzig

Finn wachte auf, während Arabella auf seiner Brust schlief. Er erwartete fast, dass sein Drache mehr Sex verlangte, aber dann erinnerte er sich an die Wahrheit: Arabella war schwanger.

In der letzten Woche hatte sein Verlangen, sich zu paaren, mit Traurigkeit gekämpft. Aber in dieser Sekunde verschwand jede Sorge, als das Glück sein Herz erwärmte. Er würde ein Vater sein.

Drachenwandler schätzten Kinder, ja, aber als Finn ein paar Haarsträhnen von Arabellas Wange strich, war er dankbar, dass Arabella die Mutter seines Kindes sein würde. Sie war stärker als fast jeder, den er kannte, noch dazu klug, und sie würde eine gute Mutter abgeben. Ihr Baby wäre eine zweite Chance auf Familie für beide.

Ja, er hatte die MacKenzies, aber ein Elternteil zu sein, wäre etwas ganz anderes.

Als er an seine zweite Familie dachte, drückte

die Traurigkeit wieder Finns Herz. So sehr er sich nur auf das Glückliche konzentrieren wollte, er musste herausfinden, was während seiner Zeit im Paarungsrausch passiert war. War seine Cousine in Ordnung? Waren die Verräter eingesperrt? So viele Fragen, aber so wenige Antworten; er hasste es.

Sein Drache schnaubte. *Du hast guten Clan-Mitgliedern das Sagen übertragen. Mach dir keine Sorgen.*

Während er Arabella die Stirn küsste, bewegte sich Finn langsam, bis seine Gefährtin auf dem Kissen statt auf seiner Brust schlief. Die Ringe unter ihren Augen sagten ihm, sie bräuchte mehr Ruhe. Sie mochte ihn später hassen, aber er gab ihr die Ruhe, die sie brauchte, während er nach dem Clan sah.

Sein Drache murmelte. *Sie wird wütend sein.*

Ich weiß, aber sie braucht den Schlaf. Ich sage es ihr später.

Dann beschwer dich aber nicht bei mir, wenn sie brüllt.

Zu müde, um zu streiten, schlich sich Finn leise aus dem Sicherheitsraum. Grant und Tante Lorna saßen auf der anderen Seite der Tür an einem Tisch.

Obwohl Finn sich normalerweise nicht um Nacktheit kümmerte, wünschte er sich, seine Tante würde wegsehen. Er war müde und mit Arabellas Duft bedeckt; er brauchte eine Dusche.

Tante Lorna schnalzte mit der Zunge. „Sechs Tage ist ziemlich gut, obwohl dein Onkel nur fünf gebraucht und mir Zwillinge gegeben hat."

Es waren also sechs Tage gewesen.

Er musterte seine Tante und suchte nach dem kleinsten Anzeichen von Sorge. Doch ihr Gesicht war entspannt, und ihr Lächeln schien echt. „Du wärst nicht so ruhig, wenn Faye nicht durchgekommen wäre."

Lornas Blick wurde sanft. „Aye, sie lebt, obwohl ihr noch nicht erlaubt wurde, sich wieder in ihre menschliche Gestalt zu wandeln."

Der Ton seiner Tante sagte ihm, dass sie etwas verbarg, und Tante Lorna verbarg nie etwas. „Was erzählst du mir nicht?"

Als Lornas Augen feucht wurden, antwortete Grant: „Faye wird leben, aber sie wird vielleicht nie wieder fliegen."

Finn fühlte sich, als hätte ihm jemand in den Magen geschlagen. „Was?"

Grant schmückte es weiter aus. „Als sie auf ihrem Flügel gelandet ist, hat Faye sich zu viele Knochen gebrochen. Einige haben sich trotz aller Bemühungen der Ärzte eigenartig verbunden. Wir werden es nicht mit Sicherheit wissen, bis Faye vollständig geheilt ist, aber es besteht die Möglichkeit, dass sie nicht mehr fliegen wird."

Lorna straffte die Schultern. „Aye, aber Faye ist eine Kämpferin. Sie wird nicht so leicht aufgeben."

Finn wollte zustimmen und sagen, dass alles in Ordnung wäre, aber er würde ihr keine falschen Hoffnungen machen. „Ich muss sie sehen."

Er ging zum Badezimmer auf der anderen Seite, um sich sauberzumachen, und sein Magen knurrte, während er ins Wanken geriet. Lornas

stählerne Stimme erfüllte den Raum. „Du wirst
zuerst duschen, essen und dich dann um deine
schwangere Gefährtin kümmern. Du hast mir,
Grant und Meg Boyd die Verantwortung
übertragen. Bis jetzt geht es uns gut. Dieser Bastard
Duncan ist noch in Gewahrsam, genau wie einige
seiner Lakaien. Das MDA kümmert sich vorerst um
die Drachenritter. Und Stonefire hat immer noch
Verstärkung auf unserem Land. Der Clan kann
zwanzig Minuten warten, bis du vorzeigbarer bist."

Finn sah über seine Schulter und runzelte die
Stirn. „Ich habe sechs Tage verloren, Tantchen.
Arabella schläft gerade, also lass mich meine Arbeit
machen."

Arabellas Stimme drang hinter ihm herüber.
„Arabella ist wach und will wissen, was zum Teufel
hier los ist."

Finn drehte sich um. Arabella hatte die Arme
vor der Brust verschränkt und ihre linke
Augenbraue gehoben. Irgendwo in seinem
Hinterkopf registrierte er die Tatsache, dass sie
nackt war, aber da sie sein Baby und seinen Geruch
trug, machte sich sein Drache keine Sorgen, dass
andere Männer sie ihm wegnahmen.

Finn ignorierte das Rumpeln in seinem Bauch
und antwortete: „Du solltest schlafen. Warum bist
du wach?"

Arabella verdrehte die Augen. „Ich bin
schwanger, nicht verletzt. Mein Gehirn
funktioniert noch." Ihre Augen wurden ernst. „Ich
habe die Traurigkeit in deinen Augen schon am

ersten Tag bemerkt, als du zu mir kamst, und
nach Tante Lornas noch feuchten Augen zu
urteilen, ist etwas im Gange. Jetzt erzähl mir, was
passiert ist."

ALLEIN AUFZUWACHEN HATTE Arabella eine Sekunde
lang Angst gemacht, bis sie Stimmen von der
anderen Seite der Tür hörte. Trotz ihrer
Erschöpfung und des Gefühls, so hungrig zu sein,
wie sie es noch nie in ihrem Leben gewesen war,
schaffte sie es bis zur Tür und bat Finn, es zu
erklären.

Sie schwankte nicht unter seinem prüfenden
Blick. Arabella wusste aus ihrer Zeit bei ihrem
Bruder und seiner Gefährtin sehr gut, wie
schützende männliche Drachenwandler sein
konnten, wenn es um eine schwangere Frau ging,
aber sie wollte sich nicht von Finn verhätscheln
lassen.

Finns strenger Ausdruck wirkte plötzlich
erschöpft und traurig. Der Anblick vertrieb ihren
Zorn zum größten Teil. Obwohl sie nicht gerne im
Dunkeln tappte, mochte sie die Traurigkeit ihres
Gefährten noch weniger. Sie würde die Wahrheit
aus ihm herauskitzeln, aber in diesem seltenen
Moment brauchte er ihre Unterstützung, und sie
würde sie ihm geben.

Im Wissen, dass ihre Berührung ihm helfen
würde, ging Arabella zu Finn und legte ihre Arme

um ihn. „Sag es mir, Finn. Ich kann dir nicht helfen, wenn du mir nicht erklärst, was gerade passiert."

Finn zog sie an sich. „Faye wurde beim Angriff der Drachenritter verletzt und ist auf ihrem Flügel gelandet. Er ist gebrochen, aber er heilt nicht richtig. Vielleicht kann sie nie wieder fliegen."

Auch wenn es ihr Herz belastete, schob Arabella es beiseite. Sie musste nicht nur für sich selbst, sondern auch für Faye stark sein.

Sie hob den Kopf und kniff die Augen zusammen. „Bemitleide sie nicht, Finlay Stewart. Glaub mir, das ist das Letzte, was sie in ihrer Situation will."

Finn berührte ihre Wange. „Aye, du hast recht." Einer seiner Mundwinkel hob sich. „Obwohl ich es nicht fasse, dass ich das gerade zugegeben habe."

„Ich würde dich schlagen, aber ich habe Hunger, und du musst mich füttern, damit ich auch Faye besuchen kann."

Seine Augen sahen besorgt aus. „Ich bin mir nicht sicher, dass das die beste Idee ist. Vielleicht solltest du dich setzen. Schließlich erholst du dich immer noch von dem Rausch und siehst erschöpft aus."

„Hörst du mir überhaupt zu? Mir geht es gut."

Finn knurrte. „Die Ringe unter deinen Augen sagen mir die Wahrheit. Wenn du dich nicht um dich selbst kümmerst, muss ich dich dazu zwingen."

Vater ihres Kindes oder nicht, Arabella war versucht, ihn zu schlagen. Verdammte Drachenwandler-Männer und ihr Beschützerwahn.

Er würde sie in den Wahnsinn treiben, sie musste ihn rechtzeitig zurechtstutzen.

Ihr Drache grummelte, und seine Stimme war schläfrig, als er sagte: *Nimm seinen Schwanz und drohe, ihn in zwei Hälften zu biegen. Danach hört er auf.*

Arabella ignorierte ihr Tier und bewegte eine ihrer Hände, um Finns Kinn zu berühren. „Mich zwingen? Bist du verrückt? Lass uns das jetzt klarstellen, Finlay. Verhätschle mich, und es wird Konsequenzen haben. Wenn ich Hilfe brauche, werde ich darum bitten. Bis dahin werde ich nicht eingesperrt oder isoliert sein, wie ich es fast ein Jahrzehnt lang war. Wenn das bedeutet, dir jeden Tag in die Eier zu treten, um dich daran zu erinnern, werde ich es tun."

Er runzelte die Stirn. „Ich verhätschle dich nicht. Ich möchte dich beschützen."

„Das ist das Gleiche", erwiderte sie. Sie sah auf seinen Penis hinunter und wieder zurück. „Muss ich es dir demonstrieren?"

Er starrte sie eine Sekunde an, bevor er antwortete: „Zumindest im Moment ist kein Treten nötig. Das können wir später aus dem Weg räumen, sobald alles geklärt ist. Einstweilen erlaube ich dir, Faye zu besuchen."

Arabella kniff die Augen zusammen. „Du erlaubst es mir? Ich gebe dir zehn Sekunden, um das anders zu formulieren, bevor ich mein Knie benutze."

Finns Stimme war belegt, als er antwortete: „Dräng mich nicht, Mädel. Ich kann die protektive

Natur meines Drachen nur begrenzt in Schach halten."

„Dann arbeite daran. Wenn du gelernt hast, ein Labyrinth für dein Tier zu bauen, kannst du dir auch was einfallen lassen, wenn es um den Beschützerwahn geht."

Er starrte sie an und sie starrte zurück. Schließlich seufzte Finn. „Gut, ich werde es versuchen, aber ich kann nichts versprechen. Versprich mir nur, dass du Lochguard nicht verlässt, ohne es mir zu sagen. Wenn du das kannst, vertraue ich darauf, dass du vernünftig bist."

Es lag ihr auf der Zungenspitze, weiter zu streiten, bis sie völlig frei war, aber für einen Drachenmann war es ein riesiger Schritt, auch nur ein bisschen nachzugeben. Sie mochte es vielleicht nicht, aber Arabella wusste, dass Finn die Natur seines Drachen nicht völlig ignorieren konnte.

Das hieß natürlich nicht, dass sie nicht wieder mit ihm streiten würde, um mehr Kontrolle zu erlangen. Im Moment waren Faye und der Clan wichtiger.

Sie nickte. „Wir können die Vereinbarung später noch genauer abstimmen, aber im Moment verspreche ich dir, dich wissen zu lassen, wenn ich vorhabe, Lochguard zu verlassen."

Erleichterung flackerte in Finns Augen, bevor er ihre Wange berührte. „Danke!"

Er beugte sich hinab, um sie zu küssen, doch dann fiel Arabella ihr Publikum ein. Sie tätschelte seine Brust und sah zum Tisch hinüber. Sowohl

Lorna als auch Grant beobachteten sie unerschrocken.

Finns Knurren grollte unter ihrer Hand an seiner Brust, und sie verkniff es sich, die Augen zu verdrehen. Vielleicht war das die Rache für all die Male, die sie ihre Schwägerin Melanie damit geärgert hatte, wie Tristan sich während ihrer Schwangerschaft aufgeführt hatte.

Finns stählerne Stimme erfüllte den Raum. „Die Show ist vorbei." Finn sah seine Tante an. „Tantchen, kannst du uns etwas holen, während ich unter der Dusche bin?" Lorna hob die Augenbrauen, und Finn seufzte. „Bitte?"

Lorna stand auf. „Aye, das kann ich. Obwohl es nützlicher wäre, wenn ich bliebe, um dir dabei zu helfen, nicht weiter in Fettnäpfchen zu treten. Aber du bist ein erwachsener Mann, und du wirst es schon lernen." Sie deutete auf Grant. „Außerdem ist Grant besser mit Clan-Logistik als ich und kann einen umfassenderen Bericht vorlegen."

Arabella nahm Grant zum ersten Mal wahr. „Ähm, hi." Grant nickte, und Arabella wagte zu fragen: „Lief die Übertragung des Sicherheitsfeeds gut?"

Finn knurrte. „Arabella, nicht jetzt."

Sie sah ihn an. „Pst. Das betrifft deinen Clan, also solltest du auch neugierig sein."

Finns Ton war trocken. „Jetzt sagst du mir, wie ich meine Arbeit machen soll?"

„Wann habe ich aufgehört?" Sie sah zurück zu Grant. „Und?"

Grant antwortete: „Größtenteils ja. Ich habe eine Aufnahme, die ihr euch ansehen könnt, wenn ihr fertig seid. Die Drachenritter sind zumindest im Moment eingesperrt." Grant blickte zu Finn, und Finn nickte. Grant sah zu ihr zurück und nickte. „Du kannst zuhören, während ich Finn später eingehend befrage."

Arabella lächelte. „Gut."

Ihr Magen knurrte, und Finn nahm ihre Hand. Finn zog sie ins Badezimmer und rief zu Grant: „Wir sind in zehn Minuten draußen! Bis dahin solltest du alles vorbereitet haben, einschließlich eines Statusberichts über Faye."

Finn wartete nicht einmal auf eine Antwort, bevor er sie ins Badezimmer zog, die Tür schloss und die Stirn runzelte. „Es ist mir egal, ob du Grant herumkommandierst, aber tu es nicht vor dem Clan, Arabella. Verstanden? Die Dinge sind immer noch roh und unvorhersehbar."

„Je länger du mich in der Ecke versteckst, desto unwahrscheinlicher ist es, dass der Clan mich als deine Partnerin akzeptiert."

Finn blinzelte. „Partnerin?"

„Verdammt, Finn, kennst du mich überhaupt? Ja, Partnerin. Hast du letzte Woche meine brillante Strategie nicht gesehen, um dir zu helfen? Du hast dich um Duncan gekümmert, und ich habe einen Weg gefunden, um die Medien dazu zu holen."

„Aye, ich habe davon nur vage gehört. Obwohl ich die Aufnahmen noch nicht selbst gesehen habe."

„Und was ist mit dem MDA? Sie sind auch gekommen, um zu helfen", fügte Arabella hinzu.

Das war eines der wenigen Male seit ihrer Ankunft in Lochguard, dass Arabella Finns Ausdruck nicht lesen konnte.

Ihr Drache meldete sich. *Erkennt er wirklich nicht, dass wir brillant sind? Vielleicht sollten wir ihm den Sex vorenthalten, bis er es tut.*

Als ob du so lange durchhalten könntest.

Ihr Drache grunzte. *Ich könnte, wenn ich es versuchte.*

Finns strenge Stimme unterbrach ihr Gespräch. „Du solltest sicher sein, dass du voll und ganz verstehst, worum du bittest, Ara. Du kannst nicht als Vollzeit-IT-Sicherheitsexpertin, Mutter und halbe Drachenwandler-Clananführerin arbeiten." Er legte eine Hand an ihren Unterleib. „Den Mutterteil kannst du nicht aufgeben. Kannst du wirklich auf Computer verzichten, um dem Clan zu helfen?"

Sie antwortete, ohne zu zögern, mit „Ja." „Obwohl ich sicher bin, dass ich in meiner Freizeit ein wenig rumspielen kann, sobald ich das aktuelle IT-Team überprüft habe."

Finn lächelte. „Ich glaube, du hast einfach gern das Sagen."

Arabella legte ihre Hand über Finns. „Nein, nicht das Sagen, ich will Co-Anführerin sein. Ich habe das Gefühl, dass es für unser kleines Mini-Ich nützlich sein wird, sobald sie geboren ist."

„Ein Mädel, was? Die Quoten stehen schlecht."

„Ich bin ziemlich gut darin, die Quoten zu schlagen."

Als sie einander anstarrten, wurde Arabellas Herz ganz warm. Es gab so viel, was sie sagen und fragen wollte, aber es gab auch zu viele Verpflichtungen, um die sie sich kümmern mussten. Wenn sie wirklich Finns Partnerin sein wollte, musste sie lernen, manchmal ihre eigenen Wünsche hintanzustellen. Gerade war eine dieser Zeiten.

Außerdem brauchte Faye sie. Arabella betrachtete die lebendige junge Drachenfrau als ihre Freundin. Arabella verstand besser als jeder andere, was Faye MacKenzie bevorstand. Arabella hatte ihre eigenen Genesungsvorschläge, welche, die nicht erstickend waren, und sie plante, sie ihr so schnell wie möglich zu unterbreiten.

Ihr Magen verdrehte sich wieder vor Hunger und erinnerte sie daran, dass die Uhr tickte.

Arabella tätschelte Finns Hand und ging zur Dusche. Sie drehte das Wasser an, trat zurück und sah ihren Gefährten an. „Das Liebesgeturtel wird warten müssen, Finn. Ich will unser Kind stolz machen, und das bedeutet, dass wir duschen, essen und uns so gut wie möglich um Faye und den Clan kümmern müssen. Das würde ein Clanführer tun, richtig?"

„Ja, genau." Finns Blick wurde streng. Er ging zu ihr und flüsterte: „Ich liebe dich, Arabella MacLeod", bevor er sie küsste und sie in die Dusche zog.

Arabella versuchte immer noch zu überlegen,

wie sie reagieren sollte, als Finn sie umdrehte und ihr den Rücken schrubbte. Als er schief ein Lied sang, lächelte sie. Er gab ihr Zeit und Raum, um die Dinge selbst herauszufinden.

Arabella sprang auf die Ablenkung, schloss sich ihm an und sang so laut sie konnte. Finn blickte über ihre Schulter, schüttelte den Kopf, aber hörte nicht auf zu singen.

Finn hatte sie mit seinem Körper beansprucht, aber er beanspruchte auch schnell ihr Herz.

Finn stand mit Arabella vor dem Zelt, das als Fayes Krankenhauszimmer diente.

Die Dusche und der Teller mit Sandwiches hatten dazu beigetragen, seine Erschöpfung etwas zu beseitigen. Im Vergleich zu den drei Tagen, in denen er während der Clan-Führerprozesse Essen hatte suchen müssen, waren die Sandwiches von Tante Lorna himmlisch, und er war bereit, sich um seine Cousine zu kümmern, vor allem mit Arabella an seiner Seite.

Als er Arabella ansah, war er erstaunt, dass sie so erfrischt aussah. Einige Drachenfrauen hatten frühe Schwangerschaftssymptome wie Lethargie und Morgenübelkeit.

Es hätte ihn nicht überraschen sollen, dass Arabella gut damit umging. Seine Frau konnte mit allem umgehen, was sie sich vornahm, wenn sie es nur versuchte.

Arabella runzelte die Stirn und schlug leicht gegen seine Seite. „Hör auf zu starren. Dein Blick ermutigt nur meinen Drachen."

Da ihnen Schweres bevorstand, stürzte Finn sich auf ein paar Minuten Frieden mit Arabella. „Oh, aye? Ist sie bereit für noch mehr von meinem wunderbaren Schwanz? Sie hat nicht genug bekommen, oder?"

Arabella seufzte. „Das werde ich nicht beantworten."

Er grinste. „Ich wusste, dass es einen Grund geben musste, warum sie meinen Penis nicht gebrochen hat, als sie die Gelegenheit dazu hatte."

Arabella verdrehte die Augen und sah zu ihm hinüber. „Wir sind hier, um deine Cousine zu besuchen, nicht, um über deinen Schwanz zu reden."

Laylas Stimme unterbrach sie. „So sehr Faye auch etwas Normalität braucht, ich glaube nicht, dass sie etwas über den Penis ihres Cousins hören will."

Finn sah Layla an und zwinkerte. „Aye, du hast recht. Obwohl ich andere Wege habe, um die Stimmung meiner Cousine zu verbessern."

Laylas Blick wurde mitfühlend, und sie senkte die Stimme. „Sie braucht etwas Aufmunterung, aber niemand scheint zu wissen, wie. Nicht einmal ihre Zwillingsbrüder konnten sie provozieren."

Finns Lächeln versiegte. „Sag mir, was wir wissen müssen, Layla, und zwar die ganze Wahrheit."

Layla nickte, ihr langer, dunkler Zopf hüpfte hinter ihr. „Sie ist außer Gefahr und wird sich erholen. Ich werde jedoch nicht wissen, ob sie wieder fliegen kann oder nicht, bis wir ihr den Gips im Laufe der Woche abnehmen. Wenn das Gewebe zu verknotet ist oder die Knochen nicht richtig verheilen, könnte das ihr Gleichgewicht beeinträchtigen."

Arabella fragte: „War sie die ganze Zeit in diesem Zelt eingesperrt?" Layla nickte, und Arabella runzelte die Stirn. „Gibt es eine Möglichkeit, die Außenwände des Zelts zu entfernen, wenigstens einen Teil des Tages? Ich wäre deprimiert, wenn ich in dem Ding bleiben müsste, ohne auch noch etwas zu tun zu haben."

Layla tippte sich ans Kinn. „Vielleicht. Es bedarf einiger Überzeugungsarbeit bei den erfahreneren Ärzten, aber ich werde sehen, was ich tun kann."

Finn sprang ein. „Solange es ihre Gesundheit nicht gefährdet, lass die anderen wissen, dass ich es auch wünsche. Mein Wort könnte dir das Druckmittel geben, das du brauchst."

„Das werde ich." Layla drehte sich um und trennte die Schlitzöffnung. „Kommt. Ihr solltet sie besuchen, solange sie noch wach ist."

Finn atmete einmal tief ein und betrat das Zelt. Nachdem er geblinzelt hatte, um seine Augen an das Licht zu gewöhnen, nahm er den Anblick vor sich wahr.

Faye war zu einer Kugel zusammengerollt, ihr

Kopf unter ihrem Schwanz. Die Pose war zwar nicht ungewöhnlich für einen schlafenden oder ruhenden Drachen, aber die trübe Färbe ihrer blauen Haut beunruhigte ihn; der Farbton verblasste, fast so, als wäre sie eine alte Drachenwandlerin in ihren Dämmerjahren.

Das Zelt war dämmrig, es verbannte die letzten Sonnentage des Septembers. Finn drückte ihre Hüfte. Sie sah zu ihm und fragte: „Was?"

„Ich glaube, du hast recht damit, Faye in die Sonne zu bringen. Das sollte helfen."

Als sie ihren Namen hörte, hob Faye ihren Kopf und begegnete seinem Blick. Die Verzweiflung und das Elend, die er darin sah, nahmen ihm den Atem.

Aber nur für eine Sekunde. Finn hob eine Braue. „Wenn du darauf wartest, dass ich dich verhätschle, wird das nicht funktionieren, Cousine. Ohne den Rausch wäre ich früher gekommen und hätte dir in den Arsch getreten."

Faye senkte den Kopf und schloss die Augen.

Sie hatte noch nie so wenig Lebensfreude gehabt.

Arabella trat von seiner Seite und stellte sich an Fayes Ohr. Sie flüsterte etwas und wartete dann. Als Faye sich nicht bewegte, griff Arabella ein kleines Stück von Fayes Ohr und drehte es.

Faye brüllte. Für den Bruchteil einer Sekunde blieb Finns Herz stehen, und er befürchtete, Faye würde Arabella durch den Raum schlagen. Aber typisch seine Gefährtin gab sie Fayes Schnauze einen Klaps und befahl: „Hör auf. Willst du wirklich Finns Nachkommen verletzen? Ich habe so das Gefühl, es könnte ihn anpissen, ganz zu schweigen von mir. Du willst uns beide doch nicht wütend machen. Wir werden gegen dich gewinnen, selbst wenn deine Brüder dir zu Hilfe eilen."

Faye blickte von Arabella zu Finn und wieder zurück. Dann bewegte sie ihre Schnauze an Arabellas Bauch und atmete tief ein. Nach einer Sekunde verschwand die Traurigkeit ein wenig aus ihren Augen. Es war noch genug da, um einen geringeren Drachenwandler zu deprimieren, aber selbst eine leichte Verbesserung erwärmte Finns Herz.

Er machte einen Schritt auf Fayes Schnauze zu. „Arabella hat recht. Wenn du Tante werden willst, dann benimm dich besser. Das heißt, hör auf, dich selbst zu bemitleiden. Wenn Arabella ihre Tortur überleben konnte, kannst du auch deine überleben."

Faye stieß ihre Schnauze gegen Finns Magen, als wollte sie ihm sagen, er solle sich verpissen. Er streichelte ihre Haut. „Ich lasse dich nicht allein, also verschwende nicht deine Energie." Dann stählte er seine Stimme und befahl: „Werde so bald wie möglich wieder gesund, damit ich von dir hören kann, was passiert ist. Ohne Informationen können wir uns nicht vor neuen Bedrohungen schützen."

Seine Cousine sah ihm in die Augen. Er konnte ihren Gesichtsausdruck nicht lesen, aber er wollte glauben, dass es ihr etwas besser ging. Vielleicht hatten ihre Mutter und ihre Brüder Mitleid mit ihr;

wie er bei Arabella gelernt hatte, war das genau das
Falsche bei starken Alpha-Drachenfrauen.

Arabella meldete sich zu Wort. „Finn, könntest
du uns ein paar Minuten geben? Ich möchte mit
Faye allein reden."

„Du planst doch nicht etwa eine Übernahme
des Clans, oder?"

Sie verzog das Gesicht. „Sei mal eine Sekunde
ernsthaft. Außerdem, wenn ich den Clan
übernehmen wollte, wüsstest du davon nichts, bis es
schon passiert wäre."

Sein Drache schmunzelte. *Ich mag sie.*

*Halt die Klappe, Drache. Du wärst nicht so fröhlich,
wenn es passierte.*

Ich weiß nicht. Sie mag mich.

Finn seufzte übertrieben. „Ich sehe, ich bin
unerwünscht. Ich schätze, dass ich als Vater deines
Kindes keine zusätzlichen Brownie-Punkte verdient
habe."

Arabella zeigte zum Ausgang. „Raus! Sieh dir
an, wie man die Außenwand des Zelts abbaut."

Er tätschelte noch einmal die Schnauze seiner
Cousine und murmelte: „Mach sie nicht wütend,
Cousine. Die Schwangerschaft macht sie herrischer,
und ich möchte nicht ihre Laune abbekommen."

Arabella knurrte. „Das wirst du aber, wenn du
nicht in den nächsten zehn Sekunden gehst."

Als Finn seiner Gefährtin zuzwinkerte, drehte er
sich um und verließ das Zelt. Er entdeckte den
zuständigen Arzt und ging auf ihn zu. Je eher er es
Faye bequem machte, desto eher konnte er

zurückgehen und Grants Neuigkeiten über den Clan hören. Nach dem, was er während seines kurzen Besuchs gesehen hatte, sollte Faye rechtzeitig wieder gesund sein, vor allem mit ihrer Familie hinter ihr. Arabella würde Faye im Alleingang provozieren, bis sie nachgab und tat, was Arabella verlangte.

Sein Clan jedoch wäre nach dem jüngsten Angriff zweifellos zerbrochen. Finn musste die Dinge mit ihnen in Ordnung bringen, so bald wie möglich. Sowohl seine Gefährtin als auch sein zukünftiges Kind brauchten ein stabiles, sicheres Zuhause. Er würde alles in seiner Macht Stehende tun, um dafür zu sorgen, dass Lochguard das war.

ARABELLA WARTETE ETWA DREISSIG SEKUNDEN, um sicherzustellen, dass Finn weg war, bevor sie sich wieder Faye zuwandte. Die Augen des blauen Drachen waren wieder geschlossen, aber wenn Faye andeutete, dass sie Arabella loswerden wollte, sollte sie sich auf eine Überraschung gefasst machen.

Arabella berührte einen Augenwinkel und pikste eine der empfindlichsten Stellen an einem Drachen, bis Faye Luft aus der Nase blies und ihre Augenlider öffnete. Arabella nahm ihren Finger weg. „Besser. Schließ die Augen wieder, und ich fange von vorn an. Du hast ältere Brüder, also weißt du sicher, dass dieser Bereich ziemlich schnell wund werden kann." Faye grunzte, und Arabella fuhr fort: „Richtig.

Dann hör genau zu, denn dies ist eine der wichtigsten Phasen in deinem Leben. Du kannst dich entweder vor deinen Freunden und deiner Familie verstecken, um dich selbst zu bemitleiden, oder du kannst dich deiner Tragödie stellen und ein stärkerer Mensch werden."

Arabella starrte Faye an und wartete auf ein Zeichen, dass die Drachenfrau zuhörte. Als der blaue Drache ihren Kopf ein paar Zentimeter in Richtung Arabella drehte, nahm sie es als Zeichen, weiterzumachen. Arabella verschränkte die Arme vor der Brust. „Meine Vergangenheit macht mich zu einem der wenigen Menschen, die dich wirklich verstehen. Ja, wir haben verschiedene Tragödien durchgemacht, aber eine oberste Beschützerin, die vielleicht ihre Fähigkeit zu fliegen verliert, ist auf ihre eigene Art traumatisiert. Ich wünschte, ich hätte vor zehn Jahren jemanden gehabt, der mir in den Arsch getreten hätte, aber niemand hat sich zur Verfügung gestellt." Arabella lehnte sich einen Bruchteil in Richtung Faye. „Du solltest nur wissen, dass ich hier bin und dich jeden Tag nerven werde, bis du mit dem Selbstmitleid aufhörst und anfängst, für das zu kämpfen, was du willst." Arabella lächelte. „Und ich muss dich warnen, dass ich ziemlich stur bin, wenn ich mir etwas in den Kopf gesetzt habe. Ich bin mir sicher, ich bekomme deine Brüder, Finn und ein halbes Dutzend andere Leute dazu, mir dabei zu helfen, dich wieder auf die Beine zu bringen.

Nick also, wenn du für deine Zukunft kämpfen

willst, oder schließ die Augen, wenn du dich darin suhlen willst, wie ungerecht das Leben ist. Welche Zukunft willst du, Faye MacKenzie?"

Als Fayes riesige Drachenaugen in ihre blickten, festigte Arabella den Griff an ihren Unterarmen. Vielleicht ging sie zu weit, aber Arabella erinnerte sich, wie schnell sie sich vor der Welt versteckt hatte. Schließlich war es am einfachsten gewesen, sich zu verstecken.

Faye sollte wissen, dass sie kämpfen konnte, bevor es überhaupt eine Option war, sich zu verstecken.

Eine Minute verging und dann die nächste. Schließlich nickte Faye, und Arabella klatschte in die Hände. „Fantastisch." Sie machte sich daran, Fayes Schnauze zu streicheln. „Dann ruh dich den Rest der Woche aus und stell dir vor, wie du wieder fliegst. Sobald der Gips abgenommen ist, überlegen wir uns, wie wir dich wieder in luftige Höhen bringen können."

Faye grunzte und klang, als ob sie nicht daran glaubte, dass das je passieren würde.

Trotzdem hatte die Drachenfrau zugegeben, dass sie kämpfen wollte, und das war ein großer Schritt. Einer, für den Arabella fast zehn Jahre gebraucht hatte, um ihn zu schaffen.

Das Sonnenlicht drang ein, und sie wandte ihren Kopf von der Helligkeit ab. Nachdem sie einige Male geblinzelt hatte, sah sie zu, wie sich ein Teil des Zelts öffnete und Finn und ein paar andere Drachenwandler dahinter auftauchten, die die seitliche Leinwand hochrollten. Arabella lehnte sich an die Öffnung heran und fragte: „Kommt noch mehr weg? Durch diese kleine Öffnung kann man kaum den Himmel sehen."

Finn antwortete: „Nun, das kommt darauf an, ob du mich nett fragst oder nicht."

Arabella knurrte. „Um deine Cousine glücklich zu machen, solltest du mich nicht ärgern. Ich lasse einen kleinen Drachenwandler in mir wachsen, erinnerst du dich? Du bist derjenige, der nett zu mir sein sollte."

Als er jemandem an seiner Seite ein Signal gab, kam ein weiterer Teil runter. „Nett ist langweilig, Heather. Das Baby wird dir nur eine begrenzte Anzahl an Ausreden liefern, also wähle sie mit Bedacht."

„Verdammt irritierender Mann."

„Das heißt Drachenmann, Liebes. Und vergiss das nicht."

Arabella kehrte Finn den Rücken zu, und er lachte. Sie flüsterte in Fayes Ohr: „Siehst du, was ich ertragen muss? Ich brauche deine Hilfe, um ihn zu foltern, also werde besser früher als später gesund."

Etwas, das Belustigung ähnelte, blitzte in Fayes Augen auf und erwärmte Arabellas Herz. Mit der Zeit und harter Arbeit würde Faye Arabellas Schicksal nach der Folter der Drachenjäger wahrscheinlich entgehen.

Als sie an ihre Vergangenheit dachte, legte sie eine Hand an ihren Bauch. Sie musste Finn noch alles erzählen, und ein Teil von ihr wollte es tun, so bald wie möglich. Solange sie die Erinnerungen in sich behielt, konnte sie sich nicht wirklich auf ihr Kind konzentrieren, geschweige denn auf Finn und den Clan.

Sie blickte über ihre Schulter und beschloss, es ihm auf dem Rückweg zur Kommandozentrale zu sagen. Sicher, es war vielleicht nicht der beste Zeitpunkt dafür, aber wenn sie es hinauszögerte, könnte Arabella die Nerven verlieren. Von nun an würde es eine Vielzahl von Ablenkungen geben – das Zusammensein mit Finn, das Auffinden von Verrätern, eine Beziehung zu den lokalen menschlichen Dörfern wiederherstellen und vieles mehr. Sie konnte es sich nicht leisten zu warten, oder ihr Baby könnte geboren werden, bevor sie eine weitere Chance bekam.

Faye stupste sie vorsichtig an die Schulter, und Arabella blickte in das große Drachenauge. Es war fast so, als könnte Faye ihre Gedanken lesen.

Arabella tätschelte ihre Schnauze und murmelte: „Ich habe ein paar Dinge zu klären, aber ich komme wieder. Genieß die Sonne."

Damit ging sie hinaus und um das Zelt, um zu sehen, wie Finn den anderen dabei half, die letzte äußere Leinwand zu entfernen. Ihr Drache war immer noch müde und erholte sich vom Rausch, aber sie wachte für eine Sekunde auf und sagte: *Unserer.*

Darin stimmte Arabella ihr zu.

Finn spürte Arabellas Blick auf seinem Rücken, als er half, die Wände des Zelts zu beseitigen.

Er wollte sie unbedingt über ihr Gespräch mit Faye befragen. Selbst von den wenigen Blicken, die er hier und da erhascht hatte, während sie die Zeltwände beseitigten, hatte Finn erkennen können, dass Faye MacKenzie anders war. Was auch immer Arabella ihr erzählt hatte, es war hilfreich.

Vor einem Jahr hätte es ihn verärgert, dass Arabella seiner Familie half, während er es nicht konnte. Jetzt jedoch war er dankbar dafür, dass Arabella MacLeod in seinem Leben war. Er würde sie nie für selbstverständlich nehmen.

Nicht nur, weil er sie liebte oder weil sie ihm ein Kind schenken würde, nein, sein Clan wäre ohne sie schlechter dran. Er begann allmählich, sich auf sie zu stützen und seine eigene Last abzugeben.

Nach einer weiteren Woche würde Arabella sich wie zu Hause fühlen und Befehle erteilen.

Der Gedanke brachte ihn zum Lächeln.

Das letzte Stück der äußeren Leinwand kam runter, und Finn übergab seinen Teil den beiden jüngeren Drachenwandlern, die halfen. Er warf der jungen Drachenfrau ein Lächeln zu und packte die Schulter des jungen Drachenmanns. Sie blinzelten beide eine Sekunde, bevor sie sich murmelnd verabschiedeten und die Leinwand wegtrugen.

Sein Drache meldete sich zu Wort. *Du solltest nicht mit anderen Frauen flirten.*

Ich habe nicht geflirtet. Ich habe nur gelächelt.

Ich glaube nicht, dass unsere Gefährtin das so sehen wird.

Du bist müde und mürrisch. Schlaf weiter.

Bevor sein Tier antworten konnte, baute Finn ein komplexes Labyrinth und schob seinen Drachen hinein. Da sich sein Tier noch von dem Rausch erholte, würde er einfach schlafen, anstatt den Ausgang zu suchen.

Finn ging hinüber zu Arabella und beugte sich hinunter, um sie zu küssen, als sie ihren Kopf drehte. Für eine Sekunde dachte er, sie würde das Flirten ansprechen, aber sie überraschte ihn mit der Frage: „Hörst du auf, mich Heather zu nennen? Jetzt, da der Rausch vorüber ist, bin ich entschlossen, den lächerlichen Spitznamen loszuwerden."

Er nahm ihr Kinn mit den Fingern und zwang ihren Kopf zurück, damit sie ihm in die Augen sah. „Ich weiß, dass er dir tief im Inneren gefällt. Denk nur, eines Tages kannst du unser Kind mit der Geschichte erfreuen, wie ich den cleveren Namen erfunden habe."

Arabella verdrehte die Augen. „Eher kann ich die Geschichte dazu nutzen, ihnen zu erklären, was man nicht tun sollte, wenn man eine Frau umwerben will."

Finn lehnte sich zu seiner Gefährtin. „Ich finde, es hat ziemlich gut funktioniert, nicht wahr, Heather?"

Sie knurrte, aber er hielt sie mit einem schnellen, harten Kuss auf. Als er sich zurückzog, war Arabellas gereizter Blick durch Hitze ersetzt. Doch eine Sekunde später runzelte sie die Stirn.

„Wir müssen zurück zur Kommandozentrale, aber du solltest wissen, dass das noch nicht vorbei ist."

Finn grinste und legte seinen Arm um Arabellas Schultern. „Natürlich nicht. Wir haben gute siebzig Jahre Zeit, um diesen Kampf zu führen."

Arabella schüttelte den Kopf. „Ich bin mir nicht sicher, ob ich jetzt glücklich sein sollte oder nicht."

Er knurrte. „Sei glücklich, Arabella. Du darfst nicht traurig sein." Sie sah mit einem unlesbaren Ausdruck zu ihm hinüber. Der Anblick machte ihn etwas unbehaglich. „Sag mir, woran du gerade denkst, Liebes."

Der andere Kosename linderte die Anspannung unter seinem Arm. Arabella zeigte auf eine der geschützten Felsenstellen, nicht zu weit entfernt. „Gehen wir dorthin, und ich sage es dir, vorausgesetzt, wir haben zehn oder fünfzehn Minuten Zeit. Wenn nicht, kann es warten."

Nach ihrem Tonfall vermutete Finn, dass etwas sie belastete, und sie musste es loswerden.

Er holte sein Handy raus und prüfte, ob es Warnungen gab, aber da war nichts. Er steckte sein Handy in die Tasche, und sie gingen los. „Wir haben etwas Zeit. Außerdem siehst du aus, als könntest du ein paar Minuten Ruhe vertragen."

Als Arabella ohne Erwiderung nickte, beschleunigte sich sein Herzschlag. Seiner Gefährtin ging etwas Ernstes durch den Kopf.

Als sie schweigend zu dem geschützten Bereich gingen, rieb Finn Arabellas Arm und fragte sich, was sein Mädel beunruhigte. Wenn es in seiner Macht stünde, es zu reparieren, würde er es tun.

Arabella MacLeod verdiente Glück, und trotz seiner Neigung, sie aufzuziehen, würde er immer derjenige sein, der es ihr gab.

Sein Drache gab ein halbherziges Grummeln aus dem Labyrinth von sich, und Finn korrigierte sich, *Okay, wir werden derjenige sein, der es ihr gibt. Glücklich?*

Ein Gähnen hallte durch seinen Kopf, und Finn nahm das als ein Ja.

Sie erreichten den geschützten Raum. Als er sein Hemd auszog und es über einen kleinen Felsbrocken legte, deutete er darauf. „Setz dich und sag mir, warum du so still bist, Arabella. Denn offen gesagt ist mir dein Schweigen ein wenig unheimlich."

Kapitel Zweiundzwanzig

Finns Kommentar riss Arabella aus ihrem Kopf. „Wenn man bedenkt, dass manche Leute Gefährten haben, die ihnen sagen, wie schön sie sind. Ich habe einen, der mir sagt, dass ich unheimlich bin."

Finn zuckte die Schultern. „Du magst Ehrlichkeit."

Arabellas Drache meldete sich. *Du hältst ihn hin. Je eher du es ihm sagst, desto eher kannst du die Vergangenheit wirklich hinter dir lassen. Dies ist der letzte Schritt, um ganz und gesund zu sein.*

Letzter Schritt? Seit wann bist du Psychologe?

Ich bin ein Drache. Ich weiß alles.

Arabella wollte keine Zeit damit verschwenden, diesen Punkt zu diskutieren, und blickte zu Finn zurück. „Kannst du für eine Sekunde so tun, als wärst du ein freundlicher, fürsorglicher Gefährte? Was ich zu sagen habe, ist ernst."

Finn kniete vor ihr nieder und nahm ihre

Hände. Mit einer dramatischen Stimme sagte er: „Sagt es mir, Mylady. Ich bin hier, um Ihre Wünsche zu erfüllen."

Arabella seufzte und entschied, dass er weiter lächerlich sein würde, um sie zu ärgern. Sie ignorierte seine Aussage, atmete tief durch und sagte: „Ich möchte dir von der restlichen Zeit erzählen, die ich bei den Drachenjägern verbracht habe."

Finns übertriebener Ausdruck wurde aufrichtig. „Dann sag es mir, Arabella. Ich möchte es hören."

Sie sah weg, aber Finn drückte ihre Hände. Sie sah zu ihm zurück und nutzte die Kraft in Finns Augen. „Wenn du dich erinnerst, ich war groggy und sah zu, wie die Drachenjäger meine Mutter schlugen." Finn nickte, und sie fuhr fort: „Nun, ich nutzte die Kraft meines Drachen und schaffte es, mich lange genug von meinen Entführern zu befreien, um zu wandeln. Meine Arme hatten kaum angefangen zu wachsen, als ich auf den Kopf geschlagen wurde. Ich ging zu Boden, und meine Mutter schrie meinen Namen."

Arabella hielt inne, kämpfte gegen die Erinnerung. Der Schrei ihrer Mutter war voller Angst gewesen, mehr als zu der Zeit, als ihr eigenes Leben in Gefahr gewesen war. Für Jocelyn MacLeod war das Leben ihrer Kinder immer wichtiger gewesen als ihr eigenes.

Finns tiefe Stimme brachte ihn zurück in die Gegenwart. „Und dann geschah was?"

Sie blinzelte mit den Augen, um ihre Tränen

zurückzuhalten, und fasste Finns Hände fester. Der nächste Teil war der schwierigste.

Die Erinnerung traf sie hart und schnell. Brennendes Fleisch, Schreie, der abgestandene Geruch menschlicher Männer. Solange sie lebte, würde sie das nie vergessen.

„Arabella MacLeod-Stewart, sieh mich an."

Sie runzelte die Stirn und blickte in Finns Augen. „Ich habe nie gesagt, dass ich meinen Namen ändern würde."

Einer seiner Mundwinkel hob sich. „Nein, aber es hat dich zu mir zurückgebracht, Liebes."

Als sie die braunen Augen ihres Drachenmanns betrachtete, überkam sie ein Gefühl der Ruhe. Finn wäre immer in der Lage, sie aus den Erinnerungen zurückzuholen, und das zu erkennen, wärmte ihr Herz.

Ihr Drache meldete sich zu Wort. *Dann beeil dich und erzähl ihm den Rest. Ich kann nicht schlafen, wenn all diese schlechten Erinnerungen zurückkommen.*

Himmel, danke für die Unterstützung, Drachen.

Ich unterstütze dich. Du brauchst einfach zu lange. Menschen machen alles kompliziert.

Arabella seufzte, und Finn fragte: „Was hat Lady Dragon jetzt gesagt?"

„Dass Menschen zu kompliziert sind."

Er grinste. „Sie hat recht, aber das Komplizierte macht das Leben lustig. Wenn es nach unseren Drachen ginge, würden wir die ganze Zeit essen, ficken und fliegen."

Ihr Drache schnaubte. *Was ist schlimm daran? Das Leben wäre besser.*

Arabella biss sich auf die Lippe und sagte dann: „Ja, mein Drache stimmt zu."

Finn drückte wieder ihre Hände. „Jetzt, wo du dich wieder wohlfühlst, erzähl mir den Rest. „Wir werden hier nicht weggehen, ehe du es tust."

Sie wusste, dass sie ihn hinhielt, aber sie konnte nicht widerstehen zu fragen: „Was, wenn ich sage, dass unser kleines Drachenbaby ein Steak will? Würdest du mich verhungern lassen?"

Finn knurrte. „Ärgere mich verdammt nochmal nicht damit. Mein Drache ist schon nervös genug, ohne sich zusätzlich Sorgen zu machen."

Es lag ihr auf der Zungenspitze, ihn noch mehr zu ärgern, aber ihr Tier knurrte, und Arabella beschloss, es hinter sich zu bringen. „Ich verkünde Frieden für die nächsten zwanzig Minuten, aber mehr kann ich nicht garantieren."

„Gut, erzähl mir einfach von den verdammten Jägern, Ara. Ich möchte, nein, *muss* alles von dir wissen."

Sie drehte ihre Hände in Finns Griff, schob ihre Finger durch seine und drückte sie zusammen. Egal, ob sie weinte oder irgendwann während der Erzählung zusammenbrach, Finn wäre ihr Fels.

Sie könnte das tun und ein für alle Mal mit ihrer Vergangenheit brechen.

Mit einem Nicken antwortete sie: „Okay." Sie atmete tief ein und zwang dann die Worte heraus. „Als die Jäger mich niedergeschlagen hatten, drehten sie mich um und hielten mich fest." Finn bewegte sich, bis seine Vorderseite ihre Knie berührte. Es half, sie zu erden. „Sie sagten, echte Drachen würden Feuer spucken, und vielleicht brauchte ich etwas, um mich zu beruhigen."

Sie bewegte ihre Hand, um ihren Hals zu berühren, aber Finn drückte ihre Finger und weigerte sich loszulassen. Sie schöpfte aus seinen Gefühlen für sie, schluckte und fügte hinzu: „Zwei der Jäger hielten mich fest, als einer ging. Ich versuchte, mich zu befreien, aber da meine Unterarme gebrochen waren, schickte jede Bewegung tausend Schmerzstiche durch meinen Körper. Das Adrenalin hat geholfen, aber es tat trotzdem weh." Sie schloss die Augen. „Wenn ich nur gewusst hätte, dass das noch harmlos war im Vergleich zu dem, was kommen sollte."

Die Szene mit den beiden Drachenjägern, die Druck auf ihre Arme ausübten, damit sie schrie, kam zurück. Trotz aller Bemühungen hatte Arabella geschrien und fast geschluchzt. Das einzig Gute an der Situation war, dass sie aufhörten, ihre Mutter zu schlagen, um mit ihr fertig zu werden.

Einer der Jäger schlug vor, sie zuerst zu vergewaltigen, aber der andere sagte, sie würden ihre Schwänze nicht mit Drachenmüll beschmutzen; der Gestank würde sich nie abwaschen.

„Arabella, ich klebe dir die Augen auf, wenn es sein muss. Sieh mich an."

Der Stahl in Finns Stimme traf einen Nerv, und sie öffnete die Augen. Sie hätte ihn fast umarmt, als sie eher Irritationen sah, statt Mitleid in seinem Gesichtsausdruck. „Gib einer Drachenfrau etwas Zeit, Finlay. Das ist nicht leicht für mich."

„Du willst bloß Zeit schinden. Komm schon. Ich hab' auch noch andere Dinge zu tun."

Sie wusste tief in ihrem Inneren, dass er den ganzen Tag warten würde, wenn sie die Zeit brauchte, aber sein Kommentar erinnerte sie nicht nur an ihren gemeinsamen Clan, sondern auch an ihren alten.

Kein Verstecken mehr.

Sie sah ihn stirnrunzelnd an. „Es wäre viel einfacher, wenn du aufhören würdest, mich zu unterbrechen."

Er hob eine Braue. „Verweile zu lange in einer Erinnerung, und sie übernimmt. Denk dran, Mädel, ich war da, wo du warst. Meine Eltern vor meinen Augen sterben zu sehen, war nicht einfach."

„Du hast mir noch nicht gesagt, wie du überlebt hast."

Er schüttelte den Kopf. „Bis du mir deine Geschichte erzählst, wirst du dich auch immer wieder fragen, Heather."

Ihr Drache schnaubte. *Warum bist du noch nicht fertig? Ich bin müde und hungrig. Sag es ihm, oder er wird uns nie füttern.*

Wir haben gerade gegessen.

Das war nicht annähernd genug. Drachenbabys brauchen viel Energie, um zu wachsen.

Arabella atmete einmal tief ein und betrachtete den Himmel. Die sich langsam bewegenden

Wolken halfen, ihren Zorn und ihre Angst etwas zu lindern. Sobald sie ihre Pflichten erfüllt hatte, sollte sie einen schnellen Flug machen und ihre Flügel ausbreiten, um ihren Kopf von den Bastard-Jägern zu befreien und wie sie ihre Familie zerstört hatten.

Sie blickte zurück zu Finn und zwang ihre Stimme wieder zu funktionieren. „Einer der Jäger kam mit einem Benzinkanister zurück. Zuerst dachte ich, er bluffte. Drachen wurden für ihr Blut geschätzt, also warum sollte er einen töten wollen? Ich hatte erwartet, dass sie mich einsperren, bis ich erwachsen bin.

Doch als er näherkam, wurde der Geruch von Benzin stärker. Dann nahm er die Kappe ab und spritzte etwas auf den Boden. Da wusste ich, dass er nicht bluffte."

Die Aufregung und Vorfreude, die in den Augen des Drachenjägers tanzten, verfolgten sie bis heute.

Finn kam näher, und die Erinnerung an Benzin wurde durch die Mischung aus Wind und Torf ersetzt, die sie mittlerweile mit ihrem Gefährten in Verbindung brachte. Sie wollte nicht, dass die Erinnerungen gewannen, und fuhr fort: „Der Jäger mit dem Benzin blieb neben mir stehen und befahl meiner Mutter, näher heranzukommen, um zuzuschauen. Der Jäger, der sie bewachte, gehorchte, und als meine Mutter mich anstarrte, war ich erstaunt über die Kraft in ihren Augen. Trotz allem, was die Jäger ihr angetan hatten, war sie nicht gebrochen."

Finn schmiegte sich an ihre Wange. „Deine Mum klingt ein wenig wie jemand, den ich kenne."

Arabella schüttelte den Kopf. „Sie hätte sich nie so vor der Welt versteckt wie ich. Meine Mutter war so viel stärker als ich."

Um ihr wieder in die Augen zu sehen, murmelte Finn: „Ich werde diesen Punkt später diskutieren, weil du verdammt fantastisch bist, Arabella MacLeod. Aber jetzt musst du mir erst einmal den Rest erzählen."

Obwohl der schlimmste Teil ihrer Erinnerungen kam, war ihr Magen ziemlich ruhig. Ja, ihre Handflächen waren etwas verschwitzt, und ihr Herz tat weh über den Verlust ihrer Mutter, aber das war nicht so schlimm im Vergleich zu ihrem Rückschlag vor ein paar Tagen, als sie nackt durch Lochguard gelaufen war.

Und das alles wegen ihres Gefährten Finlay. Ihr Herz erwärmte sich bei dem Gedanken, wie viel der Drachenmann ihr mittlerweile bedeutete. Ohne ihn würde sie nie ruhig die Geschichte erzählen, wie sie gefoltert worden war.

Sie hielt Finns Blick und fuhr fort: „Sobald meine Mum nah genug stand, hat der Jäger über mir Benzin auf meinen Hals gesprenkelt. In dem Moment, als die Flüssigkeit auf meine Haut traf, sammelte sich die Angst in meinem Bauch. Ich habe versucht, stark zu sein wie meine Mum, aber als er sich zu meinem Arm bewegte und meinen Körper hinunter, fing ich an zu weinen." Arabella blickte weg, zu den Hügeln in der Ferne. „Ich flehte ihn an, damit aufzuhören, und fragte, warum er mir das antun würde. Und weißt du, was der Jäger gesagt hat?"

Finns Stimme war stählern, aber sanft, als er fragte: „Was?"

Sie sah in seine braunen Augen und spie: „Dass Drachenwandler nur als Spielzeug der Menschen lebten. Unser Leben spielte keine Rolle, und ich würde diese Lektion lernen."

Knurrend flackerten Finns Pupillen zu Schlitzen und zurück. „Wenn der Bastard nicht tot ist, werde ich ihn finden und ganz langsam töten."

Auch wenn Finns Gefühle ihr Herz erwärmten, konnte sie es nicht annehmen. Wie sie ihren Drachenwandler kannte, entwickelte er ausgefeilte Rachestrategien, wie er die Carlyle-Drachenjäger ausschalten konnte, ohne das Gesetz zu brechen.

Arabella runzelte die Stirn. „Der Bastard ist bereits tot, aber ich komme gleich dazu. Wenn du mich zu Ende reden lassen würdest, wüsstest du es."

„Ruhig zu bleiben ist nicht meine Stärke, aber ich werde mich mehr bemühen. Mach schon weiter."

Da ihr Po taub war, bewegte Arabella sich hin und her, bis sie sich wohler fühlte. Sie merkte, dass Finn sie fragen wollte, ob es ihr gut ging, aber sie musste ihm zugutehalten, dass er den Mund hielt.

Sie kämpfte gegen ein Lächeln an, als sie Finns verkrampften Kiefer sah, und räusperte sich. „Nachdem der Jäger mich aufgesetzt hatte, hat er das letzte Benzin auf mein Bein geschüttet und die

Dose beiseite geworfen. Als er ein Feuerzeug rausnahm, bin ich erstarrt. Er mochte ein Jäger sein, aber er würde mich doch nicht lebendig verbrennen.

Dann bestätigte das entschlossene Leuchten in seinem Auge, dass er genau das tun würde."

Obwohl sie bei Finn sicher war, schlug ihr Puls unregelmäßig. In dieser Sekunde war sie wieder siebzehn und auf dem Boden, mit Benzin getränkt, mit einem Feuerzeug ein paar Meter von ihr entfernt und ohne eine Möglichkeit zu entkommen.

Ihr Drache knurrte. *Ich bin hier, und das werde ich immer sein. Wir haben überlebt. Ich lasse nicht zu, dass dich die Erinnerungen verletzen.*

Sie finden immer einen Weg, mich zu verletzen, besonders in meinen Träumen.

Das liegt daran, dass ich nicht auf dich aufgepasst habe. Bei Finn und mir wirst du nie wieder einen Albtraum haben.

Der Tonfall ihres Drachens durchbrach ihre Angst. *Du scheinst dir deiner ziemlich sicher zu sein.*

Natürlich. Wann bin ich das nicht?

Arabella lächelte über die Worte ihres Drachen, und Finn fragte: „Arabella? Bitte sag mir, dass du über die Worte deines Drachen lächelst, sonst mache ich mir tatsächlich ein wenig Sorgen."

Als sie Finns Blick begegnete, schüttelte sie ihre ineinanderliegenden Hände. „Schhh. Ich versuche, eine Geschichte zu erzählen."

Er neigte den Kopf und murmelte: „Dann macht weiter, Mylady."

Mit ihm und ihrem Drachen hatte Arabella die

Kraft weiterzumachen. „Panik packte mein Herz, und während ich die Schmerzen in meinen verletzten Handgelenken ignorierte, kämpfte ich, bis meine Mutter eine alte Melodie summte. Ich sah ihr in die Augen, und sie nickte unmerklich. Sie hatte einen Plan."

Für eine kurze Sekunde glaubte Arabella, dass sie und ihre Mutter beide einen Weg nach Hause finden würden.

Wie naiv sie gewesen war.

Vorschnell zwang sie ihre Stimme, wieder zu funktionieren. „Der Jäger entzündete eine Flamme, und sie blieb, da das eines dieser schicken Feuerzeuge war, die anbleiben, bis man den Deckel schließt. Er starrte mich mit seinen aufgeregten Augen einfach an. Ich war damals zu jung, um es zu wissen, aber rückblickend war es Aufregung vermischt mit Begierde. Der Bastard wurde geil, wenn er Drachen folterte.

Der Anblick ließ mich an meiner Mum zweifeln, und ich kämpfte wieder. Ich schaffte es, gegen den Jäger über mir zu rollen, und er ließ das Feuerzeug fallen. Während es meinen Körper verfehlte, fiel es in das Benzin auf dem Boden. Eine Sekunde später erreichte es meinen Arm und bedeckte die rechte Seite meines Körpers."

Die Flammen waren ihren Arm und ihren Hals hinaufgeschossen und hatten einen unbeschreiblichen Schmerz durch ihren Körper gejagt. Es war, als hätte jemand, anstatt eine Tasse kochendes Wasser auf ihre Hand zu schütten, kochendes Wasser über die Hälfte ihres Körpers gegossen.

Adrenalin und Schock waren nicht genug, um sie davon abzuhalten, so laut zu schreien, dass ihr Hals schmerzte.

Finn ließ eine Hand los, um ihre Wange zu berühren. Das sanfte Streicheln seines Daumens trug dazu bei, den Phantomschmerz zu betäuben, lebendig verbrannt zu werden.

Als sie in seine Augen sah, nickte er nur. Er glaubte an sie.

Er räusperte sich, und sie wurde daran erinnert, dass sie nicht in der Vergangenheit gefangen war. Ihre Verbrennungen waren verheilt, und ihr Hals war in Ordnung. „Ein paar Sekunden später schrie meine Mum. Trotz der Drogen, die sie ihr gegeben hatten, hatte sie es geschafft, eine ihrer Hände in Krallen zu verwandeln, und den Mann, der sie hielt, gekratzt und sprang jetzt auf meinen Körper. Ich erinnere mich nur vage daran, dass sie mich auf dem Boden rollte, um die Flammen zu ersticken. Zu diesem Zeitpunkt pochte mein ganzer Körper, und ich war kaum noch bei Bewusstsein."

Arabellas Augen prickelten mit Tränen, und sie schloss sie, um nicht zu weinen. Ihre Mutter hatte ihr eigenes Schicksal besiegelt, indem sie Arabella rettete.

Finn streichelte ihre Wange noch mehr. „Du hast es fast geschafft, Heather. Du lebst heute noch, also sag mir wie."

Arabella drückte ihre Augen fester zusammen,

und Finn wischte mit dem Daumen die einzelne Träne fort, die über ihre Wange rollte. Dann küssten seine Lippen ihre Haut, wo die Träne gewesen war.

Ihr Drache meldete sich zu Wort. *Ihm liegt etwas an uns. Erzähl ihm den Rest. Er hat sich die ganze Wahrheit verdient.*

Es ist nicht so leicht, wie du denkst. Außerdem ermutigst du mich fertig zu werden, damit du essen kannst.

Vielleicht. Ich will jagen. Ein Drachenjäger oder Drachenritter wäre lecker.

Seufzend öffnete Arabella die Augen. „Nur damit du es weißt, mein Drache will einen unserer Feinde fressen."

Einer von Finns Mundwinkeln zuckte nach oben. „Von mir wirst du keine Beschwerde hören."

Als sie in seine Augen blickte, versuchte sie sich zu erinnern, wie das Leben ohne Finn gewesen war. Während sie sich immer an ihre Nichte, ihren Neffen und Mel und Tristan erinnerte, war der Rest verschwommen. Finlay Stewart hatte nicht nur Licht und Lachen in ihr Leben gebracht, er hatte auch die Drachenfrau gesehen, die sie sein konnte, und sie Stück für Stück herausgerissen, bis Arabella sich gegen Duncan Campbell behaupten konnte, ohne mit der Wimper zu zucken.

Und wer wusste aus welchem Grund, aber sie verliebte sich in Finn, den eingebildeten Bastard.

Aufgrund der Wärme um ihr Herz entschied Arabella, dass sie nicht die Folter ihre Zukunft verderben lassen wollte. Es war an der Zeit, den Rest zu erzählen und neu anzufangen.

Stirnrunzelnd antwortete sie: „Wir können später über Feinde diskutieren. Kannst du noch eine Minute lang still sein?"

Ohne Ton sagte er das Wort „vielleicht", und sie verdrehte die Augen. Das Leben mit Finn wäre alles andere als einfach. Aber sie würde ihn nicht gegen einen anderen Mann eintauschen.

Während sie Gedanken an die Zukunft beiseiteschob, konzentrierte sie sich darauf, ihre Geschichte zu beenden. „Als meine Mum die Flammen gelöscht hatte, schlug sie mir auf die gute Seite meines Gesichts und sagte mir, ich solle wach bleiben. Einer der Jäger kam auf uns zu, derjenige, der das Benzin verschüttet hatte, und sie drehte sich um, um sein Herz mit ihren Krallen aufzuspießen. Dann hob sie mich hoch und rannte zum nahegelegenen Fluss. Kurz bevor sie mich ins Wasser legte, war ihre Stimme streng, als sie mir sagte, dass sie mich liebe und dass ich verdammt nochmal besser am Leben bleiben solle. Tristan brauchte mich.

Mit meiner geringen Kraft flehte ich sie an, sich mir anzuschließen, aber sie schüttelte den Kopf und sagte, sie müsse die Jäger lange genug ablenken, damit ich entkommen könne."

Ihre Kehle schloss sich. Sie atmete ein paar Mal ein und aus und linderte die Spannung in ihrem Hals. „Dann hörte ich die Jäger kommen. Sie legte mich im Wasser auf den Rücken und schrie, ich solle über Wasser bleiben, bevor sie mich wegstieß. Ich war nur halb bei Bewusstsein, aber mein Drache brüllte in meinem Kopf und hielt mich wach. Da ich im Lake District aufgewachsen bin, war es für mich selbstverständlich, auf dem Rücken zu treiben."

Sie hielt inne, und ihr Drache knurrte. *Bring es zu Ende.*

Sie streckte ihre freie Hand aus und berührte Finns Wange. Die leichten Stoppel halfen ihr, sie in der Gegenwart zu erden. „Als ich anfing, flussabwärts zu treiben, wandte sich meine Mum den Jägern zu. Ich war etwa fünf Meter flussabwärts, als ich zusah, wie meine Mum sie angriff. Einer der Jäger legte seinen Arm um ihren Hals, während ein anderer sie schlug. Dann verdrehte ihr der Mann hinter ihr den Hals, und sie fiel zu Boden."

Tränen rollten über ihre Wangen, und Finn öffnete den Mund, aber Arabella unterbrach ihn. „Als ich sah, wie die Mörder meiner Mum ihren leblosen Körper traten, war ich zu erschöpft, um auch nur zu weinen. Meine Mum starb, weil sie mich rettete, und alles, was ich tun konnte, war, dazuliegen und zuzusehen. Niemand konnte je ihre Leiche finden, und ich hatte nie die Möglichkeit, mich zu verabschieden oder ihr ein letztes Mal zu sagen, dass ich sie liebe."

Ihre Stimme brach. Sie griff nach oben, um die Tränen wegzuwischen, aber Finns Finger kamen ihr zuvor.

Für ein paar Sekunden starrten sie einander nur in die Augen. Arabella vermittelte die Schmerzen und die Traurigkeit, die sie nicht aussprechen konnte, während Finns Augen Kraft und Liebe enthielten.

Schließlich bewegte Arabella ihre freie Hand, um sie auf Finns an ihrer Wange zu legen. „Ich brauche dich jetzt, Finn. Halt mich."

Ohne ein Wort zog Finn sie an sich heran. Sie schloss die Augen und erfreute sich an der Hitze seiner Haut, dem leichten Flaum seiner Brusthaare und der Mischung aus Torf und Wind, die einzigartig für Finlay war. Solange sie ihren Drachenmann hatte, würde sie sich immer sicher fühlen.

Jede Sekunde an seiner Brust half, die Schmerzen über den Tod ihrer Mutter und Arabellas Folter auszulöschen. Zum ersten Mal glaubte sie wirklich, sie könne es hinter sich lassen und es würde fortbleiben.

Finn rieb ihr den Rücken, und nach ungefähr einer Minute sprach er endlich. „Es tut mir leid, Ara. Auch wenn ich weiß, dass es nichts bewirken wird, sollst du wissen, dass es mir aufrichtig leidtut."

Sie lächelte traurig. „Es macht mir nichts, da es von dir kommt. Nur wenn mich jemand mit Mitleid ansieht, kann ich das nicht ertragen. Ich werde nie den Blick der Drachenwandler vergessen, die mich gefunden haben. Ihr Mitleid und ihr Entsetzen haben die Weichen gelegt für das, was passieren würde, wenn ich zu Hause wäre. Und ohne die Stärke meines Drachen, die ich nutzen konnte, da sie vor Angst in meinen Hinterkopf gedrängt worden war und sich weigerte, herauszukommen, entschied ich: mich zu verstecken, war die beste Option." Sie lehnte sich zurück und musterte seinen Blick. „Ich werde nicht zulassen, dass Faye dasselbe tut."

FINNS LIEBE zu Arabella MacLeod verdreifachte sich durch ihre Worte und die Entschlossenheit in ihren Augen. „Da erzählst du mir von der Folter, und machst dir Sorgen um meine Cousine. Du hast es vielleicht auf Stonefire gut verborgen, aber du hast ein großes Herz, Mädel."

Arabella wackelte auf dem Felsen. Sie mochte keine Komplimente, aber er würde das irgendwann reparieren.

Im Moment jedenfalls rieb er mit seinen Händen an ihren Armen hinauf und hinab. „Sobald alles mit dem MDA, Duncan und den Drachenrittern geregelt ist, werden wir Faye gemeinsam angehen." Nach der Stärke in Arabellas Augen zu urteilen, war sie bereit, ein wenig Necken zu ertragen, also zwinkerte er. „Ich lasse mich sogar von dir herumkommandieren. Ich bin sicher, das wird dir gefallen."

Arabella runzelte halbherzig die Stirn. „Nicht, dass du meine Befehle befolgen würdest. Ich sollte dir einfach das Gegenteil von dem sagen, was ich will. Auf diese Weise können die Dinge schneller erledigt werden."

Er grinste. „Dann würde ich sie befolgen, nur um dich zu ärgern. Schließlich bist du knackig, wenn du wütend bist."

Arabella schüttelte den Kopf. „Ich frage mich manchmal, warum ich dich überhaupt mag."

Finn lehnte sich näher, bis er ein paar Zentimeter von Arabellas Lippen entfernt war, und flüsterte: „Weil ich brillant bin, deshalb."

Arabella versuchte, die Stirn zu runzeln, aber am Ende schnaubte sie, als er mit den Augenbrauen wackelte. Finn konnte nicht widerstehen und küsste sie langsam, knabberte und streichelte, bis sein Mädel seufzte. Dann löste er sich von ihr und lehnte seine Stirn gegen ihre. „Ich wünschte, wir könnten den Rest unseres Lebens so verbringen und einfach im Freien herumknutschen. Sex wäre auch fantastisch. Ich würde gerne sehen, wie die Sonne deine Haut streichelt, während du dich an einen Baum lehnst und ich dich von hinten nehme."

Sie schlug ihm auf die Brust. „Finn, hör auf. Wir haben keine Zeit dafür. Zumindest nicht jetzt."

„Oh, also später? Ich habe auch den perfekten Teil des Waldes dafür. Es ist mein geheimer Ort, aber ich werde ihn mit dir teilen."

„Finlay", warnte Arabella. „Dein Schwanz sollte jetzt sowieso wund sein. Außerdem gibt es eine Riesenmenge zu tun."

„Ja, ich weiß", antwortete Finn. Dann lächelte Arabella, als hätte sie ein Geheimnis, und er verlangte zu wissen: „Sag mir, dass du nicht daran denkst, mir den Schwanz zu brechen. Wenn du dich ausruhen willst, sag es einfach. Ich habe gerne einen funktionierenden Penis."

Arabella grinste und der Drang, ihr die Kleider runterzureißen und sie wieder zu nehmen, zog durch seinen Körper. Er knurrte seinen Drachen an. *Hör auf. Du hattest sechs Tage fast ununterbrochen Sex. Gönn dem Mädel etwas Ruhe.*

Das war nicht ich. Hör auf, mich als Ausrede zu benutzen. Du bist nur ein notgeiler Typ.

Finn wollte sich nicht mit seinem Tier streiten und fügte hinzu: „Du wirst es mir nicht sagen, oder?"

„Sagen wir einfach, es ist eine Überraschung. Du musst nur herausfinden, wie du es dir verdienen kannst."

„Bekomme ich einen Hinweis?"

Arabella tippte sich ans Kinn. „Den würde ich dir ja geben, aber du bist so verdammt brillant, dass du es selbst herausfinden kannst."

Er wollte gerade schon knurren, als sein Handy vibrierte. Finn holte es aus der Tasche, überprüfte seine Nachrichten und fluchte.

Arabella fragte: „Was ist passiert?"

Er sah auf und antwortete: „Weniger passiert, als vielmehr ein verdammt schlechtes Timing. Bram und Tristan sind auf dem Weg hierher. Da sie schnell fliegen, sollten sie in etwa einer Stunde hier sein."

„Was? Woher wissen sie überhaupt, dass der Rausch vorbei ist?"

„Ich schätze, Tante Lorna. Ich liebe sie, aber sie mischt sich gern ein."

„Ich verstehe das nicht. Der Rausch ist vorbei. Wir werden ein Kind zusammen bekommen, und ich nehme eine Paarungszeremonie an. Was gibt es noch sich einzumischen?"

„Ich weiß nicht, aber ich bin entschlossen, es herauszufinden." Finn stand auf und bot Arabella seine Hand an. „Wir müssen uns beeilen, wenn wir uns Grants Bericht anhören wollen, bevor sie eintreffen. Bist du bereit dafür? Oder war es zu emotional anstrengend, mir deine Vergangenheit zu erzählen, und du brauchst eine Pause?"

Arabella legte eine Hand in seine. „Natürlich bin ich bereit. Ich bin etwas beleidigt, dass du überhaupt fragen musstest."

Er zog sie hoch und drehte ihr Gesicht zu sich. „Versprich mir, dass du mir sagst, wenn du eine Pause brauchst, etwas zu essen oder was auch immer. Angesichts des Rauschs und der frischen Schwangerschaft brauchst du zusätzlich zu deinen schmerzhaften Erinnerungen Zeit, um dich zu erholen." Arabella öffnete den Mund, doch er unterbrach sie. „Du bist stark, Ara. Verdammt, du bist einer der stärksten Menschen, die ich kenne. Aber es ist okay, um Hilfe zu bitten, wenn man sie braucht. Wenn du es nie tust, wird mich mein Drache ständig mit deinem Wohlergehen nerven. Und du willst doch nicht, dass ich den Verstand verliere, oder?"

Sein Drache grunzte. *Es ist meine Aufgabe, dafür zu*

sorgen, dass unsere Nachkommen gesund geboren werden. Ich werde tun, was immer nötig ist.

Ja, und dann wird Arabella dich hassen. Willst du das?

Sie wird mich nie hassen. Sie mag mich. Sie wird ihre Wut an dir auslassen.

Genau, antwortete Finn trocken.

Arabella berührte seine Wange, und er sah in ihre Augen. „Finn, ich bitte nicht gerne um Hilfe, aber wenn ich jemanden frage, dann dich. Ist das gut genug?"

Er legte seine Hand über ihre und murmelte: „Das reicht fürs Erste. Ich bin mir sicher, dass wir diese Neuverhandlung fortsetzen werden, wenn das Baby größer wird." Er blickte auf ihren Bauch und legte seine andere Hand dorthin. „Unser Baby." Er blickte wieder auf und fügte hinzu: „Es muss bei mir immer noch ankommen. Ist es für dich schon real?"

„Ich habe ständig verdammten Hunger, also ist es schwer zu vergessen." Ihr Gesichtsausdruck wurde sanfter. „Aber ja, es sinkt langsam ein. Ich hoffe nur, dass unser kleines Mädchen nicht so charmant ist wie du, sonst werden wir viele Probleme haben."

„Und unser kleiner Junge wird so stur sein wie du, was bedeutet, dass ich Verstärkung brauche, oder ich werde völlig grau, bevor ich vierzig bin."

Arabellas Ausdruck schwankte eine Sekunde. „Du willst also kein Mädchen?"

Finn verdrehte die Augen und zog Arabella zu sich. „Mir ist egal, welches Geschlecht das Kind hat, solange es unser ist." Er bewegte sich zu ihrem Ohr und flüsterte: „Aber wenn du es vermeiden könntest, mir zwei oder drei Babys auf einmal zu geben, würde ich das sehr zu schätzen wissen."

Arabella küsste seine Wange. „Glaub mir, da stimme ich dir zu. Ein einzelnes Kind genügt fürs erste Mal."

Lachend näherte Finn sich wieder Arabellas Lippen und küsste sie sanft. „Klingt nach einem guten Plan." Er zog sich zurück und hielt Arabella an seiner Seite. „Da das geklärt ist, haben wir nur noch zwanzig weitere Pläne für den Clan. Bereit, sie anzugehen?"

Sie gingen los, und Arabella antwortete: „Natürlich. Ich werde von Grant erfahren, was mit dem MDA passiert ist, und dann werden wir uns Bram und Tristan gemeinsam stellen." Sie hielt inne und fügte dann hinzu: „Achte nur darauf, mich zu füttern, während wir das tun. In meinem ganzen Leben war ich noch nie so hungrig."

Finn drückte ihre Schultern. „Ich kann dir einen ganzen Schweinebraten als Vorspeise bestellen, Liebes. Und dann vielleicht fünfzehn Sandwiches für das Hauptgericht?"

Sie knuffte seine Seite. „Sei nicht so albern."

Finn warf einen Blick auf Arabellas Gesichtsausdruck und grinste. „Niemals, Arabella MacLeod. Du hast mich an der Backe."

Sie kämpfte gegen ein Lächeln und verlor. „Ich nehme an, es könnte schlimmer sein." Er knurrte, und sie grinste. „Du reichst, Finlay, du reichst."

Er schmunzelte. „Wir werden dich im

Handumdrehen dazu bringen, dass du Schottisch kannst, Mädel. Du wirst schon sehen."

Während sie weiter scherzten, genossen sowohl Mensch als auch Tier die Zeit mit ihrem Gefährten. Finn hoffte nur, dass er in Zukunft mehr Zeit mit ihr haben würde. Soweit er wusste, würden die Drachenritter wieder angreifen. Oder vielleicht konnten sich die Drachenjäger zusammentun und sie suchen.

Der erste Schritt zur Sicherung einer glücklichen Zukunft mit Arabella bestand darin, von Grant herauszufinden, was getan wurde und was noch getan werden musste. So sehr er es auch nicht wollte, doch Finn beschleunigte sein Tempo.

Kapitel Dreiundzwanzig

Nachdem Grant das Video des MDA ausgeschaltet hatte, in dem die Drachenritter aufgenommen worden waren, sah Arabella zwischen Finn und Grant hin und her und sagte: „Die Übertragung des Feeds sollte uns eigentlich helfen. Aber hiermit wirken die Drachen einfach nur dem MDA untergeordnet."

Grant meldete sich zu Wort. „Angesichts der Botschaft der Drachenritter, dass Drachen über Menschen herrschen wollen, wird unser unterwürfiges Aussehen uns helfen."

Finn rieb sich den Nacken. „Aye, Grant hat recht. Mir wäre es lieber, wenn alle denken, dass wir nett sind, als das Gegenteil. Das heißt natürlich nicht, dass ich nicht an Strategien denken werde, um unseren Clan besser zu schützen."

Sein Drache meldete sich zu Wort. *Finn hat recht. Lass sie denken, wir seien schwach. Dann, wenn wir den Clan beschützen müssen, werden wir sie überwältigen.*

Du weißt nichts von Strategien.

So zu tun, als wäre man schwächer als man ist, um jemanden zu täuschen, ist eine grundlegende Idee für ein Raubtier. Sonst essen wir vielleicht nie.

Ihr Tier hatte recht, aber Arabella beschloss, es nicht zu sagen, sonst würde ihr Drache unerträglich werden.

Doch ihr Drache lachte leise. *Ich kann deine Gedanken hören. Gib dir mehr Mühe, wenn du ein Geheimnis bewahren willst.*

Anstatt laut zu schnauben, sah Arabella zu Grant. „Hat das MDA versprochen, bei den Drachenrittern weiterzuhelfen? Oder reicht es ihnen erst einmal, dass ihr Ruf wiederhergestellt ist, und wir sollen mit gebundenen Händen alle schützen?"

Grant hob eine Braue. „Du bist ein skeptisches Mädel."

„Sagen wir einfach, das MDA ist nicht gerade meine Lieblingsinstitution."

Finn zog sanft an ihren Haaren, und sie sah zu ihm. Er neigte den Kopf. „Sie haben dir deine Schwägerin und Brams Gefährtin gegeben. Ich hätte gedacht, das zählt auch."

„Das ist jetzt alles nicht wichtig. Ich will nur dafür sorgen, dass unser Clan geschützt ist."

Finn lächelte träge. „Schön, dass du Lochguard als dein Zuhause betrachtest, denn du gehörst hierher."

„Du musst mich noch um eine richtige Paarung

bitten, wie ich andeuten möchte. Wenn du mich zu lange warten lässt, werde ich vielleicht einfach zu einem längeren Besuch zu meinem Bruder fahren."

Finn zuckte die Schultern. „Du kannst es versuchen." Seine Augen wurden streng. „Aber ich werde dich zurückholen und mir Zeit nehmen, dich vom Bleiben zu überzeugen."

„Du hast immer noch nicht gefragt."

„Das ist impliziert."

Arabella wusste nicht, ob sie streiten oder den verdammten Mann küssen wollte. Zum Glück räusperte Grant sich und gewann ihre Aufmerksamkeit. „Der Stonefire-Anführer wird bald hier sein. Wir sollten dieses Treffen bis dahin beenden."

Arabella nickte, und Finn sprang ein. „Ist Duncan noch in Gewahrsam?"

„Ja", antwortete Grant, bevor er jedem eine Mappe überreichte. Arabella öffnete ihre und überflog die Informationen, als Grant weiter sagte: „Sobald wir wussten, dass wir nach Verbindungen zwischen Duncan und Marcus vom Clan Skyhunter suchen mussten, war es leicht, Beweise zu finden, um ihn dranzukriegen. Ian und Emma MacAllister konnten E-Mails zwischen den beiden finden, in denen sie den Angriff planten. Marcus war zwar vorsichtig und hat nie Hinweise darauf gegeben, dass er es war – weder Name noch identifizierbare Merkmale in der E-Mail-Adresse – aber die IP-Adresse sagte uns, dass es von Clan Skyhunter kommen musste. Und soweit ich weiß, gibt es dort niemanden, der hinter Marcus Kings Rücken etwas planen würde."

Der Anführer von Clan Skyhunter hatte den Ruf, mit Angst und Schrecken zu regieren. Sie hoffte nur, dass eines Tages jemand anderes die Clanführung übernehmen würde. Sie wollte ihr Kind nicht in eine Welt bringen, in der sich ein ganzer Drachenclan gegen Lochguard oder die menschliche Regierung wenden und Chaos verursachen könnte, ganz zu schweigen davon, Melanies harte Arbeit hinfällig zu machen.

Grant verschob einige Papiere und legte eins vor sie und Finn. „Das MDA hat Finn die Befugnis erteilt, Duncans Strafe festzulegen." Grant legte ein weiteres Stück Papier hin. „Sie sagten auch, dass du, sobald du Lochguard gesichert hast und seine Sicherheit beweisen kannst, ein menschliches Opfer bekommen kannst."

Finn nickte. „In beiderlei Hinsicht gut."

Arabella wusste, dass es ihr zu einem späteren Zeitpunkt wichtig wäre, einen Drachenwandler-Mann zu wählen, der mit dem menschlichen Opfer zusammengebracht werden sollte. Schließlich hatte sie aus erster Hand gesehen, dass ein Treffer mehr sein konnte als ein Vertrag und eine daraus resultierende Transaktion. Vielleicht konnte sie einem Lochguard-Drachenmann helfen, die Liebe zu finden.

Ihr Drache lachte leise. *Ich hätte nie gedacht, dass du jemandem helfen würdest, die Liebe zu finden.*

Halt die Klappe, Drache. Ich kann manchmal romantisch sein.

Ja, richtig.

Sie schob ihren Drachen in den Hinterkopf. Das Verkuppeln müsste ohnehin warten. Im Moment machte sie sich mehr Sorgen um den Verräter. „Was wirst du jetzt mit Duncan anstellen, Finn?"

FINN SOLLTE FROH SEIN, dass sein Clan für ein Opfer zugelassen wurde, denn es wäre Lochguards erstes seit fast vier Jahren. Aber zu beweisen, dass Lochguard wieder sicher war, bedeutete eine Menge Arbeit, und er hatte nicht die Zeit, sich mit allem zu beschäftigen, was getan werden musste.

Als erstes musste er sich um Duncan Campbell kümmern.

Er nahm die Genehmigung des MDA für Duncans Verurteilung und überflog den Wortlaut: *Gemäß dem 1984 unterzeichneten Abkommen kann die Intra-Clan-Justiz von Fall zu Fall ausgeübt werden. Der Antrag, Duncan Campbell zu verurteilen, wurde genehmigt. Füllen Sie die erforderlichen Papiere innerhalb von zwei Wochen nach der Verurteilung aus.*

Genau das, was er wollte: mehr Papierkram.

Als er das Papier weglegte, begegnete er Arabellas Blick. „Nachdem ich alle Fakten gesammelt habe, werde ich sie dem Clan präsentieren, und sie werden über Duncans Schicksal entscheiden."

Arabella fragte: „Du lässt sie einfach alles tun? Das erscheint mir ein wenig riskant."

„Natürlich nicht. Manche werden ihn auf dem Scheiterhaufen verbrennen wollen, oder so etwas. Aber ihre Stimmen haben es verdient, gehört zu werden. Sie wissen, dass die endgültige Entscheidung bei mir liegt." Er massierte Arabellas Schulter. „Hatte Stonefire noch nie eine Verurteilung innerhalb des Clans?"

Arabella schüttelte den Kopf. „Nicht mehr, seit ich ein Kleinkind war und zu jung, um mich zu erinnern. Neil Westhaven wäre wahrscheinlich der Erste gewesen, aber du hast ihn ja getötet, bevor das passieren konnte."

Finn knurrte. „Der Bastard war nur wenige Sekunden davon entfernt, Evie Marshall zu töten. Ich bereue nichts."

Arabella lehnte sich minimal nach vorn. „Das weiß ich. Ich bereue es auch nicht, dass du es getan hast. Aber dass du ihn getötet hast, ist der Grund, warum ich nicht weiß, wie die Verurteilung innerhalb des Clans funktioniert."

Finns Drache meldete sich zu Wort. *Warum greifst du unsere Gefährtin an? Sie wird uns immer den Rücken freihalten.*

Das weiß ich. Ich bin müde und mürrisch wegen deines überwältigenden Beschützerwahns. Das macht mich launisch.

Hör auf, mich als Ausrede zu benutzen. Du bist genauso beschützend. Du würdest Ara neun Monate in einem Raum einsperren, wenn du könntest.

Sehe ich verrückt aus? Sie würde mich umbringen.

Du kannst mich nicht anlügen. Ich kenne die Wahrheit.

Finn ignorierte sein Tier, atmete tief durch und massierte Arabellas Schulter weiter. „Nun, du wirst es früh genug wissen. Bis dahin bleibt Duncan in Gewahrsam."

Sie hob eine Braue. „Und was, wenn er entkommt?"

Grant grunzte. „Wenn nicht jemand das Gebäude bombardiert, in das er gesteckt wurde, kann der Kerl auf keinen Fall entkommen."

Arabella zeigte mit dem Finger. „Arroganz ist der schnellste Weg, um alles zu versauen."

Während Arabella Grant hasserfüllt anstarrte, verschränkte Lochguards Beschützer nur seine Arme und sah fast gelangweilt aus. Finn vertraute Grant, aber Arabella musste noch lernen, ihm zu vertrauen. Er würde abwarten, wie seine Gefährtin mit der Situation umging, bevor er einschritt.

Arabella schnaubte. „Du wirst mich also nur anstarren? Ich habe einen Bruder, der dein Starren locker übertreffen könnte, also wenn mich das erschrecken oder mich abschrecken soll, solltest du dich auf eine Überraschung gefasst machen."

Grant zuckte mit den Schultern. „Ich tue damit nur deine Worte ab. Wenn ich dich erschrecken wollte, wüsstest du es."

„Es würde trotzdem nicht schaden, einen Ersatzplan zu haben."

„Der steht bereits", antwortete Grant.

Finn kämpfte mit einem Lächeln; Arabella

würde es nicht zu schätzen wissen, und da sie müde sein musste, wollte er sie nicht provozieren.

Sein Drache meldete sich zu Wort. *Wie lange? Sie zu necken, macht Spaß.*

Bald genug, Drache, bald genug.

Während Arabella und Grant einander weiter anstarrten, klopfte es an der Tür.

Ohne ein Wort ging Grant hin und öffnete sie. Bram Moore-Llewellyn stand auf der anderen Seite, mit Tristan MacLeod direkt hinter sich.

Als Bram und Tristan ins Zimmer traten, nickte Grant und ging.

Bram sah Finns Arm um Arabellas Schultern und traf dann auf seinen Blick. „Wir müssen reden, Stewart."

Finn hob eine Braue. „Wirklich? Das hätte ich nie gedacht, wenn man bedenkt, dass ihr weniger als drei Stunden nach dem Ende des Paarungsrausches hier steht."

Tristan knurrte. „Erinnere mich nicht daran, was du meiner Schwester angetan hast."

Finn wollte gerade schon antworten, als Arabella aufstand und mit dem Finger auf ihren Bruder zeigte. „Du hast mir nichts zu sagen, Tristan. Lass Finn in Ruhe."

Manche Männer fühlten sich vielleicht entmannt, wenn ihre Frau für sich einstand. Finn hingegen lehnte sich zurück und sah zu. Es war an der Zeit, dass sowohl Arabellas Bruder als auch der ehemalige Clanführer erkannten, dass das Mädel stark war, vielleicht sogar stärker als beide. Und sie musste es allein tun.

Sein Drache wurde wachsam. *Wenn sie versuchen, sie mitzunehmen, übernehme ich die Kontrolle.*

Sie werden sie nicht nehmen. Sie wissen, dass sie unser Kind trägt.

Es gab noch keine Paarungszeremonie. Bram könnte sie zurückbeordern.

Und du glaubst wirklich, dass sie gehen wird?

Sein Tier schnaubte. *Vielleicht nicht.*

Genau. Jetzt lass Arabella glänzen. Das ist ihr Moment. Sie hat es verdient.

Damit verstummte sein Drache.

Arabella musterte ihren Bruder. Die Tatsache, dass er sich eine Sekunde Zeit nahm, um nachzudenken, bevor er sprach, war ein Beweis für Melanies Einfluss auf ihn.

Aber sie hatte ihn sie schon viel zu lange herumkommandieren lassen. Er musste wissen, dass sie nicht mehr die „arme Arabella" war.

Aber bevor sie den Mund aufmachen konnte, kam ihr Bruder einen Schritt auf sie zu und knurrte. „Ich bin nicht verantwortlich für dich, nein. Aber ich bin deine Familie, Ara, und ich war derjenige, der sich um dich gekümmert hat. Wenn der schottische Bastard dich will, muss er dich verdienen."

Arabella verdrehte die Augen. „Ja, denn das lässt mich nicht wie ein Stück Eigentum aussehen."

Tristan grunzte. „Das ist eine Männersache. Du würdest es nicht verstehen."

Arabella hob eine Augenbraue und sah über die Schulter zu Finn. „Möchtest du diese „Männersache" einer armen, geistlosen Frau wie mir erklären?"

Einer von Finns Mundwinkeln zuckte nach oben. „Das würde ich, aber ich bin mir selbst nicht sicher, ob ich es verstehe."

Arabella lächelte und blickte auf Tristan zurück. Ihr Bruder runzelte die Stirn und antwortete: „Wer bist du, und was hast du mit meiner Schwester getan?"

„Ach, komm schon, Tristan", sagte Arabella und deutete auf sich selbst. „Ich bin noch dieselbe. Du hast dir nur nie die Mühe gemacht, hinzusehen."

Tristans Augen blickten auf Finn und zurück. Er öffnete den Mund und schloss ihn dann.

Arabellas Drache meldete sich. *Das ist das erste Mal, abgesehen von Melanie, dass dein Bruder sprachlos war.*

Ich weiß, ist es nicht brillant?

Brams ruhige, stählerne Stimme erfüllte den Raum. „Genug, Tristan. Ich habe dich nicht hergebracht, damit du Arabella tadelst. Du wolltest sehen, ob es ihr gut geht, und das tut es. Und jetzt benimm dich."

Tristan starrte Finn ein letztes Mal an, bevor er grunzte.

Finn stellte sich neben sie und legte seinen Arm um ihre Taille, bevor er zu Bram sprach. „Also, warum bist du hier, Bram? Nicht, dass ich unsere wunderbaren Gespräche nicht mag, aber bei meiner gerade schwangeren Gefährtin und dem jüngsten Angriff auf meinen Clan sollten Tee und Scones wirklich bis später warten."

Bram schüttelte den Kopf. „Hätte ich dich nicht selbst in Aktion gesehen, hätte ich nie verstanden, wie du Clanführer sein kannst."

Arabella lehnte sich an Finns Seite und sprang ein. „Wenn man die Mitglieder des Lochguard-Clans erst einmal kennenlernt, wird es viel mehr Sinn ergeben."

Finn lachte, als Bram zwischen ihnen hin und her sah. Der Anführer des Clan Stonefire deutete zum Tisch. „Wie wäre es, wenn wir uns setzen? Das Letzte, was ich brauche, ist, dass Finn oder sein Drache sich darüber ärgern, dass Arabella zu lange steht."

Arabella seufzte. „Ich bin buchstäblich erst Tage schwanger. Solange ich nicht wie ein Riesenwal aussehe und beim Laufen watschle, darf sich niemand um mich sorgen."

Finns Griff festigte sich an ihrer Hüfte. „Lass mich das mal beurteilen."

Zustimmung blitzte sowohl in Brams als auch Tristans Augen auf, und sie wusste, dass sie eine verlorene Schlacht kämpfte. „Na schön, ich setze mich. Aber ihr solltet wissen: wenn mir jemand sagt, ich soll ein Nickerchen machen, oder mir alle drei

Sekunden etwas zu essen anbietet, werde ich diese Person schlagen. Ihr drei seid gewarnt und wisst, dass ich nicht bluffe."

Arabella nahm einen Stuhl und setzte sich, als Bram antwortete: „Ja, und ich würde auf ihre Warnung hören, Stewart. Meine eigene Gefährtin hat mich bereits ein paar Mal getreten."

„Aye?", fragte Finn. „Deine Evie scheint im Vergleich dazu zahm zu sein. Meine hat schon ein paar Mal meine Eier bedroht. Und meinen Schwanz." Er senkte die Stimme zu einem dramatischen Flüstern. „Ihr Drache ist ein lebhafter, wenn du verstehst, was ich meine."

Arabella schlug Finn auf die Seite. „Sie wird auch ihre Drohung ausführen, wenn du nicht damit aufhörst."

Bram lächelte. „Drohungen von ihrem Drachen? Mit meiner Evie umzugehen reicht. Ich kann mir nicht vorstellen, was wäre, wenn sie einen inneren Drachen hätte."

Als er Bram so mit Geschichten über das Verhalten ihres Drachen erfreute, schien Finn sich etwas zu sehr zu amüsieren.

Arabella widerstand einem Seufzer. Brams Gefährtin war im sechsten Monat schwanger, und Tristan hatte ein Paar siebenmonatiger Zwillinge. Wenn sie das zuließ, könnten Bram und Tristan Finn Ideen geben, wie er am besten mit ihr umgehen könne.

Und das würde sie verdammt nochmal nicht zulassen.

Sie trat Finn unter dem Tisch und verlangte zu erfahren: „Warum bist du hier, Bram?" Die Überraschung zeigte sich in den Augen ihres ehemaligen Clanführers, und sie besänftigte ihren Ton. „Nicht, dass ich mich nicht freue, dich zu sehen, aber dies ist nicht der beste Zeitpunkt für einen geselligen Besuch."

„Es ist nicht wirklich ein geselliger Besuch, Ara", antwortete Bram. „Ich habe Grant neulich mit Neuigkeiten kontaktiert, aber da ich nicht die Erlaubnis hatte, es ihm zu sagen, hat er mich benachrichtigt, sobald ihr beide mit dem Rausch fertig wart. Ich habe ein Angebot vom Ministerium für Drachenangelegenheiten."

Finns Gelöstheit und sein Necken erstarben bei Brams Worten. „Erzähl mir die Neuigkeiten."

Man musste Bram zugutehalten, dass er keine Zeit damit verschwendete, zu fragen, ob Arabella gehen sollte. Bram hatte genug Erfahrung mit seiner Gefährtin, um ihre Partnerschaft zu erraten. „Angesichts der jüngsten Anschläge wollen sie einige Änderungen an den Abkommen vorschlagen, die die britischen Drachenwandler im Laufe der Jahre unterzeichnet haben. Sie weigern sich, mir alle Details zu geben, bis wir beide uns einig sind, zusammenzuarbeiten. Wenn wir nicht beide unterschreiben, wird sich nichts ändern."

Arabellas Stimme füllte den Raum, als sie

fragte: „Sie müssen dir doch etwas gegeben haben. Niemand ist dumm genug, irgendetwas zuzustimmen, ohne zumindest etwas zu wissen."

„Aye", antwortete Bram trocken. „Ich sehe, deine Ungeduld hat sich nicht geändert."

Sie straffte die Schultern. „Du störst meine Flitterwochen mit meinem Gefährten. Wärst du geduldig, wenn das Gleiche passiert wäre, gleich nachdem du Evie beansprucht hast?"

Finn legte seine Hand an ihren Nacken und drückte sie. Er sah Arabella an, lächelte und bewegte dann seinen Blick zu Bram. „Und? Was weißt du?"

Bram verschränkte die Arme vor der Brust. „Sie wollen mit Lochguard und Stonefire zusammenarbeiten, um die Drachenritter besser in Schach zu halten."

„Was springt für uns dabei heraus?", fragte Finn.

„Neben regelmäßigen Patrouillen durch das MDA versprechen sie, sich auch stärker auf die illegalen Aktivitäten der Drachenjäger zu konzentrieren", erklärte Bram.

Finn trommelte mit den Fingern seiner freien Hand auf den Tisch. „Das scheint kaum ein fairer Austausch zu sein."

Tristan meldete sich endlich zu Wort. „Er war noch nicht fertig, Stewart. Ungeduld meiner Schwester ist eine Sache, aber für einen Clanführer ist es eine schlechte Art."

Finns Stimme war wie Stahl. „Solange du nicht

meine Arbeit erledigst, hast du kein Recht, mich zu kritisieren. Den Lehrer zu spielen ist wohl kaum dasselbe."

Arabella legte eine Hand auf seinen Schenkel und drückte. „Was ist der Rest, Bram? Und schnell, bevor es noch zu einem Faustkampf kommt. Ich möchte Finn lieber nicht mit einem blauen Auge bei meiner Paarungszeremonie haben."

Finn klopfte mit der Hand gegen den Tisch. „Ich würde nicht kämpfen. Das wäre nicht fair."

Tristan knurrte. „Nicht fair für dich, da stimme ich zu."

Finns Drache meldete sich zu Wort. *Fordere ihn später heraus, im Geheimen. Dann können wir ihm zeigen, dass wir schneller und stärker sind.*

Vielleicht tue ich genau das.

Arabella räusperte sich, und alle sahen sie an. „Können wir uns auf das konzentrieren, was im Moment wichtig ist?"

Trotz Arabellas Bastard-Bruder war Finn stolz auf sein Mädel. Nach der Zustimmung in Brams Augen zu urteilen, empfand er das Gleiche.

Sein Drache sagte: *Natürlich. Warum sind immer alle überrascht? Unsere Gefährtin hat einen Willen aus Stahl.*

Aye, aber vergiss nicht, dass sie es auch gegen uns verwenden kann.

Ich mache mir keine Sorgen. Ein paar Zärtlichkeiten und sie wird uns anflehen, sie zu ficken.

Du und der Sex. Wer ist jetzt der Notgeile?

Sein Tier brummte, als Brams Stimme in seine

Gedanken einbrach. „Ich hätte nie gedacht, dass ich einen MacLeod als Friedensstifter sehen würde."

Finn sah seine Gefährtin an, und Arabella hob eine Augenbraue.

Bram lachte. „Okay, okay. Sie erwähnten außerdem die Übertragung der Autorität auf die Clans, die sich bewähren."

Finn hielt seine Finger still. „Mehr Autonomie? Angesichts der jüngsten Behauptungen der Drachenritter, dass wir Großbritannien übernehmen wollen, scheint das irgendwie eine schlechte Idee zu sein."

Bram zuckte mit den Schultern und antwortete: „Ich vermute, dass es ein langsamer Übergang sein wird. Sie werden uns wahrscheinlich zuerst langweilige, nichtsnutzige Befugnisse geben, wie beispielsweise uns zu erlauben, bessere Praktiken für eine MDA-Inspektion vorzuschlagen oder den Papierkram für die Opferanträge zu verbessern. Es wird lange dauern, bis wir etwas so Mächtiges tun können wie unser eigenes Opfer wählen oder die Erlaubnis zu haben, für alle Verbrechen, die innerhalb eines Clans begangen werden, unser eigenes Rechtssystem zu entwickeln."

Trotzdem war es eine große Sache, dass das MDA auch nur in Erwägung zog, mehr Macht zu übergeben. „Bis wann brauchen sie eine Antwort?"

„Bald", sagte Bram. „Sie verstehen, dass du hier zuerst aufräumen musst und dass du dir gerade eine Gefährtin genommen hast. Aber wir müssen uns in den nächsten drei Wochen mit ihnen treffen, um die restlichen Details zu besprechen. Wenn wir länger warten, verfällt das Angebot."

Finn nickte. Als würde er sich ein einmaliges Treffen entgehen lassen.

Sein Drache schnaubte. *Ich würde lieber die Zeit mit Ara verbringen.*

Einer von uns muss eben an die Zukunft denken.

Ich denke an die Zukunft. Politik ist nur eine menschliche Erfindung, um das Leben komplizierter zu machen.

Ich leugne das nicht, aber wir müssen uns zumindest vorerst an ihre Regeln halten.

Warum?

Sei einfach still. Ich muss mich konzentrieren.

Sein Tier verstummte, und Finn sprach. „Ein Treffen kann zumindest nicht schaden. Wie Ara bereits erwähnt hat, würde niemand etwas zustimmen, ohne dass genügend Informationen vorliegen. Ich hoffe nur, dass das MDA das versteht."

„Evie bereitet alles vor", erklärte Bram. „Sie wird dafür sorgen, dass mindestens ein kompetenter MDA-Mitarbeiter anwesend ist."

„Gut." Finn sah Arabella an. Auch wenn seine Gefährtin es bestreiten wollte, waren die Ringe unter ihren Augen ausgeprägter, und sie war leicht blass; Arabella war erschöpft. Finn blickte auf Bram zurück. „Schick mir alles, was dir sonst noch einfällt, einschließlich der wenigen Informationen, die du vom MDA erhalten hast, aber wenn es nichts anderes Dringendes gibt, das du nicht auch mit Grant oder meinen anderen Beschützern besprechen kannst, muss ich meiner Gefährtin jetzt was zu essen geben und dann eine Clan-Versammlung einberufen."

„Und eine Paarungszeremonie", fügte Arabella hinzu.

Als er Arabella in die Augen blickte, sah er Zärtlichkeit und etwas, von dem er schwor, dass es Besessenheit war. „Hast du Angst, dass ich es mir in ein paar Tagen anders überlege, Liebes?"

Sie grub ihre Nägel in sein Bein unter dem Tisch. „Mach dich noch mehr darüber lustig, wage es nur, Finn." Sie bewegte ihre Hand ein paar Zentimeter näher an seinen Schritt, und er verstand ihre Warnung.

Er erhob sich und drückte ihr einen sanften Kuss auf die Lippen. „Ich bin genauso besorgt wie du, aber du verdienst eine ordentliche Zeremonie, Ara. Das dauert eine Weile."

Arabella neigte den Kopf. „Wie ich deine Tante kenne, sind die Dinge bereits in vollem Gange. Vielleicht nicht für heute, aber sicher in den nächsten Tagen."

Brams Stimme unterbrach sie. „Deine Tante ist nicht zufällig die Drachenfrau, die darauf bestand, dass ich sie Tante Lorna nenne, oder?"

„Aye, genau das ist sie." Finn grinste. „Hast du nachgegeben?"

„Als hätte ich eine Wahl", murmelte Bram. „Diese verdammte Frau akzeptiert kein Nein als Antwort."

„Sei vorsichtig, was du über meine Tante sagst, Bram."

Bram hob die Hände. „Ich wollte dich nicht beleidigen. In Stonefire gibt es so jemanden wie sie nicht, das ist alles."

Arabella lachte. „Warte, bis du Meg triffst."

Bram blinzelte. „Wer ist Meg?"

Arabella tätschelte Finns Bein. „Du wirst es schon wissen, wenn du sie siehst." Arabellas Stimme wurde ernster, als sie auf Bram und Tristan blickte. „Werdet ihr beide, Evie und Mel zu meiner Paarungszeremonie kommen? Wir können sie für euch ein paar Tage verschieben."

Bram antwortete: „Wir werden es versuchen, Mädel, wir werden es versuchen."

Finn drückte Arabellas Hand unter dem Tisch, schob sie von seinem Bein und stand auf. „Nächstes Mal, das verspreche ich, bringe ich euch raus."

Auch Bram erhob sich, streckte seine Hand aus, und Finn schüttelte sie. „Ich verstehe." Bram sah Arabella an. „Und ich werde mit Evie und Mel über die Paarungszeremonie sprechen."

Arabella stand auf und fragte: „Du würdest Evie kommen lassen?"

Bram sah Finn an. „Wenn Finn uns von Stonefire-Beschützern begleiten lässt und zu meiner Zufriedenheit ein Fluchtplan ausgearbeitet wird, dann ja."

Finn schüttelte Brams Hand ein letztes Mal und ließ sie los. „Ich bin mir sicher, wir können was arrangieren. Dein Hauptbeschützer soll Grant kontaktieren, damit er sich mit der Sache auseinandersetzt."

„Ja, Kai wird sich melden", sagte Bram, bevor er sich zur Tür bewegte.

Tristan hielt vor Finn an und musterte ihn. Obwohl Finn ein paar Zentimeter größer war, fühlte es sich an, als würde Tristan auf ihn hinabstarren. „Tu meiner Schwester nicht weh! Sie hatte schon genug Schmerzen in ihrem Leben."

Ausnahmsweise hatte Finn nichts dagegen einzuwenden. „Ihr Glück hat für mich oberste Priorität, MacLeod. Ich würde ihr nie wehtun."

Arabella murmelte: „Mich nur ständig irritieren."

Finn sah Arabella an und zwinkerte. „Du weißt, dass du es liebst."

Aus dem Augenwinkel sah Finn Tristan seine Hand ausstrecken, und er nahm sie. Tristan festigte seinen Griff und sah Arabella an. „Wenn er auch nur falsch atmet, sag es mir. Nur weil er Clanführer ist, heißt das nicht, dass ich es nicht mit ihm aufnehmen kann."

Arabella seufzte. „Gut, ja, ich werde es dir sagen. Wirst du jetzt gehen?"

Tristan ließ Finns Hand los und konzentrierte sich auf seine Schwester. Sein Tonfall wurde minimal sanfter, als er fragte: „Ist der schottische Bastard wirklich das, was du willst?"

Finns Drache knurrte, aber er drängte sein Tier in einen Irrgarten und wartete auf Arabellas Antwort.

Arabella näherte sich Finn, legte ihren Arm um seine Taille und lehnte sich gegen ihn. „Mehr als alles andere."

Ihre Erklärung erwärmte sein Herz. Selbst nach dem Rausch wollte sie ihn immer um seinetwegen.

Die einzige Frage war: liebte sie ihn?

Bevor er zu lange in seinen Gedanken verweilen konnte, grunzte Tristan und stellte sich zu Bram. Nach ein paar weiteren Höflichkeiten schloss sich die Tür hinter ihnen, und Finn war wieder allein mit Arabella.

Kapitel Vierundzwanzig

Als die Tür hinter Bram und Tristan zufiel, schloss Arabella die Augen und atmete tief ein. Auch wenn ihr Bruder ein wenig ein Arschloch gewesen war, war das Treffen besser als erwartet verlaufen. Die beste Nachricht war, dass ihre Familie wahrscheinlich bei ihrer Paarungszeremonie sein würde. So irritierend der Beschützerwahn ihres Bruders und Brams auch war, sie liebte sie und würde sie vermissen.

Sie musste nur sicherstellen, dass Grant einen Plan hatte, damit Evie auch kommen konnte.

Finns Hände lagen auf ihren Schultern, und er knetete ihre Muskeln. Mit einem Seufzer öffnete sie die Augen, um das Gesicht ihres Gefährten verkehrt herum zu sehen. „Mein Bruder ist anstrengend."

Er grub seine Finger ein wenig fester beim Massieren ein, und sie stöhnte. Er antwortete: „Ja, aber da er dein Bruder ist, habe ich nicht weniger erwartet."

„Was soll das denn heißen?"

Finn hob eine Braue. „Hast du wirklich erwartet, dass dein Bruder mir auf die Schulter klopft und gut gemacht sagt?"

„Nein, aber wenn ich es nicht besser wüsste, würde ich sagen, dass er grüblerisch war."

„Seine Gefährtin wird ihn bald wieder in Ordnung bringen."

Beim Gedanken an Melanie und die Zwillinge drückte Arabellas Herz. „Das hoffe ich. Wie ich Mel kenne, wird es ihr gelingen, Tristan davon zu überzeugen, sie zur Zeremonie mitzunehmen."

Finn stoppte seine Massage und kniete vor ihr nieder. „Wir können die Paarungszeremonie auf später verschieben, Liebes. Es muss nicht so bald sein. Es ist mir egal, ob ich gegen Tante Lorna oder sogar gegen Bram kämpfen muss. Ich werde einen Weg finden, die Zeremonie zu verschieben, damit deine ganze Familie teilnehmen kann."

Arabella starrte auf ihren Drachenmann und war sich nicht sicher, ob sie weinen oder ihn küssen wollte.

Ihr Drache grummelte. *Warum weinen? Ich verstehe das nicht.*

Er bedeutet mir so viel, und ich kann mir kein Leben ohne ihn vorstellen. Dieses Gefühl ist neu.

Das Gefühl hat einen Namen.

Arabella wusste es, aber sie war noch nicht bereit, die Worte zu sagen.

Ihr Tier grunzte. *Wie ich schon sagte, Menschen machen alles kompliziert.*

Finn sah so aus, als wollte er sie fragen, ob es ihr gut ging, also streichelte Arabella seine Wange mit ihren Fingern. „Früher ist besser. Außerdem würde Bram die Möglichkeit der Teilnahme nicht erwähnen, wenn es keine echte Chance gäbe." Sie lächelte. „Und in ein paar Wochen können wir eine große Feier abhalten, um den Clans zu helfen, sich gegenseitig kennenzulernen."

Die Augen ihres Gefährten wurden erhitzt. „Dann können wir noch mehr tanzen."

An die federleichten Berührungen von letzter Woche erinnert zu werden, schickte einen kleinen Nervenkitzel durch ihren Körper. „Vielleicht. Du hast noch nicht richtig gefragt."

Er neigte den Kopf. „O Lady von Lochguard, würden Sie mir die Ehre erweisen, bei dieser noch ungeplanten Feier mit mir zu tanzen?"

„Nun … ich weiß nicht. Vielleicht sollte ich dich bitten, mich zu überzeugen, Ja zu sagen."

Finn sah mit geschlitzten Pupillen auf. „Selbst bei meinem Zeitplan kann das meiner Meinung nach arrangiert werden."

Arabellas Drache summte. *Ich will ihn, aber erst morgen. Ich werde ihn vorher nicht richtig benutzen können.*

Arabella lachte, und Finn fragte: „Was?"

„Mein Drache ist noch nicht bei voller Kraft. Sie sagte, wir sollen bis morgen warten."

„Aye, damit sie mir den Schwanz brechen kann."

„Wahrscheinlich. Aber im Ernst, du musst die Clan-Versammlung einberufen. Je eher wir uns mit

Duncan befassen, desto eher können wir uns auf die Zusammenarbeit mit Bram und die Entwicklung engerer Beziehungen zu Stonefire konzentrieren."

In den Augen ihres Gefährten tanzte Belustigung. „Du hast also bereits ohne mich beschlossen, dem Vorschlag des MDA zuzustimmen?"

„Sei nicht albern. Ich will nur sichergehen, dass meine Schwägerin später beim Babysitten helfen kann. Sie schuldet mir so richtig was."

Finn lachte und stand dann auf. Er zog sie aus dem Stuhl und hielt sie fest. „Glaub mir, wir haben viele potenzielle Babysitter auf Lochguard. Unseres wird das erste Enkelkind für Tante Lorna sein. Sie mag genau genommen meine Tante sein, aber sie wird die Großmutter für unseren kleinen Jungen."

„Solange sie unser kleines Mädchen von deinen Zwillingscousins fernhält, zumindest bis sie gezähmt sind. Vor allem Fraser wird ihr Flausen in den Kopf setzen."

Als Finn sich an ihre Wange schmiegte, sagte er: „Irgendwie denke ich, dass unser Junge sich allein schon genug Ärger einfallen lassen wird."

Als Finns beruhigender Duft sie umgab, murmelte sie: „Mädchen."

„Junge."

Sie zog sich zurück, um Finns Blick zu begegnen. „Sei vorsichtig, sonst bekomme ich Zwillinge, nur um dich zu ärgern."

Finn lächelte langsam. „Wenn du das machst, schneidest du dir nur ins eigene Fleisch."

„Verdammt seist du, Finlay Stewart."

Lachend legte er seine Stirn an ihre, während er ihren unteren Rücken massierte. „Ich liebe alles, was du mir gibst, Arabella MacLeod, denn es ist ein Teil von dir."

„Was ist mit einer dreiköpfigen Kröte?"

Er zwinkerte. „Sogar eine dreiköpfige Kröte."

Die Liebe schien aus Finns Augen. In diesem Moment konnte sie sich nicht vorstellen, irgendwo anders zu sein als bei ihrem cleveren, lustigen und leicht irritierenden Drachenmann. Nach so vielen Jahren der Isolation und Angst fühlte sich Arabella endlich wieder ganz.

Alles wegen Finn.

Sie wollte ihn auf die richtige Art und Weise beanspruchen, mit drei Wörtern, die das ganze Bündel von Meinungen beschrieben, die sie über ihn hatte. Finlay Ian Stewart mochte wegen ihres Drachen ihr wahrer Gefährte sein, aber er hatte sich seinen Platz als wahrer Gefährte ihres Herzens verdient.

Doch ihre Gefühle zu äußern, war schwer. Nicht, weil Finn später absichtlich arrogant deswegen wäre, weil er es natürlich sein würde, sondern weil es ein wichtiger Wendepunkt in ihrem Leben wäre. Finn und ihr Kind zu lieben, würde die anhaltende Angst und Traurigkeit ihrer Vergangenheit ersetzen.

Ihr Drache meldete sich zu Wort. *Das willst du doch. Mach schon.*

Manchmal, Drache, frage ich mich nach deinen Methoden.

Ich bin ein Drache, kein Mensch. Ich tanze nicht um den heißen Brei herum. Wir lieben ihn. Sag es ihm. Dann können wir essen, schlafen und unseren Gefährten wieder ficken.

Ich hasse es zu sehen, was Schwangerschaftshormone mit deiner Launenhaftigkeit anrichten.

Ich bin nicht launisch. Ich bin ungeduldig. Das ist ein Unterschied.

Die Worte ihres Tiers brachten sie zum Lächeln. Und obwohl ihr Herz in der Brust hämmerte, atmete sie tief ein. Ihr Drache hatte recht – es war an der Zeit, mit dem Hinhalten aufzuhören.

Als sie ihrem Drachenmann in die Augen sah, platzte sie heraus: „Ich liebe dich, Finn."

Ein langsames Lächeln übernahm sein Gesicht, und sie wartete auf einen überheblichen Kommentar.

Aber er streichelte nur ihre Wangen und strich mit den Fingern über ihre Haut. Seine Liebe zeigte sich in seinen Augen, und ihr Herz setzte einen Schlag aus. Finn war noch umwerfender, als er ihr erlaubte, seine wahren Gefühle zu sehen.

Er murmelte: „Das ist großartig, aber vergiss nicht, ich liebe dich mehr."

Ihre warmen Gefühle entspannten sich ein wenig, und sie runzelte die Stirn. „Wirklich? Da sage ich dir, dass ich dich liebe, und du machst daraus einen Wettbewerb?"

„Natürlich. Nur zu sagen, dass ich dich auch

liebe, und dann über dich herzufallen, wäre ziemlich langweilig, findest du nicht?"

Ihr Drache lachte. *Er hat recht.*

Das werde ich ihm auf keinen verdammten Fall sagen.

Ihr Tier lachte noch mehr. Arabella ignorierte sie und bewegte eine Hand an Finns Nacken. „Halt einfach die Klappe und küss mich endlich, Drachenmann." Er öffnete den Mund, doch sie unterbrach ihn. „Ernsthaft, hör mir wenigstens einmal zu."

Er streichelte ihre Wangen und kam näher. Ein Flüstern von ihren Lippen entfernt murmelte er: „Ich wollte dir nur sagen, dass dieser Kuss eine Anzahlung für später ist. Sobald du dich erst einmal ausgeruht hast, wird es mehr geben, viel mehr."

Arabella öffnete den Mund, und Finns Lippen senkten sich auf ihre.

ALS FINN AN ARABELLAS LIPPE KNABBERTE, bevor er seine Zunge zwischen ihre süßen Lippen stieß, kämpfte er gegen den Paarungsinstinkt seines Drachen. *Jetzt ist nicht der richtige Zeitpunkt. Sie ist müde, hungrig und wahrscheinlich wund.*

Sie gehört uns. Wir müssen ihr zeigen, wie sehr wir sie lieben, bis jeder Zentimeter ihres Körpers es weiß.

Das haben wir während des Rausches gemacht.

Das war nicht genug.

Er zwang sein Tier in einen Geisteskäfig und zog Arabellas Körper eng gegen seinen. In der

Sekunde, in der ihre Nippel gegen seine Brust drückten, schnappte sie nach Luft. Er nutzte es aus und streichelte tiefer.

Doch Arabella erholte sich und wehrte sich. Als ihre Zungen miteinander kämpften, wusste Finn, dass er nie genug von seiner dickköpfigen Frau bekommen würde.

Er bewegte seine Hände an ihren Rücken und fasste ihren weichen Po. Sein Drache hatte vielleicht die Kontrolle während des Rausches, aber Finn erinnerte sich an alles und würde nie genug davon bekommen, seine Frau von hinten zu nehmen.

Arabella hatte natürlich noch ihre Kleider an. Er konnte nichts tun, bis sie nicht mindestens halb nackt war.

Es war Zeit zu sehen, ob sie es auch wollte.

Er schob eine Hand zwischen sie und nahm besitzergreifend ihre Brust. Arabella stöhnte und unterbrach den Kuss. „Finn."

Sein Name war eine Bitte, und er wollte es sich nicht entgehen lassen.

Er küsste sich langsam Arabellas Hals hinunter, bis er dort ankam, wo er ihre Schulter traf. Nachdem er sie sanft gebissen hatte, leckte er die stechende Stelle. Er küsste sich ihren Hals wieder hinauf und biss erneut ihre empfindliche Haut.

Arabella schob die Finger in sein Haar und lehnte sich einladend zurück.

Er sollte aufhören. Ein guter Clanführer würde aufhören und jede verfügbare Sekunde nutzen, um die Kluft zu schließen.

Sein Drache schnaubte. *In der Zeit, die du brauchst, um dich zu entscheiden, hätten wir unsere Gefährtin schon längst gefickt.*

Halt die Klappe, Drache.

Hör auf zu reden und nutze deine Zeit vernünftiger.

Schön.

Sich ein paar Minuten mit seiner Gefährtin zu stehlen, würde niemandem schaden. Ein paar Minuten mit seiner Gefährtin würden ihm schließlich helfen, sich für den möglichen Shitstorm zu erden.

Er lehnte sich zurück, legte seinen Zeigefinger unter ihr Oberteil und verfolgte leicht ihre Haut. Seine Frau war so weich.

Arabella streckte die Hand aus und strich ihm mit der Hand über die Brust. Selbst mit Hemd hinterließ ihre Berührung eine Hitzespur, und er sehnte sich danach, ihre Haut an seiner zu spüren.

Sein Tier brüllte vor Ungeduld.

Finn bemerkte den Hinweis, hob ihr Oberteil und zog es ihr aus. Arabella öffnete den Mund, doch er hinderte sie, mit einem Kuss zu antworten. Dann nahm er ihre Brust aus ihrem BH und spielte mit ihrem gespannten Nippel.

Der Duft ihrer Erregung wurde stärker, und er bewegte sich zu ihrer anderen Brust. Gerade als er ihre andere Brustwarze verdrehte, biss Arabella ihm in die Unterlippe. Der leichte Stich ging direkt zu seinem Schwanz.

Sie unterbrach den Kuss und flüsterte: „Haben wir Zeit?"

„Ich dachte, du sagtest vorhin, wir müssten bis morgen auf deinen Drachen warten."

Sie hob eine Braue. „Glaubst du, ich brauche meinen Drachen, um Sex zu haben?"

„Nein, aber ich würde sie lieber nicht verärgern."

Arabella griff hinter sich und öffnete ihren BH. Als das Ding zu Boden fiel, nahm sie ihre Brüste in die Hände. „Wenn du so viel Angst vor meinem Drachen hast, dann kann ich mich vielleicht selbst vergnügen."

Als seine Gefährtin ihre eigenen Brüste berührte, wurde sein Mund trocken. Ein Teil von ihm war versucht, Arabella dabei zuzusehen, wie sie kam.

Sein Drache knurrte. *Nein. Wir sollten sie kommen lassen.*

Ein Luststrom stürzte durch seinen Körper. Finn hielt sich kaum davon ab, laut zu stöhnen. *Verdammt, Drache. Der Rausch ist vorbei.*

Wir können nicht genug von ihr bekommen. Fick sie.

Finn zog sein Hemd aus und antwortete: „Wenn du meinen Schwanz willst, dann zieh dich aus und beuge dich über den Tisch."

ARABELLA HÖRTE AUF, ihre Brüste zu massieren, um zu fragen: „Ich soll jetzt Befehle von dir annehmen?"

Knurrend flackerten Finns Pupillen zu Schlitzen

und zurück. „In diesem Fall ja." Er streckte die Hand aus, und seine Berührung war federleicht über ihrer Brust. „Ich werde auch dafür sorgen, dass es sich lohnt."

Ihr Herzschlag beschleunigte sich. Der Rausch war vorbei, und ihr Drache war in ihrem Kopf präsent, aber müde. Ein Teil von Arabella wollte in genau dieser Situation die Kontrolle abtreten, aber einem anderen Teil widerstrebte es, als er daran dachte, Finn so leicht nachzugeben.

Die schläfrige Stimme ihres Drachen füllte ihren Kopf. *Versuch es einmal. Wenn er Mist ist, weißt du es für das nächste Mal.*

Sagt das Tier, das den Rausch beherrschte. Soweit ich mich erinnere, hat er sich gut geschlagen.

Ich bin zu müde, um dich zu drängen. Entscheide selbst.

Finn beobachtete sie mit räuberischen Augen. Da seine Pupillen rund waren, hatte seine menschliche Hälfte die Kontrolle.

Der Blick schoss direkt in ihre Pussy. Welche Schmerzen sie auch immer vorhin empfunden hatte, sie waren fast verschwunden und durch ein pulsierendes Bedürfnis ersetzt.

Selbst ohne den Rausch wollte sie Finns Schwanz.

Arabella öffnete ihre Jeans und schob sich heraus. „Schließ die Tür ab und beeil dich. Wir haben zu tun."

Im Handumdrehen schloss Finn die Tür und war aus seinen Klamotten. Und doch starrte er sie nur an, dann den Tisch und wieder zurück.

Sie verdrehte die Augen und ging auf den Tisch zu. „Gut, Mister Alpha. Aber wenn Sie mich enttäuschen, werde ich nicht zulassen, dass Sie wieder die Kontrolle übernehmen."

Finns Stimme war rau, als er antwortete: „Nicht nur ich werde die Kontrolle übernehmen, Heather. Ich freue mich darauf, dass du meinen Schwanz reitest und ohne deinen Drachen das Sagen hast."

Der Gedanke, Finn und seinen Schwanz tief in sich zu reiten, machte sie noch feuchter. Als sie ihre Hände auf den Tisch legte, blickte sie über ihre Schulter. „Benimm dich, oder ich binde dich fest und verschwinde."

In der nächsten Sekunde stand Finn hinter ihr. Als er ihr eine warme, raue Hand über den Rücken laufen ließ, murmelte er: „Du solltest besser nicht von mir weglaufen, Arabella, oder ich werde dich fesseln, dich antörnen und dann aufhören. Dann sehen wir ja, wie dir das gefällt."

Sie öffnete den Mund, Finns Hand streichelte zwischen ihren Beinen, und sie vergaß, was sie sagen wollte. Er stieß einen Finger in sie, und sie stützte sich auf ihre Hände.

Finns Atem war heiß an ihrer Schulter, als er fragte: „Bist du zu wund, oder willst du meinen Schwanz?"

Arabella wackelte mit ihren Hüften. „Fick mich, Finn, und schnell."

Er lachte, während er sie befingerte. „Da hört sich aber jemand an, als ob er wieder einen Rausch erleben würde."

Knurrend sah sie ihm in die Augen. „Wenigstens kommt dein Drache zur Sache."

Finns Augen blitzten, und er nahm seine Hand weg. Für eine Sekunde dachte sie, er würde weggehen. Aber dann lehnte er sich über ihren Körper und hielt sie fest, mit seinem Arm um ihre Taille. „Frauen sollten es langsam mögen, aber ich sehe, mein Mädel will es hart und schnell."

Sie spreizte ihre Beine und lehnte sich leicht nach vorn. „Dann komm zur Sache, Drachenmann."

Mit einem Knurren ließ Finn seinen Griff an ihrer Taille los, setzte seinen Schwanz in die richtige Position und stieß zu.

Sie war so feucht, dass er ohne Probleme hineinglitt. Die Fülle in Kombination mit den leichten Schmerzen fühlte sich auf köstliche Weise gut an.

Und doch blieb er still. Arabella starrte ihn finster an, und er nahm ihre Lippen mit einem schnellen Kuss. Sein Atem war heiß an ihren Lippen, als er murmelte: „Halt dich fest, Heather."

Bevor sie ihn für seinen lächerlichen Spruch ärgern konnte, nahm Finn ihre Hüften und bewegte sich.

Bei jedem harten Stoß wackelten ihre Brüste, und sie hatte keine andere Wahl, als sich auf ihre Hände zu stützen, sonst wäre sie auf den Tisch gefallen.

Während sie den Rücken durchbog, schob Finn eine seiner Hände nach vorn und packte schließlich ihre Brust, ohne seinen Rhythmus zu verlangsamen. Er änderte seinen Winkel leicht, und Arabella lehnte sich mit einem Stöhnen nach vorn. „Ja, da."

Mit einem Grunzen ließ Finn ihre Brüste los und schob eine Hand an ihre Klitoris. Er drückte ihren harten Knoten mit leichten Strichen, aber es reichte nicht. Es würde ewig dauern, bis sie mit so einer sanften Berührung zum Orgasmus käme. „Härter, Drachenmann."

Finn erhöhte den Druck zunächst nicht. Arabella knurrte, aber kurz bevor sie ihn erneut finster anstarren konnte, drückte Finn fest gegen ihren Knoten.

Arabella wäre fast auf dem Tisch zusammengebrochen.

Irgendwie brachte sie ihre Arme dazu zu funktionieren und entschied, dass Finn auch ein bisschen geärgert werden musste.

Sie zog ihre inneren Muskeln zusammen, und Finn stöhnte hinter ihr. Doch der verdammte Mann verlangsamte sein Tempo nicht.

Und verdammt sollte er sein, sie liebte das Gefühl seines Schwanzes auf diese Weise.

Finns Stimme war kräftig, als er forderte „Komm für mich, *Liebes*."

„Als ob ich auf Abruf kommen könnte."

„Das wirst du, wenn ich das mache."

Er kniff und verdrehte leicht ihre Klitoris, und Lichter fingen an, über ihre Augen zu tanzen. Arabella versuchte, ihren Orgasmus zurückzuhalten, nur um ihn zu ärgern, aber dann drückte er hart, und die Lust brach frei, und breitete sich über ihren ganzen Körper aus.

Sie nahm kaum das knurrende Lachen hinter sich wahr, bevor Finn in ihr innehielt und ihren Namen brüllte. Während er kam, schickte er sie in einen Orgasmus nach dem anderen.

Erst als ihre Pussy den letzten Tropfen aus seinem Schwanz gewrungen hatte, verlangsamten sich die Krämpfe, und Arabella kam runter.

Finn rieb ihr leicht den Rücken von ihren Schultern zu ihrem Po und zurück. Arabella versuchte, zwei Gedanken zusammenzubekommen, doch bevor sie etwas sagen konnte, sagte Finn selbstgefällig: „Gern geschehen."

Irgendwie fand sie die Kraft, ihren Kopf zu drehen und einen halbherzigen finsteren Blick auf ihn zu werfen. „Verdammt seist du, Finlay Stewart."

Er grinste. „Und warum verdammst du mich jetzt, Heather?"

„Ich hatte eher gehofft, dass du mal bei etwas schlecht bist. Ich werde weitersuchen."

Er zwinkerte und rieb ihr weiter den Rücken. „Das klang ja fast wie ein Kompliment." Er legte seine freie Hand über sein Herz. „Du musst mich wirklich lieben."

Sie schüttelte den Kopf und murmelte: „Keine Sorge, ich werde nicht zulassen, dass es wieder passiert."

Schmunzelnd zog Finn sich zurück und drehte sie in seinen Armen. Zu müde, um zu widerstehen, kuschelte sie sich an seine Brust. Als

Drachenfrau konnte man sich daran gewöhnen, auf einer so soliden, warmen Brust zu schlafen wie Finns.

Finns Stimme grollte in seiner Brust. „Ich werde versuchen, deine Meinung dazu später zu ändern." Er legte einen Finger unter ihr Kinn und zwang sie, den Blick zu heben. Nachdem er sie eine Sekunde lang gemustert hatte, fragte er: „Bist du müde? Sag mir die Wahrheit, Ara. Ich muss ein Clan-Treffen einberufen, und ich werde nicht klar denken können, wenn ich mir die ganze Zeit Sorgen um dich mache."

Bei der Erwähnung, dass sie müde war, machte sich in Arabella die Erschöpfung breit. Doch wenn sie Finn sagte, dass sie nichts mehr als zwölf Stunden schlafen wolle, würde er ihr befehlen, ins Bett zu gehen, und sie wollte nicht verpassen, wie Finn nach den jüngsten Anschlägen zum ersten Mal vor dem Clan sprach.

Also beschloss sie, einen Kompromiss einzugehen. „Ich bin etwas müde, aber wenn ich mich setzen kann, während wir die Versammlung planen, dann sollte es mir später gut gehen."

Für eine Sekunde dachte sie, er würde sie eine Lügnerin nennen. Dann hob sich einer seiner Mundwinkel. „Zuzugeben, dass du müde bist, hätte dich fast umgebracht, nicht wahr? Daran werden wir arbeiten müssen."

Mit einem Seufzen legte sie ihren Kopf zurück an seine Brust. „Wie wäre es, wenn du mich einfach fütterst und an die Arbeit gehst?"

Er umarmte sie ganz fest. „Ein Schweinebraten, kommt sofort."

Sie konnte nicht widerstehen, sie lächelte. „Mach zwei daraus. Dein kleines Drachenbaby braucht etwas Energie."

Er beugte sich hinab an ihr Ohr. „Ich dachte eher, dass du es warst, die die Energie brauchte, nachdem du meinen fantastischen Schwanz wieder erlebt hast."

„Finn."

Schmunzelnd murmelte er: „Du weißt, dass du mich liebst."

Sie hob den Kopf, um ihm in die Augen zu sehen. „Und ich habe keine Ahnung warum, aber ja, Finlay Ian, ich liebe dich."

„Gut, aber vergiss nicht, ich liebe dich mehr."

Sie war kurz davor zu knurren, als er ihr einen zärtlichen Kuss auf die Lippen gab, und Arabella beschloss, dass sie ihren Drachenmann lieber küssen würde, als zu streiten.

Sie musste ihn doch wirklich lieben.

Kapitel Fünfundzwanzig

Ein paar Stunden später stand Finn in der großen Halle auf der Bühne und beobachtete, wie Grant und zwei andere Beschützer Duncan Campbell durch einen vom Clan freigelegten Weg begleiteten. So sehr er für seine Gefährtin kochen und sie ein wenig verwöhnen wollte, sein Clan brauchte ihn. Je früher die Probleme mit Duncan gelöst wurden, desto schneller konnte er an der Heilung der Risse in seinem Clan arbeiten.

Duncan sah ihm endlich in die Augen, aber der Ausdruck des älteren Drachenmanns war unlesbar. Nicht, dass Finn sich Sorgen machte. Niemand von Clan Skyhunter würde plötzlich vom Himmel springen, um Duncan zu retten. Der Drachenmann war entbehrlich.

Grant begleitete Duncan die Seitentreppe hinauf zum Podium und positionierte ihn ein paar Meter links von Finn. Finn wandte sich der bereits stummen Menge zu. Er begegnete Arabellas Blick kurz und begann. „Ihr alle habt Informationen darüber erhalten, wofür Duncan Campbell verurteilt wurde, sowie alle Beweise für seine Schuld. Das MDA hat mir die Befugnis erteilt, ihn zu verurteilen. Da der Beweis vom Clanrat geprüft wurde, besteht kein Zweifel daran, dass er an der Bereitstellung von Informationen für die Drachenritter beteiligt war. Er ist für alle Verletzungen verantwortlich, die wir an jenem Tag erlitten haben. Es bleibt nur noch, sein Strafmaß festzulegen. Dann können wir weitermachen und uns auf die Zukunft konzentrieren."

Er hielt inne, um die Menge zu lesen. Die meisten starrten Duncan zu seiner Rechten an. Einige sahen gelangweilt aus, andere machten sich Sorgen. Er katalogisierte die, die gelangweilt aussahen, und fuhr fort: „Jetzt ist die Zeit, eure Meinung zu äußern. Rechts im Gang befindet sich ein Mikrofon. Obwohl wir realistischerweise nicht genug Zeit haben, Hunderte von Vorschlägen anzuhören, werde ich mein Bestes tun, so viele wie möglich zur Kenntnis zu nehmen. Bitte stellt euch jetzt auf."

Als der alte Archie MacAllister zuerst das Mikrofon erreichte, wappnete Finn sich für eine langatmige Rede des alten Bauern.

Sobald die Schlange stand, nickte Finn. „Nur zu, Archie."

Der Drachenmann räusperte sich und sagte: „Er sollte vom Himmel auf einen der nahegelegenen

Berge geworfen werden. Ich sage, Ben Klibreck reicht."

Finns Drache meldete sich zu Wort. *Mir gefällt die Idee. Können wir es tun?*

Nein, wir lassen keinen Mann aus dieser Höhe fallen. Selbst wenn Duncan sich in der Luft umdrehen würde, würde er abstürzen, bevor er fliegen könnte. Der Berg ist über 900 Meter hoch.

Sein Tier schnaubte. *Ich sage immer noch, wir sollten es tun. Der Clan würde die Show zu schätzen wissen.*

Statt mit seinem Drachen zu streiten, antwortete Finn Archie: „Obwohl ich verstehe, dass Duncans Verrat öffentlich demonstriert werden sollte, würden uns die Menschen als Monster abstempeln. Wenn wir jemals wieder zu freundschaftlichen Beziehungen mit den Dörfern in der Nähe zurückkehren wollen, sollten wir sie nicht erschrecken."

Archie runzelte die Stirn. „In meiner Jugend schätzten die Einheimischen ab und zu einen guten Drachensturz."

In den letzten hundert Jahren hatte es nur einen registrierten Drachensturz gegeben, und das war ein Unfall gewesen. Aber er wollte Archie nicht in Verlegenheit bringen. Trotzdem unterlegte Finn seine Stimme mit jeder Unze Dominanz, die er besaß. „Wie dem auch sei, Kameras in Mobiltelefonen machen jede öffentliche Demonstration zu einem Risiko. Wir werden Duncan bestrafen, aber nicht in einer Weise, die dem Ruf des Clans schadet."

Archie nickte widerwillig. „Aye, schätze nicht. Aber ich denke immer noch, dass es die beste Idee ist."

„Deine Meinung wurde zur Kenntnis genommen. Lassen wir jemand anderen zu Wort kommen, okay?"

Als Archie grummelte und das Mikrofon verließ, stahl Finn sich einen kurzen Blick auf Arabella. Seine Gefährtin biss sich auf die Lippe. Die verdammte Frau kämpfte mit einem Lächeln.

Ein anderes Clanmitglied sprach ihn über das Mikrofon an, und Finn wandte seine Aufmerksamkeit wieder dem Clan zu. Er hoffte nur, dass es nichts Absurderes geben würde, als einen Mann vom Himmel zu werfen. Natürlich, in Anbetracht der Fantasie seines Clans, würde es wahrscheinlich passieren.

ARABELLA WAR ÜBERRASCHT, dass sie sich nicht so hart auf die Lippe gebissen hatte, dass Blut kam.

Finn dabei zuzusehen, wie er cool blieb, während er sich lächerliche Vorschläge anhörte, war lustig. Als das zweite Clan-Mitglied vorschlug, Duncans Füße an zwei riesige Felsbrocken zu binden und ihn in den See zu werfen, brauchte es alles, was sie hatte, um nicht in Lachen auszubrechen.

Die Stimme ihres Drachen war gelangweilt.

Warum hört sich unser Gefährte diese Ideen an? Offensichtlich hat Finn bereits einen Plan.

Er will, dass sich der Clan beteiligt fühlt. Wer weiß, vielleicht hat jemand einen vernünftigen Vorschlag.

Das ist eine dieser menschlichen Methoden, um die Dinge zu verkomplizieren. Unser Gefährte muss den Verräter verurteilen und dann zu uns kommen.

Geduld, Drache. Das hier ist wichtig.

Mit einem Schnauben rollte sich ihr Drache zu einer Kugel zusammen und schlief ein. Und gerade rechtzeitig für Alistair Boyd, der jetzt am Mikrofon an der Reihe war.

Arabella zwang sich, zuzuhören. Alistair hatte Finn in der Nacht des Angriffs der Drachenritter geholfen. Er könnte etwas Vernünftiges zu sagen haben.

Alistairs tiefe Stimme hallte im Saal. „Ich verstehe nicht, warum wir versuchen sollten, eine kreative Art und Weise zu finden, Duncan zu bestrafen. Tun wir das, was das MDA tut – sperren wir ihn ein und injizieren ihm Medikamente, um ihn am Wandeln zu hindern, außer einmal alle drei Monate. Ehrlich gesagt sollten wir ihn einfach dem MDA übergeben, da sie bereits über die Mittel und Ressourcen verfügen, um diese Aufgabe zu erledigen."

Überall um Arabella herum erhob sich Gemurmel. Einige Leute verfluchten das MDA, während andere es für eine gute Idee hielten.

Obwohl sie fand, dass das eine logische

Entscheidung war, wartete sie ab, was Finn sagen würde.

Ihr Gefährte antwortete: „Ja, ich fühle mich selbst zu dieser Wahl hingezogen." Einige Empörungsschreie erhoben sich, aber Finn warf der Menge nur einen flüchtigen Blick zu. Sobald sie still waren, fuhr er fort: „Ich weiß mehr als jeder andere, dass das MDA uns enttäuschen kann." Der Großteil der Empörung starb aufgrund des Hinweises auf den abtrünnigen MDA-Mitarbeiter, der seine Eltern getötet hatte. „Aber der Bau eines sicheren Gebäudes, die Positionierung von Wachen und die anschließende Einstellung von Leuten, die sich um Duncan Campbell kümmern, nehmen Ressourcen weg, die den Clan als Ganzes sonst stärken würden."

Jemand schrie: „Warum dann überhaupt dieses Treffen?"

Finn antwortete: „Weil ich eure Gedanken hören und sicherstellen wollte, dass jeder weiß, was mit dem Verräter unseres Clans passiert." Er sah sich noch einmal im Raum um und begegnete kurz ihren Blicken. „Ich habe nicht nur Pläne für Lochguard, sondern für alle Drachenclans in Europa. Meiner Meinung nach sollten wir unsere Ressourcen darauf konzentrieren, Bündnisse zu schließen und die Gesetze zu unseren Gunsten zu ändern. Bin ich der Einzige, der eines Tages volle Autonomie haben will?" Gemurmeltes Nein war seine Antwort. „Wer möchte dann durch Handzeichen Duncan zum MDA schicken und alle unsere Ressourcen nutzen, um uns auf die Zukunft statt auf die Vergangenheit zu konzentrieren?"

Neben Arabella und Tante Lorna an ihrer Seite hoben mehr als drei Viertel des Raumes ihre Hand.

Finns Stimme dröhnte erneut. „Dann ist es also abgemacht. Ich werde mich mit dem MDA in Verbindung setzen und die Einzelheiten klären." Er sah sie ringsum ernst an. „Jeder andere Verräter wird dasselbe Schicksal erleiden. Meine Pläne sind, die Beziehungen zu Menschen und anderen Drachenclans zu stärken. Wenn ihr nicht für mich seid, dann geht innerhalb der nächsten 24 Stunden. Ich werde meine Zeit nicht mit kleinen Plänen verschwenden, die unseren Clan als Ganzen gefährden könnten. Ich bin nicht der Einzige, der eine Gefährtin und ein Baby unterwegs hat. Ich werde kein Leben mehr wegen Politik riskieren. Ich bin der Clanführer. Akzeptiert es oder geht, um euren eigenen Clan zu bilden."

Arabellas Puls stieg an, als es im Raum still wurde. Während Duncans Mitverschwörer alle weggesperrt waren, gab es mehr als ein paar ältere Drachenwandler, die Finn als Schwäche betrachteten. Sie wartete, ob einer von ihnen gehen würde.

Ein älterer Drachenmann drehte sich um und ging zur Tür hinaus. Vier weitere folgten.

Sie hielt den Atem an, um zu sehen, ob noch mehr gehen würden.

Sie taten es nicht.

Nach zwei Minuten nickte Finn. „Aye, es ist am

besten so. Was den Rest betrifft: sucht in den kommenden Wochen nach Informationen. Auch wenn ich Pläne für den Clan habe, werde ich niemanden von euch im Dunkeln lassen. Meine Tür steht immer offen. Es sei denn, ich bin allein und nackt mit meiner Gefährtin natürlich."

Finn zwinkerte, und Arabellas Wangen röteten sich. Tief im Innern wusste sie, dass er es tat, um die Spannungen zu lösen, aber das bedeutete nicht, dass sie nicht ihre Meinung sagen würde, wenn sie allein waren. Sie musste wirklich bald dafür sorgen, dass sie den Clan gemeinsam betreuten. Sie war so viel mehr als nur eine Requisite.

Die Stimme ihres Drachen war schläfrig. *Keine Sorge. Ich helfe dir, ihn zurückzuholen.*

Solange es seinen Penis nicht bricht, mach es.

Ich sage immer noch, wir sollten es versuchen.

Finns Stimme unterbrach ihre Gedanken. „Ich werde morgen damit beginnen, Fragen entgegenzunehmen. Heute Nacht muss ich mich um meine Gefährtin kümmern. Ich bin sicher, dass jeder Mann im Raum das versteht."

Arabella verdreht die Augen, als alle erwachsenen Drachenmänner ihm zustimmten. Vielleicht sollte sie eine Koalition mit den anderen Frauen des Clans bilden, um gegen den übertriebenen Beschützerwahn der Männer anzukämpfen.

Ihr Drache lachte leise. *Viel Glück dabei.*

Finn bedeutete, Duncan wegzubringen. Sobald

der Verräter aus dem Raum war, ging Finn direkt auf sie zu.

Lorna stupste sie mit dem Ellbogen in die Seite. „Mein Einsatz als deine Wache ist vorbei. Kümmer dich um meinen Jungen, ja?"

Arabella blinzelte. „Ähm, natürlich."

Bevor Lorna antworten konnte, stand Finn direkt vor ihr. Er zog sie an sich und flüsterte ihr ins Ohr: „Du hast mich ausgelacht."

„Das hätte ich tun sollen, wenn man bedenkt, was du gerade getan hast."

Er bewegte sich, um ihr in die Augen zu sehen. „Soll ich alle zurückrufen, damit du einen oder zwei Scherze machen kannst?"

Sie seufzte. „Natürlich nicht. Aber ab morgen müssen wir daran arbeiten, gemeinsam mit diesem Clan umzugehen. Ich kann der Co-Clanführer sein. Ja, mir gefällt, wie sich das anhört."

Finn sah sie skeptisch an. „Ich möchte deine Hilfe, aber ich befürchte, dass der „Co-Clanführer" irgendwann zum „Clanführer" werden könnte Versprichst du mir, mir den Clan nicht wegzunehmen?"

„Es verlangt mir alles ab, was ich habe, nicht wieder die Augen zu verdrehen. Du klingst verdammt lächerlich."

Er schmiegte sich an ihre Wange. „Ich bin müde, Liebes. Ich will dich nur festhalten und zwölf Stunden schlafen."

Bei der Erschöpfung in seiner Stimme wurde sie sanfter. „Okay, dann lass uns das machen." Finn löste sich von ihr und öffnete den Mund, doch sie unterbrach ihn. „Für heute Abend ist alles erledigt, oder?" Er nickte. „Und wenn wir eine kleine Notiz an die Tür hängen, dass du ab zehn Uhr morgens anfängst, Leute zu empfangen, dann können wir schlafen und es ruhig angehen lassen. Ich denke, wir beide verdienen das."

Finn nahm ihre Wange und lächelte. „Du wirst mich nicht nein sagen lassen, oder?"

Sie hob eine Braue. „Was meinst du?"

„Ich glaube, ich werde Ja sagen oder riskieren, dass du mir in die Eier trittst", antwortete er.

Arabella schüttelte den Kopf und murmelte: „Ich frage mich die Hälfte der Zeit, warum ich dich liebe, Finlay Stewart. Du bist eine Nervensäge."

„Aye, aber von der guten Sorte." Er lehnte sich hinunter und flüsterte: „Wie wenn ich dich schlage, während ich dich von hinten nehme."

Ihr Drache gähnte. *Nicht schon wieder. Ich bin zu müde. Vielleicht morgen früh.*

Arabella lachte. Finn sah sie komisch an, und sie erklärte: „Mein Drache sagt, du musst bis morgen früh warten."

Hitze blitzte in seinen Augen auf. „Dann sollten wir uns beeilen und schlafen gehen. Wenn ich aufwache, kann ich dich so um meinen Schwanz betteln lassen."

Es lag ihr auf der Zungenspitze, ihn zu beschimpfen, aber stattdessen sagte sie: „Vielleicht wache ich zuerst auf und fessle dich ans Bett. Dann habe ich Gelegenheit, dich betteln zu lassen."

„Mädel, du kannst mich jederzeit ans Bett fesseln."

Lächelnd deutete Arabella mit dem Kopf Richtung Tür. „Dann sage ich, wir gehen sofort ins Bett. „Ich habe morgen früh was mit dir vor."

„Sei nur nicht zu grob. Schließlich willst du dich mit mir zusammensetzen und dir alle Beschwerden des Clans anhören."

Ihre Augen wurden größer. „Du lässt dir endlich von mir helfen?"

Er berührte ihre Wange, und seine Stimme war rau, als er antwortete: „Du hast mir die ganze Zeit geholfen, Arabella. Vor dir bin ich in Clan-Pflichten ertrunken. Jetzt, mit dir an meiner Seite, habe ich das Gefühl, dass ich alles in Angriff nehmen kann."

„Finn."

Nachdem er ihr einen sanften Kuss gegeben hatte, legte er einen Arm um ihre Taille. „Komm, Liebes. Ich werde dir auf dem Weg einige Leute vorstellen. Es wird Zeit, sie wissen zu lassen, dass du viel mehr bist als die Mutter meines Kindes. Du bist meine andere Hälfte, und ich will mit dir angeben."

„Warum macht mir das ein wenig Sorgen?"

Sein Gesicht wurde ernst. „Glaubst du, ich würde dich wieder in Verlegenheit bringen?" Sie hob ihre Augenbrauen, und ein Grinsen breitete sich über sein Gesicht. „In Ordnung, verdammte Frau, natürlich werde ich es wieder tun. Aber nicht, wenn es um wichtige Dinge geht. Klingt das fair?"

Sie tippte sich ans Kinn und nahm sich eine Sekunde Zeit, um zu antworten. „Erst einmal. Aber ich sage immer noch, dass wir im Laufe der Zeit neu verhandeln werden."

Finn kitzelte ihre Seite, und sie lachte. Als er endlich aufhörte, hielt er sie an seiner Brust fest und küsste sie. Er nahm sich die Zeit, an ihrer Unterlippe zu knabbern und zu saugen, bevor er in ihren Mund streichelte.

Als er sich zurückzog, murmelte er: „Solange du bei mir bist, Ara, werde ich neu verhandeln, bis wir alt und zerknittert sind. Du bist so gut wie alles wert, Liebes."

„So gut wie? Ich bin mir nicht sicher, ob ich das gern höre."

Er zwinkerte. „Ein Mann hängt an seinem Schwanz und ich werde ihn nicht aufgeben."

Sie legte ihre Hände hinter seinem Nacken ineinander und rieb sich gegen seinen harten Schwanz zwischen ihnen. „Und weißt du was? Ich hänge selbst ein wenig daran, also betrachte ihn als sicher."

Finn lachte, und Arabella lächelte. Sie und ihr Drachenmann waren vielleicht nicht das konventionellste Paar, aber zusammen passten sie.

Das Einzige, was noch zu tun war, war, ihn vor dem Clan zu fordern. Aber zur Sicherheit stellte sie sich auf ihre Zehen und küsste ihn. Schließlich schadete es nie, Finn mit ihrem Geruch zu bedecken. Er gehörte ihr, und sie würde ihn nie loslassen.

Epilog

Sechs Tage später

Arabella rieb den seidig dunkelblauen Stoff ihres Kleides zwischen den Fingern. Jede Sekunde würde Lorna sie holen. Arabella hatte fast Angst vor dem, was sie auf der anderen Seite der Tür vorfinden würde.

Ihr Drache grunzte. *Es wird schon alles gut gehen. Finn wird uns nicht blamieren.*

Du musst ein selektives Gedächtnis haben. Das muss schön sein.

Ein Drache vergisst nie. Du vergisst wichtige Dinge, wie gestern Abend.

Die Lochguard-Tradition diktierte, dass ein Mann und eine Frau in der Nacht vor einer Paarungszeremonie getrennt schliefen. Arabella wusste nicht, warum es noch praktiziert wurde, da es eher altmodisch erschien, aber Lorna und Meg hatten sie schließlich kleingekriegt.

Arabella war nervös gewesen, dass sie ohne Finn einen Albtraum hätte. Allerdings klopfte es eine halbe Stunde vor dem Schlafengehen an die Tür. Obwohl niemand da war, fand sie eine große Kiste. Darin waren zwei Kissen mit Hemden darauf, die Finn getragen hatte, zusammen mit einer Notiz: *Das allmächtige Eau de Finn wird dich in deinen Träumen beschützen.*

Selbst als ihr Herz doppelt so schnell wegen der Zeremonie schlug, konnte sie nicht widerstehen, über die großspurigen Worte zu lächeln.

Ihr Drache fügte hinzu, *Vertrau ihm. Alles wird gut.*

Bevor sie antworten konnte, öffnete sich die Tür, um Tante Lornas lächelndes Gesicht zu enthüllen. „Da ist ja mein Mädel. Alles ist bereit, wenn du es bist."

Arabella straffte die Schultern. „Ich bin so weit."

Ihr Drache lachte leise. *Klar, sei stark für alle außer mir.*

Ach, halt die Klappe.

Lorna bedeutete ihr loszugehen. Als Arabella an Lornas Seite stand, legte sie eine Hand an Arabellas unteren Rücken und hielt mit ihren Schritten mit. „Du siehst schön aus, Ara. So sehr, dass ich nicht sicher bin, ob mein Neffe seinen Verstand behalten kann."

Arabella lächelte und blickte auf Lorna. „Er wäre in Ordnung, wenn du ihn gestern Abend nicht aus unserem Haus geworfen hättest."

Die ältere Drachenfrau zuckte mit den Schultern. „Finn kennt die Traditionen. Er hat dir schon ein Kind gemacht. Er kann nicht wirklich einen größeren Anspruch erheben."

„Gott, ich bin froh, dass ich zu Diensten bin", Arabella antwortete trocken.

„Ach, komm schon, Mädel, du weißt, was ich meine. Außerdem, wenn eine Gefährtin eine Nacht ohne ihren Drachenmann verbringt, kann das zu spektakulären Ergebnissen führen."

„Möchte ich wirklich die Gründe für diese Aussage erfahren?"

Lorna schnalzte mit der Zunge. „Sei nicht so prüde. Du wärst nicht hier, wenn deine Eltern keinen Sex gehabt hätten."

Vor einigen Wochen hätte eine einfache Äußerung über ihre Eltern Arabella traurig gemacht, und sie hätte sich verstecken wollen. Das war nicht mehr der Fall.

Stattdessen senkte Arabella ihre Stimme. „Vergiss nicht, das meinem Bruder gegenüber zu erwähnen, oft und sehr laut."

In Lornas Augen blitzte Humor auf. „Aye, ich habe Pläne für deinen Bruder. Warte nur ab."

Arabella merkte grinsend, dass sie am geheimen Seiteneingang der großen Halle waren. Dank Lorna hatte sie ihre Nervosität fast vergessen.

Ihr Drache schnaubte. *Nächstes Mal kann ich dich mit Sex necken, um dich zu beruhigen. Ich habe viele Fantasien zu teilen.*

Ich bin sicher, das hast du. Benimm dich einfach eine kleine Weile, okay?

Ihr Tier schnaubte. *Wenn es sein muss.*

Lorna legte ihre Hand auf den Türknauf und sah Arabella an. „Bereit, Mädel?" Sie nickte, und Lorna fügte hinzu: „Jetzt ist es an der Zeit, die Menge zu beeindrucken."

Beeindrucken war vielleicht ein zu starkes Wort. Arabella war nur daran interessiert, die Zeremonie ohne Probleme zu beenden. Aus irgendeinem Grund passierten Dinge bei Clan-Versammlungen, ob hier oder daheim in Stonefire.

Ihr Drache meldete sich. *Während Duncans Präsentation und Verurteilung ist nichts passiert.*

Anstatt anzuerkennen, dass ihr Drache recht hatte, schuf Arabella ein mentales Labyrinth und schob ihren Drachen hinein. Ihr Tier brüllte, aber Arabella war es egal. Sie brauchte eine Pause von den Kommentaren ihres Drachen.

Erstaunlich, wie sich die Dinge im letzten Jahr verändert hatten.

Lorna führte sie in den Raum und die Treppe hinauf. In der Mitte der Bühne stand Finn, gekleidet in einem dunkelblauen, traditionellen Outfit, aus einem Stoff, der um seine Hüften hing und mit einer Schärpe über einer Schulter. Ihre Augen fielen zu seinem Bizeps, ohne die Tätowierung des Drachenwandlers. Bald wäre er nicht mehr nackt.

Sie sah zurück in Finns Augen, und seine Pupillen blitzten zu Schlitzen und zurück. Eine

Mischung aus Liebe, Wertschätzung und Verlangen brannte in seinem Blick.

Obwohl sie seinen Körper gut kannte, nach dem Rausch und einer Woche, in der sie ihn nach Belieben erforscht hatte, ließ der bloße Gedanke, dass er sie mit seiner mächtigen, breiten Brust bedeckte, Feuchtigkeit zwischen ihre Beine strömen.

Lorna räusperte sich und flüsterte: „Ihr könnt später wie die Karnickel rammeln. Konzentrier dich ein bisschen, aye?"

Die Stimme der älteren Drachenfrau brachte Arabella zurück in die Gegenwart, und sie erinnerte sich, dass alle zusahen. Sie straffte die Schultern und nickte ein wenig. „Ich wechsele in den Co-Clan-Führungsmodus."

„Hat er diesen Titel schon akzeptiert?"

Da Finn nun weniger als einen halben Meter entfernt war, murmelte er: „Fast, aber ich genieße es, wie sie versucht, mich zu überzeugen."

Lorna verdrehte die Augen und übergab Arabella an Finn. „Benutze den Kopf auf deinen Schultern, Neffe."

Finn streckte eine Hand aus, und Arabella legte ihre in seine. Als er sie drückte, murmelte er: „Du kannst jetzt gehen, Tantchen. Ich übernehme Arabella von hier aus."

„Aye, ich fürchte ja nur, dass aus dem Übernehmen vielleicht zu grobes Benehmen wird."

Arabella biss sich auf die Lippe, um nicht zu lachen. „Ich werde aufpassen, dass er sich benimmt, Tante Lorna."

„Gut, dann vertraue ich deinem Wort mehr als seinem." Finn öffnete den Mund, und Lorna hob eine Augenbraue. „Ich liebe dich, Neffe, aber ich weiß auch, wie du dich benimmst, wenn es um Ara geht."

Finn nickte steif, und Lorna ging. Arabella hörte kaum das Murmeln der Menge in der Halle; alles, was sie sah, waren Finns warme, braune Augen voller Schalk. Arabella widerstand einem Stirnrunzeln. „Ich weiß nicht, was du vorhast." Beim Blick in die Halle gab es keine Dekoration; die meisten Drachenwandler-Paarungszeremonien waren kahl, damit der Fokus auf dem Paar lag. Sie sah auf ihren Drachenmann zurück. „Beschäme mich, und es wird Rache geben."

Er legte eine Hand an ihre Taille und zwinkerte. „Du wirst einfach abwarten und sehen müssen."

„Schön. Können wir endlich anfangen?"

Sorge trat in seinen Gesichtsausdruck. „Bereitet das Baby dir Probleme?"

Sie sollte Ja sagen, damit er sich darauf konzentrierte, die Zeremonie so schnell wie möglich zu beenden, aber Arabella hatte nicht vor zu lügen. „Nein, aber du bringst meine Geduld um."

Er lehnte sich an ihr Ohr und flüsterte: „Oh, ich kenne ein paar Wege, deine Geduld auf die Probe zu stellen, die dich nur lauter schreien lassen."

Sie schlug seine Seite. „Finn, konzentrier dich."

Er seufzte dramatisch. „Das werde ich wohl tun. Je eher wir fertig sind, desto eher kann ich dich für mich haben."

„Was ist mit unseren Gästen?"

„Wir schleichen uns raus und kommen wieder. Niemand wird es bemerken."

„Du erinnerst dich schon, dass mein Bruder hier ist, oder? Er wird uns wie ein Adler beobachten."

Finn zuckte mit einer Schulter. „Wen interessiert das? Wenn er sieht, dass wir gehen, dann muss er nur das Wissen ertragen, dass ich es mit seiner Schwester treiben werde."

„Ich bin mir nicht sicher, ob ich ein Baby brauche, wenn du dich wie ein Zehnjähriger benimmst."

„Hey, also das nehme ich dir übel. Ich bin eher ein Achtjähriger."

Sie schüttelte den Kopf. „Gibt es da einen Unterschied?"

„Natürlich gibt es den. Achtjährigen droht noch nicht die Pubertät."

Da Arabella wusste, dass sie so eine Stunde lang hin und her gehen konnten, beschloss sie, sie zum Thema zurückzulenken. „Gut, quäle meinen Bruder. Vielleicht genieße ich es sogar ein bisschen. Aber können wir jetzt anfangen? Je eher wir offiziell ein Paar sind, desto früher beginnen die Feierlichkeiten, und die Stonefire-Besucher haben Gelegenheit, sich unter die Lochguard-Leute zu mischen."

Finn neigte den Kopf und murmelte: „Wie du willst."

FINN BRACHTE Arabellas Hand an seine Lippen, und sein Drache seufzte. *Warum Zeit damit verschwenden, ihre Hand zu küssen? Es gibt so viele bessere Orte, um sie zu küssen. Und nicht nur ihre Lippen.*

Benimm dich, Drache. Wir küssen und lecken ihren ganzen Körper später.

Schön. Beende diese unnötige Zeremonie schnell.

Da Finn sich schon zuvor mit seinem Tier darüber gestritten hatte, Clan-Traditionen umzusetzen – sein Drache kümmerte sich jeden Tag, den er mit Arabella zusammen war, weniger um sie –, stand er auf, lächelte seine Frau an und stellte sich der Menge. Finn hob die Hand und wartete, bis der Lärm nachließ.

Als der Saal ruhig war, begann er. „Zunächst möchte ich allen für ihr Kommen danken, auch unserer kleinen Gruppe von Gästen aus Stonefire. Einige von euch haben geglaubt, ich würde nie eine Gefährtin beanspruchen, aber manchmal lohnt sich das Warten." Er blickte Arabella mit Liebe in den Augen an und dann zurück in die Menge. „Natürlich weiß ich, dass ihr alle nur wegen des Essens und Tanzens hier seid, aber gebt mir ein paar Minuten, und ihr könnt die Party genießen."

Jubel erhob sich aus der Menge. Ein geringerer Drachenmann hätte sich darüber geärgert, doch Finn wusste, dass sein Clan nach den letzten Wochen verzweifelt nach einer Chance auf Spaß suchte.

Seine Augen fanden Faye, die an der Seite im Rollstuhl saß. Sie brauchte vor allem Spaß. Im

Laufe der Zeit würde sie wieder gehen können und hoffentlich auch fliegen, sie war aber noch nicht stark genug, um ohne Hilfe aufzustehen. Und als ob das nicht genug wäre, war ihr früherer Funke mittlerweile kaum noch zu spüren. Stattdessen war sie ernster und zurückhaltender. Er hoffte nur, es wäre eine Phase, denn wenn die Veränderungen dauerhaft wären, würde es ihm das Herz brechen.

Fayes Augen trafen seine, und seine Cousine lächelte. Er nahm die kleine Geste als Ermutigung und konzentrierte sich wieder auf die Menge. „Ausnahmsweise werde ich das Drama auslassen. Es ist an der Zeit, dass ich das einfordere, was mir gehört, also fangen wir an."

Ein kurzer Blick verriet ihm, Arabella wolle etwas sagen, aber in seltenen Fällen behielt sie ihre Meinung für sich.

Finn griff zu der kleinen Schachtel, die auf einem Tisch hinter ihnen lag, und nahm den silbernen Armreif mit dem in der alten Drachensprache eingravierten „Finns" heraus. Die meisten Armreife waren schlicht, aber auf diesem waren ein paar Heidekrautzweige auf jeder Seite seines Namens eingraviert. Arabella bemerkte es und verdrehte minimal die Augen, was ihn zum Grinsen brachte. Er sprach laut, damit der Clan es hören konnte. „Arabella Kathleen MacLeod, du hast mein Herz bereits beansprucht, aber heute beanspruche ich dich als meine Gefährtin vor dem Clan. Du bist stark, klug, schön und hast auch noch Sinn für Humor. Wir werden streiten, bis wir beide grau und faltig sind, aber ich will es nicht anders. Ich biete dir meinen Gefährten-Anspruch an. Wirst du ihn annehmen?"

Arabella lächelte. „Bei einem solchen Angebot bin ich versucht, es abzulehnen, aber dann wäre ich einsam und gelangweilt. Also nehme ich an."

Die Menge lachte, als er „verdammte Frau" murmelte. Er nahm ihren Arm ohne die Drachenwandler-Tätowierung, den mit den verheilten Verbrennungen, und schob den Armreif auf ihren oberen Bizeps.

Seinen Namen an ihrem Arm zu sehen, wie er ihre verheilten Verbrennungen verbarg, schien passend zu sein. Arabellas Vergangenheit spielte keine Rolle mehr, nur ihre Zukunft mit ihm in Lochguard tat es.

Sein Drache knurrte. *Uns.*

Ja, mit uns.

Arabella griff auf den Tisch, um den größeren der Armreife mit „Arabellas" in der alten Sprache zu nehmen. Er hatte es vorher kaum angesehen, aber er bemerkte, dass sie heimlich beim Silberschmied etwas in Auftrag gegeben hatte, denn neben ihrem Namen spielten zwei kleine Drachen im Flug Fangen. Genau wie sie es getan hatten, kurz bevor sie ihm zum ersten Mal ihren Körper anvertraut hatte.

Sein Herz erwärmte sich bei dem Anblick. Arabellas Stimme ertönte im Saal, während sie sprach: „Finlay Ian Stewart, trotz deiner Arroganz und Neigung, mich zu ärgern, werde ich dich immer lieben, auch wenn du dich weigerst, zuzugeben, dass ich recht habe." Der Clan lachte, und sie fuhr fort: „Du hast mich ganz gemacht, und ich habe vor, dich für immer zu behalten. Ich bitte dich vor unserem Clan und einigen von meinem alten Clan meine Gefährtin zu werden. Wirst du es tun?"

Er hielt ihr seinen Arm entgegen und knurrte: „Natürlich, und jetzt beeil dich verdammt nochmal. Ich will meinen Namen an deinem Arm."

Die leichte Berührung ihrer Finger, als sie den Armreif auf sein Fleisch manövrierte, zusammen mit dem Anblick ihres Namens auf seinem Bizeps, schickte einen Stoß direkt zu seinem Schwanz. Er wollte seine Gefährtin in jeder Hinsicht beanspruchen.

Sein Drache schnaubte. *Und doch hast du mich gezüchtigt. Du bist der Notgeile.*

Finn ignorierte seinen Drachen, nahm Arabellas Hände und küsste abwechselnd den Rücken jeder einzelnen.

Nachdem er einen Blick auf seine Gefährtin geworfen hatte, drehte er sie zur Menge und zog sie gegen seine Seite. Alle klatschten und jubelten. Sogar ihr Bruder machte mit, wenn auch halbherzig.

Finn hob seine freie Hand, und die Menge beruhigte sich. „Jetzt, da die offizielle Angelegenheit aus dem Weg ist, zeigen wir den Drachenwandlern aus Stonefire, wie man feiert!"

Als die Musik plärrte und die Mehrheit des

Clans anfing zu plaudern, bemerkte er, dass Faye mit ihren Brüdern und ihrer Mutter an der Seite saß. Sogar Faye lächelte über etwas, das ihre Brüder sagten.

Dann sah er sich nach Bram, Tristan und ihren Gefährtinnen um. Es sah so aus, als hätte Meg Boyd sie gefunden und kaute ihnen die Ohren ab.

Er war überzeugt, dass sein Clan für eine kurze Zeit allein zurechtkäme, lehnte sich an Arabellas Ohr und flüsterte: „Ich denke, wir sollten unsere eigene private Paarungszeremonie haben. Während die Version, in der ich jeden Zentimeter deines Körpers ablecke und dich mit meiner Zunge kommen lasse, warten muss, kann ich dich hart und grob beanspruchen und rechtzeitig zum Tanzen zurück sein." Er knabberte an ihrem Ohrläppchen. „Was sagst du?"

ARABELLA WUSSTE, dass es verantwortungsvoll wäre, Finn zurückzuweisen. Doch ihr Name an seinem Arm war nicht annähernd genug – sie wollte seinen Körper beanspruchen.

Ihr Drache schnaubte. *Das habe ich schon den ganzen Nachmittag vorgeschlagen. Suchen wir uns einen ruhigen Ort und ficken ihn.*

Arabella blickte auf den geheimen Seiteneingang und zurück. „Wir können uns da rausschleichen."

Finns Pupillen blitzten zu Drachenschlitzen. „Lass uns gehen."

Anstatt sich heimlich wegzuschleichen, zog Finn sie die Treppe hinunter und aus der Tür. Als er sie schloss und verriegelte, drückte er sie gegen das alte Holz. „Ich wollte dich schon immer gegen eine Tür ficken."

Wärme rauschte durch ihren Körper, und ihre Brustwarzen wurden hart. „Dann hör auf zu reden und mach es schon."

Er küsste sie, während sich eine Hand ihren Körper hinunter und unter ihren Rock schlängelte. Als seine Finger ihre geschwollene Pussy streiften, schrie sie.

Finn unterbrach den Kuss. „Du bist schon klitschnass für mich, Liebes."

„Warum sprichst du noch?" Er schob zwei Finger in sie, und sie stöhnte. „Nicht deine verdammten Finger. Ich will deinen Schwanz, Finn. Jetzt."

Er bewegte seine Finger und konnte sich kaum auf seine Worte konzentrieren, als er antwortete: „Mir zu sagen, dass ich etwas tun soll, ist der falsche Ansatz."

Er veränderte den Winkel, und sie umklammerte seine Schultern, um sich zu halten. Sie ließ ihre Stimme funktionieren, um zu sagen: „Fick mich, fick mich nicht, was immer nötig ist, um dich in mich zu bekommen. Ich habe Schmerzen, Finn. Ich will dich."

Finn nahm seine Finger heraus und knabberte

an ihrer Unterlippe. „Sag mir, was ich hören möchte."

„Wenn du dich nicht beeilst, wird uns jemand finden. Willst du wirklich, dass mich jemand mit hochgezogenem Rock sieht?"

Ihr Gefährte knurrte. „Ich bin der Einzige, der deinen Körper nackt sehen darf."

„Und ich, hoffe ich."

„Verdammte Frau." Finn positionierte seinen Schwanz und stieß hart in ihre Pussy.

Sie krallte ihre Nägel in seine Schultern. „Beweg dich endlich."

„Du hast es so gewollt." Finn packte ihren Po und hob sie vom Boden. Sie hatte keine andere Wahl, als ihre Beine um seine Taille zu legen. In der Sekunde, in der sie es tat, murmelte er: „Jetzt ist es an der Zeit, zu fordern, was mir gehört."

Bevor sie antworten konnte, zog Finn ihn heraus und stieß tief hinein. Er wiederholte den Prozess, beschleunigte sein Tempo, und Arabella vergaß, was sie sagen wollte.

Das Geräusch von Fleisch, das gegen Fleisch schlug, füllte den Raum. Als er sich nur ein wenig nach rechts bewegte, schrie Arabella.

Finn nahm ihre Lippen mit einem besitzergreifenden Kuss, verlangsamte jedoch nie seine Bewegungen. Wahrscheinlich würde das Holz der Tür Druckstellen hinterlassen, wenn sie fertig waren, aber als der Druck weiter zunahm, war es ihr egal. Sie wurde von ihrem Gefährten beansprucht.

Er zog seinen Kopf zurück, um ihr in die Augen zu sehen. Auch wenn seine Pupillen zu Schlitzen und zurück blitzten, hatte Finns menschliche Hälfte das Sagen.

Als sie ihre Nägel über seine Schulter kratzte, stöhnte Finn und passte seine Position an. Ein Arm stützte ihren Po, als er sie gegen die Tür drückte. Seine freie Hand schob er zwischen ihre Körper, um ihren harten Nippel zu kneifen. Die Mischung aus Lust und Schmerz war fast genug, um sie über den Rand zu bringen, aber nicht ganz.

Eine Nacht auseinander war eine Nacht zu viel gewesen.

Sie knurrte, „Mehr!"

Finn kniff und drehte, und Lichter tanzten vor Arabellas Augen. Lust schoss durch ihren Körper, als Finn weiter kräftig pumpte, und ihre Pussy zog sich zusammen und ließ seinen großen Schwanz los.

Als Finn seinen Körper stillhielt, küsste er sie, während er ihr in den Mund stöhnte. Jeder Schuss seines Samens trieb sie wieder über den Rand.

Einige lustbenebelte Minuten später schmiegte sich Finn an ihre Wange, als er sie langsam auf den Boden senkte. Sobald ihre Füße den Boden berührten, war sie dankbar für die Tür, die sie stützte.

Sie war diejenige, die das Schweigen brach. „Das war ein guter Start."

Knurrend sah Finn ihr in die Augen. „Verdammt, Ara, das war mehr als ein guter Anfang. Wenn ich wegginge, würdest du umfallen."

Arabella lächelte langsam und antwortete: „Vielleicht. Aber du bist niedlich, wenn du wütend bist."

„Ich bin nicht ‚niedlich.' Ich bin teuflisch gutaussehend."

„Vielleicht mit dem Alter, aber im Moment bist du niedlich."

„Ich bin so nah dran, ein verlassenes Zimmer zu finden und dich davon zu überzeugen, dass ich nicht ‚niedlich' bin."

Sie fuhr mit dem Finger über seinen Nacken. „Ich bin immer offen für alles. Ich kann dir fünf Minuten geben, um mich vom Gegenteil zu überzeugen."

Finn trat zurück und zog ihn aus ihr raus. „Gib mir fünfzehn Minuten."

Sie hob eine Augenbraue, während sie ihr Kleid glättete. „Zwölf."

„Abgemacht!" Mit einem Grunzen hob Finn sie hoch und trug sie den Flur hinunter.

Als sie ihren Kopf an seinen Hals legte, konnte sie nicht anders, als zu lächeln. „Du weißt schon, wie sehr ich dich liebe, richtig?"

„Manchmal frage ich mich das. Wenn du mich liebtest, würdest du aufhören, mich bei jedem Schritt zu bekämpfen."

„Nachgiebigkeit ist langweilig. Ich glaube, das hat mir ein gewisser Drachenmann beigebracht."

Finn sah sie mit Vergnügen in den Augen an. „Dann weiß der Drachenmann eindeutig nicht, wovon er sprach."

Arabella lachte. „Wie wäre es, wenn du aufhörtest, in der dritten Person über dich selbst zu reden?"

„Sag diesem Drachenmann, dass du seine Liebe erwiderst, und er könnte es."

Sie schüttelte den Kopf und murmelte: „Ich liebe dich, Finn, du verdammter irritierender Drachenmann."

Er grinste. „Und ich liebe dich, Arabella, du verdammte irritierende Drachenfrau."

Als sie einander anlächelten, war Arabella nie glücklicher gewesen. Sie hatte den wahren Gefährten ihres Herzens, ihre Familie im anderen Zimmer und einen inneren Drachen, der schnell zu einer ihrer besten Freundinnen wurde.

Sie war vielleicht zögerlich gewesen, nach Lochguard zu kommen, aber Schottland und Finlay Stewart waren genau das, was sie brauchte. Es gab nichts, was sie nicht mit ihm an ihrer Seite bewältigen konnte.

Den Drachen wiedererwecken

DIE STONEFIRE-DRACHEN #5

Jane Hartley ist es leid, die Nachrichten zu bringen, aber nie nachforschen zu können, und ist entschlossen, die Wahrheit der Carlisle-Drachenjäger zu enthüllen. Während sie sich mit einer ihrer Quellen trifft, sieht sie den großen, blonden Drachenmann, den sie vor drei Monaten auf Stonefire zum ersten Mal bemerkt hatte. Als der Drachenmann sie warnt, ist Jane entschlossener denn je, die Wahrheit zu finden, bevor er es tut.

Da die meisten Bedrohungen für seinen Clan unter Kontrolle sind, will Kai Sutherland einen Weg finden, die Carlisle-Jäger endgültig zu erledigen. Zu Beginn seiner Ermittlungen sieht er die menschliche Frau, die sein Drache will. Er verdrängt seine eigenen Bedürfnisse und versucht, sie zu verschrecken, um sich auf die Jäger zu konzentrieren, aber die Frau weigert sich zu gehen.

Da sie zusammenarbeiten, um die Geheimnisse der
Jäger zu entdecken, bedroht die Anziehung
zwischen ihnen die Untersuchung. Kai hätte nie
erwartet, seine zweite Chance zu finden, aber wenn
die Gefahr größer wird, kann er einen Weg finden,
sie zu haben, während er noch seinen Clan
beschützt?

Bücher von Jessie Donovan

Die Stonefire-Drachen

Lochguard Highland Drachen

Über die Autorin

Jessie Donovan hat mehr als eine halbe Million Bücher verkauft, Hunderttausende weitere kostenlos an ihre Leser*Innen verschenkt und es sogar auf die Bestsellerlisten der *NY Times* und *USA Today* geschafft. Sie ist vor allem für ihre Drachenwandler-Serie bekannt, schreibt aber auch über Elfenhexen, Vampire, Alien-Krieger und hat sogar eine verrückt-komische Liebesromanreihe aufgelegt, die in Schottland spielt. Wenn sie nicht gerade ein Buch liest, auf ihrem Laufband joggt oder mit nur wenigen Groschen in der Tasche durch ein fremdes Land reist, findet man sie oft auf Facebook oder TikTok, wo sie mit ihren Lesern interagiert. Sie lebt in der Nähe von Seattle. Dort regnet es zwar oft, doch der Regen macht auch alles grün.

Besuchen Sie ihre Website unter: www.JessieDonovan.com